SOPHIE EDENBERG

GEFÄNGNIS EINER EHE

Thriller

Umschlaggestaltung: ©Cover Up Buchcoverdesign,
Hamburg
Lektorat: Emma Sommerfeld, Wandlitz
Korrektorat: Rotkel, Berlin

ISBN: 9-783-7597-7858-1

Verlag: BoD • Books on Demand GmbH, In de Tarpen 42,
22848 Norderstedt
Druck: Libri Plureos GmbH, Friedensallee 273, 22763
Hamburg

Für meine Freundinnen.
Möge es uns eines Tages besser ergehen.

PROLOG

Ein kühler Windhauch erfasst den Mann, als er die Tür mit dem Fuß aufstößt und nach draußen tritt. Sein Hemd klebt ihm wie eine zweite Haut an der Brust und er zieht fröstelnd die Schultern hoch. Der Kies knirscht unter seinen Lederschuhen und er verflucht sich dafür, nicht an besseres Schuhwerk gedacht zu haben.

Wer außer dir käme auf die Idee, mit Budapestern eine Leiche zu vergraben? Idiot.

Die parkähnliche Gartenanlage wird vom Mondlicht nur spärlich erhellt und die schlaffe Gestalt auf seinen Armen versperrt ihm die Sicht auf seine Füße, sodass er achtgeben muss, auf dem unebenen Untergrund nicht auszurutschen. Merkwürdig, wie schwer fünfzig Kilo auf einmal sein können, denkt er. Wie oft hat er diesen Körper in seinen Armen gewiegt? Ihn zärtlich und in sanftem Kerzenschein geliebt? Doch nun ist ihr Gesicht fahl, und allmählich entweicht auch der letzte Rest Wärme aus ihren Gliedmaßen. Ein bitteres Lachen bahnt sich den Weg durch seine Kehle, wird jedoch sogleich vom Pfeifen des Windes verschluckt.

Los jetzt.

Mit zusammengebissenen Zähnen entfernt er sich immer weiter vom Haus, läuft über den Rasen, am Pool und an der Sandkiste vorbei in den hinteren Teil des Gartens. Im Schatten einiger Bäume nahe der Grundstücksgrenze bleibt er schließlich stehen. Ein frischer Wind fegt durch die Baumwipfel und erinnert ihn daran, dass der Sommer in seinen letzten Zügen liegt. Vorsichtig bettet er den Körper ins Gras. Ihr zartes Gesicht, nicht länger von seinen

Armen gestützt, kippt zur Seite, das blonde Haar umgibt ihren Kopf wie ein Fächer. Wie sie da mit geschlossenen Augen liegt, sieht es beinahe so aus, als würde sie schlafen. Wäre da nicht ihr Nacken, der in einem unnatürlichen Winkel verdreht ist. Rasch wendet er sich ab.

Konzentrier dich.

Der Mann wirft einen Blick über die Schulter zurück. Im oberen Stockwerk der Villa, dort, wo das Kinderzimmer liegt, brennt Licht. Er kneift die Augen zusammen, doch es ist keine Silhouette am Fenster zu erkennen. Erleichtert seufzt er. Immerhin etwas.

Er atmet noch einmal tief durch, dann läuft er zum Schuppen. Eine Wolke schiebt sich vor den Mond, als er mit dem Spaten bewaffnet den Rückweg antritt. Plötzlich ist es vollkommen dunkel, aber seine Beine finden den Weg wie von selbst. Als sein Blick auf die reglose Gestalt im Gras fällt, verkrampft sich seine Kiefermuskulatur, und mit angespannter Miene schaltet er die Taschenlampe ein, die er mitgebracht hat. Dann beginnt er zu graben. In den vergangenen Tagen hat es andauernd geregnet, sodass die Schaufel beinahe mühelos die feuchte Erde durchdringt. Trotzdem dauert es fast drei Stunden, bis er das Loch endlich ausgehoben hat.

Stöhnend stützt er danach die Hände auf die Knie, nimmt sich einen Augenblick Zeit, wieder zu Atem zu kommen, bevor er den schmalen Frauenkörper in die Grube gleiten lässt. Ein letztes Mal hält er inne und betrachtet die Gestalt zu seinen Füßen.

Wie schön sie war, denkt er. Bald wird ihre Schönheit verblasst sein. Die Würmer werden ihren Leib zerfressen, bis nichts mehr von ihr geblieben ist als eine entfernte Erinnerung. Gequält stöhnt er auf.

Wie konnte ich nur zulassen, dass es so weit gekommen ist?

Sein Verstand bleibt ihm die Antwort schuldig.

Er atmet noch einmal tief durch, dann macht er sich erneut an die Arbeit. Spatenstich für Spatenstich bedeckt er ihren Körper mit Erde. Sieht zu, wie ihr silberblondes Haar allmählich von der Dunkelheit verschluckt wird.

»Ruhe in Frieden«, flüstert er kaum hörbar. »Es tut mir ja so leid.«

Dann wendet er sich um und verschwindet mit hängenden Schultern langsam in der Dunkelheit.

Nichts wird jemals wieder sein wie zuvor, das weiß er. Aber es gibt Momente im Leben eines Mannes, da bleibt ihm keine Wahl.

KAPITEL 1

Rebecca

Marketingmanagement – was bedeutet das also?«
Die Stimme vom Professorenpult schallt hell und
klar durch den Hörsaal.

Teilnahmslos folge ich mit Blicken einer Stubenfliege,
die geräuschvoll vor mir durch den Raum schwebt, bevor
sie sich auf meinem Knie niederlässt. Die dünnen Fliegen-
beine kitzeln mich und ich bewege mein Bein, um sie zu
vertreiben. Verärgert summt sie davon.

»Gemeint sind die strategische Planung sowie jene Ak-
tivitäten und Prozesse, die auf die Erreichung der Unter-
nehmensziele hinwirken. Die Produkte werden so auf die
Wünsche der Kunden abgestimmt, dass eine möglichst
langfristige Kundenbeziehung erreicht wird.«

Frau Emerson deutet auf den Monitor, der die gesamte
Wand hinter ihr einnimmt und den Hörsaal in schummri-
ges milchig-weißes Licht taucht.

»Der Begriff Marketingmanagement umfasst dabei
verschiedene rückgekoppelte Aufgaben ...«

Ich unterdrücke ein Gähnen, während ich mir mit der
Hand Luft zufächele. Im Hörsaal ist es unerträglich heiß.
Obwohl die Klimaanlage auf Hochtouren läuft, kann sie
gegen die brütende Hitze nicht viel ausrichten. Kein Wunder bei über dreißig Grad im Schatten und knapp hundert
schwitzenden Studenten auf engsten Raum.

Verstohlen werfe ich einen Blick auf meine Armbanduhr. Noch zwanzig Minuten. Ich seufze. Meine Gedanken wandern zu Maja, und wie immer, wenn ich an

meine kleine Schwester denke, verdüstert sich meine Stimmung. Ob es ihr heute ein wenig besser geht? Ich tippe auf das Display meines Handys und stelle beruhigt fest, dass keine unbeantworteten Anrufe oder Nachrichten aufscheinen. Bestimmt ist alles in Ordnung. Hätte sie einen neuen Anfall erlitten, wüsste ich davon, da bin ich mir sicher. Immerhin stehe ich ganz oben auf ihrer Notfallkontaktliste.

Mit einem unwirschen Kopfschütteln schiebe ich meine Sorgen um Maja beiseite und versuche mich wieder auf Frau Emersons Vortrag zu konzentrieren. Inzwischen läuft sie vor dem Beamer auf und ab, während sie voller Enthusiasmus die einzelnen Aufgaben im Marketingmanagementprozess beschreibt. Sie gibt sich redlich Mühe, das muss man ihr lassen.

»Kann mir jemand von euch sagen, was unter operativer Marketingplanung verstanden wird?«

Frau Emerson hält inne und blickt erwartungsvoll in die Runde. Ich verspüre einen Anflug von Mitleid für die hübsche Universitätsassistentin. Die eine Hälfte meiner Mitstudenten tippt gelangweilt auf ihren Smartphones, die andere Hälfte sieht aus, als wäre sie kurz davor einzunicken.

Entschlossen hebe ich die Hand. Nicht umsonst ist Marketing mein Lieblingsfach, und das Lehrbuch habe ich schon lange vor der ersten Vorlesungsstunde fertiggelesen. Frau Emerson lässt erleichtert die Schultern sinken und erteilt mir mit einer auffordernden Handbewegung das Wort. Einmal mehr bin ich fasziniert von ihrer Erscheinung. Ihr blondes Haar ist zu einem eleganten Dutt geknotet, ihre schlanke Figur steckt in einem teuer aussehenden beigen Bleistiftrock und farblich passenden Pumps.

Ich rattere die Antwort auf ihre Frage herunter.

»Genau. Sehr gut. Ich hätte es nicht besser ausdrücken können.« Frau Emerson schenkt mir ein strahlendes

Lächeln. »Im Rahmen der operativen Marketingplanung steht somit die Frage im Vordergrund, welche konkreten Maßnahmen ergriffen werden sollen.«

Sie holt tief Luft, hält dann jedoch unvermittelt inne. Ihr Blick fällt auf die übergroße Uhr an der gegenüberliegenden Wand, und sie stößt einen Seufzer aus. »Damit wären wir auch schon beinahe am Ende unserer heutigen Vorlesung angelangt.«

Sogleich erfüllt das Rascheln von zugeschlagenen Notizblöcken den Raum und erleichtertes Stimmengemurmel erhebt sich.

Frau Emerson hebt abwehrend die Hände. »Einen Moment noch bitte. Ich weiß, es ist unerträglich heiß hier drinnen und ihr könnt es kaum erwarten, hier rauszukommen.« Sie lächelt mild. »Aber ich habe euch eine wichtige Ankündigung zu machen. Es geht um eure Abschlussarbeiten.«

Das Stimmengemurmel erstirbt jäh. Hundert Augenpaare richten sich auf das Professorenpult.

»Die Abschlussprüfungen stehen bald an, doch wie ihr wisst, sind sie nur ein Bestandteil der Note für diesen Kurs. Der zweite ist die Verfassung einer Seminararbeit im Umfang von zwanzig Seiten. Abgabefrist ist in drei Wochen.«

Ich stimme in das kollektive Stöhnen mit ein. Eine Hausarbeit! Das hat mir gerade noch gefehlt. Ist schließlich nicht so, als hätte ich für die übrigen Kurse nicht ohnehin schon alle Hände voll zu tun.

»Ja, genau.« Frau Emerson nickt bedächtig. »Gegenstand eurer Ausarbeitung ist die Erstellung eines Marketingkonzepts, die Auswahl des Produkts obliegt euch. Über das nötige Fachwissen müsstet ihr inzwischen ja verfügen, darüber hinaus findet ihr eine Liste weiterführender Literatur auf der Online-Plattform des Instituts. Aber es gibt noch einen anderen Grund neben eurem Kurszeugnis, warum ihr euch diesmal besonders ins Zeug legen solltet.

Für diejenigen von euch, die für den kommenden Sommer keinen Praktikumsplatz ergattert haben, könnte diese Arbeit nämlich eine tolle Chance darstellen.« Sie lässt eine bedeutungsvolle Pause entstehen. »Es ist mir eine Ehre, euch mitzuteilen, dass dem- oder derjenigen von euch mit der besten Hausarbeit ein dreimonatiges Praktikum bei einem renommierten Pharmaunternehmen in Aussicht gestellt wird. *Pharmauniverse*, falls euch das was sagt.«

Ich horche auf. Ein Praktikumsplatz? Bei *Pharmauniverse*? Mein Pulsschlag beschleunigt sich. Natürlich ist mir das Unternehmen ein Begriff – wem nicht? Die Firma mit Geschäftssitz in Wien ist auf den Arzneigroßhandel spezialisiert, entwickelt und vertreibt jedoch auch eigene Produkte, soweit ich weiß. Selbstredend, dass ich interessiert bin.

»Die übrigen Details zur Arbeit und den relevanten Inhalten findet ihr auf der Website des Marketinginstituts. Überzeugt mich, und der Praktikumsplatz gehört euch.« Ihr Blick wandert begierig durch die Reihen und bleibt kurz an meinem hängen. »Also strengt euch an. Ich bin gespannt auf eure Ideen.«

Mit diesen Worten entlässt sie uns aus der Vorlesung.

KAPITEL 2

Rebecca

In Gedanken dabei, wie ich die anstehende Hausarbeit am besten anlegen könnte, stapfe ich über den Campus und auf die nahegelegene U-Bahn-Station zu. Tausend Ideen schießen mir durch den Kopf, nur um gleich wieder verworfen zu werden. Ich will dieses Praktikum. Ich *brauche* dieses Praktikum.

Die Gestaltung von Werbekampagnen und die Arbeit, die mit der Positionierung eines neuen Produkts am Markt verbunden ist, haben mich schon immer fasziniert. Ich brenne regelrecht darauf, meine eigenen Ideen mit anderen kreativen Menschen diskutieren zu können. Und jetzt bekomme ich womöglich endlich die Gelegenheit, mich zu beweisen. Nicht, dass ich über keinerlei Erfahrung verfügen würde – immerhin kann ich in meiner Vita zwei Praktika in einschlägigen Unternehmen vorweisen. Nun gut, es waren winzige Werbeagenturen und mein Aufgabenbereich bestand vorwiegend aus Kaffeekochen und der Aktualisierung der Kontaktlisten von Newsletter-Abonnenten, aber trotzdem.

Inzwischen habe ich den U-Bahn-Aufgang erreicht und kämpfe mich durch die Menschenmassen zu meinem Gleis. Der Bahnsteig ist brechend voll mit Studenten, sodass ich zwei Züge abwarten muss, bis ich einen Stehplatz im Inneren eines vollgestopften Wagons ergattern kann. Der Schweiß tritt mir auf die Stirn, während ich mich zusammengedrängt mit anderen Passagieren an eine Haltestange klammere und versuche, den Gestank auszublenden, der von einer übergewichtigen Frau mit fettigem Haar neben mir ausgeht. Angewidert rümpfe ich die Nase.

Eine halbe Stunde später verlasse ich den U-Bahn-Aufgang und trete auf den Kardinal-Nagl-Platz. Gleißendes Sonnenlicht empfängt mich und ich krame in meiner Handtasche nach meiner billigen Ray-Ban-Imitation. Von hier sind es bloß noch ein paar Minuten bis zu Majas Haus. Die letzten Meter lege ich im Laufschritt zurück. Ich werfe sicherheitshalber nochmal einen Blick auf das Display meines Handys. Keine verpassten Anrufe, keine Nachrichten, keine Katastrophenmeldungen.

Majas Wohnung liegt in einem hässlichen schiefergrauen Gebäudekomplex, der einen neuen Anstrich gut gebrauchen könnte. An der Fassade, direkt neben dem Eingang, prangt in roten Lettern ein Schriftzug, der ihn als Gemeindebau der Stadt Wien ausweist. Während ich die Haustür aufsperre und mich auf den Weg in Richtung Stiege drei mache, denke ich mit einem Anflug von Wehmut an die winzige, aber entzückende Dachmaisonette, die Maja früher bewohnt hat. Ich kann mir ein Seufzen nicht verkneifen. Nach Majas Diagnose vor fünf Jahren war ein Umzug unumgänglich. Ihre alte Wohnung verfügte über keinen Lift und es wäre undenkbar gewesen, sie in ihren dunklen Tagen, wie sie sie scherzhaft nennt, jedes Mal sechs Stockwerke hinauf und wieder hinunter zu hieven. Das Appartement am Kardinal-Nagl-Platz ist zwar lange nicht so schön, dafür aber ebenerdig gelegen und damit behindertengerecht. Das war der Kompromiss, auf den sie sich schließlich mit Mama einigte, die darauf drängte, dass Maja zurück nach Hause zog, wo sie jederzeit ein Auge auf ihre Tochter haben konnte.

Kaum habe ich den Schlüssel ins Schloss gesteckt, ertönt auch schon freudiges Gebell aus dem Inneren.

»Hallo, meine Süße. Na – hast du gut auf deine Herrin aufgepasst?« Ich tätschle dem Hund mit dem glänzend schwarzen Fell, der begeistert um meine Beine tanzt, zärtlich den Kopf.

Kiki, Majas Labradormischling, wedelt zur Bestätigung so heftig mit dem Schwanz, dass ihr gesamter Körper hin und her wackelt. Ich grinse. »Das deute ich mal als ein Ja.« Dann rufe ich: »Hi, Maja! Ich bin wieder da!«

»A-o«, vernehme ich die undeutliche Stimme meiner Schwester.

Ich lasse meine Tasche im Flur zurück und laufe ins Schlafzimmer. Als mein Blick auf die zerwühlten Laken fällt, schlucke ich. Maja liegt noch immer an derselben Stelle wie vor wenigen Stunden, die Gliedmaßen ermattet von sich gestreckt, das Gesicht bleich. Tiefe Ringe umranden ihre Augen, ihre Lippen sind rissig und in der Mitte aufgeplatzt.

Behutsam lasse ich mich auf der Bettkante nieder und helfe ihr, sich in den Kissen aufzurichten. In den ersten Stunden nach einem Anfall stellt jede Bewegung einen unermesslichen Kraftakt für sie dar, Erinnerungsvermögen und Feinmotorik sind noch eine Weile gestört. Ich greife nach dem halbvollen Wasserglas am Nachttisch und führe ihr den Strohhalm an die Lippen.

»Komm, trink«, fordere ich sie sanft auf. Ich kann ihr ansehen, dass ihr das Schlucken Schmerzen bereitet. Dann lege ich ihren Arm um meine Schultern und ziehe sie hoch, um sie auf die Toilette zu bringen, wo sie sich erleichtert.

Maja leidet an Epilepsie. Es war kurz nach ihrem neunzehnten Geburtstag, als es zum ersten Mal passierte. Sie wurde einfach aus dem Nichts ohnmächtig. Wir waren damals gerade anlässlich der Firmung unserer Cousine in der Kirche. Anfänglich vermuteten wir eine Weihrauchunverträglichkeit oder eine Herz-Kreislauf-Schwäche

– schließlich war Maja mit ihren knapp zweiundfünfzig Kilo überdurchschnittlich schlank. Doch in der Zeit danach verlor sie immer wieder einmal plötzlich das Bewusstsein und kurz darauf folgte auch der erste Grand-Mal-Anfall, einnässen und Krämpfe inklusive.

Nach langwierigen Untersuchungen in den verschiedensten Kliniken stand Majas Diagnose dann fest. Noch dazu eine schwerwiegende generalisierte Form der Epilepsie, was bedeutet, dass ihre Anfälle nicht auf eine Hirnregion zurückgeführt werden können, sondern im gesamten Gehirn stattfinden. Am Ostermontag vor fünf Jahren wurde sie schließlich mit einer Wagenladung an Aufklärungsbogen, Auflagen und Medikamentenrezepten aus dem Krankenhaus entlassen. Wir wollten es zunächst gar nicht wahrhaben. Epilepsie, eine der häufigsten und schwersten neurologischen Erkrankungen, wie ich inzwischen weiß – das hatten andere. Nicht kerngesunde Neunzehnjährige, wie meine Schwester es war. Und auch heute – fünf Jahre und zahlreiche Anfälle und MRTs später – will ich es an manchen Tagen noch nicht recht glauben.

Ihre Aussetzer treten unregelmäßig auf, manchmal bleibt sie wochenlang verschont. Dann wiederum wird sie von ganzen Anfallserien heimgesucht, die sie als zitterndes Häufchen Elend ans Bett fesseln. Unsere Hoffnungen, eine medikamentöse Behandlung zu finden, die sie von den Anfällen befreit, wurden enttäuscht. Zahlreiche Präparate haben wir nun schon durchprobiert, doch eine Verbesserung war bislang kaum damit verbunden. Für ihre Willenskraft und dafür, dass Maja trotz allem darauf bestanden hat, alleine wohnen zu bleiben und sogar zu studieren, bewundere ich sie an jedem einzelnen Tag.

Während ich meiner Schwester ein wenig von der Suppe einflöße, die Mama fürsorglich am Vorabend vorbeigebracht hat, erzähle ich ihr von dem, was ich in den vergangenen Stunden erlebt habe. Nach einem Anfall dauert es in der Regel etwas, bis sie ihr Sprachvermögen vollends wiedergefunden hat, deswegen übernehme ich so lange das Reden.

Ich erzähle von dem jungen Barista im Starbucks am Uni-Campus, der schon seit einiger Zeit ein Auge auf mich geworfen und mir heute seine Nummer auf meinem Pappbecher hinterlassen hat.

»Jörg, so heißt er offenbar«, schließe ich meinen Bericht. »Ich muss zugeben – ich fühle mich geschmeichelt.« Ich grinse. »Trotzdem, ich glaube, ich lasse es besser. Der Kerl kann nicht älter als fünfundzwanzig sein – viel zu jung für mich. Immerhin werde ich bald neunundzwanzig.«

Meine Schwester verdreht nur die Augen.

Sie braucht nichts zu sagen, ich weiß auch so, was sie denkt. In Bezug auf Männer bin ich extrem vorsichtig. Mit meiner grünblauen Iris, dem blonden Haar und der zierlichen Figur ziehe ich regelmäßig die Aufmerksamkeit der Jungs auf mich, trotzdem kann ich mich nur selten dazu durchringen, mit einem von ihnen auszugehen. Das Herz wurde mir schon einmal gebrochen, auf ein zweites Mal kann ich gern verzichten. Wozu sich auf jemanden einlassen, wenn es doch nicht von Dauer ist?

»Ist ja gut.« Ich hebe beschwichtigend die Hände, als ich ihren strengen Blick auffange. »Ich überleg es mir ja.«

Anschließend erzähle ich ihr von Frau Emersons Kurs und der verlockenden Aussicht auf einen Praktikumsplatz. Maja hört mir interessiert zu und gibt einige zuversichtliche Laute von sich. Das Sprechen scheint ihr diesmal mehr Mühe zu bereiten als sonst.

Wenn das nur nicht wieder eine Anfallsserie wird, denke ich, lasse mir meine Sorge jedoch nicht anmerken. Doktor Feldmann, Majas Neurologe, hat uns erklärt, dass ein längerer Aufenthalt im Krankenhaus und die Neueinstellung ihrer Medikamente unumgänglich wären, sollten sich die Anfälle erneut häufen.

»Aber erzähl Mama nichts davon«, schärfe ich ihr ein. »Ich will nicht, dass sie sich unnötig Hoffnungen macht.«

»Okay.«

Schließlich erhebe ich mich mit einem missmutigen Blick auf meine Armbanduhr. »Ich gehe noch mit Kiki vor die Tür, dann muss ich leider wieder los. Aber Mama wird sicher bald da sein.«

An Majas dunklen Tagen sind wir normalerweise rund um die Uhr an ihrer Seite, doch bei Frau Emersons Vorlesung herrscht strikte Anwesenheitspflicht, sodass ich sie wohl oder übel ein paar Stunden alleine lassen musste. Unsere Mutter arbeitet als Aushilfskraft in einer Arztpraxis für Gynäkologie und konnte auf die Schnelle keine Vertretung organisieren.

Maja lächelt tapfer. »Es geh on. Alles ut.«

Mein Herz krampft sich zusammen. Auch nach so langer Zeit finde ich es immer noch furchtbar, sie so zu sehen. Zum wiederholten Male frage ich mich, wieso es ausgerechnet Maja getroffen hat. Warum nicht mich? Wir haben dieselben Gene, sind im selben Haushalt aufgewachsen, haben ähnliche Kindheitserfahrungen durchlitten. Das Leben ist so verdammt ungerecht.

»Meine Schicht geht bis zehn. Im Hauptabendprogramm auf Pro 7 läuft heute *Vier Hochzeiten und ein Todesfall*. Rechtzeitig zur zweiten Hälfte bin ich also wieder da, versprochen.«

Lustlos greife ich nach Kikis Hundeleine und wende mich zum Gehen. Das Letzte, wonach mir gerade der Sinn steht, ist arbeiten. Wie viel lieber würde ich bei Maja bleiben und mir zum gefühlt tausendsten Mal die erste Staffel der *Gilmore Girls* ansehen! Doch das geht natürlich nicht.

An drei Tagen pro Woche kellnere ich abends in einem Café in der Nähe meiner Wohnung. Mehr ist neben dem Studium einfach nicht drin, ich bin auch so schon eine der ältesten in meinen Kursen. Der spärliche Lohn bringt mich zwar eher schlecht als recht über die Runden, aber ich bringe es schlicht nicht über mich, Mama um finanzielle Unterstützung zu bitten. Sie muss schließlich bereits für sich selbst und Maja sorgen, was mit dem überschaubaren Gehalt als Krankenpflegerin und ohne Mann an ihrer Seite für sich schon eine Herausforderung darstellt.

Während ich darauf warte, dass Kiki einen beeindruckend großen Haufen auf dem Gehsteig vor dem Haus hinterlässt, rufe ich bei Majas Physiotherapeutin an und vereinbare einen Termin für die kommenden Tage. Nach einem Anfall braucht es immer etwas Zeit, bis sich ihre verkrampften Muskeln beruhigt haben, die Sitzungen bei Frau Figl mit ihren Zauberfingern bewirken da jedes Mal ein kleines Wunder.

Nachdem ich Kiki in Majas Wohnung zurückgebracht habe, mache ich mich im Eilschritt auf den Weg zur U-Bahn. In Gedanken bin ich schon wieder bei *Pharmauniverse* und meiner anstehenden Hausarbeit, die einfach phänomenal gut werden muss.

Es ist heiß, ich streiche mir das lange Haar aus dem Nacken. Ich habe schon so einiges überstanden – Papas Tod, als ich zehn war, die schmerzhafte Trennung von Raphael, meiner ersten großen Liebe, und schließlich Majas Erkrankung.

Gibt dir das Leben Zitronen, mach Mojito draus, höre ich den abgedroschenen Spruch meiner Mutter durch meine Gedanken hallen.

Und genau das habe ich vor.

KAPITEL 3

Anette

Fröhlich vor mich hin summend befreie ich den Spargel von seiner Schale und trenne die holzigen Enden ab. Nachdem ich die Spargelspitzen in den Kochtopf gelegt und ein wenig Salz, Zucker sowie einen Teelöffel Butter hinzugefügt habe, löse ich die Bänder meiner Küchenschürze und hänge sie an den Haken zurück. Erschöpft, aber zufrieden lächelnd trete ich ans Fenster.

Die Dämmerung ist hereingebrochen, nur ein paar letzte schwache Sonnenstrahlen blinzeln durch die Baumwipfel und in die klimatisierte Küche. Mein Blick fällt auf die Uhrenanzeige am Backofen und mein Lächeln erstirbt. Raphael hat sich ausnahmsweise früher als sonst zum Abendessen angekündigt – er wird jeden Moment hier sein.

Ich vergewissere mich, dass alles an seinem Platz ist, dann gehe ich ins Esszimmer, um auch dort nach dem Rechten zu sehen. Der Raum wird von einer dunklen Holztafel dominiert, an der Wand zu meiner Linken prangt ein langes Regal, in dem wir die Weingläser und das feine Porzellan aufbewahren. Ich sehe mich um und nicke dann. Raphaels Forderung nach Ordnung gerecht zu werden ist kein leichtes Unterfangen, ganz besonders, wenn man mit einem Kleinkind zusammenlebt, aber diesmal dürfte er nichts zu beanstanden haben. Das Silberbesteck liegt an seinem Platz, die Servietten stecken in schmalen Ringen und in der Karaffe sprudelt frisches Sodawasser. Das festliche Arrangement wird lediglich von dem Licht zweier

langer dünner Kerzen beleuchtet, die in silbernen Kerzen-
ständern in der Mitte des Tisches platziert sind und Schatten auf das cremeweiße Tischtuch werfen.

Plötzlich fällt mein Blick auf einen hellbraunen Zipfel,
der hinter einem Stuhlbein hervorlugt. Ungläubig reiße
ich die Augen auf. Da ist er ja – Fido, das Lieblingsstoff-
tier meiner Tochter. Ich bücke mich und nehme das treue
Kuscheltier an mich. Den halben Nachmittag haben wir
vergeblich das Haus nach dem Kerlchen auf den Kopf gestellt. Lara war einem Nervenzusammenbruch nahe, als
sie ohne ihn zu Bett musste. Zärtlich fahre ich mit den Fingern über das fusselige Fell des Dackels. Bestimmt ist sie
außer sich vor Erleichterung, wenn sie morgen mit ihrem
geliebten Gefährten im Arm aufwacht.

In diesem Moment vernehme ich das gedämpfte Geräusch schwerer Schritte auf dem Parkett. Das muss Raphael sein. Eilig richte ich mich auf und streiche meinen
Rock glatt. Fido immer noch in der Hand wende ich mich
um und laufe meinem Ehemann entgegen.

»Hallo, Schatz.« Ich zwinge meine Mundwinkel zu
einem Lächeln. »Du kommst gerade recht. Die Spargel
sollten jeden Augenblick fertig sein.«

Raphael beugt sich zu mir herab und streift meine
Wange mit einem flüchtigen Kuss. Sein halblanges Haar
ist noch zu dem gleichen akkuraten Seitenscheitel gebürstet wie heute Morgen und trotz des zwölfstündigen
Arbeitstags, der hinter ihm liegt, sitzt sein anthrazitfarbe-
ner Anzug tadellos.

»Schläft Lara etwa schon?«

»Du hast sie knapp verpasst. Ich habe sie vor einer
Stunde ins Bett gebracht.« Raphael verzieht das Gesicht,
sodass ich rasch hinzufüge: »Sie wollte unbedingt wach-
bleiben, bis du kommst, aber die Arme konnte kaum die
Augen offenhalten.«

Er nickt nur. »Spargel also?«

Ohne eine Antwort abzuwarten, wendet er sich um und geht an mir vorbei ins Esszimmer, wo er sich am Kopfende des Tisches niederlässt.

»Ja. Dazu Petersilkartoffeln und Sauce Hollandaise.«

Eilig tripple ich in die Küche und hole die Keramikschüssel aus dem Ofen. Raphael schnalzt anerkennend mit der Zunge, als sein Blick auf die dampfenden Kartoffeln fällt, und ich atme erleichtert auf.

»Möchtest du Weißwein zum Essen? Ich habe extra den Grünen Veltliner eingekühlt, den du so magst.«

»Warum nicht.«

Er greift zum Weinkühler am Beistelltisch und öffnet die Flasche mit einem fachmännischen Handgriff, bevor er erst mein und dann sein eigenes Weinglas mit der gelblichen Flüssigkeit füllt.

Eine Weile sitzen wir schweigend beieinander, die Stille wird nur durch das Klirren von Besteck auf Porzellan durchbrochen.

Als sein Blick auf meine linke Hand fällt, runzelt er kaum merklich die Stirn.

»Wie ist das denn passiert?« Er deutet auf ein Pflaster mit Snoopy-Muster, das um die Fingerkuppe meines Zeigefingers gewickelt ist. »Erst dein Handgelenk und jetzt das.«

»Ach das?« Ich winke ab. »Ich bin vorhin mit dem Spargelschäler abgerutscht. Ist aber bloß ein Kratzer. Und der Verstauchung geht es schon viel besser. Die Sitzungen bei Frau Figl haben echt Wunder gewirkt.«

»Wieso hat Martha dir nicht mit dem Abendessen geholfen? Wozu haben wir eine Haushälterin, wenn du am Ende doch alles selbst machst?«

Ich beiße die Zähne zusammen, um mir eine schnippische Erwiderung zu verkneifen. Nicht, dass ich etwas gegen ein wenig Hilfe im Haushalt einzuwenden hätte. Immerhin ist das Anwesen mit seinen fünfzehn Zimmern riesig und bedeutet trotz der freundlichen Seele Frida, die wöchentlich zum Putzen kommt, einen Haufen Arbeit. Aber die fünfundzwanzigjährige Polin mit den pausbäckigen Wangen und dem Zahnpastalächeln ist mir zutiefst unsympathisch. Die Art, wie sie danach lechzt, meinem Ehemann jeden Wunsch von den Augen abzulesen, widert mich an. Und auch wenn Raphael stets vorgibt, sie bloß zu meiner Unterstützung eingestellt zu haben, weiß ich es besser.

Wenn wir zu Hause sind, lässt sie Lara und mich kaum aus den Augen, und selbst wenn ich sie bitte, uns allein zu lassen, taucht sie nach kurzer Zeit mit irgendeiner fadenscheinigen Begründung wieder auf. Ihre unterwürfige Art und das permanente Lächeln treiben mich oft regelrecht zur Weißglut. Unwillkürlich male ich mir aus, wie ich ihren wohlfrisierten blonden Haarschopf packe und sie so lange schüttle, bis ihr das dämliche Grinsen endlich vergeht. Ich reibe mir die Augen. *Schluss mit dem Blödsinn.* Ich schlucke meinen Ärger hinunter und tue seinen Kommentar mit einer wegwerfenden Handbewegung ab. »Martha hatte am Nachmittag einen Arzttermin, weißt du nicht mehr? Und der Schnitt ist nicht der Rede wert. Wirklich.«

Raphael nippt an seinem Weinglas. Zu meiner Erleichterung scheint das Thema damit für ihn erledigt zu sein. »Und was hast du heute sonst so getrieben?«

»Nichts Besonderes. Ich war auf der Uni, um meine Vorlesung vorzubereiten. Am Nachmittag war ich mit Lara im Park. Und du? Wie war's im Büro?«

Raphael zuckt desinteressiert die Schultern. »Wie immer.« Wie so oft in meiner Gegenwart scheint er mit den Gedanken schon wieder sonst wo zu sein.

»Apropos«, hake ich nach. »Dein Angebot steht doch noch, oder? Der Praktikumsplatz für das beste Marketingkonzept – ich habe meinen Studenten heute davon erzählt und würde sie nur ungern enttäuschen.«

»Klar. Das hatten wir schließlich so abgesprochen.«

»Diesmal sind einige wirklich vielversprechende Kandidaten dabei. Besonders eine meiner Studentinnen – ich bin schon gespannt, was sie sich ausdenken wird«, plappere ich weiter. »Ich bin sicher, sie wäre eine Bereicherung für die Firma.«

»Wenn du das sagst.«

Sein Blick fällt auf meinen vollen Teller und er schürzt die Lippen. »Du solltest was essen.« Zum ersten Mal an diesem Abend mustert er mich eingehend. »Hast du etwa abgenommen? Ich finde, du siehst mager aus.«

Innerlich fluche ich. Hört diese elende Fragerei denn nie auf?

»Es geht mir gut«, wehre ich ab. »Ich bin nur nicht besonders hungrig, das ist alles.«

Raphael sieht skeptisch aus, sagt aber nichts mehr.

Der Rest des Abendessens verläuft schweigsam. Meine Versuche, Raphael in ein zwangloses Gespräch zu verwickeln, bleiben erfolglos. Anschließend zieht er sich ins Herrenzimmer zu einer Zigarette und einem Glas Whiskey zurück. Früher hätte ich ihn gemaßregelt, ihm vorgeworfen, dass die elende Raucherei ihn noch eines Tages umbringen wird, doch diese Sorgen kümmern mich nicht mehr. Ganz im Gegenteil.

Nachdem ich den Geschirrspüler eingeräumt habe, gehe ich mit meinem halbvollen Weinglas zur Terrassentür. Kühle Nachtluft empfängt mich, als ich nach draußen trete, und ich lasse mich erschöpft auf einen der Outdoorstühle fallen. Die parkähnliche Gartenanlage, die sich vor mir erstreckt, ist riesig, in der Ferne kann ich die Umrisse der mannshohen Hecke erkennen, die das Grundstück umgibt. Eine zarte Brise streift mein Haar und ich schließe für einen Moment die Augen. Den ganzen Tag über war es unangenehm heiß, doch hier, weit weg von der Betonwüste der Stadt, wird es abends noch herrlich frisch. Einer der wenigen Vorteile, hier draußen in der Einöde zu wohnen, zumindest für mich.

Gedankenverloren nehme ich einen tiefen Schluck aus meinem Weinkelch. Nie im Traum hätte ich es für möglich gehalten, einmal an den Ort meiner Kindheit zurückzukehren. Die Villa, das ganze Anwesen, jeder Raum und jede Ecke strotzt nur so von Erinnerungen – den guten und den schlimmen. Als Kind bin ich oft heimlich durchs Haus gestrichen, um jeden noch so kleinen Winkel zu erkunden. Mama musste mich stundenlang suchen, bis sie mich letztendlich am Dachboden oder in einer dunklen Nische eines der Gästezimmer aufspürte, wo ich mich vor ihr versteckt hatte. Ich seufze leise. So idyllisch es hier auf den ersten Blick auch sein mag, habe ich diesen Ort mit der Zeit hassen gelernt. Die Einsamkeit und die Ruhe erdrücken mich, nehmen mir die Luft zum Atmen. Als wir nach Papas Tod auf Raphaels Drängen hin hierhergezogen sind, war das noch anders. Raphael und ich – wir waren anders. Zumindest glaubte ich das. Und so stark meine Liebe zu ihm einst gewesen sein mag, entpuppte sie sich nach und nach als eine Fessel, eine enge Manschette um meinen Hals, jederzeit im Begriff, mir die Kehle abzuschnüren.

Ich leere mein Weinglas in einem Zug, zwinge mich, die düsteren Gedanken aus meinem Kopf zu verbannen. Was soll das jetzt noch bringen – alten Träumen und Erinnerungen nachzuhängen? Raphael wird schon noch sehen, was er davon hat.

Im Erdgeschoß ist es stockdunkel, selbst im Herrenzimmer brennt kein Licht mehr. Gemächlich durchquere ich das Wohnzimmer und erklimme die Treppe im Foyer in den zweiten Stock. Die Tür zu Laras Zimmer am anderen Ende des Flurs ist angelehnt.

Vorsichtig schiebe ich sie auf und werfe einen Blick ins Innere. Was ich sehe, erwärmt mein Herz. Lara liegt im Bett, alle viere von sich gestreckt, ihr hellblondes Haar ergießt sich über das Kopfkissen. Das Flackern der Nachttischlampe erhellt ihre kindlichen Gesichtszüge. Wie friedlich sie aussieht! Auf Zehenspitzen trete ich zu ihr und lege ihr Fido in den Arm, den ich von unten mitgenommen habe. Meine Tochter grummelt ein wenig im Schlaf und greift nach dem Stoffdackel, den sie sofort eng an sich presst. Ich lächle.

»Träum schön, meine Süße«, flüstere ich ihr zu und drücke ihr einen zärtlichen Kuss auf die Stirn.

Dann lösche ich das Licht und schleiche den Gang hinunter, vorbei an Raphaels Schlafzimmer, aus dem bereits lautes Schnarchen dringt, und in mein eigenes.

KAPITEL 4

Rebecca

Verfluchte Hausarbeit.
V Die Lettern auf dem Bildschirm verschwimmen vor meinen Augen und ich muss immer wieder angestrengt blinzeln, um überhaupt etwas erkennen zu können. Mein kombiniertes Arbeits- und Wohnzimmer wird nur von dem grellen Neonlicht meiner Schreibtischlampe erhellt, draußen ist es seit Stunden stockfinster. Ich werfe meinem Bett durch die offene Tür einen sehnsüchtigen Blick zu, dann fahre ich mir mit der Handfläche übers Gesicht und seufze.

Schlaf jetzt bloß nicht ein. Ein paar Seiten noch. Komm schon, du schaffst das.

Erneut schweifen meine Blicke vom Monitor ab und bleiben an einem eingetrockneten Ketchupfleck auf meiner Jogginghose hängen. Ich verziehe das Gesicht. Ich habe praktisch keine sauberen Sachen mehr im Schrank, meine winzige Zweizimmerwohnung strotzt vor Dreck und in der Küche stapelt sich das Geschirr. In den letzten Wochen bin ich kaum hier gewesen, geschweige denn, dass ich Zeit gefunden hätte, mich um die Wäsche zu kümmern oder den Staubsauger anzuwerfen. Meistens habe ich in Majas Appartement übernachtet und kehrte nur gelegentlich kurz in meine Wohnung zurück, um frische Anziehsachen zu holen und die Post durchzusehen.

Ich kann mich nicht erinnern, wann ich zum letzten Mal so erschöpft gewesen bin – emotional wie körperlich. Zu viele Nächte habe ich kaum ein Auge zugetan, aus Angst,

Maja könnte einen neuerlichen Anfall erleiden. Und wenn mich dann doch endlich der Schlaf einholte, schreckte ich kurz darauf schweißgebadet wieder hoch.

In den letzten Wochen wurde meine Schwester von einer regelrechten Welle von Anfällen heimgesucht, bis sie schließlich vor wenigen Tagen gegen ihren Widerstand ins Krankenhaus eingeliefert wurde. In der auf Epilepsiekranke spezialisierten Station wird sie nun einer umfassenden Untersuchung unterzogen, wo hoffentlich eine neue, vielversprechendere Medikation für sie gefunden wird. Seit Montag hängt sie an einem dauerhaften EEG, das ihre Gehirnströme messen soll. Da sie sich während der Prozedur kaum bewegen kann, kommt zweimal täglich ihre Physiotherapeutin vorbei, um mit ihr Übungen durchzuführen, damit ihre Muskeln in den Beinen nicht allzu stark abbauen.

Maja hält sich tapfer, trotzdem ist es schrecklich, sie so zu sehen. Ich wünschte, ich könnte mehr für sie tun, als ihr Gesellschaft zu leisten, ihr ein wenig von dem Leid und der Verzweiflung nehmen, die ich in ihren Augen lesen kann. Selbstredend fand ich in meiner Sorge keine Zeit, die Hausarbeit für Frau Emersons Kurs fertigzustellen.

Dabei wusste ich doch, wie viel auf dem Spiel steht! Die Jobs im Marketing sind rar gesät und das Praktikum bei *Pharmauniverse* könnte mir endlich den Einstieg ins Berufsleben ermöglichen, den ich schon so lange herbeisehne. Da ich erst spät zu studieren begonnen habe, haben mir meine Unikollegen ohnehin mehrere Jahre voraus. Vielleicht könnte ich mich im Anschluss an das Praktikum ja sogar für eine Festanstellung bewerben? Die Vorstellung klingt fast zu schön, um wahr zu sein, und einen Moment lang gebe ich mich meinen Träumereien hin. Nie mehr anderen Leuten Essen servieren. Nicht länger jeden

Cent zweimal umdrehen müssen. Allmorgendlich in der Erwartung eines spannenden und abwechslungsreichen Tages aufwachen.

Während ich noch überlege, ob ich überhaupt über die richtige Garderobe für den Job verfüge, verdunkelt sich der Bildschirm meines Laptops. Eilig fahre ich mit dem Zeigefinger über das Mousepad, um ihn aus dem Dämmerschlaf zu wecken. Der Cursor auf der halbleeren Seite blinkt mahnend auf.

Erneut werfe ich einen Blick auf meine Uhr. Bald zwölf. Fluchend raufe ich mir die Haare, bis meine halb herausgewachsenen Stirnfransen in wilden Strähnen in alle Richtungen vom Kopf abstehen und der nachlässig gebundene Pferdeschwanz fast aufgelöst ist. Die Abgabefrist läuft in wenigen Stunden ab und ich habe keinen Schimmer, wie ich die Arbeit noch rechtzeitig fertigstellen soll.

Reiß dich gefälligst zusammen.

Nur mit Mühe gelingt es mir, mich wieder auf mein bestenfalls halbfertiges Konzept zu konzentrieren.

Ich habe die Website von *Pharmauniverse* genau studiert und das Produktportfolio analysiert. Neben diversen Vitaminpräparaten liegt der Schwerpunkt des Unternehmens auf der Herstellung verschiedenster Psychopharmaka – ein Themenfeld, mit dem ich, seit Maja Stimmungsaufheller verschrieben bekommen hat, ein wenig vertraut bin. Allerdings weiß ich, dass es in Österreich, anders als in Deutschland, verboten ist, Werbung für rezeptpflichtige Medikamente zu schalten, sodass ich mich als Gegenstand meines Marketingkonzepts lieber für ein simples Magnesiumpräparat entschieden habe. Recherchen zur Zielgruppe inklusive einer oberflächlichen Konkurrenzanalyse habe ich bereits angestellt. Und nachdem ich als Marketingziel angenommen habe, dass durch die Werbemaßnahmen tausend Neukunden gewonnen werden

sollen, ist es nur noch das Werbekonzept, das mir Kopfzerbrechen bereitet. Allerdings ist das im Grunde der Kern
der ganzen Arbeit.

Ungeduldig trommle ich mit den Fingern auf die
Tischplatte. Allmählich macht sich Panik in mir breit.
Wieso in Gottes Namen habe ich mit meinen Ausarbeitungen nicht schon viel früher begonnen? Bevor Majas
Zustand sich so weit verschlechterte, dass er Mama und
mich mal wieder in ein Meer aus Sorgen und eine organisatorische Achterbahn zwecks ihrer Betreuung stürzte?
Wo sind sie bloß hin, all die bahnbrechenden Ideen und
innovativen Konzepte, die mir in meiner anfänglichen
Euphorie durch den Kopf schwirrten? Noch vor wenigen
Wochen brannte ich darauf, meine Kreativität unter Beweis zu stellen, doch jetzt herrscht in meinem Gehirn dieselbe Leere wie auf der leuchtend weißen Seite vor mir
auf dem Bildschirm.

Den Ferienjob kann ich mir jedenfalls abschminken.
Ich sollte froh sein, wenn ich den Kurs überhaupt bestehe.
Frau Emersons Gesicht taucht vor meinem inneren Auge
auf, wie sie mit herabhängenden Mundwinkeln traurig
den Kopf schüttelt, und ich spüre, wie sich mein Magen
zusammenkrampft.

Schon als ich Frau Emerson zum ersten Mal sah, war
ich fasziniert von ihr. Mit dem dezenten Make-up und
ihrer eleganten, aber unverkennbar teuren Kleidung macht
sie stets den Eindruck, als wäre sie der Titelseite eines Mo-
dekatalogs entsprungen. Wobei eine Frau wie sie sicher
selbst in einen Kartoffelsack gehüllt noch toll aussehen
würde. Dazu hält sie ihre Vorträge mit einer Leidenschaft,
die ich selten zuvor erlebt habe. Die Studenten liegen ihr
wirklich am Herzen und es gelingt ihr wie keiner anderen,
selbst den langweiligsten Stoff noch interessant erscheinen zu lassen.

Beim Gedanken, wie enttäuscht Frau Emerson von mir sein wird, wird mir das Herz ganz schwer. Der verstohlene Blick, den sie mir zuwarf, als sie den Praktikumsplatz in Aussicht stellte, ist mir nicht entgangen. Ich bin eine der Besten in ihrer Vorlesung, bestimmt erwartet sie ein ausgeklügeltes Konzept von mir. So viel dazu.

Schluss mit dem Selbstmitleid. Das hast du dir allein selbst zuzuschreiben. Bring es endlich zu Ende.

Ohne recht zu wissen, worauf ich eigentlich hinauswill, hämmern meine Finger in die Tastatur. Spontan entscheide ich mich für einen Klassiker. Einen Mix aus Suchmaschinenoptimierung und Social-Media-Marketing, kombiniert mit einer Rabattaktion für Neukunden und einem Verkaufsstand auf verschiedenen Sportmessen im nächsten Jahr, die ich auf die Schnelle ausfindig machen kann.

Ich lese den etwas wirr klingenden Text noch einmal durch und bessere den einen oder anderen Tippfehler aus, dann verfasse ich eine E-Mail an Frau Emersons Sekretariat. Gegen vier Uhr morgens drücke ich endlich auf »senden«.

Erschöpft lehne ich mich auf meinem Schreibtischsessel zurück. Einfallsreich und progressiv ist eindeutig anders – aber was soll's. Mehr war in der kurzen Zeit nicht zu machen.

Mit dem niederschmetternden Gefühl im Bauch, eine große Chance vertan zu haben, erhebe ich mich und lasse mich vollständig angezogen auf mein ungemachtes Bett sinken. Einen Augenblick später falle ich in einen tiefen traumlosen Schlaf.

KAPITEL 5

Anette

Konzentriert lasse ich die rote Spitze des Konturenstifts den Rand meiner Lippen entlangwandern. Nachdem ich den Zwischenraum mit dem passenden Lippenstift ausgemalt habe, tupfe ich mir zum Abschluss noch mit einem Kosmetiktuch auf den Mund, um etwas überschüssige Farbe zu entfernen. Nachdenklich betrachte ich mein Werk. Der dunkle Rotton bildet einen ungewohnt scharfen Kontrast zu meiner hellen Haut und lässt meine Lippen voller erscheinen, als sie eigentlich sind. Unwillkürlich läuft mir ein Schauer über den Rücken, als klar wird, an wen mich die Frau im Spiegel erinnert. Ich sehe aus wie das Ebenbild meiner Mutter.

»Bist du so weit?«

Raphael ist im Türrahmen aufgetaucht, der Geruch seines herben Männerparfums, das ich früher mal so unwiderstehlich fand, gepaart mit Zigarettenrauch, dringt in meine Nase. In seiner Stimme liegt ein Hauch von Ungeduld. Er trägt eine beige Stoffhose, dazu ein weißes Hemd und einen dunkelblauen Zweireiher mit goldenen Knöpfen. Sein Haar ist wie immer sorgsam gescheitelt und mit Haarlack fixiert.

»Einen Moment noch.« Ohne mich zu ihm umzuwenden, greife ich nach der Bürste und beginne mir mit gleichmäßigen Bewegungen die blonden Strähnen aus dem Gesicht zu kämmen.

»Das Taxi wartet. Beeil dich bitte, wir sind ohnehin spät dran. Weißt du etwa nicht mehr, wie wichtig dieser Abend für mich ist?«

Ich unterdrücke ein Augenrollen, lege die Bürste beiseite und streckte die Hand nach meiner Clutch aus. Wie könnte ich das vergessen. Schließlich hat er das Abendessen bei Martin und Elfriede Wolf in den letzten Tagen gefühlt fünfzigmal erwähnt.

Ich werfe noch einen letzten Blick in den Spiegel meiner Frisierkommode, dann stehe ich auf und folge Raphael die Treppe hinunter. Gerade will ich nach meinem Mantel greifen, da vernehme ich auf einmal das Trommeln von Kinderfüßen, die sich eilig auf uns zu bewegen.

»Mami, Papi – wartet auf mich!«

Lara kommt herbeigelaufen und schlingt die Arme um meine Hüfte. »Darf ich mitkommen, Mami? Bitte, bitte, bitte!«

Mit einem Seitenblick auf Raphael, der ungeduldig mit dem Fuß scharrt, löse ich mich aus ihrer Umklammerung. In Laras Mundwinkel entdecke ich die Spuren ihres Schokoladekuchens, den wir am Nachmittag gebacken haben, und ich nestele in meiner Handtasche nach einem Taschentuch.

»Das geht leider nicht, mein Schatz«, sage ich sanft, während ich mich bemühe, ihren Mund von den klebrigen Krümeln zu befreien. »Dein Papa und ich sind doch heute zum Abendessen eingeladen, das ist nur für Erwachsene. Aber in ein paar Stunden sind wir wieder zu Hause, Ehrenwort.«

Lara zieht eine Schnute. »Du hast mir versprochen, dass wir noch mit Fido in den Garten gehen. Er braucht Auslauf.« Wie zum Beweis zerrt sie an der Hundeleine, die um ihr Handgelenk geschlungen ist, und der treue Stoffdackel gleitet über den Steinboden und bleibt zu unseren Füßen liegen.

Ich kann mir ein Schmunzeln nicht verkneifen. »Heute nicht, Schatz. Aber Martha freut sich sicher schon darauf, mit euch beiden vor dem Schlafengehen rauszugehen. Nicht wahr?«

»Das stimmt«, erwidert Martha, die hinter der Kleinen aufgetaucht ist, wie auf Kommando. »Schluss jetzt, Lara. Deine Eltern müssen wirklich los, sonst kommen sie noch zu spät.«

Nur widerwillig lässt Lara uns ziehen. Durch die Heckscheibe des Taxis kann ich sehen, wie sie an der Eingangstür steht und winkt, bis der schwarze Mercedes die Zufahrtsstraße passiert hat und endgültig aus ihrem Blickfeld entschwunden ist.

»Wieso warst du nicht früher mit ihr im Garten?« Raphael deutet vorwurfsvoll auf seine Armbanduhr. »Wir sollten längst auf dem Weg nach Hietzing sein.«

»Wir schaffen es schon noch pünktlich. Das Essen fängt doch erst in einer halben Stunde an.«

Raphael schnaubt, sagt jedoch nichts mehr. Stattdessen zieht er sein Handy aus der Tasche und beginnt sogleich, emsig darauf herumzutippen.

Es ist, wie es immer ist. Mein Ehemann, sein Smartphone und ich. Ich seufze stumm und lasse mich gegen die Rückenlehne sinken. Ich bin ein wenig beleidigt, dass er mein Outfit mit keinem Wort gewürdigt hat. Dabei habe ich mir solche Mühe gegeben, das Bild der perfekten Vorzeigeehefrau abzugeben. Ich trage ein schmal geschnittenes Kleid, das eine Handbreit oberhalb des Knies endet, darüber einen passenden Blazer im Chanel-Stil, meine Ohren zieren die Perlenstecker, die mir Raphael vor einigen Jahren zum Hochzeitstag geschenkt hat. Ob es am Lippenstift liegt? Vielleicht war die Farbe doch ein wenig zu gewagt. Verstohlen ziehe ich ein Taschentuch hervor und tupfe damit über meine Lippen.

Vierzig Minuten später haben wir die Stadtgrenze erreicht und zockeln gemächlich durch eine ländlich wirkende Gegend. Die Straßen von Hietzing, einem der schönsten Randbezirke Wiens, sind sauber und gepflegt und von majestätischen Altbauten und Villen gesäumt. Gelegentlich passieren wir den einen oder anderen Fußgänger, der mit seinem Hund den Gehsteig entlangtrabt, bis wir vor einem gelb gestrichenen Anwesen mit grünen Fensterläden anhalten. Endlich lässt Raphael von seinem Handy ab und verstaut es in seiner Sakkotasche. Er zückt sein Portemonnaie und zieht einen Geldschein daraus hervor, den er dem Fahrer nach vorne reicht.

»Stimmt so. Ach ja – und hätten Sie Zeit, uns später an derselben Stelle wieder abzuholen?«

Beim Anblick des großzügigen Trinkgelds weiten sich die Augen des Taxlers. Hastig kramt er in der Mittelkonsole nach seiner Visitenkarte. »Klar. Hier ist meine Karte. Rufen Sie einfach ein paar Minuten vorher an, ich bleibe in der Nähe.«

Bei Raphael untergehakt steige ich die Stufen zum Eingang der herrschaftlichen Villa empor. Kaum haben wir den Klingelknopf betätigt, wird die Tür auch schon geöffnet und eine Frau in dunklem Rock und weißer Bluse gewährt uns Einlass.

»Bitte kommen Sie doch weiter. Darf ich Ihnen die Mäntel abnehmen?«

Neugierig sehe ich mich in dem geräumigen Entree um. Die Decken sind stuckbesetzt, die sandfarben gestrichenen Wände zieren große Landschaftsgemälde. Seit ich zum letzten Mal hier war, scheint sich nicht viel verändert zu haben. Nur einige der Fotoaufnahmen auf der Kommode zu meiner Linken kenne ich noch nicht. Sie zeigen immer dieselben zwei Mädchen im Volksschulalter, die breit grinsend ihre beachtlichen Zahnlücken präsentieren – Martins und Elfriedes Enkelkinder, wie ich weiß.

»Raphael, Anette – schön, dass ihr gekommen seid«, vernehme ich da auch schon Martins Stimme. Inzwischen muss er die Siebzig weit überschritten haben, sein im Laufe der Jahre lichter gewordenes Haar erstrahlt in einem hellen Grau, doch noch immer strotzen seine Augen vor spitzbübischem Charme.

Er schüttelt meinem Ehemann die Hand, dann senkt er den Kopf zu einem galanten Handkuss, wobei seine Lippen sanft über meinen Handrücken streifen.

»Das Kleid steht dir fantastisch, Anette! Und erst der Lippenstift – kaum zu glauben, aber du siehst deiner Mutter von Tag zu Tag ähnlicher.«

Mein Magen zieht sich bei dieser Bemerkung schmerzhaft zusammen. »Äh – danke, Martin«, bringe ich mühsam hervor und schlage die Augen nieder. Erneut verfluche ich mich dafür, mich nicht für eine dezentere Farbe entschieden zu haben, und nehme mir vor, den Lippenstift bei der nächsten Gelegenheit zu entsorgen.

Martin scheint von meiner Irritation über seine unbedachte Äußerung nichts mitbekommen zu haben. Mit einer ausholenden Handbewegung winkt er eine Servierkraft heran, die dem Mädchen, das uns vorhin die Mäntel abgenommen hat, aufs Haar gleicht, und ein Tablett mit Gläsern bringt.

»Auf uns! Wie heißt es so schön? So jung komma nimma zam«, sagt er in holprigem Wiener Dialekt, der aus seinem Mund merkwürdig deplatziert klingt. »Elfriede kommt auch gleich – sie ist nur eben in der Küche. Irgendein Notfall mit den Desserts.«

Höflich nehmen wir die angebotenen Champagnerflöten entgegen und prosten ihm zu. Raphaels mahnenden Blick ignorierend, nippe ich an der prickelnden Flüssigkeit. Mein Mann kann es nicht ausstehen, wenn ich in Gesellschaft trinke, doch für den Moment ist mir das egal.

Die Anwesenheit all der ehemaligen Geschäftspartner und Bekannten meiner Eltern ist ohne Alkohol schlicht nicht zu ertragen.

Wir folgen Martin in den Salon, wo sich bereits ein Dutzend anderer Gäste unterschiedlichen Alters tummelt. Ich erkenne einige vertraute Gesichter, darunter die Ehepaare Kierling, Bischop und Fürstenfeld – allesamt ehemalige Freunde meiner Eltern und Aufsichtsratsmitglieder von *Pharmauniverse*. Martin führt uns an einen der Stehtische, auf denen Schälchen mit Nüssen und Knabbergebäck bereitstehen, bevor er sich Raphael zuwendet.

»Na, erzähl mal, Junge. Was machen die Geschäfte?«

Martin war Papas Gründungspartner von *Pharmauniverse* – damals noch Emerson & Wolf Medications. Bereits zwei Jahre nach der Eröffnung, die von Auseinandersetzungen über die Geschäftspolitik geprägt waren, zog er sich aus der Firma zurück und trat den Großteil seiner Anteile an andere Teilhaber ab. Eine Entscheidung, die er inzwischen bereut haben dürfte. Dank des Geschäftssinns meines Vaters und der Finanzkraft verschiedener Investoren konnte sich das Unternehmen tatsächlich in der heiß umkämpften Pharmabranche durchsetzen – ein Aufwärtstrend, den Raphael, der ihm als Geschäftsführer nachfolgte, obendrein noch zu steigern vermochte.

»Ganz hervorragend.« Raphael lächelt blasiert. »Es sieht so aus, als würde *Pharmauniverse* dieses Jahr einen Rekordumsatz verzeichnen. Der Arzneihandel boomt, wir überlegen sogar zu expandieren und eine neue Zweigstelle in Prag zu errichten.« Seine Brust schwillt bei diesen Worten vor Stolz an. »Aber ich will nicht zu viel verraten. All das wirst du im nächsten Quartalsbericht ohnehin schwarz auf weiß zu lesen bekommen.«

Martin klopft Raphael anerkennend auf die Schulter. »Musik in meinen Ohren.« Beinahe meine ich, die Dollarzeichen in seinen Augen aufleuchten zu sehen.

»Du musst sehr stolz auf deinen Ehemann sein, Anette. Schade, dass Christian das nicht mehr miterleben kann. Dein alter Herr hätte seine helle Freude gehabt!«

Ich spüre einen Stich im Herzen, wie immer, wenn ich an den Tod meines Vaters erinnert werde. Erst meine Mutter und jetzt auch noch Papa – Martin hat wirklich das Feingefühl einer Dampfwalze. Trotzdem nicke ich tapfer und tätschle Raphael in einer bewundernden Geste den Oberarm. »Raphael ist das Beste, was *Pharmauniverse* passieren konnte.« Grinsend füge ich hinzu: »Ich meine, stell dir vor, ich hätte den Laden übernommen – dann hätten wir bestimmt längst Konkurs anmelden müssen und würden unter der nächstbesten Brücke hausen.«

»Danke, Schatz.« Raphael schenkt mir ein Lächeln, das seine Augen jedoch nicht erreicht. »Aber sei doch nicht so bescheiden. Immerhin ist es uns durch deine Kontakte an der WU gelungen, einige unserer besten Mitarbeiter anzuwerben.«

»Anette und Raphael – Wiens glamourösestes Traumpaar«, trällert Elfriede, Martins Ehefrau, die an den Tisch getreten ist und uns mit Luftküssen begrüßt. »Wie ihr gemeinsam Ehe und Beruf meistert, ist wirklich bewundernswert. Da könnten sich die meisten hier eine Scheibe von euch abschneiden.« Sie wirft einen vielsagenden Blick zu Andreas Bischop, einem übergewichtigen Glatzkopf in den späten Fünfzigern, der mit einer blutjungen dunkelhaarigen Schönheit gekommen ist – seine dritte Ehefrau, wenn ich nicht irre.

Die Ironie in ihren Worten entgeht mir nicht. Raphael und ich – das Sinnbild eines glücklichen Ehepaars. Wenn Elfriede wüsste, wie es hinter verschlossenen Türen um unsere Beziehung bestellt ist, denke ich und unterdrücke ein Schnauben. Doch dies ist weder richtige Ort noch der richtige Zeitpunkt, um meiner Verdrossenheit über den Verfall meiner Ehe Ausdruck zu verleihen, und so stimme ich in das verhaltene Kichern der Gastgeberin mit ein.

»Danke, Elfriede«, sage ich lächelnd. »Mit Raphael hatte ich aber auch riesiges Glück. Er ist ein richtiger Schatz.«

Ich werfe einen verstohlenen Seitenblick zu meinem Mann, der kaum merklich nickt. Offensichtlich ist er mit meiner Performance zufrieden.

In diesem Augenblick erspähe ich an einem Stehtisch im hinteren Teil des Raums einen schmächtigen Mittdreißiger mit jungenhaft verwuscheltem Haar, und meine Stimmung hellt sich jäh auf. Wenn Martins Sohn Thomas auch hier ist, wird der Abend vielleicht doch nicht so langweilig wie ursprünglich befürchtet.

Nachdem ich mit den Gastgebern noch einige belanglose Floskeln ausgetauscht habe – Martins und Elfriedes Enkelkinder gehen inzwischen in die zweite Klasse – ja, Lara entwickelt sich prächtig und geht gerne in den Kindergarten – wer hätte das gedacht – meine Kurse auf der Uni sind so gut besucht wie nie – entschuldige ich mich höflich und bahne mir einen Weg durch die Anwesenden auf meinen alten Freund zu.

»Hallo, Fremder«, raune ich ihm zu und versetze ihm einen freundschaftlichen Stups in die Seite. »Dass man dich mal zu Gesicht bekommt.«

Thomas, der eben noch gedankenversunken an seinem Champagner genippt hat, sieht überrascht auf. Er lächelt, als er mich erkennt.

»Ich dachte mir schon, dass ich dich hier treffe. Wie geht's dir, Anne? Wir haben uns jetzt – wie lange nicht gesehen?« Ein paar Sekunden lang denkt er angestrengt nach, dann schüttelt er den Kopf. »Keine Ahnung, jedenfalls viel zu lange.«

Ich grinse. Niemand außer Thomas nennt mich noch Anne. Zumindest nicht mehr, seit ich mit fünfzehn befand, ich sei zu alt für meinen Spitznamen aus Kindheitstagen.

»Fast zwei Jahre.« Nun ist es an mir, ungläubig den Kopf zu schütteln. »Wahnsinn, wie die Zeit vergeht. Wie geht's Helena?« Ich blicke über die Schulter und suche die Anwesenden nach Thomas' Ehefrau ab, kann sie jedoch nirgendwo entdecken.

Thomas starrt verlegen auf seine Fingerknöchel. Meine Frage scheint ihm Unbehagen zu bereiten. »Sie ist nicht hier. Wir leben schon seit einiger Zeit getrennt, weißt du.«

Mein Blick fällt auf die ringlosen Finger seiner linken Hand und die Röte schießt mir in die Wangen.

»Tut mir leid, ich hatte ja keine Ahnung. Wie ist das denn passiert? Als ich euch zum letzten Mal sah ...« Ich verstumme jäh, als ich Thomas' gequälten Gesichtsausdruck bemerke.

»Das ist eine lange Geschichte«, erwidert er gedehnt und seufzt. »Ich schätze, wir haben uns einfach auseinandergelebt. Jedenfalls hat sie mir vor einem halben Jahr eröffnet, dass sie die Scheidung will.« Er zuckt in einer gleichgültigen Geste die Achseln, doch der Schmerz in seinen Augen verrät ihn. »Verdammt teure Angelegenheit, kann ich dir sagen.«

Ich strecke die Hand aus und drücke ihm mitfühlend den Oberarm. »Tut mir ehrlich leid, Tommy«, murmele ich und bediene mich nun ebenfalls seines alten Kosenamens. »Aber wie heißt es so schön – auch andere Mütter haben hübsche Töchter, nicht wahr?«

Er nickt und sieht mich dabei durchdringend an. Einen Augenblick lang halte ich dem Blickkontakt stand, dann senke ich verlegen den Kopf. Papa und die Wolfs waren eng befreundet und in unserer Jugend haben Thomas und ich ganze Sommer zusammen in dem riesigen Haus in der Toskana verbracht, das wir alljährlich mieteten. Schon damals vermutete ich insgeheim, dass Thomas womöglich mehr als bloß freundschaftliche Gefühle für mich hegen könnte. Zumindest, bis Raphael auf der Bildfläche erschien und unser Kontakt erst spärlicher wurde und schließlich völlig zum Erliegen kam.

»Was ist mit dir? Du und Raphael, seid ihr ...«

»Es läuft gut. Sehr gut sogar«, erwidere ich eine Spur zu enthusiastisch. »Lara ist jetzt vier. Sie ist so groß geworden, wird langsam eine richtige kleine Dame.« Beim Gedanken an meine Tochter stiehlt sich ein Grinsen auf mein Gesicht.

Thomas lächelt ein wenig gequält und ich beiße mir auf die Unterlippe. Verdammt, wie taktlos von mir! Erst jetzt fällt mir wieder ein, wie Martin einmal erwähnt hat, Helena würde seit geraumer Zeit versuchen, schwanger zu werden. Ob das wohl mit ein Grund für das Scheitern ihrer Ehe war?

Bevor ich zu einer Entschuldigung für meine unsensible Bemerkung ansetzen kann, tritt die Kellnerin an unseren Tisch und bietet uns frische Getränke an. Froh über die Unterbrechung nehme ich die Champagnerflöte entgegen und genehmige mir einen großen Schluck.

»Spielst du eigentlich noch Tennis?« Thomas wechselt geschickt das Thema, nachdem die Bedienung wieder abgezogen ist. »Früher warst du richtig gut, wenn ich mich recht erinnere.«

»Das sagst gerade du.« Ich muss kichern. »Ich weiß nicht mal mehr, wann ich zuletzt einen Tennisschläger in der Hand hatte. Aber falls du Lust hast, dein angeschlagenes Ego aufzupolieren, lässt sich da bestimmt was arrangieren.«

Er grinst. »Das wäre klasse.«

Auf einmal spüre ich Raphaels Berührung an meiner Schulter, und ich bemerke, wie sich Thomas' Körperhaltung mir gegenüber versteift. Eilig rücke ich ein paar Zentimeter von meinem alten Freund ab.

»Thomas. Schön dich zu sehen.« Raphael nickt ihm knapp zu, wobei er besitzergreifend den Arm um meine Taille legt. »Kommst du, Liebes? Wir werden zu Tisch gebeten.«

Mit einem entschuldigenden Blick zurück forme ich meine Hand zu einem Telefonhörer, um Thomas zu signalisieren, dass ich ihn wegen der Tennisstunde anrufen werde, dann lasse ich mich von Raphael aus dem Raum bugsieren.

»Was sollte das?«, wispert er, kaum dass wir außer Hörweite sind. »Willst du vor mich vor allen Leuten bloßstellen?«

»Ich habe doch nur Smalltalk gemacht«, rechtfertige ich mich ebenso leise. »Mach jetzt bloß keine Szene.«

Raphael presst die Lippen aufeinander, sagt jedoch nichts mehr. Ich kenne meinen Ehemann und weiß, das Thema ist damit noch nicht erledigt. Wahrscheinlich blüht mir auf dem Heimweg eine Gardinenpredigt wegen meines angeblich treulosen Verhaltens. Thomas war ihm schon immer ein Dorn im Auge.

Als wir das Esszimmer betreten, haben die meisten Gäste ihre Plätze an der langen Tafel bereits eingenommen. Es gibt Spargelcremesuppe, anschließend Tafelspitz. Das Gespräch plätschert dahin und wird vorwiegend von Raphael dominiert, der sich über die Chancen einer möglichen Expansion nach Osteuropa auslässt. Als Geschäftsführer ist es seine Pflicht, die übrigen Gesellschafter und Aufsichtsräte bei Laune zu halten – eine Aufgabe, die er wie immer mit Bravour meistert.

Gedankenverloren nippe ich an meinem Weinglas, während ich halbherzig den Erzählungen von Antonia, Andreas Bischops aktueller Ehefrau, lausche, die sich wortreich über ihre geldgierigen und nichtsnutzigen Vorgängerinnen auslässt. Auch wenn ich mit dieser Art gesellschaftlicher Anlässe aufgewachsen und geübt darin bin, notfalls stundenlang über Belanglosigkeiten zu plaudern, finde ich solche Veranstaltungen schrecklich anstrengend. Das ist sicher einer der Gründe, warum ich nie in Papas Fußstapfen treten wollte. Allein der Gedanke, tagein, tagaus von einem Meeting ins nächste zu stolpern und die Abende mit Klinkenputzen zu verbringen, lässt mir die Nackenhaare zu Berge stehen.

Gegen halb zwölf macht sich endlich allgemeine Aufbruchsstimmung breit und wir verabschieden uns von Martin und den anderen.

»Was sollte das mit Thomas?«, blafft Raphael mich an, kaum dass wir wieder im Taxi sitzen. »Was willst du denn von dem Kerl?«

Müde streiche ich mir eine verirrte Strähne hinters Ohr. »Bitte, Raphael, das hatten wir doch schon. Tommy und ich sind alte Freunde, nichts weiter.«

»Der Art nach zu urteilen, wie er dich angesehen hat, fällt es mir schwer, das zu glauben. Und dann noch euer heimliches Getuschel – was sollen nur die Leute denken?«

Ich zwinge mich, von zehn rückwärts zu zählen, um mir einen spitzen Kommentar zu verkneifen.

»Es tut mir leid, Schatz. Ich wollte dich nicht in eine unangenehme Situation bringen. Aber ich bezweifle, dass irgendwer den Eindruck hatte, wir würden miteinander flirten. Wir haben uns ewig nicht gesehen, das ist alles.«

Als ob du der Ehemann des Jahrhunderts wärst.

»Das liegt nur am Wein«, fährt er fort, ohne auf meine Erwiderung einzugehen. »Wie oft habe ich dir schon gesagt, dass du in Gesellschaft nicht trinken sollst? Der Alkohol – er verträgt sich nicht mit deinen Medikamenten. Muss ich dich wirklich daran erinnern, wie du ...«

»Raphael! Nun ist es aber genug«, fahre ich dazwischen. Mit meiner Selbstbeherrschung ist es endgültig vorbei. »Zwei Gläser Champagner und etwas Wein zum Essen – jetzt tu doch nicht so, als hätte ich ein Alkoholproblem! Krieg dich wieder ein, ja?«

Raphael schnaubt abfällig, dann richtet er den Blick demonstrativ aus dem Fenster. Die restliche Fahrt verläuft schweigend.

KAPITEL 6

Rebecca

Entschuldigung – darf ich bitte?«
Keuchend versuche ich, mich an einem Grüppchen Studenten vorbeizudrängen, das lachend und schwatzend über den Campus schlendert und mir den Weg blockiert.

»Entspann dich mal«, murrt ein grobschlächtiger Junge, tritt jedoch zur Seite.

Wortlos haste ich weiter. Der Campusplatz ist derart überfüllt, dass ich nur mühsam vorankomme und mein Sprint einem Spießrutenlauf gleicht. Schweiß rinnt mir vom Haaransatz in den Nacken, ich stinke nach Frühstücksspeck und meine Muskeln brennen von der ungewohnten Bewegung, doch ich versuche, nicht darauf zu achten. Ohne das Tempo zu reduzieren, schiebe ich den Ärmel meiner Bluse hoch und werfe einen Blick auf meine Uhr. Verdammt, Viertel vor zwei. Wie ich es hasse, zu spät zu kommen!

Schon als mich mein Chef Hans gestern kurz vor Dienstschluss bat, kurzfristig auch die Frühschicht im Café zu übernehmen, war mir klar, dass ich es niemals pünktlich zur Marketingvorlesung schaffen würde. Normalerweise hätte ich abgelehnt – die Uni hat Vorrang, und Hans kennt schließlich meinen Semesterplan –, doch diesmal besann ich mich anders. Maja zuliebe habe ich in den vergangenen Wochen gleich mehrere Schichten sausen lassen, und der schnippischen Art nach zu urteilen, mit der mir Hans in letzter Zeit begegnete, ist er langsam am Ende mit seiner Geduld. Bald sind Sommerferien, das wäre der denkbar ungünstigste Zeitpunkt, meinen Job zu verlieren.

Nach einer gefühlten Ewigkeit erreiche ich endlich den Gebäudekomplex, in dem die Vorlesungssäle untergebracht sind. Meine Schritte hallen von dem grauen Fliesenboden der Eingangshalle wider, während ich auf den Raum mit der Nummer dreiundvierzig zuhalte, in dem Frau Emersons wöchentliche Vorlesung stattfindet. Die Hand auf der Klinke halte ich einen Augenblick inne in dem vergeblichen Versuch, meinen rasenden Herzschlag zu beruhigen, dann stoße ich die Tür auf und schlüpfe hindurch.

Mit einem Schlag ist es vollkommen still im Saal, knapp hundert Augenpaare sind neugierig auf mich gerichtet. Selbst Frau Emerson, die gerade am Beamer hantiert, wendet sich überrascht zu mir um. Ich beiße die Zähne zusammen. So viel zu meinem Plan, unbemerkt in die letzte Bank zu schleichen. Knallrot im Gesicht murmele ich eine Entschuldigung und lasse mich auf den nächstbesten freien Stuhl fallen.

»Wie ich soeben sagte, hatte ich bereits Gelegenheit, eure Hausarbeiten zu korrigieren«, fährt Frau Emerson fort.

Ich spüre, wie sich mein Magen instinktiv zusammenkrampft. Dank der zwei hünenhaften Gestalten in der Reihe vor mir kann ich kaum das Podium erkennen und ich beuge mich vor, um zwischen den beiden hindurch einen Blick auf die Universitätsassistentin zu erhaschen.

»Die Ergebnisse sind sehr unterschiedlich ausgefallen. Ein paar von euch haben sich mächtig ins Zeug gelegt. Andere hingegen werden sich bei den Abschlussprüfungen deutlich mehr anstrengen müssen, wenn sie diesen Kurs bestehen wollen.« Ihr Gesicht ist ernst, während sie ihre Studenten streng fixiert.

Ich senke beschämt den Blick und mache mich auf meinem Platz ganz klein. Ob sie damit auch mich gemeint hat? Natürlich weiß ich, dass die Arbeit, die ich abgeliefert habe, nicht gerade meine beste war, aber war sie wirklich dermaßen schlecht? Mir entfährt ein frustriertes Stöhnen. Ich hinke der Mindeststudienzeit zwar mindestens um zwei Jahre hinterher, dafür habe ich stets darauf hingearbeitet, mit meinem Notendurchschnitt nicht unter 1,5 zu fallen. Ich kann nur hoffen, dass mir diese verdammte Hausarbeit jetzt nicht alles zunichtemacht.

»Wie dem auch sei, die Noten stehen fest und werden in diesem Augenblick am Institut ausgehängt. Bleibt nur noch eines.« Sie lässt eine bedeutungsschwere Pause entstehen. »Und das wäre der Praktikumsplatz, den ich euch in Aussicht gestellt habe. Zur Erinnerung für diejenigen, die es vergessen haben: Als Auszeichnung für die beste Semesterarbeit wird dieses Jahr ein dreimonatiges Praktikum bei *Pharmauniverse* vergeben. Einem marktführenden Unternehmen der Pharmabranche, wie ich hinzufügen möchte, also eine tolle Chance für den oder die Kandidatin.«

Frau Emerson, die an diesem Tag ein figurbetontes Etuikleid trägt, strafft die Schultern und lässt den Blick lächelnd durch die Bänke schweifen. Halblautes Gemurmel macht sich unter den Anwesenden breit. Einige meiner Kommilitonen richten sich auf und werfen einander verstohlene Seitenblicke zu. Auch ich lehne ich auf meinem Sitzplatz weiter nach vorne, um nicht zu verpassen, was jetzt kommt. Ich bin schrecklich neugierig, wer meiner Mitstudenten das Rennen machen wird.

»Und ich muss sagen, es waren gleich mehrere vielversprechende Konzepte unter euren Ausarbeitungen, sodass mir die Wahl wirklich schwergefallen ist. Nichtsdestotrotz steht meine Entscheidung fest. Ich werde dann im Anschluss an die heutige Vorlesung direkt mit dem oder der Glücklichen in Kontakt treten und die nächsten Schritte besprechen.«

Dann klatscht sie in die Hände und wendet sich dem Laptop auf dem Professorenpult zu. Mit einem Mausklick erwacht die Leinwand hinter ihr zum Leben. »Aber nun machen wir besser weiter mit dem Stoff – immerhin bleiben nur noch wenige Wochen bis zu den Prüfungen, nicht wahr? Nachdem wir uns also ausgiebig mit der Erstellung von Marketingstrategien und -konzepten befasst haben, werden wir uns in den nächsten Einheiten der Umsetzungsphase derselben annehmen.«

Sie betätigt erneut eine Taste auf ihrem Laptop und der Bildschirmhintergrund wird von einer in Schwarzweiß gehaltenen Folie abgelöst.

»Im Rahmen der sogenannten Marketingimplementierung werden die definierten Marketingstrategien in aktionsfähige Aufgaben und Tätigkeiten heruntergebrochen. Dadurch soll sichergestellt werden, dass die Strategieziele auch erfüllt werden. Es handelt sich dabei um einen Prozess, der wiederum in zwei Teilaspekte untergliedert werden kann.«

Und so geht es weiter.

Nun, da der Stress und die Anspannung wegen der Notenvergabe allmählich von mir abfallen, breiten sich Erschöpfung und Müdigkeit aus. Meine Beine schmerzen vom ständigen Hin- und Herlaufen im Café, und auch der Schlafmangel macht sich langsam bemerkbar. Ein Königreich für eine Tasse Kaffee, schießt es mir durch den Kopf, und ich denke sehnsüchtig an die unweit gelegene Starbucksfiliale.

Verdammter Jörg.

Meine Miene verfinstert sich bei der Erinnerung an mein Date mit dem Barista letzte Woche. Am Ende habe ich Majas Drängen nachgegeben und mich mit ihm nach Dienstschluss auf einen Drink in der Campusbar verabredet. Nicht, dass ich große Hoffnungen in das Treffen gesetzt hatte, aber der Abend war wirklich ein einziges Desaster.

Jörg bekam vor Nervosität kaum einen vernünftigen Satz heraus und mied meinen Blick, sodass ich die Konversation weitgehend allein bestreiten musste, um dem peinlichen Schweigen zu entgehen. Keine Spur von dem charmanten Wuschelkopf, der meine Kaffeebecher mit witzigen Sprüchen vollkritzelte und mich mit seinen Scherzen zum Lachen brachte. Gegen zehn hatte ich schließlich die Nase voll und ergriff die Flucht. Seither bombardiert er mich mit verliebten Nachrichten, auf die ich entweder wortkarg oder gar nicht antworte. Die Starbucksfiliale, in der er arbeitet, habe ich auch nicht mehr betreten, aus Angst, ihm dort in die Arme zu laufen. Stattdessen musste ich zähneknirschend mit der ekligen Brühe des Kaffeeautomaten vorliebnehmen – ein unwürdiger Ersatz für meinen geliebten Cappuccino.

Das kommt davon, wenn du auf Majas Dating-Ratschläge hörst. Wieso hast du denn nicht auf dein Bauchgefühl vertraut?

Sofort plagt mich das schlechte Gewissen. Maja hat selten Dates und kann bei ihren Erfahrungen in Bezug auf Männer nicht gerade aus dem Vollen schöpfen. Trotzdem meint sie es doch nur gut.

»Das war's für heute«, sagt Frau Emerson in diesem Moment und reißt mich abrupt aus meinen Gedanken. »Wir sehen uns dann nächste Woche um dieselbe Zeit.«

Erleichtert stopfe ich Block und Kugelschreiber in die Tasche und springe auf.

Endlich.

Frau Emersons folgende Sätze gehen in dem kollektiven Fußgetrappel und Stühlerücken beinahe unter. »Ach – Frau Karlston? Auf ein Wort noch bitte.«

Mein Kopf ruckt nach oben. Einen Moment lang blicke ich ratlos um mich, als erwarte ich, eine andere Studentin mit demselben Nachnamen würde sich angesprochen fühlen, doch niemand scheint Notiz von ihrer Aufforderung zu nehmen. Verdammt. Was will sie bloß von mir?

Mit einem mulmigen Gefühl im Bauch schultere ich meine Tasche und steige die Treppen zum Professorenpult hinunter. Ungeduldig von einem Bein aufs andere tretend sehe ich ihr dabei zu, wie sie ihre Sachen zusammenpackt. Erst als auch der letzte Student den Saal verlassen hat, wendet sie ihre Aufmerksamkeit mir zu. Ihr Blick ist unerwartet warm.

»Herzlichen Glückwunsch zu Ihrer beeindruckenden Leistung, Frau Karlston. Schon bisher haben Sie sich in meinem Kurs hervorgetan, aber Ihr Konzept über die Vermarktung von Magnesiumpräparaten hat mich restlos überzeugt.« Ein Lächeln ist auf ihrem hübschen Gesicht erschienen. »Mit Ihrem Einverständnis würde ich Ihre Hausarbeit zusammen mit Ihrem Lebenslauf daher gern an *Pharmauniverse* weiterleiten. Die Personalabteilung wird sich dann wegen eines Vorstellungstermins mit Ihnen in Verbindung setzen. Wenn ich die Kollegen dort richtig verstanden habe, können Sie Anfang Juli beginnen.«

Einen Moment lang starre ich sie einfach nur an. Ich kann schlicht nicht glauben, was ich da soeben gehört habe. Noch immer bin ich fest davon überzeugt, dass ein Missverständnis vorliegen muss.

»Frau Karlston?« Sie runzelt irritiert die Stirn. »Ist alles in Ordnung mit Ihnen?«

»Äh – ja, klar«, bringe ich stotternd hervor. »Ich – ich meine, ich dachte ...«

Das Lächeln auf ihrem Gesicht verschwindet, auf einmal wirkt sie beinahe verunsichert. »Natürlich nur, wenn Sie Interesse haben. Sie sind schließlich nicht verpflichtet, das Praktikum anzutreten. Haben Sie im Sommer vielleicht schon andere Pläne?«

»Ja – das heißt, nein«, stammele ich. Ich kann mein Glück kaum fassen. »Selbstverständlich bin ich interessiert! Wer an meiner Stelle wäre das nicht? Aber – ich meine – sind Sie ganz sicher, dass Sie ausgerechnet mich vorschlagen wollen?«

Frau Emerson lacht und eine Reihe ebenmäßig weißer Zähne kommt zum Vorschein. Sie sieht erleichtert aus.

»Glauben Sie mir, ich bin sicher. Sie haben hervorragende Arbeit geleistet – zielsichere Annahmen, prägnantes Konzept, schlüssig argumentiert. Alle Achtung. Ich bin überzeugt, die Leute bei *Pharmauniverse* werden ihre helle Freude an Ihnen haben.«

Sie zwinkert mit noch einmal zu, dann wendet sie sich zum Gehen und lässt mich völlig verdattert und selig vor Glück zurück.

KAPITEL 7

Rebecca

Mit wachsender Verzweiflung begutachte ich den Inhalt meines Kleiderschranks. Jeans, Tank-Tops, Leggings und luftige Sommerkleider, wohin ich auch blicke – aber kein einziger Rock. Zumindest keiner, der lang genug wäre, dass er die Bezeichnung als solcher verdienen würde. Hinter mir auf dem Bett türmen sich in einem wilden Durcheinander die Kleider, die ich bereits anprobiert und dann wieder verworfen habe.

Ich bin entnervt. Verdammt – wie kann es sein, dass mein Schrank aus den Nähten platzt und ich trotzdem kein passendes Kleidungsstück besitze? Wieso habe ich nur nicht noch den Abstecher zu H&M oder Zara gemacht, wie ich es eigentlich vorhatte?

Doch nachdem Frau Emerson mir die frohe Kunde mitgeteilt hatte, ging alles einfach so furchtbar schnell. Gleich am nächsten Tag rief Frau Pilgermann von der Personalabteilung an und lud mich für den darauffolgenden Montag zu einem Kennenlerntermin ein. Und auch, wenn ich gerne um ein wenig zeitlichen Aufschub gebeten hätte, um mich gebührend vorzubereiten, wagte ich nicht danach zu fragen.

Dabei war Maja ausgerechnet dieses Wochenende aus dem Krankenhaus entlassen worden. Nachdem sie in den letzten Wochen eine Reihe kräfteraubender Untersuchungen über sich ergehen lassen musste und ihre Medikation auf ein anderes Neuroleptikum umgestellt worden war, fand ihre Anfallsserie vorerst endlich ein Ende. Inzwischen geht es ihr deutlich besser – Mama und mir fiel ein zentnerschwerer Stein vom Herzen. Denn selbst wenn das neue Präparat nicht halten sollte, was es verspricht, wird sie für die nächsten Wochen aller Wahrscheinlichkeit nach von weiteren Anfällen verschont bleiben. Und ich habe vor, die Zeit mit der lachenden und unbeschwerten Version meiner Schwester in vollen Zügen auszukosten. Am Freitag veranstalteten wir anlässlich ihrer Entlassung aus dem Krankenhaus eine kleine Fete. In einen richtigen Club konnten wir nicht gehen, da Maja schlecht auf das Discolicht reagiert, also verlegten wir die Party kurzerhand in ihre Wohnung. Die Truppe bestand abgesehen von uns zwar nur aus meiner alten Schulfreundin Pia und zwei von Majas Studienkollegen, Severin und Vicky, aber das tat unserer Stimmung keinen Abbruch. Ein Anflug von Übelkeit überkommt mich bei der Erinnerung an die Unmengen an Jello-Shots und Wodka Bull, die wir uns einverleibt haben. Angewidert schüttle ich mich. *Brr.* Ich brauche wohl nicht zu sagen, wie der Abend geendet hat. Selbstredend fand ich kaum Zeit, mir ein vernünftiges Bewerbungsoutfit zuzulegen.

Das gedämpfte Piepsen meines Handys reißt mich jäh aus meinen Gedanken. Rasch wende ich mich um und krame unter dem Kleiderberg auf dem Bett nach meinem Telefon. Die Nachricht stammt von Mama, die mir für mein Bewerbungsgespräch die Daumen drückt. Erschrocken stelle ich fest, dass es schon kurz vor zwei ist – mir bleibt nur noch eine Stunde bis zu meinem Termin mit Frau Pilgermann.

Verdammt, jetzt aber los.

Rasch greife ich nach einem dunkelblauen Bleistiftrock, den ich bereits auf den Nein-Stapel gelegt hatte, und streife ihn über meine Hüften. Der Saum ist zerschlissen und müsste dringend repariert werden, doch zumindest hat er eine akzeptable Länge und verdeckt den Großteil meiner Oberschenkel. Jetzt noch eine weiße Bluse und den Blazer, den ich mir von Mama geliehen habe – und ab geht's.

Eine Dreiviertelstunde später laufe ich im Eiltempo auf den riesigen Bürokomplex an der Praterstraße zu, dessen Fassade das mannshohe Logo von *Pharmauniverse* ziert. Beeindruckt blicke ich an dem imposanten Gebäude empor. Es besteht vornehmlich aus Glas und lässt unzählige Einzel- und auch einige Großraumbüroflächen erahnen. Mit pochendem Herzen folge ich der Beschilderung am Eingang und nehme den Lift in den zweiten Stock.

Die Aufzugtüren öffnen sich und geben den Blick auf einen geräumigen Eingangsbereich frei. Die Möblierung ist sparsam und besteht hauptsächlich aus einigen ledernen Sitzgruppen. Die Fensterfront gegenüber lässt einen begrünten Innenhof erahnen. Abgesehen von einer rundlichen Mittvierzigerin mit weißblondem Haar und Lesebrille, die hinter dem Empfangstresen sitzt, ist der Raum menschenleer. Ein wenig schüchtern trete ich näher. Das Geräusch meiner Schritte wird von dem flauschigen Teppichboden verschluckt, überhaupt herrscht hier eine gespenstische Stille, die nur durch das Tippen von Fingern auf einer Tastatur durchbrochen wird.

»Hallo«, piepse ich. Die Dame am Empfang scheint mich nicht einmal bemerkt zu haben, ihre Augen sind immer noch auf den Computerbildschirm vor ihr gerichtet. Ich räuspere mich vernehmlich und versuche es erneut. »Entschuldigen Sie bitte die Störung«, sage ich diesmal mit festerer Stimme. »Mein Name ist Rebecca Karlston. Ich habe einen Termin mit Frau Pilgermann von der Personalabteilung.«

Die Frau zuckt zusammen und greift sich an die Brust.

»Meine Güte, Sie haben mich vielleicht erschreckt.« Sie lacht verlegen. »Ich habe Sie gar nicht kommen hören.

Karlston, Karlston – Sie sind das Mädchen von der Uni, nicht wahr? Die neue Praktikantin?«

Ich nicke und ein freundliches Lächeln, das eine beachtliche Lücke zwischen ihren Schneidezähnen offenbart, breitet sich auf dem Gesicht der Empfangsdame aus. Sie erhebt sich und streckt mir die Hand entgegen. »Herzlich willkommen. Ich bin Sandra Bielefeld, aber Sandra reicht vollkommen.«

Ihr Händedruck ist warm und fest, und sogleich spüre ich, wie sich der Knoten in meiner Brust ein wenig lockert.

»Freut mich. Rebecca.«

»Du bist pünktlich auf die Minute«, sagt Sandra mit einem anerkennenden Blick auf die Uhr an der Wand. »Silvia – Frau Pilgermann – erwartet dich bereits.«

Sie gibt mir mit einer Handbewegung zu verstehen, dass ich ihr folgen soll. Mit watschelndem Gang führt sie mich weg vom Eingang und durch einen Flur am Ende des Empfangsbereichs, von dem die verschiedenen Besprechungsräume abzweigen. Vor einer Tür aus Milchglas hält sie schließlich an und steckt den Kopf durch die Türöffnung.

»Silvia? Frau Karlston, die Praktikantin, ist da.« Sie wendet sich wieder an mich. »Möchtest du etwas zu trinken? Tee, Kaffee, Wasser vielleicht?«

»Ein Cappuccino wäre toll, wenn es dir nicht zu viele Umstände macht.«

»Keineswegs, meine Liebe.« Sandra Bielefeld nickt mir noch einmal zu, dann watschelt sie gemächlich davon.

Mit einem Schlag ist meine Nervosität wieder zurück und ich spüre, wie meine Hände zu zittern anfangen. Ein letztes Mal hole ich tief Luft, bevor ich die Schultern zurücknehme und die Tür aufstoße.

Auch dieses Zimmer ist spärlich eingerichtet. Der größte Teil des Raums wird von einem langen Besprechungstisch eingenommen, an dessen Ende eine Person sitzt. Frau Pilgermann ist genauso, wie ich sie mir vorgestellt habe. Sie ist hager und muss auf die sechzig zugehen, doch ihre kleinen Augen wirken wach und gescheit. Ihr kurzes Haar ist zu einem akkuraten Bob geschnitten, der knapp unterhalb der Ohrläppchen endet. Sie sieht respekteinflößend aus in ihrem Hosenanzug, als würde man sich besser nicht mit ihr anlegen.

Als ich eintrete, hebt sie den Kopf.

»Wunderbar, schön, dass Sie gekommen sind. Bitte, setzen Sie sich doch.« Sie deutet auf einen Stuhl ihr gegenüber, der hart und unbequem aussieht.

Sie strahlt Selbstbewusstsein aus, als sie die Ellbogen auf die Tischplatte stützt und sich einen Moment Zeit nimmt, mich eingehend zu mustern.

»Sie müssen bei Frau Emerson ordentlich Eindruck hinterlassen haben«, sagt sie schließlich. »Sie hat uns in den letzten paar Jahren einige Praktikanten vermittelt, doch noch nie habe ich erlebt, dass sie in so hohen Tönen von einer Studentin spricht.«

Ich spüre, wie ich rot anlaufe. »Na ja, ich ...«

Sie winkt ab. »Das war keine Frage. Jedenfalls sind wir immer auf der Suche nach jungen Talenten und ich freue mich, dass Sie über den Sommer für uns arbeiten werden. Und im Herbst – nun, das hängt ganz von Ihnen ab.«

Mein Atem stockt unwillkürlich. Ob sie das meint, was ich denke? Doch sie fährt fort, ehe ich Gelegenheit habe, sie danach zu fragen.

»Sie werden im Team von Frau Weiss arbeiten, der Abteilungsleiterin für Marketing und Öffentlichkeitsarbeit. Normalerweise wäre sie heute ebenfalls zugegen, aber sie ist diese Woche auf Urlaub, also werden Sie sie erst zu Beginn Ihres Praktikums kennenlernen.«

Die Tür zum Besprechungsraum geht auf und Frau Bielefeld tritt mit einem Tablett an den Tisch. Nachdem sie die Getränke – Cappuccino für mich, eine winzige Espressotasse für die Personalchefin – vor uns abgestellt hat, beginnt Frau Pilgermann, mir ein wenig über das Unternehmen zu erzählen, für das ich künftig arbeiten werde. Wann *Pharmauniverse* gegründet wurde, welche Produktsparten es gibt, wo die verschiedenen Abteilungen im Haus angesiedelt und wofür sie zuständig sind. Einiges von dem, was sie mir berichtet, wusste ich bereits, anderes ist mir neu. Schon nach ein paar Minuten raucht mir der Kopf und ich ärgere mich darüber, dass ich nicht daran gedacht habe, mir Notizen zu machen.

»An Ihrem ersten Arbeitstag bekommen Sie Ihren Mitarbeiterausweis, mit dem Sie Zugriff auf Ihren Computer und die Drucker erhalten. Außerdem können Sie Geld auf die Karte laden, für die Kantine und die Snackautomaten.« Sie faltet die Hände und sieht mich erwartungsvoll an. »So, ich denke, das wär's. Haben Sie Fragen?«

Verdammt. Eben noch waren da tausend Dinge, die ich unbedingt wissen wollte, aber jetzt, wo sie mir die Gelegenheit gibt, ist mein Kopf wie leergefegt. Wortlos starre ich sie an, während ich mir verzweifelt das Hirn nach einer intelligenten Fragestellung zermartere. Doch bevor ich den Mund aufmachen kann, spüre ich einen Luftzug hinter mir, als die Tür zum Besprechungszimmer mit einem Ruck aufgestoßen wird. Dankbar für die Unterbrechung fahre ich herum – und erstarre.

Der Mann, der eben den Raum betreten hat, ist Mitte dreißig und trägt einen anthrazitgrauen Anzug über einem blütenweißen Hemd. Seine Augen sind von einem intensiven Grau und er ist auf eine athletische Weise muskulös, das Haar trägt er zu einem strengen Seitenscheitel gebürstet. Er sieht aus wie jemand, der es gewohnt ist zu bekommen, was er will. Doch das ist es nicht, was mir den Atem raubt.

Ich kenne diesen Mann. Er ist es, der mich jahrelang in meinen Träumen heimgesucht hat – in den besten und den schlimmsten. Raphael Matterfeld, meine erste große Liebe. Jener Mann, der mir das Herz gebrochen hat, als er mich vor fast zehn Jahren von einem auf den anderen Tag verließ.

Mein Mund klappt auf, doch ich bringe keinen Ton hervor.

Scheiße. Ich hab völlig vergessen, wie gut er aussieht.

Frau Pilgermann hat ihn ebenfalls bemerkt und springt auf. »Herr Matterfeld!« Sie läuft um den Tisch herum und schüttelt ihm zur Begrüßung die Hand, bevor sie in meine Richtung deutet. »Darf ich Ihnen unsere neue Praktikantin vorstellen? Frau Karlston wird im Juli bei uns im Marketing anfangen.«

Raphael nickt, während er mich eingehend mustert. Sein Blick gleitet von meinem blonden Haar, das mir bis auf die Mitte des Rückens fällt, über meine weiße Bluse und bleibt an meinen übereinandergeschlagenen Beinen hängen. Als er mich erkennt, beißt er die Zähne so fest zusammen, dass seine Kiefermuskeln hervortreten. Ich spüre, wie meine Wangen heiß werden, und möglichst unauffällig versuche ich, den kaputten Saum meines Rocks ein wenig weiter nach unten zu ziehen.

Doch als er schließlich das Wort ergreift, ist sein Tonfall unverbindlich, beinahe desinteressiert. Trotzdem jagt mir der bloße Klang seiner Stimme eine Gänsehaut über den Rücken. »Freut mich, Sie kennenzulernen, Frau Karlston.«

Ich versuche, mir meine Enttäuschung nicht anmerken zu lassen. »Grüß Gott, Herr Matterfeld«, murmele ich und schlage die Wimpern nieder. »Die Freude ist ganz meinerseits.«

Mein Blick bleibt an dem schmalen goldenen Ring an seiner linken Hand hängen und erneut stockt mir der Atem. Meine Eingeweide krampfen sich schmerzhaft zusammen.

Krieg dich wieder ein, dumme Gans. Was ist nur los mit dir? Das ist ein Bewerbungsgespräch! Nicht gerade der richtige Zeitpunkt, um dir darüber den Kopf zu zerbrechen, dass dein Ex geheiratet hat. Es ist zehn Jahre her – werd erwachsen!

»Herr Matterfeld ist der Geschäftsführer von *Pharmauniverse*«, erklärt eifrig Frau Pilgermann, die von meiner inneren Qual nichts mitbekommen zu haben scheint. »Er besteht darauf, alle neuen Mitarbeiter vor Arbeitsantritt zumindest kurz kennenzulernen.«

Die beiden wechseln noch ein paar Worte des Smalltalks, dann ist Raphael auch schon wieder verschwunden. Es kostet mich einiges an Mühe, ihm nicht mit offenem Mund hinterherzustarren. Mir bleibt jedoch keine Zeit, darüber nachzusinnen, wie er es geschafft hat, vom Uniabsolventen zum Geschäftsführer eines Unternehmens wie *Pharmauniverse* aufzusteigen, denn kaum ist die Tür ins Schloss gefallen, zieht Frau Pilgermann bereits einen dicken Umschlag aus ihrer Tasche.

»Zum Abschluss ein paar organisatorische Dinge. Vor Ihrem Arbeitsantritt benötigen wir noch einige Daten und Unterlagen von Ihnen – eine Kopie Ihres Personalausweises, Ihre Sozialversicherungsnummer, dazu einen Nachweis Ihrer abgelegten Uniprüfungen und Ihre letzten Dienstzeugnisse. Ihren Dienstvertrag und die Verschwiegenheitserklärung habe ich bereits vorbereitet.« Sie schiebt mir die Mappe über den Tisch hinweg zu. »Lesen Sie sich die Dokumente in Ruhe durch und schicken Sie sie mir im Laufe der nächsten Woche eingescannt zurück.«

Ich runzle die Stirn. »Eine Verschwiegenheitserklärung?«

Die Personalchefin lächelt nachsichtig. »Eine reine Formalität. Sämtliche Mitarbeiter von *Pharmauniverse* müssen eine solche Erklärung unterschreiben, bevor sie bei uns anfangen.«

Ich wage kaum zu atmen. »Das – das war's? Ich habe also den Job?«

»Das ist alles«, bestätigt Frau Pilgermann und erhebt sich, zum Zeichen, dass unser Termin zu Ende ist. Auf wackeligen Beinen folge ich ihr aus dem Besprechungszimmer und den Gang hinunter.

Im Empfangsbereich reicht sie mir zum Abschied die Hand. »Wenn Sie Fragen haben – gleich welcher Art – können Sie mich gerne anrufen. Meine Karte ist in der Mappe.«

Damit wendet sie sich um und eilt zielstrebig in die entgegengesetzte Richtung davon.

KAPITEL 8

Raphael

Die Parkbank ächzt ein wenig unter meinem Gewicht, während ich wie verzaubert dabei zusehe, wie die Sonne allmählich hinter dem Horizont verschwindet. Der Himmel über mir leuchtet in einem kräftigen Orange, um mich herum nichts als weite unberührte Natur. Mit ein wenig Fantasie kann ich von hier weit unter mir sogar das Dach meines Hauses ausmachen.

Herrlich. Genau das habe ich jetzt gebraucht.

Für mich gibt es nach einem stressigen Arbeitstag keinen schöneren Ort. Die Stille, nur gelegentlich durchbrochen vom Zwitschern der Vögel in den Baumwipfeln, der Geruch nach feuchter Erde – einfach fantastisch. Nicht mal Handyempfang gibt es hier, sodass ich zumindest ein paar Stunden von den lästigen E-Mails verschont werde, die meine Mailbox tagtäglich fluten.

Schon als ich das wunderschöne alte Haus am Fuße des Schneebergs vor vielen Jahren per Zufall beim Wandern entdeckte, war ich fasziniert. Damals gehörte es Sebastian Wiedeschitz, einem Maler, der für seine detailgetreuen Landschaftsbilder bekannt war und dessen Arbeiten ich immer bewundert hatte. An manchen Tagen konnte man seine Silhouette aus der Ferne hinter der Glasfront seines Ateliers erahnen und ich habe mir oft vorgestellt, wie fantastisch es sein muss, in einer so abgeschiedenen Gegend zu leben. Als ich vor gut sieben Jahren von seinem Ableben erfuhr, wusste ich, dass ich es einfach haben musste. Doch zu meinem Bedauern kann Anette das Anwesen, das ich eigentlich als Ferienhaus für uns gekauft hatte, nicht ausstehen. Schon Jahre hat sie keinen Fuß mehr hineingesetzt, und seit Laras Geburt schaffe ich es leider nicht allzu oft, hier rauszufahren.

Ein Lächeln breitet sich auf meinem Gesicht aus, wie eigentlich immer, wenn ich an meine Tochter denke. An ihre winzigen Finger, als sie noch ein Baby war, die Begeisterung in ihrer Miene, wenn es mir ausnahmsweise mal gelingt, rechtzeitig nach Hause zu kommen, um ihr eine Gutenachtgeschichte vorzulesen. An ihre großen eisgrauen Augen, die den meinen so ähnlich sind. Lara ist das einzig Gute, was meine Ehe je hervorgebracht hat, da bin ich mir sicher.

Beim Gedanken an meine Frau verschwindet mein Lächeln. Seufzend taste ich in meiner Jackentasche nach dem Päckchen Marlboro und stecke mir eine Zigarette zwischen die Lippen. Unwillkürlich bleibt mein Blick an dem Feuerzeug in meiner Hand hängen – Anettes Geschenk an mich vergangene Weihnachten – und ich schüttle den Kopf. Das silberne Zippo mit dem eingravierten Datum unseres Hochzeitstags ist schön – keine Frage. Trotzdem begreife ich nicht, warum Anette es mir geschenkt hat, wo sie sich doch immer so über meine Raucherei beschwert. Selbst nach all den Jahren gibt mir das Verhalten dieser Frau oft Rätsel auf. Wie heute Nachmittag beispielsweise. Der App auf ihrem Handy nach zu urteilen, muss sie sich irgendwo auf der Marswiese im Vierzehnten aufgehalten haben und ich kann mir beim besten Willen nicht erklären, was sie dort zu suchen hatte. Den verborgenen Kameras im Haus zufolge war sie stundenlang fort. Ob ich mir deswegen Sorgen machen sollte?

Vergiss Anette doch für einen Augenblick. Über ihr seltsames Verhalten kannst du dir später immer noch den Kopf zerbrechen. Genieß einfach mal den Moment.

Gedankenverloren streiche ich mit der Hand über die Sitzfläche der Holzbank, und wie so oft, wenn ich hier oben bin, schiebt sich Rebeccas Bild in meine Gedanken. Früher sind wir häufig an ebendieser Stelle beisammengesessen, konnten kaum die Finger voneinander lassen, während sich die Dämmerung über uns senkte und die Lichter der fernen Stadt allmählich erwachten. Ich seufze leise. Manchmal, in schwachen Momenten wie diesen, hadere ich mit meinem Schicksal. Dann frage ich mich, wie mein Leben wohl verlaufen wäre, wenn ich damals eine andere Entscheidung getroffen, wenn ich Rebecca nicht verlassen hätte.

Dass Rebecca bei *Pharmauniverse* aufgetaucht ist, hat mich völlig unvorbereitet erwischt. Kaum zu glauben, aber obwohl wie uns fast ein Jahrzehnt lang nicht gesehen haben, wirkt die Anziehungskraft dieser Frau nicht minder stark als früher auf mich.

Nur zu gerne würde ich mit ihr reden, erfahren, wie es ihr in all der Zeit ergangen ist. Ob sie wohl einen Freund hat? Die Eifersucht, die mich bei diesem Gedanken erfüllt, entbehrt jeder Vernunft.

Es steht dir nicht zu, Besitzansprüche an sie zu stellen. Du hast eine Entscheidung getroffen, ob sie nun die richtige war oder nicht. Und jetzt musst du mit den Konsequenzen klarkommen. Für den Rest deines Lebens.

Nachdenklich nehme ich einen weiteren tiefen Zug von meiner Zigarette.

Andererseits – was wäre schon dabei? Anette hat schließlich keine Ahnung, dass das Mädchen, das sie mir empfohlen hat, meine Exfreundin ist. Gegen ein harmloses Treffen wird ja wohl nichts einzuwenden sein, oder?

KAPITEL 9

Anette

Lustlos stochere ich in dem Braten auf meinem Teller herum, während ich Raphael über den Rand meines Wasserglases hinweg verstohlene Blicke zuwerfe. Es ist bedrückend still, nur das Klappern seines Bestecks ist zu hören. Der Art nach zu urteilen, wie er das Essen in sich hineinschlingt, könnte man meinen, er hätte seit Tagen nichts Anständiges mehr zwischen die Zähne bekommen. Das – oder er will das Abendessen mit mir möglichst schnell hinter sich bringen.

»Na, da ist aber jemand hungrig.« Ich deute auf seinen Teller, auf dem nur noch ein paar vereinzelte Fisolen übriggeblieben sind.

Keine Reaktion.

»Erde an Raphael«, sage ich etwas lauter. »Wo bist du bloß mit deinen Gedanken? Ist es wieder die Arbeit? Bedrückt dich irgendwas?«

Raphael, der sich gerade das letzte Gemüse in den Mund gestopft hat, hebt nun endlich den Kopf. »Hm – hast du was gesagt?«

»Ich wollte wissen, wie es im Büro läuft. Kommende Woche findet doch die nächste Aufsichtsratsitzung statt, wenn ich richtig informiert bin. Wie sieht's aus – kriegt ihr die Unterlagen fristgerecht zusammen?«

»Ich habe die Dokumente heute Vormittag an Martin und die anderen weitergeleitet. Alles gut soweit.«

Ich warte, ob er noch etwas hinzufügt, doch es kommt nichts mehr. Ich seufze in mich hinein. Unwillkürlich frage ich mich, an welchem Punkt in unserer Ehe Raphael eigentlich beschlossen hat, mich aus seiner Gedankenwelt auszuschließen. Ich kann es nicht sagen, aber es kommt mir so vor, als wäre seither ein ganzes Leben an mir vorbeigezogen. Ich weiß, es sollte mir mittlerweile egal sein, trotzdem treffen mich die Verachtung und das Misstrauen in seinem Blick bis in die Grundfesten meiner Seele.

Ich beiße die Zähne zusammen und wage einen zweiten Anlauf.

»Wie läuft es mit Frau Karlston? Wie macht sie sich?« Als Raphael scheinbar verständnislos die Stirn runzelt, füge ich hinzu: »Die neue Praktikantin. Du weißt schon – das Mädchen aus meinem Kurs. Soweit ich mich erinnere, enthielt ihr Marketingkonzept ein paar interessante Ideen – die solltet ihr euch mal ansehen. Vielleicht ist ja was Brauchbares dabei.«

»Ach die.« Für den Bruchteil einer Sekunde glaube ich den Ansatz eines Lächelns auf seinem Gesicht zu erkennen. Doch im nächsten Moment wirkt sein Gesichtsausdruck schon wieder neutral, beinahe gelangweilt. »Jetzt, wo du es sagst, erinnere ich mich. Das Mädchen hat in Begleitung von Claudia an ein paar Sitzungen teilgenommen. Sie ist recht angetan von ihr.« Er zuckt die Schultern.

»Und was denkst du?«, hake ich nach.

Raphael tippt sich nachdenklich an die Oberlippe. »Sie wirkt motiviert, hat sich jede Menge Notizen gemacht«, sagt er schließlich. »Ein wenig zu introvertiert, wenn du mich fragst. Hat kaum den Mund aufbekommen. Aber man merkt, dass sie den Job ernst nimmt, und das gefällt mir. Ich bin dir für die Empfehlung also dankbar.« Ihm ist deutlich anzumerken, wie sehr ihm meine Fragerei auf die Nerven geht. »Bist du nun zufrieden? War es das, was du hören wolltest?«

Ja und nein.

»Sie ist hübsch, findest du nicht auch?«

Er runzelt die Stirn. »Ist mir gar nicht aufgefallen. Aber ja, ich schätze, sie ist ganz okay.«

Ich hebe eine Augenbraue, sage jedoch nichts mehr. Natürlich ist ihm bewusst, wie attraktiv Rebecca ist, das beweist das Flattern seines linken Augenlids.

Raphael legt das Besteck beiseite, und zum ersten Mal an diesem Abend sieht er mir direkt in die Augen. »Ich verstehe nicht, worauf du hinauswillst. Bist du etwa eifersüchtig? Du wolltest doch, dass wir sie einstellen.«

»Das stimmt auch«, sage ich hastig und verfluche mich sogleich für meine Neugierde.

Verdammt. Wieso ist es mir nach allem, was vorgefallen ist, immer noch nicht egal, ob Raphael eine andere Frau begehrt?

Einen Augenblick herrscht peinliche Stille, während ich tapfer die Gabel zum Mund führe. Der Braten schmeckt auf einmal wie Pappmaché, und ich lasse die Hand wieder sinken.

»Wo warst du eigentlich heute Nachmittag?«, bricht Raphael unvermittelt das Schweigen. »Ich dachte, du wolltest mit Lara was zum Anziehen kaufen gehen.«

»Wo ich war?« Meine Stimme zittert. »Wieso fragst du?«

Sein Blick ist auf einmal hart und unnachgiebig. Anklagend verschränkt er die Arme vor der Brust. »Lüg mich nicht an, Anette. Was hast du getrieben? Denn eines weiß ich – einkaufen warst du jedenfalls nicht.«

»Woher ...« Ich breche mitten im Satz ab.

Natürlich – die Tracking-App, fällt mir siedend heiß ein. *Wieso habe ich das bloß nicht bedacht?*

»Du warst auf der Marswiese. Im Vierzehnten. Was wolltest du da?«

Ich spüre, wie ich rot anlaufe. Nur mit Mühe gelingt es mir, meinen Ärger hinunterzuschlucken. Niemals hätte ich zulassen dürfen, dass Raphael dieses verdammte Programm installiert, mit dem er mich jederzeit über die GPS-Daten meines Handys orten kann. Doch damals lagen die Dinge zwischen uns noch anders. Im Umkreis von Wien war es wiederholt zu Angriffen auf Frauen gekommen und mir erschien die Vorstellung tröstlich, dass mein Mann mich im Notfall würde aufspüren können. Ich unterdrücke ein Schnauben. So viel zu seinen noblen Absichten.

»Ich war Tennis spielen«, antworte ich betont beiläufig. »Früher habe ich so gern gespielt, und da dachte ich, jetzt, wo Lara größer ist, wäre ein guter Zeitpunkt für einen Neuanfang. Martha war in der Zwischenzeit mit ihr im Shoppingzentrum.« Ich kann mir ein selbstgefälliges Grinsen nicht verkneifen. »Dafür haben wir sie schließlich eingestellt, das sagst du doch immer. Damit ich mehr Zeit für mich habe.«

Ich verspüre einen Anflug von Genugtuung bei dem Gedanken, Raphael mit seinen eigenen Argumenten geschlagen zu haben. Er hingegen wirkt alles andere als entzückt.

»Verstehe. Und mit wem hast du gespielt, wenn ich fragen darf?«

»Wir haben uns einen Trainer genommen, Thomas und ich. Martin hat ihn uns empfohlen und er ist wirklich gut. Wir sind ganz schön ins Schwitzen gekommen.«

Einen Augenblick lang herrscht atemloses Schweigen. Ich kann sehen, wie Raphaels Adamsapfel unheilverkündend anschwillt.

Wieso habe ich nur nicht daran gedacht, mein blödes Telefon zu Hause zu lassen?

»Mit – Thomas Wolf?« Er starrt mich fassungslos an. »Ausgerechnet mit dieser Witzfigur?«

Ich hebe abwehrend die Hände. »Es war ein spontaner Einfall. Thomas hat angerufen und gefragt, ob wir uns die Trainerstunde teilen wollen. Wir haben früher oft zusammen gespielt, wenn du dich erinnerst. Es hat echt Spaß gemacht. Der Sport, die Bewegung – das hat mir gefehlt.«

Raphael bedenkt mich mit einem finsteren Blick. »Du weißt, dass ich ihn nicht mag.«

Beim Klang seiner Stimme beginnt mein Herz nervös zu pochen, doch ich mahne mich zur Ruhe.

Lass dich nicht unterkriegen. Du hast nichts getan, wofür du dich rechtfertigen müsstest.

»Kann sein, aber er ist einer meiner ältesten Freunde. Thomas lässt sich gerade scheiden, Helena – sie hat ihn erst vor ein paar Monaten verlassen. Die Ablenkung tut ihm gut. Und mir auch. Außerdem bist du doch eh die meiste Zeit in der Arbeit, und ...« Ich breche ab, als ich seinen zornigen Gesichtsausdruck bemerke.

»Du hast Martha und deine Vorlesungen auf der Uni. Reicht das denn nicht?«

Nun ist es an mir, ihn fassungslos anzustarren. »Das kann jetzt nicht dein Ernst sein.«

Aber Raphael schnaubt nur. »Ich fasse also zusammen: Du findest, ich arbeite zu viel, und als Bestrafung für meine Abwesenheit triffst du dich mit Thomas. Deinem alten Verehrer.« Er schüttelt den Kopf. »Sehr erwachsen, Anette, wirklich.«

»Blödsinn, darum geht es doch gar nicht! Ist es denn so schwer vorstellbar, dass mir ab und an der Sinn nach Gesprächen unter Freunden steht?«

»Wieso tust du dich dann nicht mit Birgit oder Antonia zusammen? Die beiden haben einen netten Eindruck auf mich gemacht. Und obendrein wäre es nicht schlecht, den Kontakt zu den Fürstenfelds und den Schneiders zu intensivieren, wenn du verstehst, was ich meine.«

Ich presse die Kiefer aufeinander, um nicht laut loszubrüllen. Birgit und Antonia, die Ehefrauen von Raphaels Geschäftsfreunden, sind mit Abstand die langweiligsten Frauen unseres gesamten Bekanntenkreises. Aber natürlich – in Raphaels Augen hat die Firma Vorrang. Wie üblich. Wie hatte ich auch nur einen Moment glauben können, dass er mich verstehen würde, dass ihm meine Bedürfnisse wichtig wären?

Waren sie das denn jemals?

»Ich kann mit Birgit und Antonia nicht viel anfangen. Aber ich lade die beiden Ehepaare gerne mal zum Abendessen ein, wenn es das ist, was du willst.«

Dann nehme ich all meinen Mut zusammen und füge mit fester Stimme hinzu: »Doch das ändert nichts daran, dass Thomas und ich befreundet sind, ob es dir nun passt oder nicht. Ich habe für nächste Woche eine weitere Stunde mit dem Trainer vereinbart. Und ich habe nicht vor, sie abzusagen.«

Raphael starrt mich nur an. Seine Miene schwankt zwischen Erstaunen und Verärgerung. Als ihm schließlich dämmert, dass ich nicht klein beigeben werde, erhebt er sich mit einem solchen Ruck, dass der Stuhl, auf dem er gesessen hat, beinahe hintüber gekippt wäre.

»Wie du meinst. Du musst tun, was du für richtig hältst.«

Er wirft mir noch einen vernichtenden Blick zu, dann verlässt er mit polternden Schritten das Esszimmer.

KAPITEL 10

Rebecca

Im Lichtschein des Computerbildschirms prüfe ich, ob ich alle Antworten richtig übertragen habe, dann lege ich den Fragebogen auf den Ablagestapel, bevor ich in Excel eine Zeile weiter scrolle und zum nächsten greife. Ich unterdrücke ein Gähnen. Abgesehen von mir ist das Großraumbüro, in dem die Marketingabteilung untergebracht ist, menschenleer. In Anbetracht des Trubels, der untertags hier herrscht, ist es beängstigend still, und auch den Gang hinunter ist alles dunkel. Selbst mein arbeitswütigster Kollege hat vor einer halben Stunde das Handtuch geworfen – ich bin die letzte, die von unserer Truppe noch übriggeblieben ist. Meine Arbeitskameraden erkannten rasch, dass ich mehr beitragen kann als Goodie-Bags für anstehende Veranstaltungen befüllen – seither hat meine Arbeitsbelastung deutlich zugenommen. Und obwohl mein erster Praktikumstag nur zweieinhalb Wochen zurückliegt, kommt es mir manchmal so vor, als wären Monate und nicht nur wenige Tage vergangen.

Mit einem Anflug von Verzweiflung beäuge ich den Stapel Umfragebögen, der noch darauf wartet, ausgewertet zu werden. Ich seufze. Eigentlich rechnet meine Chefin mit meinen Auswertungen nicht vor der nächsten Woche, ich hätte also längst Feierabend machen können. Doch morgen früh steht die wöchentliche Teambesprechung an, und ich habe mir das ehrgeizige Ziel gesetzt, die Analysen bis dahin abgeschlossen zu haben. Frau Weiss, eine humorlose Mittfünfzigerin, die für ihre Hosenanzüge mit altmodischer Bügelfalte bekannt ist, stellt hohe Ansprüche an ihre Mitarbeiter und führt die Abteilung mit strengem Regiment. Lobende Worte hört man von ihr selten – ein zustimmendes Nicken kommt beinahe einer Beförderung gleich, wie mir meine Kolleginnen Andrea und Julia gesteckt haben. Gerade deswegen möchte ich sie um jeden Preis beeindrucken, ihr beweisen, dass sie mich als vollwertiges Mitglied ihres Teams betrachten kann.

In Gedanken male ich mir aus, wie überrascht Frau Weiss sein wird, wenn ich ihr morgen eröffne, dass ich früher als geplant mit meiner Aufgabe fertig bin, und so wende ich mich wieder den Fragebögen zu. Akribisch übertrage ich die angekreuzten Antworten in die dafür vorgesehenen Excel-Spalten.

Auf einmal meine ich, hinter mir das gedämpfte Geräusch von Schritten gehört zu haben. Irritiert spähe ich über die Schulter und spitze die Ohren. Doch – nichts. Nichts außer dem Pochen meines eigenen Herzens.

Konzentrier dich! Eine Stunde, maximal zwei, dann hast du es geschafft.

Resolut greife ich zum nächsten Blatt, entschlossen, mich nicht weiter ablenken zu lassen.

In diesem Augenblick höre ich hinter mir eine strenge Stimme.

»Was machst du denn so spät noch hier?«

Mit einem Schreckensschrei fahre ich herum. »Scheiße, haben Sie mich ...« Ich breche jäh ab, als mir klar wird, wer vor mir steht. Raphael hat die Arme vor der Brust verschränkt, er scheint keineswegs entzückt, mich zu sehen.

Verdammt.

Mit brennenden Wangen senke ich den Kopf. Seit meinem ersten Tag bei *Pharmauniverse* warte ich nun schon darauf, dass er das Gespräch mit mir suchen oder ich ihm in einem der Flure in die Arme laufen würde.

Doch nichts dergleichen war geschehen. In der einzigen Sitzung in seinem Beisein, an der ich als Begleitung von Frau Weiss teilnahm, hat er mich kaum eines Blickes gewürdigt. Ich bin mir nicht mal sicher, ob ich deswegen erleichtert oder enttäuscht sein sollte. Vermutlich ist es besser so – schließlich ist unsere Trennung damals nicht gerade einvernehmlich verlaufen. Aber die Tatsache, dass er nur wenige Stockwerke über mir in seinem schicken Eckraumbüro sitzt, hat die notdürftig verheilte Wunde in meinem Herzen wieder aufgerissen. Und ich hasse mich dafür, dass ich nicht aufhören kann, darüber nachzugrübeln, ob es ihm genauso geht.

»Tut mir leid«, bringe ich heraus. »Ich dachte, ich wäre – ich dachte, niemand wäre mehr ...« Ich hüstele verlegen. »Mein Gott. Du hast du mich halb zu Tode erschreckt.«

Raphaels Mundwinkel zucken. »Schon gut, du brauchst dich nicht zu rechtfertigen. Ich hab nur gesehen, dass hier im Stock Licht brennt, da wollte ich nach dem Rechten sehen.« Er runzelt die Stirn. »Aber im Ernst – was treibst du um diese Uhrzeit noch hier? Hat Frau Weiss etwa angeordnet, dass du länger bleiben sollst? Sag mir ruhig, wenn es so ist, dann rede ich mit ihr. Niemand bei *Pharmauniverse* sollte Überstunden machen, sofern es nicht unbedingt erforderlich ist. Schon gar nicht unsere Praktikanten.«

Unsere Praktikanten. Eine unpersönlichere Formulierung hätte er kaum wählen können. So viel zu der Frage, ob ihm unsere gemeinsame Vorgeschichte noch etwas bedeutet.

»Nein, nein«, entgegne ich mit aller professionellen Höflichkeit, die ich aufbringen kann. Es kostet mich einiges an Mühe, mir meine Enttäuschung nicht anmerken zu lassen. »Frau Weiss hat damit nichts zu tun. Wir haben bloß morgen Teambesprechung. Und da hab ich gedacht ...«

»Du wolltest einen guten Eindruck machen«, vollendet er den Satz für mich.

Ich nicke. Nervös suche ich seine Miene nach einem Anzeichen von Verärgerung ab, kann jedoch keine darin erkennen. Ich atme auf.

»Ich sollte jetzt ohnehin los. Den Rest kann ich auch morgen früh fertig machen.«

Schweigend sieht Raphael mir dabei zu, wie ich mit zitternden Fingern den Computer ausschalte und Handy und Dienstausweis in meine Handtasche stopfe. Nur zu gerne würde ich wissen, was er denkt, wage es aber nicht, ihn danach zu fragen. Ich spüre, wie er mich taxiert, weiche seinem Blick jedoch geflissentlich aus. Die Situation ist auch so schon peinlich genug.

»Hast du was zu Abend gegessen?«, fragt er plötzlich. »Es ist immerhin fast halb neun. Die Kantine ist seit Stunden geschlossen – du musst am Verhungern sein.«

Ich halte mitten in der Bewegung inne. Langsam hebe ich den Kopf. Meint er das etwa so, wie ich denke? Unsere Blicke begegnen sich, und ich spüre das vertraute Flattern in meiner Magengegend.

Nein, nein, NEIN. Das ist Raphael, mit dem du da sprichst. Der Mann, dem du deine Jungfräulichkeit geschenkt hast und der dein Herz zum Dank in Fetzen gerissen hat. Abgesehen davon ist er dein Vorgesetzter. Dein verheirateter Vorgesetzter, wohlgemerkt.

Trotzdem. Wie er so dasteht in seinem eng geschnitten Sakko und den lässigen Jeans, die Brauen amüsiert angehoben, kann ich nicht verhindern, dass sich ein scheues Lächeln auf meinem Gesicht ausbreitet.

»Ich deute das mal als ein Ja.« Er grinst. »Na dann los. Ich lade dich auf ein Bier und Burger im Pub gegenüber ein.« Er sagt es in einem Tonfall, der keinen Widerspruch duldet.

Fassungslos starre ich ihm nach, während er sich um-
wendet und entschlossen zu den Aufzügen strebt. Im Türrahmen dreht er sich um. »Was ist? Kommst du nun mit
oder nicht? Du hast doch nicht etwa andere Pläne?«

Und wider besseren Wissens schnappe ich meine Tasche und laufe ihm hinterher.

Keine Viertelstunde später sitzen wir einander mit
zwei riesigen Humpen Weißbier in Händen gegenüber.
Der Burgerladen ist winzig und um diese Uhrzeit wenig
frequentiert. Der Geruch nach gebratenem Rindfleisch und
geschmolzenem Käse liegt in der Luft und lässt mir das
Wasser im Mund zusammenlaufen. Mit einem wütenden
Knurren erinnert mich mein Magen daran, dass ich heute
noch kaum etwas gegessen habe. Ich könnte ein ganzes
Wildschwein verdrücken.

Nachdem Raphael unsere Bestellung aufgegeben hat –
zwei Cheeseburger mit einer Extraportion Pommes – windet er sich aus dem Sakko und krempelt die Ärmel seines
Hemds hoch. Seine kräftigen behaarten Unterarme ruhen
vor uns auf der Tischplatte. Ich muss mir Mühe geben, ihn
nicht unverhohlen anzustarren. Mein Blick wandert von
den vertrauten stahlgrauen Augen über seine markanten
Gesichtszüge. Mit den Jahren haben sich winzige Fältchen
zwischen seinen Augenbrauen und um die Mundwinkel
gebildet, die seiner Attraktivität jedoch nicht im Mindesten geschadet haben. Seine gesamte Körperhaltung strahlt
ein Selbstbewusstsein aus, das mir das Gefühl von Sicherheit und Geborgenheit vermittelt. Ein wohliger Schauer
läuft mir über den Rücken.

»Hm – herrlich«, stöhnt er, nachdem er sich einen
Schluck aus seinem Krug genehmigt hat. »Der perfekte
Ausklang für einen Tag wie diesen.«

Auch ich nippe an meinem Bier. Es schmeckt herb
und einen Hauch bitter und ich spüre, wie sich Wärme in

meiner Brust ausbreitet. In der Hoffnung, dass der Alkohol ein wenig von meiner inneren Anspannung nimmt, trinke ich gleich noch einen Schluck, diesmal einen größeren.

»Ich muss zugeben, ich war ziemlich überrascht, dich zu sehen. Ich meine – zehn Jahre Funkstille und dann tauchst du einfach aus dem Nichts wieder auf.« Er schüttelt den Kopf.

Ich beiße mir auf die Unterlippe. »Das hat man dir jedenfalls nicht angemerkt. Dass du überrascht warst, meine ich.« Geschweige denn, dass du mich überhaupt wiedererkannt hast, füge ich in Gedanken hinzu.

Raphael zuckt die Achseln. »Ich dachte, es wäre besser so. Silvia – Frau Pilgermann – ist eine gute Seele, aber Verschwiegenheit gehört nicht gerade zu ihren Stärken. Es muss schließlich nicht die ganze Firma davon erfahren, dass wir mal ein Liebespaar waren, oder?«

»Ja, da hast du sicher recht.«

Erneut spüre ich, wie er mich unverhohlen mustert. Sein Blick gleitet von meinem Gesicht über mein schmal geschnittenes Etuikleid, das ich vergangene Woche als Schnäppchen in einem Secondhandladen erstanden habe, und bleibt an meinen ineinander verknoteten Fingern hängen. Ich frage mich, was er wohl denken mag. Als wir uns zum letzten Mal sahen, war ich gerade neunzehn geworden, im Grunde noch ein Kind. Ob ihm gefällt, was er sieht?

Das ist kein Date – nur ein Abendessen unter Kollegen. Außerdem ist Raphael inzwischen verheiratet, Herrgott nochmal! Es ist völlig egal, ob er dich hübsch findet oder nicht.

Doch natürlich ist es das nicht.

»Ich war übrigens schwer beeindruckt von deiner Hausarbeit. Besonders der Detaillierungsgrad deiner Zielgruppenanalyse hat mich erstaunt. Wenn ich es mir recht überlege, haben wir mit dem Magnesiumpräparat die ganze Zeit über das falsche Kundensegment angesprochen. Dazu die aufeinander aufbauenden Strategien, dein Vorschlag in Bezug auf mögliche Kooperationen mit Influencern auf Instagram und TikTok – wirklich hervorragend.« Er wirft mir einen anerkennenden Seitenblick zu. »Wie lange bist du jetzt schon bei *Pharmauniverse*? Zwei Wochen, drei?« Er fährt fort, ohne eine Antwort abzuwarten. »Ich habe dich ein wenig im Auge behalten. Du machst deine Sache ziemlich gut. Frau Weiss ist jedenfalls ganz angetan von dir.«

»Ach ja?« Beinahe hätte ich mich an meinem Bier verschluckt. Ich bezweifle, dass TikTok in meinem Strategieplan vorkam. Soweit ich mich erinnere, war in meiner Arbeit lediglich von Facebook-Werbung, kombiniert mit einer Neukundenrabattaktion und einem Verkaufsstand auf verschiedenen Sportmessen die Rede – doch ich bin viel zu abgelenkt, um ihn auf die Verwechslung hinzuweisen. Raphael hat mich beobachtet? Wann soll das gewesen sein? In der einzigen Sitzung mit der Geschäftsführung war ich nur mit Protokollführen beschäftigt, mir war nicht bewusst, dass er meine Anwesenheit überhaupt wahrgenommen hat. Auch Frau Weiss' angebliche Begeisterung für mich ist mir neu.

»Mir gegenüber hat sie nichts dergleichen erwähnt.«

Raphael lacht. »Natürlich nicht. Claudia gehört nicht gerade zu der Sorte Führungskräfte, die ihre Angestellten mit Lob überhäuft. Ganz im Gegenteil. Aber ich kenne sie gut und versichere dir – sie ist vollauf zufrieden.«

»Danke.« Ich fühle mich von dem unerwarteten Kompliment regelrecht beflügelt. »Es macht wirklich Spaß, für sie zu arbeiten. Schon jetzt habe ich wahnsinnig viel dazugelernt. Bei meinen bisherigen Praktika durfte ich nur Kontaktlisten aktualisieren und Ordner neu beschriften – in Frau Weiss' Team ist das ganz anders. Als könnte ich tatsächlich etwas beitragen, verstehst du?«

»Und das tust du, daran besteht kein Zweifel.« Für einen Augenblick sieht Raphael so aus, als würde er mit sich hadern, dann ergreift er erneut das Wort. »Ich habe lange darüber nachgedacht, ob ich dich um ein Treffen bitten soll. Wahrscheinlich wäre es klüger gewesen, dich einfach in Ruhe zu lassen, doch letztlich war meine Neugierde stärker als die Vernunft.« Er seufzt. »Ich meine – mir ist bewusst, dass ich dich damals verletzt habe. Das tut mir ehrlich leid. Und wenn du lieber keinen Kontakt zu mir haben möchtest, ist das natürlich in Ordnung. Aber – ich habe mich echt gefreut, dich wiederzusehen, Rebecca.« Er sieht mich mit einem ungewohnt flehenden Ausdruck in den stahlgrauen Augen an. »Und ich würde schrecklich gerne erfahren, wie es dir in all der Zeit ergangen ist.«

Gedankenverloren nehme ich einen weiteren Schluck aus meinem Glas, während ich in mich hineinhorche und über eine Antwort nachsinne.

»Ja, du hast mich verletzt«, erwidere ich schließlich bedächtig. »Du warst meine erste große Liebe, und als du Schluss gemacht hast, war ich am Boden zerstört, das gebe ich zu.« Ich lächle gequält. »Aber du brauchst dich dafür nicht bei mir zu entschuldigen. Ich war nicht die Richtige für dich und du warst fair genug, mir das zu sagen.« Ich mache eine wegwerfende Handbewegung. »Außerdem ist das alles schon ewig her. Ich bin darüber weg. Es ist okay – wirklich.«

Einen Augenblick herrscht betretenes Schweigen.

»Es freut mich, das zu hören.« Seine Stimme klingt seltsam belegt, und ich frage mich insgeheim, ob er mir die Lüge abgekauft hat.

»Wie kam es eigentlich, dass du Wirtschaft studierst?«, wechselt Raphael auf einmal das Thema. »Wolltest du nicht einen kreativen Beruf ergreifen? Schmuckdesign, wenn ich mich recht erinnere?«

»Stimmt, und das habe ich auch«, erwidere ich, erleichtert, nicht länger über unsere Trennung sprechen zu müssen. »Aber als ich die Lehrzeit mit zweiundzwanzig endlich hinter mir hatte, stand mir der Sinn nach einem – sagen wir – intellektuell ein wenig anspruchsvolleren Job. Also schrieb ich mich auf der WU ein. Schon da war mir klar, dass ich mich später mal auf Marketing spezialisieren würde. So kann ich das Wissen, das ich im Studium gesammelt habe, nutzen und trotzdem meine kreative Ader ausleben.«

Raphael nickt. »Das ergibt Sinn. Was ist mit deiner Mutter? Und Maja? Sie müsste jetzt – wie alt sein? Dreiundzwanzig?«

»Vierundzwanzig.«

Er schüttelt ungläubig den Kopf. »Wahnsinn, wie die Zeit vergeht.«

»Sie studiert jetzt Publizistik.« Einen Moment hadere ich mit mir, ob ich ihm von Majas Krankengeschichte erzählen soll, dann berichte ich ihm in wenigen Sätzen von ihrer Epilepsiediagnose und den Konsequenzen, die ihre Erkrankung für sie und unsere Familie mit sich bringen.

»Das tut mir leid«, murmelt Raphael betreten, nachdem ich geendet habe. »Ich hatte ja keine Ahnung.«

Ich schenke ihm ein Lächeln. »Es ist für uns alle eine Herausforderung, das stimmt. Aber Maja schlägt sich wirklich großartig. Trotz unserer anfänglichen Bedenken wohnt sie alleine und führt ein so normales Leben wie nur irgend möglich. Dafür bewundere ich sie jeden einzelnen Tag. Doch nun genug von mir. Was ist mit deiner Familie?« Mein Blick gleitet zu seiner linken Hand, an dessen Ringfinger sein Ehering glänzt.

»Meine Eltern wohnen nach wie vor in Bayern. Ich versuche, die beiden zumindest ein- oder zweimal im Jahr zu besuchen, aber die Arbeit hat mich ziemlich im Griff, sodass es nicht immer klappt. Wir waren nie besonders eng, wie du vielleicht noch weißt.« Er holt tief Atem und sieht nun ebenfalls hinab auf seine Hand. »Und – ich habe eine Tochter. Lara. Sie ist jetzt vier.«

Der Schmerz in meinem Herzen setzt völlig unerwartet ein und ich schnappe hörbar nach Luft. Ich brauche einige Sekunden, um mich zu sammeln und meine Gesichtszüge wieder unter Kontrolle zu bringen.

»Das – freut mich.« Ich hüstele verlegen. »Und deine ...«

»Meine Frau? Ja – ich bin verheiratet, wenn es das ist, was du wissen wolltest.« Überrascht bemerke ich den Anflug von Verbitterung, der über sein Gesicht huscht. Er scheint nach den richtigen Worten zu suchen, sein Blick ist nachdenklich auf den Boden seines Bierglases geheftet.

»Das mit der Ehe ist so eine Sache«, sagt er schließlich mehr zu sich selbst als zu mir. »Man denkt, man weiß, was man tut, doch dann ziehen die Jahre ins Land und irgendwann fragt man sich, worauf man sich da eigentlich eingelassen hat.« Er seufzt. »Ich sollte sowas nicht sagen. Sie tut, was sie kann. Aber trotzdem ...«

»... fehlt irgendetwas«, vollende ich den Satz für ihn.

Er sieht mich unverwandt an. In seinen Augen liegt ein Ausdruck, den ich nicht recht einordnen kann. Sehnsucht? Bedauern? Frustration? Ich weiß es nicht.

»Ja. Genauso ist es.« Dann schüttelt er den Kopf. »Was ist mit dir? Hast du einen festen Freund?«

»Ich? Nein.«

Raphael hebt überrascht die Brauen. »Keine Verehrer? Das kann ich mir kaum vorstellen. Es gibt sicher einen Haufen Männer, die gerne mir dir ausgehen wollen.«

Ich zucke die Achseln. Zu meinem Ärger spüre ich, dass ich schon wieder rot werde. »Jedenfalls niemand von Bedeutung.«

Allmählich frage ich mich, wohin dieses Gespräch eigentlich führen soll. Flirtet er etwa mit mir? Wo er mir doch gerade erst erzählt hat, dass er verheiratet ist und eine Tochter hat? Die Vorstellung ist empörend, trotzdem empfindet ein Teil von mir Genugtuung bei dem Gedanken, dass ich ihm offenbar immer noch etwas bedeute.

Raphael scheint meine Irritation bemerkt zu haben, denn er wirkt auf einmal schuldbewusst. »Tut mir leid, wenn ich dir zu nahegetreten bin. Das wollte ich nicht.«

»Das ist es nicht«, beginne ich, ohne recht zu wissen, worauf ich eigentlich hinauswill. »Aber ...«

Zum Glück kommt in diesem Moment die Bedienung mit unseren Burgern. Froh, nichts weiter dazu sagen zu müssen, mache ich mich über mein Essen her, das wirklich köstlich ist. Das Fleisch ist saftig und mit genau der richtigen Menge an gebrutzeltem Käse garniert.

Zu meiner Erleichterung wechselt Raphael erneut das Gesprächsthema.

Ich hänge an seinen Lippen, während er mir erzählt, wie er sich bei *Pharmauniverse* hochgearbeitet, das Produktportfolio Stück für Stück erweitert und damit allmählich den zentraleuropäischen Markt erobert hat. Ich bin schwer beeindruckt und stelle ihm allerlei Zwischenfragen, die er bereitwillig beantwortet. Raphael war immer schon extrem ehrgeizig, daran erinnere ich mich nur zu gut. In bescheidenen Verhältnissen aufgewachsen, hatte er bereits früh gelernt, dass durchschnittliche Leistungen nicht ausreichen, wenn er einmal ein besseres Leben führen wollte als seine Eltern. Während des Studiums galt er als der Beste seines Jahrgangs und machte seinen Abschluss in Rekordzeit. Als er vor fünf Jahren schließlich die Geschäftsführung übernahm, war er gerade dreißig geworden – und damit kaum älter, als ich es jetzt bin.

Als wir aufgegessen haben, schiebt Raphael seinen leeren Teller beiseite und erhebt sich. »Entschuldigst du mich einen Moment?« Er deutet in Richtung Toilette.

Ein wenig verloren bleibe ich allein am Tisch zurück und nütze die Zeit, um meine Gedanken zu sortieren. Geistesabwesend beobachte ich die anderen Gäste. Mein Blick bleibt an einem Pärchen hängen, das ein paar Meter weiter sitzt und kaum älter als achtzehn oder neunzehn sein kann. Die zwei wirken bis über beide Ohren verliebt, wie sie sich da an der Eckbank dicht aneinanderdrängen – das Knistern zwischen ihnen ist praktisch im ganzen Pub zu spüren. Ein sehnsüchtiges Lächeln breitet sich auf meinem Gesicht aus und ich wende mich schnell ab.

Ich erinnere mich noch gut an die Zeit, als Raphael in mein Leben trat. Damals war ich gerade sechzehn geworden, und meine Erfahrungen mit Männern beschränkten sich auf Händchenhalten mit meinem Schulschwarm in der zehnten Klasse und einer harmlosen Knutscherei im Jahr davor. Wir lernten uns in einer Bar kennen, wo ich mit meinen Freundinnen nach dem wöchentlichen Tanzkurs einkehrte, den wir als eingefleischte Wienerinnen besuchten. Ich war auf Anhieb fasziniert von dem attraktiven Mann mit den stahlgrauen Augen, der mit seinen Kumpels ein paar Tische weiter saß und mir von Zeit zu Zeit verstohlen zuzwinkerte. Mir war klar, dass er um einiges älter sein musste als ich und bestimmt aus einer ganzen Horde von Verehrerinnen wählen konnte. Umso überraschter war ich, dass er sich nach einer Weile zu uns gesellte und mich fragte, ob er mir ein Getränk ausgeben dürfe. Noch heute kann ich das Kichern meiner Freundinnen hören, als ich daraufhin hochrot anlief und vor Schreck und Überraschung meine Cola verschüttete.

Ich seufze in mich hinein. Die drei Jahre, die darauf folgten, waren die glücklichsten meines Lebens. Raphael war klug, witzig, charmant – an seiner Seite fühlte ich mich, als ob ich alles schaffen könnte. Als er mich kurz nach Abschluss seines Studiums verließ, weil er in unserer Beziehung keine Zukunft sah, war ich am Boden zerstört. Seither gleicht mein Liebesleben einer einzigen Katastrophe. Ich kann mich nicht erinnern, wann mir jemand zuletzt ein solch verzücktes Grinsen ins Gesicht gezaubert hat wie das der pummeligen Blondine dort hinten.

Während ich mich noch frage, ob ich jemals wieder so starke Gefühle für einen Mann entwickeln werde wie damals für Raphael, vernehme ich vom Eingang her eine vertraute Stimme.

Ich wende mich um – und erstarre. Soeben hat Jörg, gefolgt von einer Gruppe unbekannter Jungs, den Raum betreten.

Mist. Der hat mir gerade noch gefehlt.

Möglichst unauffällig lasse ich mich tiefer in den Sessel sinken, in der Hoffnung dadurch unbemerkt zu bleiben – was in Anbetracht des winzigen Lokals ein sinnloses Unterfangen ist, wie mir sofort bewusst wird.

»Rebecca – bist du das?«

Ich beiße die Zähne zusammen. Aus dem Augenwinkel beobachte ich, wie Jörg schnurstracks auf mich zuläuft.

Scheiße, Scheiße, Scheiße.

Verzweifelt zermartere ich mir den Kopf, wie ich ihn abwimmeln kann, bevor Raphael von der Toilette zurückkommt, da hat er sich bereits mit anklagendem Blick und zitternder Unterlippe vor mir aufgebaut. Unwillkürlich frage ich mich, wie ich sein Milchbubigesicht jemals attraktiv finden konnte.

»Rebecca – da bist du ja! Ich habe dich seit Wochen nicht gesehen, ich hab mich schon gefragt, wo du steckst. Ist alles in Ordnung, geht's dir gut?«

»Jörg – na das ist ja eine Überraschung.« Eilig erhebe ich mich, um ihn zu begrüßen. Zu eilig, wie sich herausstellt, denn ich stoße dabei mit dem Ellbogen gegen mein halbvolles Bierglas, das umkippt und sich über mein Kleid ergießt. Scharf sauge ich die Luft ein.

Dann greife ich mit einem unterdrückten Fluch nach einer Serviette, um meine Klamotten notdürftig trockenzutupfen. Zugleich spüre ich auch schon, wie mir Bier das Bein hinunterläuft und sich in meinen Pumps sammelt.

Verdammter Mist.

»Tut mir leid, Jörg. Ich habe einen neuen Job und echt wahnsinnig viel zu tun. Und ja, stimmt – ich war länger nicht mehr am Campus. Sind schließlich Ferien.«

»Trotzdem. Wieso hast du mich denn nie zurückgerufen?«

Während ich nach einer Ausrede suche, vernehme ich auf einmal Raphaels Stimme hinter uns.

»Kann ich helfen?« Besitzergreifend legt er den Arm um meine Schulter. »Belästigt dich der Kerl, Rebecca?«

Ich versuche, mir meine Überraschung nicht anmerken zu lassen, und spiele mit. Als wäre es das Natürlichste auf der Welt, lehne ich mich gegen seine Brust. Seine Nähe fühlt sich auf beängstigende Weise gut und vertraut zugleich an. Ich bemühe mich, die Hitze auszublenden, die von seinem Körper ausgeht, nicht darüber nachzudenken, wie perfekt sich mein Kopf in die Wölbung zwischen seiner Schulter und seinem Kinn einfügt. »Schon okay«, raune ich ihm zu. »Das ist nur Jörg. Ein Bekannter von der Uni.«

Ich vermeide es, Jörg in die Augen zu sehen, der auf einen Schlag aschfahl geworden ist und sichtlich in sich zusammenschrumpft.

»Verstehe«, sagt Raphael, ohne den Blick von seinem Gegenüber abzuwenden. »Na dann – wenn du uns bitte entschuldigen würdest? Wie du siehst, sind wir beschäftigt.«

Jörgs Mund klappt auf, doch es kommt kein Ton heraus. Beinahe tut er mir leid, wie er uns um Fassung ringend anstarrt und dabei kaum merklich zurückweicht. Schließlich geht ein Ruck durch seinen Körper und er macht wortlos auf dem Absatz kehrt. Seine Freunde, die das Treiben mit unverhohlenem Interesse beobachtet haben, folgen ihm auf den Fuß.

»Danke«, murmele ich. Mit einem Anflug von Bedauern trete ich ein paar Schritte von ihm weg und lasse mich wieder auf meinen Platz sinken. »Das war perfektes Timing.«

»Gern geschehen.« Er grinst. »Einer deiner vielen Verehrer, nehme ich an?«

Ich verdrehe die Augen. In wenigen Sätzen berichte ich Raphael, wie Maja mich zu dem Date mit Jörg überredet hat und wir katastrophal es gelaufen ist.

Raphael lacht herzhaft. Grinsend erzähle ich ihm von einigen weiteren meiner missglückten Datingversuche der letzten Jahre, und auch Raphael gibt ein paar lustige Anekdoten aus seiner Zeit in Bayern zum Besten, die ich noch nicht kannte. Die unsichtbare Kluft zwischen uns, die ich verspürt habe, seit er mir von seiner Familie erzählt hat, scheint endgültig überwunden. Beinahe ist es wie früher. Mir ist inzwischen klar, dass er mit mir flirtet und dass ich es eigentlich unterbinden sollte. Aber ich bringe es einfach nicht über mich. Die Anziehungskraft, die Raphael schon immer auf mich ausgeübt hat, nimmt von Minute zu Minute zu und wird durch die Gin Tonics, zu denen wir zwischenzeitlich übergegangen sind, nur noch weiter beflügelt.

Gegen halb zwölf begleicht er die Rechnung und wir verlassen den Pub. Draußen hat es deutlich abgekühlt, und ich schlinge bibbernd meinen dünnen Blazer enger um den Körper. Mein Kopf schwirrt vom Alkohol und ich fächle mir frische Luft zu.

Ein wenig verloren trete ich von einem Bein aufs andere, unsicher, wie ich mich von Raphael verabschieden soll. Weder ein formelles Händeschütteln noch eine Umarmung oder ein Kuss auf die Wange erscheinen mir angebracht. Auch Raphael scheint nicht recht zu wissen, wie er sich verhalten soll. Er sieht mich bloß schweigend und mit undurchdringlicher Miene an. Sein Blick lässt mir eine wohlige Gänsehaut über den Rücken laufen.

Himmel, Bec! Genug ist genug. Du hattest deinen Spaß. Geh endlich, bevor du noch was tust, das du bereuen wirst. Er ist verheiratet, verdammt nochmal!

»Tja, dann«, bringe ich schließlich heraus. »Danke für das Essen und die Drinks. Ich schätze, wir ...« Ich verstumme.

Raphael hat einen Schritt nach vorne gemacht. Er steht jetzt so nahe bei mir, dass ich die Barthaare auf seiner Wange zählen könnte, wenn es bloß nicht so dunkel wäre. Der himmlische Duft seines Aftershaves steigt mir in die Nase und ich hole tief Luft. Er umfasst mein Kinn und hebt es an. Dabei sieht er mich auf eine Weise an, bei der mir die Knie weich werden.

»Raphael, nicht – ich kann nicht, du bist doch ...«

Der sanfte Druck seiner Lippen auf meinen lässt mich endgültig verstummen. Die Berührung durchzuckt mich mit der Gewalt eines Stromschlags und all meine Unsicherheit ist auf einen Schlag verflogen.

Plötzlich ist es mir egal, wie unsere Beziehung damals geendet hat. Es ist mir gleich, dass er mein Chef ist, selbst dass er verheiratet ist und eine Tochter hat, wird von dem Pochen zwischen meinen Beinen und dem dringenden Bedürfnis überlagert, seine Haut auf meiner zu spüren. Alles, was ich will, ist mehr. Viel mehr.

Und als er nach einer Weile nach meiner Hand greift und mich fortzieht, leiste ich keinen Widerstand.

KAPITEL 11

Anette

Aus«, japse ich. »Es reicht. Ich kann nicht mehr.«
Schwer atmend lasse ich den Tennisschläger fallen
und stütze die Hände auf die Knie. Der Schweiß läuft mir
in Sturzbächen den Nacken hinab und ich ringe nach Luft.
Nach drei Einheiten mit Martins Trainer haben wir uns
heute zum ersten Mal alleine aufs Feld gewagt. Knapp
zwei Stunden hat mich Thomas über den Platz gejagt,
doch nun bin ich am Ende meiner Kräfte.

Tommy stöhnt erleichtert und fährt sich mit dem rechten Arm über die schweißnasse Stirn. Das T-Shirt klebt
an seinem sehnigen Körper und sein blondes Haar steht in
alle Himmelsrichtungen vom Kopf ab. »Gott sei Dank. Ich
bin auch völlig fertig.«

In gemächlichem Tempo machen wir uns dann daran,
die Bälle einzusammeln und den Sandplatz abzuziehen.
Noch immer brennen meine Lungenflügel von der Ren-
nerei und meine Beine fühlen sich an, als wären sie aus
Gummi. Schließlich lassen wir uns im Schatten auf einer
Bank nieder. Obwohl es erst zehn Uhr morgens ist, ist es
bereits unerträglich heiß. Die Sonne brennt unbarmherzig
vom wolkenlosen Himmel auf uns herab.

»Alle Achtung, Anne.« Tommy fährt sich mit den
Fingern über die Unterschenkel, wo sich eine Schicht roter Sandkörner in seinen Beinhaaren verfangen hat. »Du
warst richtig gut.«

»Findest du?« Ich grinse. »Meine Kondition ist grauen-
haft. Du hast mich ganz schön ins Schwitzen gebracht.«

Ein paar Minuten sitzen wir in einträchtigem Schweigen beieinander, während wir versuchen, wieder zu Atem zu kommen. Ich genieße Tommys Gesellschaft, das Gefühl der Vertrautheit, wie man es nur bei alten Freunden empfindet. Zum wiederholten Male frage ich mich, wie ich zulassen konnte, dass wir uns aus den Augen verloren haben. Wieso ich nicht schon viel früher den Kontakt zu ihm gesucht habe.

»Du kannst mit mir reden, das weißt du doch, oder? Darüber, was zwischen dir und Helena vorgefallen ist.« Als mir auffällt, wie Tommys Schultern herabsacken, setze ich rasch nach: »Natürlich nur, wenn du willst.«

Thomas seufzt. »Da gibt es nicht viel zu erzählen. Sie hat mich verlassen – das ist passiert.« Es ist ihm deutlich anzusehen, wie sehr ihn der Gedanke schmerzt. »Wir wollten eine Familie gründen, das weißt du vielleicht noch. Nur hat es nicht geklappt. Helena wurde einfach nicht schwanger. Das war eine immense Belastung für unsere Beziehung.« Er lacht bitter. »Nun, wie sich herausstellte, lag es an mir – offenbar kann ich keine Kinder zeugen. Eine Weile dachten wir über Alternativen nach, auch eine Adoption stand im Raum. Umso überraschter war ich, als sie mir dann vor einem halben Jahr eröffnete, sie könne nicht mehr. Der Druck – er war wohl einfach zu groß.«

Tröstend tätschle ich seine Hand. Armer Tommy! Ich will mir gar nicht ausmalen, wie schrecklich es für ihn gewesen sein muss zu erfahren, dass er zeugungsunfähig ist, nur um kurz darauf auch noch sitzengelassen zu werden.

»Tut mir leid. Wie furchtbar.« Nachdenklich starre ich auf meine Schuhspitzen, die ebenfalls von einem dünnen Film roter Sandkörner bedeckt sind. Ich mache mir in Gedanken eine Notiz, sie abzuwaschen, bevor ich den Heimweg antrete. »Manche Dinge sollen wohl einfach nicht sein, schätze ich.«

Er nickt nur. »Was ist mit dir? Beim Abendessen hast du zwar davon geschwärmt, wie toll es zwischen dir und Raphael läuft ...« Er hält einen Augenblick inne und wirft mir einen raschen Seitenblick zu. »Versteh mich nicht falsch. Ich weiß, dass du eine gute Schauspielerin bist, aber ich kenne dich doch, Anne. Du bist alles andere als glücklich. Willst du mir nicht verraten, was wirklich bei euch los ist?«

Das Bedürfnis, mich jemandem anzuvertrauen, ist fast übermächtig. Einen Moment lang hadere ich mit mir, wie viel ich ihm erzählen, wie viel von der Wahrheit ich ihm zumuten soll.

»Wir führen ein gutes Leben, Raphael und ich«, beginne ich schließlich. »Wir haben eine wunderhübsche Tochter, ein großes Haus mit genug Platz für eine ganze Fußballmannschaft, keinerlei Geldsorgen. Raphael hat die Firma, ich meinen Job auf der Uni. Ich habe also keinen Grund, mich zu beklagen.«

Tommy hebt skeptisch eine Augenbraue. »Aber?«

Einen Moment lang beobachte ich das Match auf der anderen Spielbahn, während ich nach den richtigen Worten suche. Zwei Jugendliche im Teenageralter liefern sich gerade einen rasanten Ballwechsel. Das Gesicht des Mädchens ist vor Konzentration verzerrt, dann reißt sie jubelnd die Arme in die Luft, als der Ball ihres Gegenspielers im Outbereich landet.

»Eigentlich ist es nichts. Die Arbeit hält Raphael einfach ziemlich in Atem, er ist fast ständig im Büro. Und selbst wenn er zu Hause ist, ist er nicht da – nicht wirklich, meine ich.« Ich seufze leise. Wenn das nur alles wäre. »Er behandelt mich, als ob ich ein rohes Ei wäre, ein Besitztum, das man genau im Auge behalten muss. Aber ob er mich liebt? Manchmal fällt es mir schwer, das zu glauben.«

Hat er das denn jemals getan? füge ich in Gedanken hinzu. Von seinen Affären mal ganz abgesehen.

Ich gebe mir innerlich einen Ruck und wage mich noch einen Schritt weiter vor. »Und es gibt Momente, da habe ich das Gefühl, als würde ich Raphael gar nicht richtig kennen.« Eine bedeutungsschwere Pause entsteht, während ich die Wasserflasche an den Mund führe. Thomas hängt wie gebannt an meinen Lippen, auf seiner Stirn hat sich eine steile Sorgenfalte gebildet.

»Das, was ich dir erzähle – das bleibt doch unter uns, oder? Du darfst es niemandem sagen, nicht mal deinem Vater. Ganz besonders nicht deinem Vater.«

»Ich verspreche es.« Mit angehaltenem Atem sieht er mich an. Ich weiß, ich kann mir seiner ungeteilten Aufmerksamkeit sicher sein.

»Vor ein paar Wochen habe ich zufällig mitangehört, wie Raphael mit Herrn Wohlmut aus der Produktentwicklung telefoniert hat«, fahre ich mit gedämpfter Stimme fort. »Es ging um die Testergebnisse für ein neues Produkts, das *Pharmauniverse* für den Diätmarkt entwickelt hat. Ich hab natürlich nicht alles mitbekommen, aber ...« Ich beiße mir auf die Unterlippe. »Wenn ich es nicht besser wüsste, könnte man meinen, sie hätten die Probandenergebnisse ein wenig – aufpoliert.«

Tommy setzt sich ruckartig auf. »Wie bitte? Sie haben die Studie getürkt?«

»Ich weiß es nicht mit Sicherheit«, erwidere ich hastig und hebe beschwichtigend die Arme. »Außerdem glaube ich nicht, dass man damit ernsthaft Schaden anrichten könnte. Es ist eine dieser Pillen, die das Hungergefühl dämpfen sollen. Es gibt zig ähnliche Produkte am Markt.« Ich verdrehe die Augen. »Im Grunde ist jeder selbst schuld, der an so ein Zeug glaubt. Aber trotzdem. Letzten Endes ist es Betrug, oder nicht?« Ich lasse die Schultern sinken. »Und in solchen Momenten frage ich mich schon, wer dieser Mann eigentlich ist, den ich da geheiratet habe.«

»Ich fasse es nicht. Dieser verdammte Schweinehund!«
Eine Weile herrscht Schweigen zwischen uns. Ich kann
mir ungefähr vorstellen, was in Tommys Kopf vorgeht.
Die beiden Männer haben nie viel voneinander gehalten
– und Thomas sieht sich wohl gerade in seinen schlimmsten Vermutungen bestätigt. Es war ein offenes Geheimnis,
dass Papa einst mit dem Gedanken liebäugelte, Thomas zu
seinem Nachfolger heranzubilden. Doch kurze Zeit später
erschien Raphael auf der Bildfläche und die Karten wurden neu gemischt. Anderthalb Jahre lang lieferten sich die
zwei sich einen erbitterten Kampf um die Gunst und Anerkennung meines Vaters, bevor Raphael das Rennen für
sich entschied. Thomas kehrte *Pharmauniverse* daraufhin
den Rücken, um stattdessen bei der Konkurrenz einzustei-
gen. Und auch, wenn ich mir sicher bin, dass Tommy bei
Alversa viel besser aufgehoben ist, weiß ich, wie er darüber denkt. Er empfand Papas Vorgehen als Verrat. Dass er
Raphael nur den Vorzug gegeben hat, weil er mein Ver-
lobter war. Und im Nachhinein betrachtet hat er damit
wohl nicht ganz unrecht. So blieb die Leitung der Firma
zumindest in der Familie.

Als Tommy schließlich erneut das Wort ergreift, klingt
seine Stimme sanft. »Ich habe in all den Jahren oft daran
gezweifelt, ob Raphael der Richtige für dich ist. Ob er
wirklich die Person ist, die du in ihm zu sehen glaubst. Jetzt
wäre mir lieber, ich hätte mich getäuscht.« Er greift nach
meiner Hand, drückt sie. »Wieso verlässt du ihn nicht? Ich
merke doch, wie sehr du dich quälst. Findest du nicht auch,
dass du ein Recht darauf hast, glücklich zu sein?«

Ich lächle schief. »So einfach ist das nicht.«

Meine Gedanken wandern zu Philipp, und tief im Herzen spüre ich einen Stich. Unwillkürlich muss ich an jenen
verhängnisvollen Abend vor knapp einem Jahr denken.
An das, was Raphael zu mir gesagt hat.

Du kannst mich nicht verlassen, Anette. Das werde ich nicht zulassen. Du hast ja keine Ahnung, was ich zu tun bereit bin, um dich zur Vernunft zu bringen.

Thomas zuckt nur die Schultern, hakt jedoch nicht weiter nach. »Du musst selbst wissen, was das Richtige für dich und deine Familie ist. Aber wenn du Hilfe brauchst – egal, worum es geht – bin ich für dich da. Bitte vergiss das nicht.«

Zaghaft breitet sich ein Lächeln auf meinem Gesicht aus. »Danke, Tommy. Das weiß ich echt zu schätzen. Vielleicht komme ich eines Tages darauf zurück.«

KAPITEL 12

Rebecca

Wie aus weiter Ferne dringt ein Geräusch in mein Bewusstsein. Schlaftrunken taste ich auf dem Nachttisch nach meinem Wecker, bekomme ihn jedoch nicht zu fassen. Widerwillig öffne ich erst ein Auge, dann das andere. Der rasende Kopfschmerz, der sogleich einsetzt, lässt mich ächzen. Meine Zunge fühlt sich fremd und pelzig an.

Verdammter Alkohol, denke ich und presse die Hände gegen meine pochenden Schläfen.

Ein wenig desorientiert suche ich den Raum nach der lästigen Geräuschquelle ab. Dann bemerke ich das Telefon auf dem Nachttisch, das immer noch penetrante Klingelgeräusche von sich gibt, und ich nehme den Hörer ab.

»Ja bitte?«

»Einen wunderschönen guten Morgen.« Die Stimme am anderen Ende der Leitung klingt fast unverschämt fröhlich. »Ich rufe wegen des Weckdiensts an, den Sie gebucht haben. Es ist jetzt sechs Uhr dreißig. Das Frühstücksbuffet steht in einer halben Stunde bereit, den Speisesaal finden Sie gleich den Gang hinunter neben den Aufzügen im Erdgeschoss. Aber wenn Sie das Frühstück lieber im Zimmer einnehmen möchten, können Sie gerne bei mir Ihre Bestellung aufgeben.«

»Guten Morgen.« Meine Stimme klingt rau wie Sandpapier und ich räuspere mich vernehmlich. »Wie war das noch gleich? Wie spät ist es genau?«

»Sechs Uhr dreiunddreißig.«

Im Bruchteil der Sekunde prasseln die Erinnerungen an den vergangenen Abend über mich herein. Meine selbstauferlegte Spätschicht. Raphaels resolute Aufforderung, ihm beim Abendessen Gesellschaft zu leisten. Die Drinks. Das Zusammentreffen mit Jörg. Noch mehr Drinks. Das Herumgeknutsche vor dem Pub. Wie ich an Raphaels Arm die Junior Suite des *Sofitels* betrete – dem piekfeinen Fünfsternehotel, das fußläufig vom Büro gelegen ist und für seine exorbitanten Preise und den atemberaubenden Ausblick über Wien bekannt ist.

Stöhnend lasse ich mich zurück in die Kissen sinken.

Verdammt, Bec! Was hast du dir bloß dabei gedacht?

»Frau Karlston? Sie sind doch nicht etwa wieder eingeschlafen?«

»Oh – Entschuldigung«, murmele ich. Beinahe hätte ich vergessen, dass ich den Hörer immer noch in der Hand halte. »Nein, nein – ich bin wach.«

Ich bedanke mich höflich für den Weckruf, dann lege ich auf.

Verzweifelt sehe ich mich im Raum um. Das riesige Boxspringbett, auf dem ich liege, nimmt nur einen Bruchteil des großzügigen und lichtdurchfluteten Raums ein. Eine breite Schiebetür gibt den Blick auf ein geräumiges und modernes Bad frei. Zu meiner Linken befindet sich eine in weißem Leder gehaltene Sitzgruppe, neben der eine Kaffeemaschine und eine Schale mit Nespressokapseln in allen erdenklichen Farben prangen. Die Fensterfront zu meiner Rechten eröffnet einen atemberaubenden Ausblick über Wien, in der Ferne kann ich sogar das Riesenrad erkennen.

Auf einmal bin ich hellwach. Ich wende mich um – und stelle enttäuscht fest, dass ich alleine bin. Die Betthälfte zu meiner Linken ist zerwühlt, aber leer.

Was hast du getan? Ausgerechnet Raphael. Was zur Hölle stimmt nur nicht mit dir?

Beim Gedanken an die vergangene Nacht steigt mir die Schamesröte in die Wangen und ich vergrabe mein Gesicht in den Laken. Sogleich dringt mir Raphaels herrlicher Duft in die Nase, der immer noch an den Kissen haftet, und ich sauge ihn tief in meine Lungen. Mein ganzer Körper kribbelt bei der Erinnerung an seine Berührungen und ein wohliger Schauer läuft mir über den Rücken. Raphael war leidenschaftlich und dabei einfühlsam und zärtlich zugleich. Die Art, wie er während des Liebesakts meinen Blick suchte, vermittelte mir das Gefühl, als gäbe es nichts und niemanden auf der Welt außer uns beiden. Es war beinahe wie früher. Ich stöhne gequält auf. In meinem Inneren kämpfen widersprüchliche Empfindungen um die Oberhand. Hin- und hergerissen zwischen Verzückung, Schuldgefühlen und Scham schlage ich die Hand vor die Augen. Schon jetzt verursacht mir seine Abwesenheit fast körperlichen Schmerz.

Mühsam setze ich mich auf und entdecke auf dem Nachttisch ein randvolles Glas Wasser, das letzte Nacht definitiv noch nicht hier gestanden hat, daneben liegen ein Blister Aspirin und ein zusammengefaltetes Stück Papier. Mit zitternden Fingern falte ich das Blatt auseinander und finde in geschwungenen Lettern eine handgeschriebene Nachricht:

Guten Morgen, meine Schöne. Ich musste früh los und wollte dich nicht wecken. Danke für die umwerfende Nacht. Raphael.

Ich schlucke. Kein »ich rufe dich an«, kein »ich will dich wiedersehen«. Mir sackt das Herz in die Hose.

Du naive dumme Kuh. Hast du in deinen achtundzwanzig Jahren denn gar nichts gelernt? Was hast du erwartet? Der Mann ist verheiratet, Herrgott nochmal!

Der Gedanke versetzt mir einen Stich.

Aber die Bemerkungen über seine Ehe! Raphael hat doch klar durchscheinen lassen, dass er in seiner Beziehung unglücklich ist, oder etwa nicht? Was, wenn ihm endlich klargeworden ist, dass er damals einen riesigen Fehler gemacht hat?

Ich lese seine Nachricht noch einmal Wort für Wort durch, in der Hoffnung, ihr irgendeine versteckte Botschaft zu entnehmen, die mir bislang entgangen ist.

Du weißt doch, wie so was läuft. Ihr habt in Erinnerungen geschwelgt, gevögelt und das war's jetzt. Du hast es ihm ja nicht gerade schwer gemacht. Hast du wirklich geglaubt, er würde wegen eines schwachen Moments sein Leben umkrempeln? Träum weiter.

Einen Augenblick bleibe ich wie paralysiert sitzen und lasse die Panik zu, die in mir hochsteigt. Diese Nacht, der gesamte Abend – heute, bei Tageslicht betrachtet, ist mir klar, dass ich einen riesigen Fehler begangen habe. Wie in aller Welt soll ich Raphael nur jemals wieder unter die Augen treten und so tun, als ob nichts wäre?

Schluss mit dem Selbstmitleid, meldet sich eine strenge Stimme in meinem Hinterkopf zu Wort. *Du musst endlich in die Gänge kommen. Oder willst du Frau Weiss etwa erklären müssen, warum du zu spät bist?*

Resolut greife ich nach dem Wasserglas und spüle gleich zwei Aspirintabletten herunter in der Hoffnung, damit zumindest meinen rasenden Kopfschmerzen den Kampf anzusagen. Dann schäle ich mich aus dem Bett und betrete das angrenzende Bad. Unter anderen Umständen wäre ich hellauf begeistert. Durch die raumhohen Fensterscheiben kann ich die Donau in der Sonne glitzern sehen und neben der geräumigen Duschkabine stehen verschiedene Fläschchen mit Shampoo und Duschgel bereit. Es gibt sogar einen richtigen Föhn – nicht bloß die leistungsschwachen Wandgeräte, bei denen man eine Taste gedrückt halten muss, um einen bestenfalls lauwarmen Luftzug zu erzeugen.

Nach einer heißen Dusche fühle ich mich einigermaßen wiederhergestellt und auch das Aspirin scheint endlich zu wirken. Angeekelt schlüpfe ich in mein Kleid vom Vortag, das immer noch den penetranten Geruch nach schalem Bier verströmt.

Ein Blick auf meine Armbanduhr verrät mir, dass mir genug Zeit bleibt, vor der Arbeit nach Hause zu fahren und frische Klamotten zu holen. Gottlob war Raphael so geistesgegenwärtig und hat an der Rezeption einen Weckruf für mich bestellt. Ich will mir gar nicht ausmalen, wie Frau Weiss reagieren würde, wenn ich erst gegen Mittag bei ihr aufkreuze – was bei meinem aktuellen Schlafdefizit und ohne Wecker leicht hätte passieren können.

Nachdem ich mit dem Aufzug ins Erdgeschoss gefahren bin, bleibe ich ein wenig verloren im Foyer stehen. Alles hier wirkt extrem sauber und gepflegt. Angestellte in schicken Overalls eilen an mir vorbei und elegant aussehende Gäste in Anzügen und mit Aktenkoffern in den Händen bahnen sich den Weg den Gang entlang in Richtung Frühstücksraum. In einem derart vornehmen Hotel bin ich in meinem ganzen Leben noch nicht abgestiegen, so viel ist sicher. Ein wenig eingeschüchtert trete ich an den Empfangstresen, wo mich eine junge Frau asiatischer Herkunft, ebenfalls in die stylische und figurbetonte Uniform des *Sofitels* gehüllt, freundlich empfängt.

»Guten Morgen. Wie darf ich Ihnen helfen?«

Auf einmal wird mir bewusst, was für einen erbärmlichen Anblick ich so ganz ungeschminkt und in meinem nach Bier stinkenden Kleid abgeben muss. Ob sie wohl ahnt, was ich letzte Nacht getrieben habe? Noch schlimmer – ob Raphael womöglich öfter irgendwelche Frauen mit hierher nimmt? Allein bei der Vorstellung dreht sich mir der Magen um.

Ich setze eine, wie ich hoffe, selbstsichere Miene auf und schiebe ihr die Zimmerkarte über den Tresen zu. »Ich bin hier, um auszuchecken.« Dann kommt mir ein neuer Gedanke und mein Lächeln erstirbt. »Die Rechnung ...«

»Die hat Ihre Begleitung bereits beglichen. Sofern Sie keine Getränke aus der Minibar konsumiert haben, ist alles erledigt.« Sie lächelt mich freundlich an. Ich kann keine Anzeichen von Missbilligung in ihrem Gesicht erkennen und atme kaum merklich auf.

»Das habe ich nicht.«

»Nun, in diesem Fall wünsche ich Ihnen noch einen schönen Aufenthalt in Wien. Wenn Sie frühstücken möchten – der Speisesaal ist gleich den Gang runter.«

»Danke, nicht nötig.« Ich nicke ihr zu, dann verlasse ich fluchtartig das Hotel und laufe in Richtung U-Bahn davon.

Der folgende Tag gleicht einem Martyrium. Ich trage zwar wieder saubere Kleidung und dank des Aspirins bleibe ich weitgehend von Kopfschmerzen verschont, trotzdem spüre ich die Erschöpfung in meinen Knochen. Ich habe kaum mehr als fünf Stunden geschlafen und der Alkohol hat sein Übriges getan. Immerhin schenkt mir Frau Weiss ein anerkennendes Lächeln, als ich ihr in der Teambesprechung eröffne, dass ich ihr die Auswertungen der Kundenfragebögen noch im Laufe des Tages liefern kann.

Im Grunde sollte es ein Arbeitstag wie jeder andere sein, voll von Besprechungen und Computerarbeit, trotzdem ist für mich rein gar nichts wie zuvor. Ich bin unkonzentriert und fahrig – meine Gedanken schweifen immer wieder ab. Jedes Mal, wenn jemand den Raum betritt, wirbele ich herum in der Hoffnung, dass es Raphael ist, der gekommen ist, um nach mir zu sehen, doch natürlich tut er das nicht. Gegen siebzehn Uhr bin ich völlig am Ende mit den Nerven.

Schlag ihn dir aus dem Kopf. Es war eine einmalige Sache.

Mir kommt in den Sinn, was Mama früher immer zu uns gesagt hat, wenn Maja oder ich Liebeskummer hatten: *Aufstehen, Krönchen richten und weiter geht's. Bloß nicht unterkriegen lassen.*

Ich seufze leise. Als ob das so einfach wäre. Raphael war meine erste große Liebe und One-Night-Stands waren auch nie mein Ding. Wenigstens ist heute Donnerstag – also nur noch ein Tag bis zum Wochenende, wo ich genug Zeit haben werde, mich auszuschlafen und meine Wunden zu lecken.

Gegen halb sechs mache ich mich endlich auf den Heimweg. Gerade, als ich auf den Bahnsteig der U-Bahn trete, spüre ich auf einmal das Smartphone in meiner Tasche vibrieren.

Ich rechne fest damit, Majas Namen auf dem Bildschirm zu sehen, aber zu meiner Überraschung ist sie es nicht. Entgeistert starre ich auf mein Handy, unsicher, ob mir mein Unterbewusstsein einen Streich gespielt hat.

Doch da steht es, klar und deutlich – Raphael Matterfeld. Woher zum Teufel habe ich seine Telefonnummer? Hat er sie etwa heimlich in mein Telefon gespeichert, während ich schlief? Bei der Vorstellung beginnt mein Herz wie wild zu pochen. Ich atme tief durch, dann nehme ich den Anruf mit bebenden Fingern entgegen.

»Hallo, meine Schöne.«

Allein der Klang seiner Stimme lässt meine Knie weich werden. Wie in einem Stummfilm laufen die Eindrücke der letzten Nacht noch einmal vor meinem inneren Auge ab. Starke Arme, die meinen Körper umfassen und ins Bett tragen. Das Gefühl seiner Finger auf meiner Haut. Der

Anblick seines definierten Oberkörpers, während meine Hände an seinem Hemd zerren. Das leise Stöhnen, als er in mich eindringt. Ich erschauere.

»Hallo«, hauche ich.

»Es tut mir leid, dass ich weg bin, ohne mich zu verabschieden. Ich hoffe, das war okay. Aber es war mitten in der Nacht und du hast so friedlich geschlafen – da hab ich's nicht übers Herz gebracht, dich zu wecken.«

»Kein Ding. Du hast mir ja einen Zettel dagelassen. Und danke für das Aspirin – das hat mich gerettet.«

Er lacht. »Mein Schädel brummt immer noch, als hätte ich einen Presslufthammer verschluckt. Aber das war es wert. Den ganzen Tag über konnte ich an nichts anderes denken als an dich und die letzte Nacht. Du bist – unglaublich.« Er hält stockend inne.

Ist er etwa nervös?

»Ich – ich kann es nicht erwarten, dich wiederzusehen.« Raphael atmet schwer, als hätte es ihn einiges an Überwindung gekostet, die letzten Worte laut auszusprechen.

Ich grinse wie ein Honigkuchenpferd. Unbändige Freude durchflutet mich. Ich bemerke nicht einmal, dass sich die Türen der U-Bahn, die ich hatte nehmen wollen, wieder schließen und sich der Zug in Bewegung setzt.

Er will dich wiedersehen. Er will dich tatsächlich wiedersehen! Zum Teufel mit seiner Frau. Zum Teufel mit dem, was eigentlich richtig wäre. Er will dich wiedersehen.

Mein Schweigen scheint ihn verunsichert zu haben, denn er fügt ein wenig irritiert hinzu: »Das heißt – natürlich nur, wenn du das auch möchtest.«

»Klar will ich das.« Meine Stimme zittert vor unterdrückter Aufregung. »Was schlägst du vor?«

»Wie wär's mit Montag? Sag mir, wo du wohnst, dann schicke ich einen Wagen, der dich um neunzehn Uhr abholt.«

Ich vollführe innerlich einen Freudensprung. »Montag ist perfekt.« Ich rattere meine Adresse herunter, mein Herz pocht nun so laut – ich bin sicher, dass er es am anderen Ende der Leitung hören muss.

»Gut, dann wäre das geklärt. Und – Rebecca?«

»Hm?«

»Ich kann dir gar nicht sagen, wie sehr ich mich freue, dass wir uns wiedergefunden haben. Ich will nur, dass du das weißt.«

Dann beendet er die Verbindung.

KAPITEL 13

Anette

Ich klappe die Sonnenblende meines Wagens herunter und werfe einen prüfenden Blick in den Spiegel. Mein Haar ist ordentlich gebürstet und fällt mir in sanften Wellen bis über die Schultern. Abgesehen von einem Hauch Wimperntusche bin ich ungeschminkt, was mich jünger aussehen lässt, als ich bin. Unter meinen blonden Haarspitzen lugt der Kragen einer weißen ärmellosen Bluse hervor. Ich nicke meinem Spiegelbild zu. Mir gefällt, was ich sehe. So sieht eine Frau aus, die ihr Leben im Griff hat. Das Musterbeispiel einer erfolgreichen Tutorin, liebenden Mutter, hingebungsvollen Ehefrau.

Kaum dass ich die Wagentür hinter mir zugeschlagen habe, erfasst mich eine Böe warmen Winds und meine Hände schnellen zum Saum meines zitronengelben Faltenrocks. Stirnrunzelnd blicke ich gen Himmel. Seit Tagen liegt eine drückende Hitze über der Stadt und am Horizont türmen sich dunkle Wolken. Das Sommergewitter wird wohl nicht mehr lange auf sich warten lassen. Eilig überquere ich den Parkplatz und steige die Treppe zum Eingang empor.

Das Foyer ist voller Menschen und hinter mir betreten noch drei weitere Personen den Fahrstuhl, zwei Männer und eine Frau. Ich schürze die Lippen, versuche so viel Abstand wie möglich zwischen mich und die anderen Fahrgäste zu bringen. Ich kann Aufzüge nicht ausstehen. Mir gefällt die Vorstellung nicht, mich mit einem Haufen Fremder in einen winzigen Raum zu drängen, die muffige

Luft und die mangelnden Fluchtmöglichkeiten jagen mir Angst ein. Als ich acht war, bin ich mit Mama einmal mit dem Fahrstuhl steckengeblieben. Handys gab es damals noch nicht und so war ich dazu verdammt, stundenlang mit meiner hyperventilierenden Mutter in einer kaum zwei Quadratmeter großen Kabine auszuharren, bis uns ein Aufzugtechniker endlich befreite. Bei der Erinnerung an jenen Tag kann ich Mamas Angstschweiß beinahe riechen, höre ihr ersticktes Schluchzen, während ich ihr tröstend über den Rücken streiche. Noch heute ziehe ich es vor, die Treppe zu nehmen, wann auch immer es sich einrichten lässt. Doch die Praxis von Doktor Morris liegt im letzten der neun Stockwerke des Ärztezentrums – und ich bin ohnehin schon spät dran.

Um mich von meiner inneren Unruhe abzulenken, beobachte ich die übrigen Fahrgäste. Einer der Männer ist um die fünfzig und trägt einen Ärztekittel, in der Hand hält er ein Klemmbrett. Der andere hat den Arm schützend um die Schultern der Frau gelegt, unter ihrem weiten Shirt kann ich den Ansatz eines Babybauchs erkennen. Das Ärztehaus am Wiener Stadtrand ist riesig – von einem Zentrum für Gynäkologie und Frauenheilkunde über Urologie und plastische Chirurgie bis hin zu Allgemeinmedizin ist alles dabei. Die Fahrt bis zum letzten Stockwerk fühlt sich an wie eine Ewigkeit. Mehrere Male hält der Fahrstuhl an und weitere Personen steigen ein oder aus. Als endlich ein leises Ping erklingt und auf dem Bildschirm oberhalb der Fahrzeugtüren die Zahl neun aufscheint, atme ich auf.

Ich betrete einen lichtdurchfluteten, karg möblierten Eingangsbereich, ein flauschiger Teppich und die ledernen Sitzgruppen sind in Creme- und Beigetönen gehalten. Zielstrebig trete ich an den Empfangstresen, der ganz in Weiß erstrahlt und die sterile und unpersönliche Atmosphäre noch verstärkt.

»Anette Emerson. Ich habe einen Termin bei Doktor Morris.«

Die Empfangsdame, mit eisgrauem Haar und in biederem Kostüm, nickt und bedeutet mir, im Wartebereich Platz zu nehmen.

Ich lasse mich auf eines der ungemütlichen Ledersofas fallen und lange in den Zeitungsständer neben dem Couchtisch. Von der Titelseite eines Magazins strahlt mir ein blondes Mädchen mit einem übergroßen Sonnenhut und einem breiten Lächeln entgegen. *Endlich glücklich sein –* so lautet die Schlagzeile. *Gute-Laune-Strategien und wie Sie zu der Person werden, die sie immer sein wollten.* Darunter wirbt ein Beitrag für *die beste Diät aller Zeiten.* Ich lege die Zeitschrift wieder weg.

Gedankenverloren lasse ich meinen Blick durch den Raum schweifen. Neben dem Empfangstresen führen drei mit Messingschildern versehene Türen in angrenzende Therapieräume. Abgesehen von mir und einer blassen und beängstigend mageren jungen Frau ist der Wartebereich leer. Bei näherem Hinsehen fällt mir auf, wie nervös sie aussieht. Ihre Finger sind fest ineinander verknotet und unter ihren wässrigen Augen liegen tiefe Schatten. Für einen Moment treffen sich unsere Blicke und ich nutze die Gelegenheit, um ihr ein aufmunterndes Lächeln zu schenken. Peinlich berührt senkt sie den Kopf und starrt demonstrativ die Zeitschrift auf ihrem Schoß an.

Ich kann es ihr nicht verdenken. Ich erinnere mich gut daran, wie ich mich gefühlt habe, als ich zum ersten Mal die Praxis von Doktor Morris aufsuchte. Wenige Wochen zuvor war mein Vater tödlich verunfallt, und mir persönlich war es so vorgekommen, als wäre ich gleich mit ihm gestorben. Ich war kaum mehr als Haut und Knochen, nur noch ein Schatten meiner selbst. Am ganzen Körper bebend saß ich zusammengesunken auf ebendiesem Sofa, peinlich darauf bedacht, niemanden anzusehen. Als wäre der bloße Umstand, sich im Warteraum eines Psychiaters wiederzufinden, schon Schande genug.

Heute – fünf Jahre später – sehe ich meinen Sitzungen bei Doktor Morris mit Gelassenheit entgegen. Sie sind zu einer lästigen Gewohnheit geworden, und es kümmert mich nicht mehr, was die Leute denken.

In diesem Augenblick taucht die Dame im Kostüm in meinem Gesichtsfeld auf. »Der Herr Doktor ist nun bereit, Sie zu empfangen.«

Ich nicke und erhebe mich, nicht ohne der Frau gegenüber noch einen letzten aufmunternden Blick zuzuwerfen. Welche Umstände und Schicksalsschläge sie auch immer in diese Praxis geführt haben – im Grunde sitzen wir doch alle im selben Boot.

Doktor Morris erhebt sich, als ich eintrete. Er hat die Sechzig bereits weit überschritten, sein weißes Haar bildet einen schmalen Kranz und legt eine kreisrunde kahle Stelle an seinem Hinterkopf frei. Sein wettergegerbtes Gesicht ist freundlich und von tiefen Furchen um Mund und Augen durchzogen.

»Frau Emerson.« Er schüttelt mir die Hand und deutet auf den Stuhl ihm gegenüber. »Kommen Sie, setzen Sie sich doch.«

Ich lasse mich auf einen ebenfalls weißen Besucherstuhl sinken. Doktor Morris hat sich wieder gesetzt und schlägt das rechte Bein über das linke, auf seinem Schoß liegt ein ledernes Notizbuch.

»Wie geht es Ihnen heute?«, fragt er und mustert mich eingehend, sucht mein Gesicht nach Anzeichen von Stress oder Erschöpfung ab.

»Ganz hervorragend, danke der Nachfrage.« Ich lächle, lege Selbstsicherheit und Gelassenheit in meine Miene.

Meine feinsäuberlich manikürten Hände ruhen vor mir auf der Tischplatte.

»Irgendwelche Anzeichen von Ruhelosigkeit? Übertriebene emotionale Erregung, Gereiztheit, Euphorie?«

Ich schüttle den Kopf und er vermerkt das in seinem Notizbuch.

Nach und nach arbeiten wir uns durch seinen üblichen Fragenkatalog. Ob ich ausreichend Schlaf bekomme, ein ungewöhnlich hohes Maß an Energie und Beschäftigungsdrang verspüre, mich womöglich ohne ersichtlichen Grund traurig oder antriebslos fühle. Ich kenne das Prozedere, bin mit den Symptomen vertraut, die er mir mit seiner Fragerei zu entlocken versucht. Schließlich habe ich aus nächster Nähe mitansehen müssen, was es bedeutet, an einer bipolaren Störung zu leiden.

Ich kenne die Sinuskurve, die Begeisterungsstürme, die Ruhelosigkeit, die übertriebene Fröhlichkeit auf der einen, die Talfahrten auf der anderen Seite. Und alles dazwischen. Das Dazwischen war immer am schlimmsten. Jene Phasen, in denen Mama bereits in der melancholischen Stimmung der Depression gefangen war, aber noch den Tatendrang der Manie verspürte. Oder umgekehrt.

Ich muss sechs oder sieben gewesen sein, als mir klar wurde, dass mit meiner Mutter etwas nicht stimmte. Papa war bereits zur Arbeit gefahren, doch von Mama keine Spur – dabei hätte sie mich längst zur Schule bringen sollen. Also lief ich den Flur hinunter und spähte in das Schlafzimmer meiner Eltern. Was ich dort sah, zerriss mir das Herz. Die Vorhänge waren fest zugezogen, meine Mutter lag zusammengerollt unter der Bettdecke. Ihr Brustkorb hob und senkte sich rasch, während ihr ganzer Körper von Weinkrämpfen geschüttelt wurde.

»Mama, was ist denn mit dir?«

Doch ich erhielt keine Antwort, stattdessen begann sie nur noch heftiger zu schluchzen. Also tat ich das Einzige, was mir einfiel – ich kletterte zu ihr ins Bett, kuschelte mich fest an sie, drängte meinen Körper ganz nah an ihren. Erst viel später begriff ich, dass es gar keinen Grund für ihre Traurigkeit gab. Dass es nichts gab, was ich in diesem Zustand für sie hätte tun können.

Ich seufze. Es stimmt – Papas überraschender Tod hat mich aus der Bahn geworfen. Und während ich halbherzig auf Doktor Morris' Fragen antworte, wandern meine Gedanken erneut zurück in die Vergangenheit.

Es war ein kühler Herbstmorgen, als mich die Nachricht ereilte. Ich hatte das ganze Wochenende mit Vorbereitungen für einen wichtigen Vortrag auf der Uni verbracht. Welcher genau das war, weiß ich nicht mehr, ich erinnere mich nur noch daran, dass ich den Institutsvorstand unbedingt beeindrucken wollte. Beinahe kann ich den kalten Kaffee schmecken, den feuchten Nieselregen auf meiner Haut spüren, als ich, meine Kaffeetasse in der einen, das Handy in der anderen Hand, auf der Terrasse unseres Appartements stand und Raphaels Stimme lauschte.

Dein Vater – er ist eine Felswand hinuntergestürzt. Ich wollte ihn noch halten, doch es war bereits zu spät. Es – es tut mir so leid, Anette. Ich weiß, wie viel er dir bedeutet hat.

Seine Worte drangen wie aus weiter Ferne an meine Ohren, während er mir voller Panik erzählte, wie das Geländer am Berggipfel, an dem Papa lehnte, plötzlich nachgab und er einen Abgrund hinuntergestürzt ist.

Ich wollte es erst nicht glauben. Papa – tot? Das konnte, das *durfte* nicht wahr sein. Es ergab einfach keinen Sinn. Mein Vater war für sein Alter doch noch so gut beieinander, beinahe jedes Wochenende unternahm er ausgiebige Wanderungen oder Segeltouren mit seinem geliebten

Katamaran. Und dann war er auf einmal nicht mehr da, von einem auf den anderen Tag mitten aus dem Leben gerissen. Mein Vertrauter, mein Vorbild, mein Fels in der Brandung – tot. Mein Gott, was habe ich diesen Mann vergöttert! Und als mir schließlich dämmerte, dass er mich nie wieder in den Arm nehmen, ich nie wieder seinen Duft nach Pfeifenrauch einatmen, ihn nie wieder um Rat fragen würde, fiel ich in ein Loch der Verzweiflung. Wochenlang kam ich kaum aus dem Bett, nicht mal die Nachricht, dass ich schwanger war, konnte mich aufheitern. Ich sah schlicht keinen Sinn darin, ein Kind in eine Welt zu setzen, in der es meinen Vater nicht mehr gab. Raphael schien völlig überfordert mit der Situation und tat das, was er immer tat, wenn er nicht weiterwusste – er stürzte sich in die Arbeit. Das war so typisch für ihn: Anstatt sich Problemen zu stellen, steckt er den Kopf in den Sand, als würden sie eines Tages ganz von alleine verschwinden. Aber das taten sie nicht. Natürlich nicht.

An die Zeit danach habe ich kaum Erinnerungen, geblieben sind nur schemenhafte Bilder. Die Tabletten, die Übelkeit, das sanfte Entschlafen. Weiße Krankenhauslaken, Raphaels bleiches Gesicht an meiner Seite, die Kanülen in meinen Armvenen.

Im Nachhinein betrachtet war mein missglückter Selbstmordversuch nicht mehr als ein Hilfeschrei – ein verzweifelter Versuch, meinem Mann klarzumachen, dass ich ihn brauchte. Raphael hingegen sah ihn als Zeichen, dass ich genauso krank war wie meine Mutter, und verfrachtete mich in eine Klinik. Sechs schreckliche Wochen brachte ich dort unter der Aufsicht von Doktor Morris zu, streng bewacht, einem Gefängnis gleich. Ich habe es gehasst. Mein Gott, wie sehr habe ich *ihn* dafür gehasst. Aber er hat mich nicht verlassen. Natürlich nicht. Bei diesem Gedanken hätte ich beinahe laut aufgelacht.

Trotzdem brauche ich die Hilfe meines Psychiaters nicht. Brauche sie schon lange nicht mehr. Ebenso wenig wie die Tabletten, die er mir verschrieben hat. Ich seufze leise. Ich bin nicht wie meine Mutter. Das war ich nie. Doch Raphael besteht auf die Sitzungen mit Doktor Morris und es ist schlichtweg leichter, seinen Forderungen nachzugeben, als endlose Diskussionen über das Für und Wider zu führen. Im Grunde sind diese Termine nichts als ein weiteres seiner Instrumente, die dazu dienen, mich unter Kontrolle zu halten.

»Frau Emerson – haben Sie mir überhaupt zugehört?«

Ich hebe den Kopf. Doktor Morris' Stirn ist sorgenvoll gerunzelt.

»Verzeihung«, sage ich rasch. »Ich war kurz abgelenkt. Könnten Sie die Frage bitte wiederholen?«

Er schürzt die Lippen und macht sich auf seinem Klemmbrett einen Vermerk. »Ich habe Sie gefragt, wie Sie mit den Medikamenten zurechtkommen. Sind irgendwelche Nebenwirkungen aufgetreten, von denen ich wissen sollte?«

Hastig schüttle ich den Kopf.

Wie könnten sie auch?, denke ich und unterdrücke ein Glucksen. Ich brauche diese dummen Tabletten nicht, obgleich Raphael und Doktor Morris das partout nicht einsehen wollen. Diese Psychopharmaka sind genauso schlimm wie ihr Ruf. Sie machen mich so müde und phlegmatisch, dass ich kaum einen klaren Gedanken fassen kann. Doch ich kann es mir nicht leisten, wieder in den dumpfen Nebel der Gleichgültigkeit abzudriften, in dem ich die vergangenen Jahre gefangen war.

»Nein, nichts dergleichen. Alles bestens«, wiederhole ich zur Bekräftigung und zwinge mich, Doktor Morris meine volle Aufmerksamkeit zu schenken. Das Letzte, was ich brauchen kann, ist, dass er meine geistige Abwesenheit als Anzeichen einer aufkommenden Depression wertet und mir ein neues Medikament verschreibt. Oder – schlimmer noch – auf die Idee kommt, Raphael auf den Plan zu rufen. Zwar unterliegt Doktor Morris der ärztlichen Schweigepflicht, aber mein Mann war schon immer gut darin, an die Informationen zu kommen, auf die er seiner Meinung nach ein Anrecht hat.

Unwillkürlich muss ich an die Unterhaltung mit meinem Anwalt vor einigen Monaten denken.

Das alleinige Sorgerecht? In Anbetracht Ihrer medizinischen Vorgeschichte will ich Ihnen da keine falschen Versprechungen machen. Letzten Endes obläge es dem Gericht zu entscheiden, was das Beste für Ihre Tochter ist. Vorausgesetzt, Ihr Mann lässt es auf einen Obsorgestreit ankommen. Stehen sich die beiden überhaupt nahe?

Beinahe hätte ich damals laut aufgelacht, so viel Ironie lag darin. Denn ich weiß, das spielt nicht die geringste Rolle. Raphael ist ein Mensch, der alles will, das ganze Paket. Erfolg im Beruf, Geld, Ansehen, eine süße Vorzeigetochter und eine Frau, die sich brav im Hintergrund hält und ihm keine Probleme bereitet. Ich kenne meinen Mann gut genug, um zu wissen, dass er nicht eine Sekunde zögern würde, meine psychiatrische Vorgeschichte gegen mich zu verwenden, um sein beschissen perfektes Leben zu bewahren.

Schließlich versichere ich Doktor Morris noch einmal eindringlich, dass mit mir alles in bester Ordnung ist und dass ich unseren Termin in zwei Wochen wie gewohnt wahrnehmen werde. Dann verlasse ich die Praxis.

Wenn ich meinen Plan in die Tat umsetzen will, muss ich behutsam vorgehen.

KAPITEL 14

Rebecca

Mein Gott, ich glaub's nicht.« Maja hätte beinahe ihre Pizzaschnitte fallen gelassen. Ein paar Maiskörner kullern zu Boden, und werden sofort von dem wachsamen Labrador zu unseren Füßen verschlungen. »Ich meine – Raphael – im Ernst?«

»Ich weiß.« Verlegen scharre ich mit den Socken übers Parkett. Trotzdem kann ich nicht verhindern, dass mir die Röte ins Gesicht steigt. Wann immer ich an Raphael denke, fühle ich mich wieder wie ein pickeliger Teenager, der endlich seinen heißersehnten Schwarm erobert hat. »Erinnerst du dich noch an diese dämlichen Fragebögen, die ich für Frau Weiss auswerten sollte? Da hat alles angefangen.«

Majas strengem Blick ausweichend berichte ich von unserem spontanen Abendessen, den Gesprächen, seiner Entschuldigung, was die Umstände unserer Trennung betrifft, wie wir uns durch die Cocktailkarte gearbeitet haben und schließlich im *Sofitel* übereinander hergefallen sind.

»Die Woche drauf waren wir essen.« Beim Gedanken an jenen Abend schiebt sich ein Lächeln auf mein Gesicht. »Raphael hat sich wirklich ins Zeug gelegt, das muss man ihm lassen. Er hat mir sogar extra einen Wagen geschickt, um mich abzuholen. Stell dir mal vor – ich, auf dem Rücksitz dieses riesigen Mercedes mit verdunkelten Scheiben.« Ich kann mir ein Kichern nicht verkneifen. »Wir waren bei einem entzückenden kleinen Italiener. Die ganze Zeit über hat er meine Hand gehalten, mir Komplimente gemacht und alles. Es war beinahe wie früher, ich meine ...« Ich verstumme jäh, als ich ihren Blick auffange.

»Ich liebe ihn, Maja«, füge ich ein wenig lahm hinzu. »Ich schätze, ich habe nie damit aufgehört.«

»Ach ja?« Sie seufzt. »Oh, Bec. Das ist nicht gut. Gar nicht gut. Aber, wieso ...«

»Du brauchst es nicht zu sagen, ich weiß auch so, was du denkst«, falle ich ihr ins Wort und hebe abwehrend die Hände. »Es ist falsch. Raphael ist verheiratet, er hat jetzt eine Familie. Und für das, was ich tue, verdiene ich ganz bestimmt ein Ersteklasseticket in die Hölle.«

Den Blick auf meine ineinander verknoteten Finger gerichtet, lasse ich die Ereignisse der letzten Wochen noch einmal Revue passieren. Natürlich mussten wir vorsichtig sein und unsere Beziehung im Büro geheim halten. Doch das machte alles nur umso aufregender, irgendwie verrucht und sexy. Zumeist trafen wir uns im Anschluss an die Arbeit in einem schicken Restaurant oder in meiner Wohnung. Insgeheim wundere ich mich, was er wohl seiner Frau erzählt, warum er in letzter Zeit so oft erst nach Mitternacht heimkommt, aber bislang habe ich es nicht gewagt, ihn danach zu fragen. Seine Ehe – das ist seine Sache – und ich habe noch zu große Angst, das zarte Pflänzchen unserer neuerwachten Liebe mit meinen Forderungen im Keim zu ersticken.

Ich werfe Maja über den Tisch hinweg einen flehenden Blick zu. »Bitte versteh doch – da ist diese Verbindung zwischen uns. Keine Ahnung, wie ich es dir begreiflich machen soll. Ich weiß bloß, dass ich noch nie zuvor solche Gefühle für irgendeinen Mann hatte. Alles fühlt sich so verdammt echt an. Ich kann einfach nicht anders – selbst, wenn ich wollte.«

Nachdem ich geendet habe, sieht mich Maja lange an.

»Ich verurteile dich nicht dafür, dass du mit ihm geschlafen hast«, sagt sie endlich. »Ich bin schließlich nicht die Moralpolizei – das überlasse ich Mama. Ich gehe mal davon aus, sie weiß noch nichts von dir und Raphael?« Sie grinst, als sie meinen erschrockenen Gesichtsausdruck bemerkt. »Das dachte ich mir. Ich bin allerdings sauer, dass du mir nicht von Anfang an alles erzählt hast. Ich meine – wie lange geht das jetzt schon mit euch? Drei Wochen?«

»Vier.«

Sie verzieht das Gesicht. »Ich verstehe einfach nicht, warum du mich angelogen hast. Ich habe dich seit deinem Vorstellungsgespräch doch immer wieder nach Raphael gefragt. Wieso hast du mir denn nicht die Wahrheit gesagt?«

Beschämt senke ich den Blick. Sie hat natürlich recht. Maja und ich hatten noch nie Geheimnisse voreinander, schon gar nicht, was Jungs angeht. Nachdem mich mein Schulschwarm Hannes damals endlich zum ersten Mal geküsst hatte, war ich sogar direkt auf die Toilette gelaufen, um ihr die freudige Nachricht zu überbringen. Doch diesmal liegen die Dinge anders. Raphael ist nicht bloß irgendein Mann – er ist verheiratet. Was ich tue, ist Unrecht, daran gibt es keinen Zweifel. Und dann ist da noch die Angst, meine irrationalen Hoffnungen und Träume, die ich insgeheim längst um unsere Affäre gesponnen hatte, würden, einmal laut ausgesprochen, wie ein Luftschloss in sich zusammenstürzen. Ich meine – was für eine Zukunft könnten wir schon haben? Und der stumme Ausdruck des Bedauerns in Majas Augen bestätigt mich in meinen Vermutungen.

Ich greife nach ihrer Hand und drücke sie. »Es tut mir leid. Ich hätte dich von Anfang an einweihen sollen, das ist mir jetzt auch klar. Ich – ich hatte schlicht Angst, du würdest schlecht von mir denken«, füge ich leise hinzu und lasse den Kopf hängen. »Ich weiß, was du von ihm hältst. Aber er ist der Richtige für mich, da bin ich ganz sicher.«

Maja schnaubt. »Ich bitte dich. Es gibt so viele Single-Männer dort draußen. Warum musstest du dich ausgerechnet für deinen verheirateten Ex entscheiden? Sieh dich mal um! Keine Ahnung, wie du das machst, aber zeig mir nur einen Kerl, der bei deinem Anblick nicht gleich glasige Augen bekommt.«

Ich meine, einen Anflug von Neid in ihrer Miene aufblitzen zu sehen, doch sie hat ihre Gesichtszüge sofort wieder im Griff.

»Im Ernst – was denkst du denn, wohin das mit euch führen wird? Muss ich dich wirklich daran erinnern, was das letzte Mal passiert ist, als du dich auf ihn eingelassen hast? Er hat dich abserviert, weil er sich keine Zukunft mit dir vorstellen konnte. Und jetzt glaubst du ernsthaft, er hätte seine Meinung geändert und würde deinetwegen seine Frau verlassen? Wir alt ist seine Kleine noch gleich?«

»Vier.«

Sie wirft theatralisch die Hände in die Luft. »Wach auf, Schwesterherz! Überleg doch mal, was du anrichtest! Was du da tust, zerstört eine Familie. Ist es wirklich das, was du willst?«

»Man kann keine Beziehung zerstören, die nicht bereits kaputt ist«, erwidere ich schroffer als beabsichtigt. »Raphael hat mir von seiner Ehe erzählt. Die beiden sind todunglücklich miteinander. Wenn ihre Tochter nicht wäre, hätten sie sich schon längst scheiden lassen, da bin ich mir sicher. Und wer weiß? Vielleich bin ich ja der Weckruf, den er braucht, um diesen Schritt endlich zu wagen.«

»Oder aber er vergnügt sich eine Weile mit dir und kehrt dann reuevoll zu seiner Frau zurück.«

Ich spüre, wie sich Wut in meinem Magen zusammenballt. »Du bist doch bloß neidisch«, stoße ich hervor. »Was weißt du schon über Kerle? Du bist nicht gerade in der Position, schlaue Ratschläge zu erteilen.«

Kaum habe ich die Worte laut ausgesprochen, hätte ich sie am liebsten zurückgenommen. Seit ihr Jugendfreund Kilian sie verlassen hat, nachdem er neben einer zuckenden und eingenässten Maja aufgewacht war, hat meine Schwester nur eine Handvoll Dates gehabt – vor allem aus Angst, irgendwann von ihrer Erkrankung erzählen zu müssen. Wir haben schon oft darüber diskutiert und ich finde, dass sie der Epilepsie zu viel Macht über ihr Leben einräumt, aber letzten Endes ist und bleibt es ihre Entscheidung. Sie muss wissen, wann sie bereit für etwas Neues ist. Was ich zu ihr gesagt habe, war unfair und gemein, doch ihre Worte haben mich an einem empfindlichen Punkt getroffen.

»Wie du meinst. Du musst tun, was du für richtig hältst.« Maja sieht ehrlich gekränkt aus, wie sie da mit herabgesunkenen Schultern auf ihre inzwischen kalte Pizza starrt.

Rasch gehe ich um den Tisch herum und nehme sie in den Arm. Sie lässt die Zärtlichkeit zwar über sich ergehen, doch ich spüre, wie verletzt sie ist.

»Tut mir leid«, wispere ich in ihr Haar. »Ich hätte das nicht sagen sollen. Du meinst es ja nur gut. Aber ich weiß einfach, dass Raphael es diesmal ernst meint. Ganz sicher.«

Ein raues Bellen ist zu hören, als Kiki sich zwischen unsere Beine drängt. Abwechselnd stupst sie mit ihrer feuchten Schnauze erst meine Schwester und dann mir in die Seite und winselt. Die Hundedame spürt sofort, wenn schlechte Stimmung herrscht, und kann es nicht ertragen, wenn wir streiten.

»Schon gut«, murmelt Maja. Sie windet sich aus meiner Umklammerung und beginnt Kikis Kopf zu tätscheln. »Ich will doch nur vermeiden, dass jemand verletzt wird. Und das wirst höchstwahrscheinlich du sein.«

»Ich weiß.« Ich schenke ihr ein schwaches Lächeln. »Und dafür liebe ich dich nur umso mehr.«

Maja kratzt sich nachdenklich an der Nase. »Aber hast du wenigstens vor, ihn darauf anzusprechen? Ob er plant, seine Frau zu verlassen?«

»Keine Ahnung.« Ich zucke die Achseln. »Denkst du nicht, es wäre ein wenig früh? Wir haben uns doch gerade erst wiedergefunden.«

Maja schüttelt den Kopf. »Nein, das finde ich nicht. Du hast ein Recht darauf zu wissen, woran du bist. Versprich mir einfach, dass du vorsichtig bist und dich nicht vorschnell in etwas hineinsteigerst, ja?«

»Ich fürchte, dafür ist es bereits zu spät.« Ich lache kurz auf. »Aber ich tue mein Bestes.«

KAPITEL 15

Anette

An den Türrahmen gelehnt starre ich in den Garten. Regenwolken verdunkeln den Himmel und tauchen die Umgebung in graues Licht. Durch die offene Terrassentür dringt kühle Luft herein und ich ziehe fröstelnd die Schultern hoch. Hinter einer Baumgruppe, von meinem Standpunkt aus kaum zu sehen, entdecke ich die gebückte Gestalt unseres Gärtners, der im Nieselregen die Hecken von Unkraut befreit. In Gedanken bei den anstehenden Erledigungen genehmige ich mir einen großen Schluck aus meiner Kaffeetasse und hätte um ein Haar alles wieder ausgespuckt – viel zu heiß. Zu meinem Leidwesen hat sich Martha krankgemeldet, vor Mitte nächster Woche wird mit ihrer Rückkehr kaum zu rechnen sein. Normalerweise wäre ich froh, das Haus für mich zu haben, doch ausgerechnet morgen kommt das Ehepaar Schneider zum Dinner, und das bedeutet, dass die ganze Arbeit an mir hängenbleibt.

Ich schlucke meinen Frust herunter, leere langsam meinen Kaffeebecher und mache mich dann ans Werk.

Mein erster Weg führt ins Badezimmer. Ich lasse den Blick über die Kleidungsstücke schweifen, die auf dem Boden verstreut liegen. Auf der Kommode neben dem Waschtisch finde ich das achtlos zusammengeknüllte Hemd und die Jeans, die Raphael gestern getragen hat, hinter der Kloschüssel lugen seine Socken hervor. Ich verziehe das Gesicht. Tausendmal habe ich ihn gebeten, seine schmutzigen Klamotten gleich in den Wäschekorb zu verfrachten – vergebens. Mein Ehemann mag bei seiner

Arbeit ordentlich und strukturiert vorgehen, wie man an seinem penibel aufgeräumten Schreibtisch erkennen kann, doch erstreckt sich sein Ordnungssinn nicht auf den Umgang mit seiner Kleidung.

Seufzend befördere ich die Jeans auf den Stapel Buntwäsche, bevor ich nach dem Hemd greife. Für einen Moment halte ich unschlüssig inne, knete den feinen Stoff zwischen den Fingern.

Willst du es überhaupt wissen?

Als Raphael mir gestern Abend mal wieder kurzfristig mitteilte, dass er aufgehalten worden sei und ich mit dem Abendessen nicht auf ihn zu warten brauche, hatte ich bereits einen leisen Verdacht, was da im Gange war. Und auch wenn ich mich davor gehütet habe, ihn beim Frühstück darauf anzusprechen, ist mir nicht entgangen, dass sein Wagen erst gegen vier Uhr früh in die Einfahrt rollte.

Ich weiß, was das zu bedeuten hat.

Langsam hebe ich das zerknitterte Hemd an mein Gesicht. Sogleich steigt mir der Geruch seines Aftershaves gepaart mit Schweiß und Zigarettenrauch in die Nase. Doch als ich die Augen schließe und mich ganz auf meinen Geruchssinn konzentriere, kann ich noch eine andere, süßlichere Duftnote ausmachen. Mein Instinkt hat mich nicht getäuscht. Das ist Rebecca Karlstons Parfum, da bin ich mir sicher.

Auf einmal zittern meine Knie und ich lasse mich, das Hemd fest umklammert, auf den Toilettendeckel sinken. Ich kenne meinen Ehemann, ich wusste von Anfang an, dass er Rebecca nicht würde widerstehen können. Sie ist genau der Typ Frau, von dem sich die Männer angezogen fühlen wie die Motten vom Licht – blond, schlank, dazu auf eine beinahe kindliche Art naiv. Von ihrer gemeinsamen Vorgeschichte ganz zu schweigen, von der Raphael denkt, er hätte sie erfolgreich vor mir verheimlicht.

Ich schlucke. Widerstreitende Gefühle kämpfen in mir um die Oberhand. Ich bin mir nicht sicher, ob ich über meine Entdeckung wütend oder erleichtert sein soll. Dass mich die Erkenntnis so hart treffen würde, hatte ich nicht erwartet. Er hat mit ihr geschlafen, ich weiß, ich *spüre* es.

Ohne dass ich es verhindern kann, wandern meine Gedanken in die Vergangenheit. In eine Zeit meines Lebens, die so lange zurückzuliegen scheint, dass ich beinahe glaubte, sie vergessen zu haben.

Ich lernte Raphael an einem sonnigen Maitag kennen. Eine wichtige Statistikprüfung auf der Uni stand bevor – ein Fach, für das ich mich nie recht begeistern konnte. Sarah, ein Mädchen ein paar Semester über mir, hatte sich freundlicherweise bereiterklärt, mir Nachhilfeunterricht zu geben, und wir verabredeten uns zum Lernen im Burggarten.

Da stand ich also, einen riesigen Picknickkorb im Arm, an unserem Treffpunkt vor dem *Palmenhaus*, einem schicken Café mit Blick auf den Park, und wartete. Doch Sarah tauchte nicht auf. Mein Handy hatte ich dummerweise zu Hause vergessen.

Auf einmal fiel mir ein großgewachsener Junge ins Auge, der an einem der Randtische des Cafés saß und mich mit unverhohlenem Interesse beobachtete. Sein Anblick traf mich völlig unvorbereitet. Wie er in seiner abgewetzten Wildlederjacke und einer Fliegerbrille auf der Nase dasaß, sah er einfach verboten gut aus. Vor ihm stand eine halbvolle Tasse Latte Macchiato, daneben lag ein aufgeschlagenes Buch. Lässig hob er die Hand zum Gruß. Peinlich berührt wandte ich mich ab, nur um ihm ein paar Sekunden später erneut einen verstohlenen Blick zuzuwerfen. Er hatte die Sonnenbrille abgenommen und ich bemerkte, dass seine Augen von einem ganz speziellen Grauton waren. Ein Flattern regte sich in meiner

Magengegend, das ich zuvor noch nie verspürt hatte. Obwohl ich schon fast einundzwanzig war, hatte ich kaum Erfahrungen mit Jungs, war wohl das, was man einen Spätzünder nennt. In Anbetracht meiner komplizierten Kindheit war es mir immer schwergefallen, meinen Mitmenschen zu vertrauen, ernsthafte Gefühle für irgendjemanden zu entwickeln.

Zu meiner großen Überraschung stand er plötzlich auf und ließ sich ein paar Meter entfernt von mir an die Steinmauer sinken.

»Schön, nicht wahr?« Er deutete auf den Park, wo sich zwischen den Blumenbeeten Frauen und Männer unterschiedlichen Alters auf Picknickdecken tummelten. In der Luft lag ein Hauch des kommenden Sommers, in den knorrigen Kastanienbäumen voller weißer und rosafarbener Knospen zwitscherten die Vögel. »Der perfekte Ort für den Sommerbeginn, findest du nicht auch?«

Ich nickte, sagte jedoch nichts.

»Darf ich fragen, wer dich da gerade versetzt?« Er deutete auf meinen Picknickkorb. »Wenn es ein Typ ist – vergiss ihn. Er ist es nicht wert. Ein so hübsches Mädchen wie dich sollte man nicht warten lassen.«

Er grinste mich schief von der Seite an und ich spürte, wie ich rot anlief.

»Nur eine Freundin«, entgegnete ich ein wenig steif. »Wir waren zum Lernen verabredet – vor zwanzig Minuten.« Ich seufzte. »Sie kommt sicher gleich.«

»Bestimmt tut sie das.«

Eine Weile herrschte Schweigen. Nervös trat ich von einem Bein aufs andere, unsicher, ob ich ihn fortscheuchen oder das Gespräch in die Länge ziehen sollte.

»Ich bin übrigens Raphael. Raphael Matterfeld.« Er streckte mir die Hand hin und ich ergriff sie zögerlich.

»Anette Emerson.«

»Freut mich, dich kennenzulernen, schöne Anette. Falls du Lust auf Gesellschaft hast, kannst du dich gerne zu mir setzen, bis deine Freundin kommt. Wenn sie denn noch kommt.« Er machte eine lässige Handbewegung in Richtung Café. »Als Gentleman, der ich nun mal bin, lade dich auch auf eine Tasse Kaffee ein.«

Erschrocken rückte ich ein paar Zentimeter von ihm ab. »Nett von dir. Aber ich komme schon klar.«

Kaum hatten die Worte meinen Mund verlassen, hätte ich sie am liebsten wieder zurückgenommen.

Ein heißer Typ lädt dich auf einen Kaffee ein und du stößt ihn vor den Kopf? Hast du noch alle Tassen im Schrank?

»Wie du willst. Falls du es dir anders überlegst – ich sitze gleich dort drüben.«

Er zuckte die Schultern, dann wandte er sich um und schlenderte zurück an seinen Tisch, wo er sich wieder in seine Lektüre vertiefte.

Ich war hin- und hergerissen. Dieser Raphael machte einen netten Eindruck, nur zu gerne hätte ich mich noch ein wenig länger mit ihm unterhalten. Andererseits kannte ich ihn ja gar nicht und war obendrein verabredet. Was, wenn er sich als verrückter Serienmörder herausstellte?

Blödsinn. Du bist bloß feige. Und dass Sarah nicht mehr kommt, weißt du ja wohl selber.

Trotzig verschränkte ich die Arme vor der Brust und suchte erneut den Park mit den Augen nach meiner unzuverlässigen Studienkollegin ab. Von Zeit zu Zeit spürte ich Raphaels neugierige Blicke auf mir und bemühte mich beharrlich, sie zu ignorieren.

Doch als Sarah nach einer weiteren Viertelstunde immer noch nicht da war, gab ich mir einen Ruck und trat mit allem Selbstbewusstsein, das ich aufbringen konnte, an seinen Tisch.

»Du hattest recht. Sie kommt nicht.«

Auf seinem Gesicht erschien ein breites Grinsen. »Wie schade. Na dann – setz dich, schöne Anette. Wie trinkst du deinen Kaffee am liebsten?«

Wie sich herausstellte, war Raphael in einem unscheinbaren Vorort im Umkreis von München aufgewachsen und gleich nach dem Abitur nach Wien gezogen. Ich war auf Anhieb fasziniert von ihm. Raphael war charmant, aber auf eine angenehme und unaufdringliche Weise, blitzgescheit und trotzdem kein Angeber, dazu noch ehrgeizig und humorvoll. Besonders beeindruckend fand ich, wie er es ohne finanzielle Unterstützung seiner Eltern geschafft hatte, sein Studium in Rekordzeit abzuschließen. Und ich hing regelrecht an seinen Lippen, während er lustige Anekdoten über sein letztes Praktikum zum Besten gab und mir von dem Motorradtrip quer durch Italien erzählte, den er vor ein paar Jahren unternommen hatte. Gemessen an Raphaels Erfahrungsschatz kam mir mein eigenes Leben schrecklich langweilig vor.

Die Stunden vergingen wie im Flug, Sarah hatte ich längst vergessen. Und als ich gegen sieben schließlich meinte, ich müsse mich langsam auf den Heimweg machen, bot er mir an, mich mit seiner etwas in die Jahre gekommenen Honda nach Hause zu fahren. Ohne zu überlegen, sagte ich zu. Noch nie zuvor war ich auf einem Motorrad gesessen, und ich jauchzte glückselig, während ich mich an seinen breiten Rücken klammerte und mir der Fahrtwind durchs Haar blies.

Die darauffolgenden Monate waren mit Abstand die glücklichsten meines Lebens. Raphael und ich schienen das perfekte Paar zu sein. Ich – jung, schön und die Tochter eines aufstrebenden Unternehmers – und er, der attraktive und ehrgeizige Charmeur, hungrig nach Aufmerksamkeit und versessen darauf, sich in der Geschäftswelt einen Namen zu machen.

Ich seufze tief.

So viel ist seither geschehen! Jahre der Entfremdung sind ins Land gezogen, bis nichts mehr von uns übrig war als eine ferne Erinnerung an glücklichere Zeiten.

Beinahe zärtlich fahre ich mit den Fingern über den weichen Hemdenstoff mit seinen Initialen. Die Erinnerung daran, wie verrückt wir mal nach einander waren, bereitet mir auf einmal fast körperlichen Schmerz.

Nur, dass alles eine Lüge war.

Unvermittelt wünsche ich mir, ich hätte Raphael niemals kennengelernt. Wünsche mir, ich wäre noch das Mädchen von damals – jung, voller Hoffnungen und frei. Doch das Leben hat seine Spuren auf meiner Seele hinterlassen. Und die lassen sich nicht so einfach fortwischen.

Resolut zwinge ich mich, einige Male tief durchzuatmen. Ich begreife schlichtweg nicht, warum mich die Erkenntnis, dass er mit ihr schläft, so sehr trifft. Schließlich war ich diejenige, die Rebecca – seine Ex – wieder in sein Leben gepflanzt hat. Ich hab vorher gewusst, was geschehen würde, wenn sich ihre Wege erneut kreuzen. Habe ich nicht genau das bezwecken wollen? Doch jetzt, wo die Kugel aus dem Lauf ist, frage ich mich, ob ich nicht einen riesigen Fehler begangen habe. Trotz allem, was Raphael mir angetan hat – auf diesen Schmerz war ich nicht vorbereitet.

Ach Papa, denke ich und spüre den vertrauten Kloß in meinem Hals. *Ich wünschte, du wärst hier. Du wüsstest, was zu tun ist, da bin ich mir sicher.*

Aber er ist es nicht, niemand aus meiner Familie ist das. Ich bin vollkommen alleine.

Endlich gelingt es mir, meine Finger aus ihrer Verkrampfung zu lösen, und ich stecke das Hemd zu den anderen in die Waschmaschine.

KAPITEL 16

Rebecca

Die Sonne steht bereits tief am Horizont, als ich endlich die Stufen zum Donaukanal hinunterlaufe. In der Wasseroberfläche der Donau, die langsam und träge an mir vorbeifließt, spiegeln sich der dunkelorange leuchtende Augusthimmel und verschwommene Schatten der Graffitizeichnungen an den Betonwänden. Am Fuß der Treppe wende ich mich nach links. Um diese Uhrzeit ist die Flusspromenade voller Leben. Menschen strömen neben mir dahin, Pärchen, die Hand in Hand gemächlich an mir vorbeischlendern, dem Sonnenuntergang entgegen, dazwischen ein Grüppchen Jugendlicher mit einem Sixpack Bierdosen im Arm. Auf einmal vernehme ich ein Keuchen hinter mir und mache einen erschrockenen Satz zur Seite. Der dickbäuchige Jogger, der mit hochrotem Gesicht an mir vorbei stolpert, bedankt sich mit einem kurzen Nicken.

Nach gut zweihundert Metern habe ich mein Ziel erreicht und bleibe vor einer Absperrung mit der Aufschrift »Privatveranstaltung« stehen. Hinter einem provisorisch eingerichteten Empfangstisch sitzt ein junger Mann mit Vollbart und Brille. Mit regloser Miene beobachtet er die vorbeistreifenden Passanten und passt auf, dass sich niemand unbemerkt an ihm vorbei schummelt.

Ich zücke meinen Dienstausweis. »Rebecca Karlston, Marketing.«

Er blickt auf sein Klemmbrett. »Ah, da habe ich Sie ja.« Er macht sich eine entsprechende Notiz und sieht zu mir auf. »Im Namen von *Pharmauniverse* wünsche ich Ihnen einen schönen Abend.«

Nachdem ich die Absperrung passiert habe, sehe ich mich neugierig um. Die Liegestühle, die sonst auf dem aufgeschütteten Sandabschnitt zum Verweilen einladen, sind verschwunden, stattdessen befinden sich unter den riesigen Sonnenschirmen nun ein Dutzend blütenweiße Stehtische, auf denen Schälchen mit Nüssen und Knabbergebäck warten. Auf einem Podium direkt neben der Bar gibt eine Band beliebte Popsongs zum Besten. Die meisten Mitarbeiter sind schon eingetroffen und scharen sich um die Tische. Die Stimmung ist gelöst.

Unwillkürlich verspüre ich einen Anflug von Stolz. Wochenlang war unser Team damit beschäftigt, die alljährliche Firmenfeier zu planen, die wie in den vergangenen Jahren in einem verstaubten Wiener Innenstadtpalais hätte stattfinden sollen. Doch nachdem die dortige Reservierung aufgrund eines Wasserrohrbruchs überraschend storniert worden war, blieb uns nichts anderes übrig, als in letzter Minute nach einer Alternative zu suchen. Meine Idee war es schließlich, die Feier kurzerhand ins nahegelegene *Tel Aviv Beach*, einem hippen Open Air Lokal am Donaukanal, zu verlegen. Meine Kollegen waren sofort Feuer und Flamme. Und obwohl es nicht leicht war, so kurzfristig noch alles auf die Beine zu stellen, dürfte sich die Mühe gelohnt haben.

Suchend lasse ich den Blick über die vielen unbekannten Gesichter gleiten. Als ich meine Kolleginnen Andrea und Julia an einem der hinteren Tische unweit der Bar entdecke, hellt sich meine Miene auf. Eilig schlängele ich mich durch die Menge und auf die beiden zu.

»Da bist du ja endlich.« Andrea begrüßt mich mit einem breiten Lächeln. »Wir dachten schon, du kommst nicht mehr.«

»Tut mir leid.« Ich verziehe das Gesicht. »Ich wollte eigentlich viel früher hier sein, aber mein Kleiderschrank hat mir mal wieder einen Strich durch die Rechnung gemacht.«

Beinahe zwei Stunden habe ich mit Majas Hilfe nach dem perfekten Outfit gesucht, bis ich mich letztendlich für einen knöchellangen Rock, dazu ein weißes Top und einen gleichfarbigen Blazer entschied – chic und doch sommerlich. Schließlich wollte ich weder überkandidelt noch respektlos leger erscheinen. Mit Erleichterung registriere ich, dass ich mit meiner Einschätzung ganz richtig lag. Kaum einer ist in Etuikleid oder Anzug gekommen, die meisten Frauen tragen bunte Sommerkleider oder Stoffhosen zu eleganten Seidentops. Ich atme erleichtert auf.

»Wie lange seid ihr schon hier? Hab ich was verpasst?«

Julia schüttelt den Kopf. »Herr Matterfeld ist noch nicht mal da. Wird langsam Zeit, dass er auftaucht und das Buffet eröffnet. Ich sterbe vor Hunger.«

Andrea wirft mir einen vielsagenden Blick zu. Julia ist ein Strich in der Landschaft, trotzdem habe ich selten eine Frau gesehen, die so herzhaft zulangt wie sie. Doch anders als sonst steige ich nicht auf unsere üblichen Kabbeleien ein. Die bloße Erwähnung von Raphaels Namen lässt mich zusammenzucken und die Nervosität, die ich den ganzen Tag nur mühsam unterdrücken konnte, kehrt mit einem Schlag zurück.

»Sonst irgendwelche Vorkommnisse, von denen ich wissen sollte?«, wende ich mich wieder an Julia, in dem verzweifelten Versuch, mich von meinen Grübeleien über Raphaels Frau abzulenken, die heute ebenfalls kommen soll. Mein Blick wandert über die Bar, von der das Geräusch klirrender Eiswürfel zu uns herüberweht, zu der Band, die nach einer kurzen Pause gerade ihre Tätigkeit aufgenommen hat und *Walking on Sunshine* anstimmt. »Es scheint doch gut zu laufen, meint ihr nicht auch?«

»Mach dir keine Sorgen, es läuft alles wie am Schnürchen.« Julia knufft mich spielerisch in die Seite. »So ausgelassen wie heute war die Stimmung noch nie. Normalerweise ist die alljährliche Sommerfeier eine eher steife Angelegenheit. Aber an einem Ort wie diesem ...« Sie grinst breit. »Das war wirklich eine tolle Idee, Rebecca. Jetzt entspann dich und trink was mit uns.«

Wie auf Kommando taucht eine Kellnerin mit einem riesigen Tablett in meinem Gesichtsfeld auf. »Wein, die Damen? Wir haben auch Cocktails – Cuba Libre, Gin Tonic und – mein Favorit – unsere einzigartige Wassermelonenbowle.«

Dankbar nehme ich einen Becher Bowle und ein winziges Plastikgäbelchen entgegen. Andrea und Julia entscheiden sich für Weißwein.

Nachdem die Bedienung abgezogen ist, hebt Andrea ihr Glas und prostet uns zu. »Auf Rebecca, die beste Praktikantin, die wir je hatten, und der wir die tollste Location aller Zeiten zu verdanken haben.«

»Auf uns«, erwidere ich und spüre, wie ich vor Freude über das Kompliment rot anlaufe. Eilig nehme ich einen Schluck aus meinem Becher. Die Bowle schmeckt tatsächlich köstlich – nicht zu süß und herrlich erfrischend.

»Habt ihr übrigens schon das Neueste gehört?« Julia beugt sich vor und zwinkert uns verschwörerisch zu. »Ihr kennt doch Herrn Kielmann – Buchhaltungsabteilung, klein, dicke Brille, Geheimratsecken. Er hat das Büro im zweiten Stock auf der linken Seite.« Sie lässt eine theatralische Pause entstehen. »Wie es scheint, hat er eine Affäre mit Sandra.«

Andrea hätte sich beinahe an ihrem Getränk verschluckt. »Sandra – Bielefeld? Nicht dein Ernst.« Sie runzelt die Stirn, während sie angestrengt nachdenkt. »Warte mal – der Kerl muss doch mindestens zehn Jahre jünger sein als die Bielefeld.«

»Jap.« Julia nickt und ihre Augen leuchten auf. Wie keine andere liebt es meine geschwätzige Kollegin, Klatsch und Tratsch zu verbreiten. »Ich habe die beiden vorhin zusammen im Aufzug erwischt. Ihr Lippenstift war auf ihrem ganzen Gesicht verschmiert und ihre Bluse hing schlampig über den Bund ihres Rocks. Und erst dieser schuldbewusste Blick – einmalig.« Sie kichert verhalten.

»Und ich dachte immer, Sandra wäre verheiratet.« Andrea hebt skeptisch die Brauen.

»Kann sein.« Julia zuckt die Achseln. »Jedenfalls nicht besonders schlau von ihr, wenn ihr mich fragt. Ausgerechnet in der Firma! Schließlich weiß doch jeder, dass man von seinen Kollegen besser die Finger lässt.«

Ich stimme ein in Andreas zustimmendes Gemurmel, verspüre jedoch zugleich Mitleid für Sandra Bielefeld, die stets zuvorkommende und freundliche Empfangsdame. Ich will mir gar nicht ausmalen, was Julia sagen würde, wüsste sie, was Raphael und ich heimlich miteinander treiben. Vor meinem inneren Auge kann ich sie bereits hinter vorgehaltener Hand tuscheln sehen.

Seht mal da – das ist Rebecca, die Praktikantin, die mit Herrn Matterfeld schläft. Mädchen wie sie sind doch der Grund für all die Vorurteile gegenüber uns Frauen. Mit dem Chef ins Bett gehen, um beruflich weiterzukommen – eine Schande ist das! Dabei hätte sie das gar nicht nötig.

Bei der bloßen Vorstellung dreht sich mir der Magen um. Unbemerkt von den anderen suche ich in der Menge nach Raphael. Inzwischen hat sich Dunkelheit über die Stadt gesenkt und der Donaukanal erstrahlt im Licht der zahlreichen Straßenlaternen und Lampions der umliegenden Lokale. Wo steckt er nur? Es sieht im gar nicht ähnlich, zu spät zu kommen. Bestimmt ist das Anettes Schuld. Ob sie womöglich gestritten haben und das der Grund für ihre Verspätung ist?

Gerade, als ich die Kellnerin heranwinken will, damit sie mir eine frische Bowle bringt, nehme ich aus dem Augenwinkel eine Bewegung wahr.

Da ist er ja! Wenn man vom Teufel spricht.

Eben hat Raphael den Empfangstresen hinter sich gelassen, ich hätte seinen raubtierhaften Gang unter Tausenden erkannt. Mit stolzgeschwellter Brust bewegt er sich wie selbstverständlich durch die Menge und bleibt nur dann und wann stehen, um Hände zu schütteln oder ein paar Worte mit Angestellten zu wechseln. Wie zufällig trifft sein Blick den meinen und er zwinkert mir kaum merklich zu. Mein Herz macht einen Satz.

Rasch wende ich mich ab und winke endlich der Bedienung. »Eine Bowle bitte!«

Auch meine Kolleginnen nehmen noch ein Glas. Inzwischen sind sie in eine hitzige Diskussion über irgendeinen Film vertieft, der bald ins Kino kommen soll, doch ich folge ihrem Gespräch nur mit halbem Ohr.

Ein paar Meter hinter Raphael habe ich eine Frau entdeckt, die mir entfernt bekannt vorkommt. Ob sie das ist – seine Ehefrau? Mein Gott, ich hoffe nicht. Sie trägt ein atemberaubendes mintgrünes Plisseekleid, ihr blondes Haar ist zu einer formvollendeten Banane hochgesteckt. Ihr Gesicht ist abgewandt, sodass ich ihre Züge nicht erkennen kann. Trotzdem bin ich sicher, dass ich sie schon einmal gesehen habe. Ihre Körperhaltung und die Art, wie sie sich eine verirrte Haarsträhne hinters Ohr streicht, kommen mir vertraut vor. Angestrengt starre ich in ihre Richtung und zermartere mir das Hirn, woher ich sie kenne.

In diesem Augenblick wendet sie sich um, und während sie sich vorbeugt, um Frau Weiss Küsschen zur Begrüßung auf beide Wangen zu drücken, erhasche ich einen Blick auf ihr Gesicht. Es ist Frau Emerson – die Universitätsdozentin von der Uni.

Meine Miene hellt sich auf. Natürlich! Wieso habe ich nur nicht gleich an sie gedacht? Schließlich war sie es, die mir meinen Praktikumsplatz verschafft hat, bestimmt kennt sie Claudia Weiss noch von früher. Siedend heiß fällt mir ein, dass ich mich seit Anbeginn meines Praktikums kein einziges Mal bei ihr gemeldet habe. Dabei hatte ich mir doch fest vorgenommen, mich bei ihr für das Empfehlungsschreiben zu bedanken!

»Entschuldigt mich einen Moment«, murmele ich Julia und Andrea zu. Dann greife ich nach meinem Glas und schiebe mich an meinen Kolleginnen vorbei und auf Frau Emerson zu.

Kurz bevor ich ihren Tisch erreicht habe, halte ich abrupt inne. Die Bowle schwappt über den Rand des Glases und ein Großteil der Flüssigkeit landet auf meinem Rock und meinen Schuhen, der Rest versickert sofort im Sand unter meinen Füßen. Doch ich achte gar nicht darauf.

Eben hat sich Raphael, der gerade noch in ein Gespräch mit Bernhard Förster aus dem Controlling vertieft war, zu Frau Emerson umgewandt. Mit weit aufgerissenen Augen werde ich Zeuge, wie er die Hand ausstreckt und seinen Arm um ihre Taille legt. Frau Emerson – oder sollte ich Anette sagen? – hakt sich bei ihm unter und sie wenden sich zum Gehen. Unfähig, mich auch nur einen Millimeter von der Stelle zu bewegen, starre ich die beiden an.

Nein, bitte. Das darf nicht wahr sein.

Die Erkenntnis trifft mich wie ein Blitz. Frau Emersons Kontakte, der ehemalige Name des Unternehmens vor seiner Umfirmierung – Emerson & Wolf Medications. Wie konnte ich nur so dumm sein, die Zusammenhänge nicht zu erkennen? Ich unterdrücke ein Stöhnen. Frau Emerson, die ich auf der Uni so bewundert habe und der ich meine Praktikantenstelle verdanke, ist niemand anderes als Raphaels Ehefrau. Jene Frau, die ich in den letzten Wochen zu hassen und zu fürchten gelernt habe, während ich mich mit ihrem Mann in den Kissen wälzte. Übelkeit brandet in mir hoch. Meine Beine fühlen sich auf einmal an, als wären sie aus Gummi, und ich mache ein paar unsichere Schritte zur Seite, um mich an einem freien Stehtisch festzuhalten.

Wieso in Gottes Namen musste es ausgerechnet sie sein? Eine Frau, der ich – seien wir mal ehrlich – niemals das Wasser reichen könnte?

Auch Frau Emerson scheint mich bemerkt zu haben, denn sie nickt in meine Richtung und bedeutet mir, mich zu ihnen zu gesellen. Raphael, dessen Blick ihrer ausgestreckten Hand gefolgt ist, schürzt die Lippen. Das Herz sackt mir in die Hose. Am liebsten wäre ich auf dem Absatz umgedreht und davongelaufen. Doch das geht natürlich nicht.

Scheiße, scheiße, scheiße.

Ich zwinge meine Mundwinkel zu dem selbstsichersten Lächeln, das ich aufbringen kann, und straffe die Schultern. Mir ist bewusst, dass mein Rock rosa Flecken aufweist, und an meinem rechten Knöchel klebt ein Stück Wassermelone, trotzdem stolpere ich tapfer auf die beiden zu.

»Rebecca, was für eine Freude, dich zu sehen! Es ist doch okay, wenn ich Rebecca sage? Jetzt, wo du für meinen Mann arbeitest?«

»Klar.« Ich nicke beklommen zur Bekräftigung. »Schönen Abend, Frau Emerson.«

»Bitte – nenn mich Anette.« Sie strahlt mich an. »Ich habe mich oft gefragt, wie es dir wohl geht. Hast du dich gut eingelebt?«

»Ja, das habe ich.« Ich schlucke in dem verzweifelten Versuch, den Kloß in meinem Hals loszuwerden. »Die Arbeit ist toll und Frau Weiss eine großartige Chefin. Ich kann Ihnen – ähm – dir gar nicht genug für die einmalige Chance danken, von ihr lernen zu dürfen.«

Oh, Hilfe. Erdboden, bitte verschluck mich!

»Frau Karlston macht ihre Sache wirklich gut, wie mir zu Ohren gekommen ist«, schaltet sich nun auch Raphael ein. »Du hattest wie immer den richtigen Riecher, Anette.« Seine Stimme klingt merkwürdig steif, als hätte er einen Frosch verschluckt. Ihm ist die Situation sichtlich unangenehm.

Meine Vorgesetzte, die unseren Wortwechsel offenbar mitbekommen hat, dreht sich zu uns um. »Das kann ich nur unterschreiben. Wir sind wirklich sehr zufrieden mit dir, Rebecca. Besonders dein Beitrag zur Organisation dieser Feier hier ...« Sie macht eine vielsagende Geste auf das umliegende Ambiente.

Dann wendet sie sich an Anette und Raphael. »Darüber wollte ich ohnehin mit euch sprechen. Nächsten Donnerstag findet die alljährliche Sitzung zwecks Festlegung der Marketingstrategie für kommendes Jahr statt und ich finde, Rebecca sollte daran teilnehmen. Mir ist bewusst, dass Praktikanten normalerweise nicht geladen sind, aber diesmal könnten wir eine Ausnahme machen. Rebecca hat sich zu einem wertvollen Mitglied unseres Teams gemausert und leistet einen Beitrag, der weit über jenen einer gewöhnlichen Praktikantin hinausgeht. Es wäre also nur fair.«

Verwirrung und Freude kämpfen in mir um die Oberhand, während mein Blick zwischen meiner Chefin und Raphael hin- und herwandert. Natürlich fände ich es toll, an einem solch hochrangig besetzten Meeting teilnehmen zu dürfen – aber was in Gottes Namen hat Anette damit zu schaffen? Sie arbeitet doch nicht einmal für *Pharmauniverse*.

Anette wirkt überrascht, hat ihre Gesichtszüge jedoch gleich wieder unter Kontrolle. »Was meinst du, Raphael?«

Im Lichte der Lampions kann ich sehen, wie blass er geworden ist. Trotzdem ist seine Stimme fest und klar. »Ausgezeichnete Idee, Claudia. Ich habe keine Einwände.«

Anettes Mundwinkel zucken, und ich frage mich, ob sie der Vorschlag verärgert oder amüsiert. »Dann soll es so sein.« Sie wirft ihrem Ehemann einen raschen Seitenblick zu, den ich nicht recht einordnen kann, bevor sie sich mit einem Lächeln wieder mir zuwendet.

»Wie du weißt, verfüge ich ja über ein wenig Expertise in dem Bereich, weshalb die Marketingstrategie bei uns daheim stattfindet und von einem Abendessen begleitet wird. Claudia wird dir die Adresse geben, wir beginnen pünktlich um siebzehn Uhr.«

Ich will meinen Ohren kaum trauen. Ein Meeting – ausgerechnet bei Raphael zu Hause? Ich schlucke.

Drei Augenpaare sind unverwandt auf mich gerichtet und erwarten meine Reaktion. Claudia hat die Hände stolz in die Seiten gestemmt, Anettes Miene ist undurchdringlich. Raphael hingegen sieht alles andere als begeistert aus. Er lächelt zwar, doch seine Augen sind zusammengekniffen, sodass es eher wie eine Grimasse wirkt.

»Danke«, stammle ich schließlich. »Ich bin mir dieser großen Ehre durchaus bewusst.«

Raphael, der nervös von einem Bein aufs andere tritt, tippt demonstrativ auf seine Armbanduhr. »Nun, wenn ihr uns jetzt entschuldigen würdet – es wird Zeit, das Buffet zu eröffnen.«

Er nickt mir und Frau Weiss knapp zu, dann wendet er sich zum Gehen. Bevor Anette ihm folgt, raunt sie mir zu: »Toll gemacht, ich bin stolz auf dich!«

KAPITEL 17

Anette

Wachsam beobachte ich Lara aus einigen Metern Entfernung. Ihre Augen sind vor Konzentration zusammengekniffen, während sie sich an die Stahlkette klammert und versucht, ihr Knie auf die Sitzfläche zu schieben. Die Schaukel wackelt bedrohlich hin und her und es kostet mich alle Überwindung, ihr nicht zu Hilfe zu eilen.

Entspann dich, du weißt doch, dass sie es aus eigener Kraft schaffen will. Lass ihr den Spaß. Sie wird sich schon nicht wehtun.

Endlich ist es der Kleinen gelungen, ihren Hintern emporzuhieven, und sie wirft mir einen triumphierenden Blick zu. Ich atme auf.

»Bravo!« Anerkennend klatsche ich in die Hände. »Du hast es geschafft!«

Lara strahlt mich an. »Kannst du mich anschubsen?«

»Klar.«

Ich verlasse meinen Schattenplatz unter der alten Linde und gehe zum Klettergerüst. Abgesehen von der Schaukel gibt es hier noch mehrere Ringe, außerdem eine knallrote Rutsche. Ich umfasse die Stahlketten mit beiden Händen.

»Gut festhalten, ja?«

Die Kleine nickt so eifrig, dass ihr die sorgsam geflochtenen Zöpfchen nur so ums Gesicht fliegen. Behutsam gebe ich ihr einen Schubs und trete einen Schritt zurück.

»Höher, Mami! Höher!«

Lara kichert entzückt. Ihre Beine rudern durch die Luft und sie legt den Kopf nach hinten. Für einen

Augenblick schließt sie verträumt die Augen. Ihr rosafarbenes Sommerkleid flattert im Wind und ihr Haar erstrahlt im gleißenden Sonnenlicht. So hell, dass es mich beinahe blendet. Unwillkürlich schiebt sich ein Bild in meine Gedanken. Eine siebenjährige Version meiner selbst, die Seite an Seite mit ihrer Mutter über ebendiese Wiese tobt, die Arme weit ausgebreitet, das Gesicht gen Himmel gereckt. Rasch schiebe ich die unliebsame Erinnerung weg.

Nach einigen Minuten zappelt Lara mit den Beinen und ich halte die Schaukel an.

»Genug?«

Sie nickt und springt zu Boden. Ohne mich eines weiteren Blickes zu würdigen, läuft sie zu Fido, den sie unweit der Rutsche zurückgelassen hat, und lässt sich neben ihm ins Gras sinken. Zärtlich streichelt sie ihm den Kopf. Anstatt seines üblichen Halsbands ziert ein buntes Tuch seinen Hals, das sie aus meinem Schrank stibitzt hat. Mir fällt auf, wie fleckig das Fell des Dackels an mehreren Stellen geworden ist. Kein Wunder, wo sie ihn doch tagein tagaus mit der Leine über den Boden schleift, denke ich und nehme mir vor, ihn heute Nacht heimlich in die Waschmaschine zu stecken.

»Mami, darf ich einen Hund haben?«

Ich hebe überrascht den Blick. »Was stimmt denn nicht mit Fido? Magst du ihn nicht mehr?«

Lara schüttelt den Kopf und presst das Stofftier zur Bekräftigung fest an die Brust. »Ich meine einen richtigen Hund.«

Ich lächle, als ich ihren ernsten Gesichtsausdruck bemerke. »Ich glaube, das ist keine gute Idee, mein Schatz. Ein Haustier ist eine Menge Arbeit, weißt du? Wer soll sich denn darum kümmern, während du im Kindergarten bist?«

Sie zuckt die Achseln. »Das kann Martha machen. Und wenn ich nach Hause komme, gehe ich mit ihm Gassi. Genau wie mit Fido.« Sie strahlt mich an, stolz, dass sie an alles gedacht hat.

»Lass uns nochmal darüber reden, wenn du älter bist. Du bist noch viel zu klein, um dich um einen Hund zu kümmern.«

Lara zieht eine Schnute. »Anna aus meiner Gruppe hat auch einen«, mault sie. »Ich hab ihn gesehen, als ihre Mama sie gestern Mittag abgeholt hat. Er ist gelb und wahnsinnig flauschig.« Ihr Gesicht hat einen verträumen Ausdruck angenommen. »Genau so einen will ich.«

»Einen Golden Retriever, meinst du?«

Sie nickt. »Und ich werde ihn Poppy nennen.«

Ein sanftes Lüftchen streicht ihr durchs Haar und eine blonde Strähne löst sich aus ihrem rechten Flechtzopf. Ihre Augen leuchten beim Gedanken an den Welpen ihrer Freundin, und mir wird ganz schwer ums Herz.

»Tut mir leid, Schatz, aber das geht nicht. Papa ist auf Hundehaare allergisch, weißt du nicht mehr?«

Lara lässt den Kopf hängen. Sie sieht aus, als wäre sie den Tränen nahe. Ich strecke die Hand aus, um sie tröstend in die Arme zu nehmen, doch sie reißt sich los.

»Komm, Fido«, sagt sie traurig und zerrt an der Leine. »Wir gehen spazieren.«

Mit hängenden Schultern trottet sie von dannen, das Stofftier hinter sich her schleifend. Bekümmert blicke ich ihr nach, während sie hinter einem Baum und aus meinem Sichtfeld verschwindet.

Dabei kann ich ihren Wunsch nur zu gut verstehen. Mir ging es genauso, als ich in ihrem Alter war. Doch Papa wollte meiner Mutter nicht auch noch die Obsorge für einen Hund aufbürden, also musste ich mich mit einer

Schildkröte begnügen. Sie hieß Sieglinde und war furchtbar langweilig. Erst Jahre später, nachdem Mama fort war, schafften Dad und ich uns als Trost eine Katze an – Mitzi, eine wunderschöne Perserkatze mit weißem Fell und bernsteinfarbenen Augen. Sie starb nur wenige Wochen vor seinem Tod.

Gedankenverloren lasse ich mich ins Gras fallen und streiche mir eine Strähne meines verschwitzten Haars aus der Stirn. Wie so oft in letzter Zeit schiebt sich das Bild eines großgewachsenen Mädchens mit langen Wimpern und hohen Wangenknochen in meine Gedanken.

Rebecca.

Auf der Firmenfeier hatte sich Raphael zwar Mühe gegeben, sie zu ignorieren, doch die Blicke, mit denen er die Menge nach ihr absuchte, wenn er sich unbeobachtet wähnte, sind mir nicht entgangen. Dann noch der Ausdruck schieren Entsetzens in seiner Miene, als Claudia sie zu uns einlud – einmalig. Ich kichere in mich hinein.

Ich bin mir nicht sicher, ob ich wütend oder erleichtert darüber sein soll, dass Raphael tatsächlich zu glauben scheint, ich wüsste nicht, was die beiden hinter meinem Rücken treiben. Hält er mich wirklich für so dumm, oder ist es ihm schlichtweg egal?

In diesem Moment vernehme ich einen spitzen Schrei.

»Mama, Mama!«

Ich wirble herum. Laras Tonfall ist voller Panik und lässt mir die Nackenhaare zu Berge stehen. So schnell mich meine Füße tragen, renne ich in die Richtung, aus der ihre Stimme gekommen ist.

Ich umrunde eine Baumgruppe und blicke mich einen Augenblick verwirrt um, suche in den Schatten mehrerer Trauerweiden nach meiner Tochter.

»Lara? Wo bist du, Liebes? Ist was passiert, geht's dir gut?«

Dann sehe ich sie. Sie kniet hinter einem Strauch unweit der Hecke, die die Grundstücksgrenze markiert, auf dem Boden. Mir stockt der Atem. Was tut sie hier nur? Dieser Bereich des Gartens ist eigentlich tabu, nicht mal die Gärtner wagen sich bis hierher vor.

Ich lege die letzten Meter im Laufschritt zurück. Erleichtert stelle ich fest, dass sie unversehrt ist – zumindest körperlich. Laras Augen sind weit aufgerissen, auf ihren Wangen glänzen Tränen.

»Mama, was ist das?«

Erst jetzt bemerke ich den schmutzbedeckten Gegenstand, den sie in Händen hält. Ich sehe genauer hin und kann mich nur im letzten Augenblick davon abhalten, vor Schreck laut aufzuschreien.

Das ist doch nicht ...? Was zum ...?

Das Gebilde ist etwa faustgroß und erdverkrustet, trotzdem ist es unverkennbar ein Schädelknochen, aus dem Gebiss ragt eine Reihe spitzer Zähne empor. Übelkeit steigt in mir auf. Ich zittere am ganzen Leib und meine Knie fühlen sich auf einmal an, als wären sie aus Wackelpudding. Ich muss mich an einem Baumstamm festklammern, um nicht hinzufallen.

Gott sei Dank. Es ist ein Tier. Nur ein Tier.

»Das ist ein Schädelknochen«, flüstere ich mit belegter Stimme. »Von einem Marder, glaube ich.«

Behutsam legt Lara den Knochen aufs Gras. Dann beginnt sie zu weinen. Dicke Tränen kullern ihre Wangen hinunter. Eilig gehe ich in die Knie und strecke die Hände aus, drücke ihren schmalen Körper fest an meine Schulter.

»Aber wieso ist er denn gestorben?«, flüstert sie erstickt.

Beruhigend streiche ich ihr über den Rücken, wieder und immer wieder, wiege sie in meinen Armen. »Du brauchst nicht traurig zu sein, Süße«, versuche ich sie zu beschwichtigen. »Es war ein schon sehr alter Marder.«

»Woher willst du das wissen?«

»Das habe ich gleich an der Kopfform erkannt«, lüge ich.

Lara scheint ein wenig besänftigt. Nach einer Weile windet sie sich aus meiner Umklammerung und blickt mich aus traurigen grauen Augen an. Ich kann regelrecht sehen, wie es hinter ihrer Stirn arbeitet.

»Wirst du auch sterben?« Ihre Stimme ist kaum mehr als ein Flüstern.

Ich schlucke hart, völlig überrumpelt von ihrer Frage. *Was antwortet man seiner vierjährigen Tochter nur auf so was?*

»Eines Tages muss jeder sterben, Süße. So ist der Lauf der Dinge«, sage ich schließlich leise. »Aber das wird erst in ganz vielen Jahren sein. Du brauchst deswegen keine Angst zu haben.«

Sie sieht mich zweifelnd an. »Wie lange? Was ist ...« Sie stockt, als wäre ihr ein schrecklicher Gedanke gekommen. »Was ist, wenn du stirbst und ich immer noch da bin?«

Erneut spüre ich einen Kloß im Hals und ich bedeute ihr, sich zu mir auf den Boden zu setzen, wobei ich darauf achte, dass der Tierschädel außerhalb ihres Sichtfelds liegt.

»Wenn das passiert, bist du längst erwachsen, Liebes. Dann bist du groß und hast deine eigene Familie. Ich werde immer für dich da sein, Schatz. Solange du mich brauchst.«

Sie schlingt die Arme um meinen Bauch. »Ich werde dich aber immer brauchen«, flüstert sie an meinem Shirt und ich kann nicht verhindern, dass sich aus meinem Augenwinkel eine Träne löst.

Eine Weile sitzen wir so aneinandergeklammert da, jede von uns in ihre eigenen tristen Gedanken versunken. Ich küsse ihren Scheitel, atme ihren himmlischen Duft nach Pfirsichshampoo und Kindheit ein, wiege sie in meinen Armen. Auf einmal verspüre ich den irrationalen Wunsch, dieser Moment würde ewig andauern. Dass Lara immer das kleine Mädchen bleiben würde, dem nie ein Leid widerfahren ist und das glaubt, seine Mutter so sehr zu brauchen. Die Erkenntnis, dass das Leben endlich ist, ist furchtbar, daran erinnere ich mich nur zu gut. Und ich wünsche mir sehnlichst, ich könnte sie beschützen, damit sie niemals erfahren muss, wie es ist, wenn ein geliebter Mensch stirbt.

Ich weiß nicht genau, wie viel Zeit verstrichen ist, als ich mich schließlich von ihr löse. »Was würdest du davon halten, wenn wir hineingehen und ich Martha frage, ob sie dir noch ein Twinni aus der Tiefkühltruhe gibt?«

Laras hebt skeptisch die Brauen. »Aber ich habe doch schon nach dem Mittagessen ein Eis gehabt. Darf ich wirklich noch eins haben?«

Ich zwinkere ihr verschwörerisch zu. »Ausnahmsweise.«

Lara strahlt. »Danke, Mami!«

Schmunzelnd sehe ich dabei zu, wie sie sich hochrappelt. Ihre Verzweiflung von vorhin scheint wie weggeblasen.

Wie leicht sich die Welt für ein kleines Kind doch wieder ins Lot bringen lässt, denke ich und nehme meine Tochter an die Hand. Gemeinsam laufen wir zum Haus zurück. Der treue Stofftierdackel an der Leine holpert hinter uns her.

KAPITEL 18

Raphael

K eine Chance. Vergiss es, da mache ich nicht mit.«
Ich seufze. »Komm schon, Rebecca. Ist dir nicht klar,
was für eine Ehre es ist, dass Claudia dich bei dem Meeting dabeihaben will? Es wäre respektlos und unhöflich,
die Teilnahme auszuschlagen.«

Rebecca schweigt. Sie hat die Hände vor der Brust
verschränkt, ihr Kinn ist trotzig nach vorne gereckt. Mit
unbewegter Miene fixiert sie den Couchtisch vor uns, auf
dem sich die Reste unseres Abendessens stapeln. Wir haben Sushi bestellt, der Tisch in Rebeccas spartanisch ein-
gerichtetem Wohnzimmer ist von leeren Plastikschalen
übersät.

»Außerdem hättest du die Gelegenheit, im Unternehmen ein wenig an Sichtbarkeit zu gewinnen. Einige der
übrigen Führungskräfte kennenzulernen«, wage ich einen
neuen Anlauf. Ich springe auf und greife nach Rebeccas
Hausarbeit, die auf ihrem Schreibtisch unter einem Stapel
Bücher hervorlugt. »Denk an das hier«, rufe ich und lasse
die Ausarbeitung demonstrativ vor ihr auf den Couchtisch
fallen, wobei ein paar lose Blätter zu Boden segeln. »Du
bist gut in dem, was du tust. Dieses Meeting ist eine Rie-
senchance! Und ich will, dass du sie nutzt.«

Rebecca wirft erst dem Blätterhaufen und dann mir
einen finsteren Blick zu. »Ich verstehe nicht, wieso du so
scharf darauf bist, dass ich komme. Es war schlimm genug,
Anette und dich zusammen auf der Firmenfeier zu sehen.
Und jetzt soll ich einen ganzen Abend mit euch verbringen?

Noch dazu bei euch zu Hause?« Sie schüttelt so heftig den Kopf, dass ihr langes Haar durch die Luft peitscht. »Nein, das kann ich nicht. Und wieso hast du mir eigentlich nicht gesagt, dass sie meine Uniprofessorin ist?«

»Tut mir leid. Ich dachte, das wüsstest du.« Seufzend reibe ich mir die Augen, dann sehe ich sie an. »Ich verstehe dich ja. Wirklich. Aber was sollen nur die anderen denken, wenn du nicht kommst? Du kannst jetzt nicht kneifen, das weißt du genauso gut wie ich.«

Ihre Schultern sinken nach vorn. Ihre Körperhaltung strotzt vor Skepsis, doch ich kann noch etwas anderes in ihrer Miene erkennen. Unsicherheit und – Schmerz.

»Denkst du etwa, für mich ist das leicht?« Ich greife über den Tisch und knuffe zärtlich ihren Oberarm. »Aber mir sind die Hände gebunden, begreifst du das nicht? Wir können das Risiko nicht eingehen, dass Anette Verdacht schöpft. Und das wird sie, wenn du am Donnerstag nicht auftauchst. Keine Praktikantin, die nur einigermaßen bei Verstand ist, würde eine solche Einladung ausschlagen.«

Meine Finger tasten nach ihren und drücken zu. Rebecca weicht meinem flehenden Blick immer noch aus, doch sie zieht ihre Hand nicht weg. Ihre Unterlippe bebt und als sie endlich den Kopf hebt, bemerke ich die Tränen, die in ihren Augenwinkeln aufblitzen. Sie so verletzlich zu sehen, trifft mich in den Grundfesten meiner Seele. Mit einem Satz habe ich den Couchtisch umrundet und schlinge die Arme um ihren schmalen Körper.

»Ganz ruhig, Liebes«, wispere ich. »Es ist doch nur ein Abend. Wir kriegen das hin, bestimmt sogar.«

Schwer atmend lässt Rebecca die Stirn gegen meine Brust sinken. Sogleich dringt mir der Duft ihres Shampoos in die Nase. Ich vergrabe mein Gesicht in ihrem Haar, sauge den sanften Fliedergeruch tief in meine Lungen, während ich ihr ein wenig unbeholfen über den Rücken streiche.

»Ich habe mir solche Mühe gegeben, den Gedanken an deine Frau auszublenden«, sagt Rebecca nach einer Weile. »Es fiel mir beinahe leicht, nicht über sie nachzudenken, solange wir unter uns waren.« Sie seufzt. »Aber zu wissen, dass du mit einer anderen verheiratet bist, und sie leibhaftig vor mir zu sehen, sind zwei völlig verschiedene Dinge. Jetzt, wo ich sie gesehen habe, wo sie nicht länger ein Phantom in meinem Kopf, sondern ein Mensch aus Fleisch und Blut ist, ist mir erst klar geworden, was das bedeutet.« Sie schluchzt auf und klammert sich noch heftiger an mich. Ich spüre die Tränen, die auf mein Hemd tropfen und darin versickern. »Du bist verheiratet. Und – ich verstehe ja sogar, weshalb du dich für sie entschieden hast. Anette ist absolut wundervoll. Klug, gebildet, charmant und dazu noch atemberaubend schön.« Sie sieht mich mit einem flehenden Ausdruck an. »Sag es mir, Raphael. Was ist los mit euch beiden? Denn ich kann mir beim besten Willen nicht vorstellen, wieso man eine Frau wie Anette betrügen sollte.«

Gegen meinen Willen entfährt mir ein Lachen, und Rebecca hebt ruckartig den Kopf. Dann windet sie sich aus meiner Umklammerung.

»Was ist daran bitte komisch?«

»Das ist es nicht.« Ich fahre mir mit beiden Händen durchs Haar, während ich versuche, die richtigen Worte zu finden. »Anette ist – wir sind ...« Ich schüttle den Kopf. »Nichts ist, wie es scheint«, beende ich meinen Satz schließlich ein wenig lahm. Ich starre auf meine Fingerknöchel. »Ja, du hast recht. Anette ist klug, schön, charmant, einnehmend. Aber sie kann auch schrecklich dickköpfig, stur und unberechenbar sein. Für Außenstehende mag sie stark und selbstsicher wirken, doch tief in ihrem Inneren ist sie ein instabiles kleines Mädchen. Unsere Ehe ist bei weitem nicht so harmonisch, wie sie auf den ersten Blick aussieht.«

Rebecca schlingt die Arme um ihren Körper. »Nun ja – niemand ist perfekt, oder?« Sie lächelt verkrampft. Einen Moment lang sieht sie aus, als würde sie mit sich hadern. Dann holt sie tief Luft und fährt stockend fort, ganz so, als hätte sie Angst vor meiner Reaktion. »Es war so schön, beinahe wie früher. Als wäre die Zeit stehen geblieben.« Sie hebt eine Hand und lässt sie wieder sinken. »Aber wir sind nicht mehr dieselben wie damals, nicht wahr? Was bin ich wirklich für dich, Raphael? Eine Ablenkung vom langweiligen Familienalltag? Ein Zeitvertreib? Eine Erinnerung an deine Jugend?«

Sie spuckt die letzten Worte aus, als wären sie ein ekelhaftes Insekt, das sich in ihren Mund verirrt hat. Die Verzweiflung in ihrer Stimme tut mir in der Seele weh und ich spüre meine Eingeweide vor Schuldgefühlen brennen. Mit der rechten Hand umfasse ich ihr Kinn und hebe es an, sodass sie gezwungen ist, mir in die Augen zu sehen.

»Nein, das bist du nicht«, sage ich mit Nachdruck. »Du bist viel mehr als das. Ich weiß nicht, wie ich es dir begreiflich machen soll, aber als ich dich nach all den Jahren wiedergesehen habe, ist mir etwas Wichtiges klar geworden. Nicht im Traum hätte ich es für möglich gehalten, jemals wieder solche Gefühle für jemanden zu entwickeln. Ich dachte, dieser Abschnitt meines Lebens läge längst hinter mir.« Ich lächle. »Du bist so rein, so unschuldig. Ein durch und durch guter Mensch. Ich will, dass du weißt, wie viel du mir bedeutest. Denn das tust du. Wenn einer von uns beiden Schuldgefühle haben sollte, dann bin ich es.«

»Ich und unschuldig?« Rebecca wirft mir einen finsteren Blick zu. »So wie du das sagst, klingt es beinahe, als wäre ich in deinen Augen noch ein Kind.«

Ich kann mir ein Grinsen nicht verkneifen. »Oh, keine Sorge. So meinte ich das nicht.« Ich wackele vielsagend mit den Augenbrauen und entlocke ihr damit ein widerwilliges Kichern.

»Du hast meine Frage nicht beantwortet«, flüstert sie dann, wieder ernst geworden. »Was ist mit Anette? Wieso – ich meine ...« Sie vollendet den Satz nicht, aber das muss sie auch nicht.

Eine Weile mustere ich sie schweigend. Mein Blick wandert von ihren blaugrünen Augen zu den Sommersprossen auf ihren Wangen und bleibt schließlich an ihren ineinander verknoteten Fingern hängen, während ich mit mir hadere, wie viel von der Wahrheit ich ihr zumuten soll.

»Anette – sie hat psychische Probleme«, stoße ich schließlich hervor.

Rebecca reißt ungläubig die Augen auf. »Wie bitte?«

»Anette ist das, was man landläufig manisch-depressiv nennt. Liegt wohl in ihren Genen. Ihre Mutter hat die Familie verlassen, da war Anette gerade mal vierzehn. Als vor einigen Jahren auch noch ihr Vater einem Unfall zum Opfer fiel, war es um sie geschehen.« Ich schlucke. »Kurz nachdem sie davon erfahren hat, hat sie versucht, sich umzubringen. Hat einen Haufen Tabletten genommen. Damals war sie bereits mit Lara schwanger. Nicht auszudenken, wenn ich nicht rechtzeitig nach Hause gekommen wäre, um ...« Ich breche den Satz ab.

Gegen meinen Willen überrollt mich eine Flut von Erinnerungen. Plötzlich sehe ich es wieder ganz deutlich vor mir. Wie ich die Haustür aufstoße und in die Eingangshalle trete. Der Druck in meinen Nebenhöhlen, das Kratzen im Hals von dieser verfluchten Verkühlung, die ich damals ausbrütete. Der Schock, als ich die Badezimmertür aufstieß, um mir ein Erkältungsbad einzulassen, und Anette bewusstlos inmitten eines Meeres leerer Tablettenschachteln am Fliesenboden vorfand. Die Erleichterung gepaart mit Enttäuschung, als ich nach ihrem Puls tastete und feststellte, dass sie noch am Leben war. Die Schuldgefühle, als ich auch nur für den Bruchteil der Sekunde erwog, einfach auf dem Absatz kehrtzumachen und die Dinge ihren Lauf nehmen zu lassen. Darüber, dass ich mich insgeheim fragte, warum ich ausgerechnet an diesem Tag früher nach Hause gekommen war. Die Rettungssanitäter, die ihren reglosen Körper auf eine Trage hievten. Das Geräusch meiner Schritte vor dem Operationssaal, während die Ärzte um Anettes Leben und das unseres ungeborenen Kindes kämpften.

»Oh mein Gott«, flüstert Rebecca tonlos und schlägt die Hand vor den Mund. »Ich hatte ja keine Ahnung. Wie furchtbar!«

»Ja, das war es. Für sie, für uns als Paar. Letztendlich für alle Beteiligten.« Mein Tonfall trieft nur so vor Bitterkeit.

Rebecca runzelt die Stirn. »Ich verstehe nicht – sie macht gar nicht den Eindruck, als wäre sie ...«

»Mag sein. Aber es stimmt.« Ich schüttle den Kopf. »Nach ihrem Selbstmordversuch verbrachte sie einige Monate in einer psychiatrischen Klinik. Heute nimmt sie Medikamente gegen die Stimmungsschwankungen. Und auch etwas gegen Depressionen. Trotzdem ist sie sehr labil und ich lebe in ständiger Sorge, was Anette tun könnte, sollte sie einen Rückfall erleiden.«

Eine Weile herrscht betretenes Schweigen zwischen uns, während Rebecca das soeben Gehörte verarbeitet.

»Da ist er also, der Grund, warum du Anette nicht verlassen kannst, nicht wahr?«, wispert sie kaum hörbar. »Du hast Angst, dass sie sich etwas antun könnte?«

»Ich weiß nicht, wozu Anette imstande wäre, wenn es hart auf hart käme.« Müde reibe ich mir die Augen. Ich bin beinahe selbst überrascht, wie mühelos mir die Halbwahrheit über die Lippen kommt.

»Das kann ich verstehen.« Ihre Schultern verkrampfen sich und ich spüre regelrecht, wie sie sich innerlich von mir distanziert. »Schläfst du denn noch mit ihr?«

Die Frage trifft mich völlig unerwartet und ich reiße die Augen auf. »Ob ich – nein! Natürlich nicht!« Rasch greife ich nach ihrer Hand. »Früher hatten wir deswegen Streit. Anette lag mir in den Ohren, dass sie gerne ein Geschwisterchen für Lara hätte, aber wie du dir sicher vorstellen kannst, will ich das nicht, also ist das Thema erst mal vom Tisch. Wir schlafen schon lange nicht mehr im selben Bett. Seit ich dich wiedergetroffen habe, habe ich Anette nicht einmal angerührt, das schwöre ich!«

Rebecca nickt langsam. »Ich glaube dir.« Ihre Miene hat plötzlich einen gequälten Ausdruck angenommen. »Aber wenn du Anette nicht verlassen willst – was wird dann aus uns? Wohin soll das alles führen?«

Ich unterdrücke ein Stöhnen. Natürlich wusste ich immer, dass es nur eine Frage der Zeit war, bis wir an diesen Punkt kommen würden, und mir ist bewusst, was sie in Wahrheit von mir hören will. Mir war nur nicht klar, wie schnell dieser Tag da sein würde. Wie sehr es mich schmerzen würde zu sehen, dass sich Rebecca meinetwegen so quält. Es ist zu früh. Viel zu früh.

»Ich weiß es nicht«, murmele ich tonlos. »Aber ich kann – ich darf – dich nicht verlieren, Rebecca. Ich war so ein Idiot – ich hätte dich niemals verlassen dürfen. Wie ich damals mit dir umgesprungen bin, war ein Fehler. Ich – ich liebe dich.«

Die Worte sind draußen, bevor ich mich aktiv dazu entschlossen habe, sie laut auszusprechen. Ich bin selbst überrascht darüber, trotzdem weiß ich, dass es die Wahrheit ist.

Rebecca, die gerade ihr Wasserglas an die Lippen führen wollte, hält mitten in der Bewegung inne. Sie reißt die Augen ungläubig auf. »Was?«

Ich nicke. »Es ist wahr. Ich liebe dich.« Diesmal kommen die Worte wie selbstverständlich aus meinem Mund. »Und ich verspreche dir, wir werden einen Weg finden, zusammen zu sein. Auch wenn ich im Augenblick noch nicht genau weiß, wie der aussehen soll. Aber das musst du mir glauben, Rebecca – ich will dich. Nur dich. Meine Ehe ist schon lange eine Farce. Du hast mir die Augen geöffnet. Ich werde dich nicht gehen lassen. Niemals.«

Ernst sehe ich sie an. Ich kann regelrecht fühlen, wie ihr innerer Widerstand schwindet.

»Ich liebe dich auch.«

Dann erhebt sie sich ungestüm und setzt sich rittlings auf meinen Schoß. Ihre Lippen berühren erst sanft die meinen, werden schließlich immer drängender, fordernder. Ich spüre die Leidenschaft in mir hochwallen und mit einem Stöhnen schlinge ich die Arme so fest um ihren Körper, dass sie nach Luft schnappt, und ich fühle, wie sie erbebt, während ich ihr mit zitternden Händen das Top über den Kopf ziehe und ihre wunderschönen Brüste freilege.

Nachdem wir fertig sind, bleiben wir noch eine Weile eng aneinandergeschmiegt liegen. Rebeccas Hinterkopf ruht auf meiner nackten Brust und ich streiche ihr zärtlich über den Rücken.

»Raphael?«

»Hm?«

»Wenn es dir so wichtig ist, komme ich zu dem Firmenessen.«

»Danke, Baby.« Ich lächle in mich hinein und drücke ihr einen zärtlichen Kuss auf die Stirn. »Es wird bestimmt nicht so schlimm, wie du denkst. Und was auch passiert, vergiss nie, wie sehr ich dich liebe.«

Rebecca murmelt etwas Unverständliches und ich höre, wie ihre Atemzüge allmählich langsamer, flacher werden.

Nachdem sie eingeschlafen ist, bleibe ich neben ihr liegen und starre an die Decke ihres Schlafzimmers. Die Uhr an der Wand verrät mir, dass es schon nach Mitternacht ist, ich hätte längst den Heimweg antreten müssen. Doch heute fällt es mir schwerer als sonst, mich von ihr loszueisen.

Was tust du da nur, vernehme ich die Stimme der Vernunft in meinem Hinterkopf. *Dein Leben, deine Ehe ist ein einziges Chaos. Rebecca – sie hat es nicht verdient, in das alles hineingezogen zu werden. Was du da machst, ist egoistisch, das weißt du genau.*

Aber ich brauche sie. Mit ihr zusammen zu sein gibt mir ein Gefühl der Unbeschwertheit, von dem ich dachte, ich hätte es längst vergessen. Als ich Rebecca damals verließ, war ich sicher, ich würde darüber hinwegkommen. War überzeugt, dass ich Anette eines Tages so lieben würde, wie ich Rebecca geliebt hatte. War geblendet von ihrer Schönheit, ihrer naiven Unschuld, der Verlockung des Reichtums ihrer Familie, von der Vorstellung, welche Zukunft ich an ihrer Seite haben könnte. Ich lache, leise und bitter. Heute kommen mir diese Gedanken vor wie ein ferner Traum.

Meine Frau ist eine tickende Zeitbombe. Und ich frage mich, wie lange es dauern wird, bis sie explodiert und mich und mein Leben in Fetzen reißt. Ich habe nicht den leisesten Schimmer, wie ich es schaffen soll, mich aus den Fesseln, zu der meine Ehe in den Jahren geworden ist, zu befreien, ohne all das aufzugeben, wofür ich so hart gearbeitet habe.

Widerwillig erhebe ich mich. Heute werde ich auf diese Fragen keine Antwort finden, so viel ist sicher. Es wird Zeit, nach Hause zu fahren.

KAPITEL 19

Rebecca

W ow.« Maja stößt einen leisen Pfiff aus. »Das ist echt
Pech.«

Sie hält inne und fährt sich mit dem Handrücken über
die feuchte Stirn. Wir sind am Kahlenberg spazieren, die
Sonne steht bereits tief am Himmel, doch noch immer ist es
schrecklich heiß. Rechts von uns erstrecken sich die Wein-
berge, in der Ferne kann ich die Dächer von Wien erkennen.

Ich nicke finster. »Ich hatte nicht die geringste Ahnung.
Wenn ich nur gewusst hätte, wer sie ist, dann ...« Ich vollende den Satz nicht. Im Grunde meines Herzens weiß ich,
dass es keinen Unterschied gemacht hätte. Raphael übt
eine Anziehung auf mich aus, die ich weder begreifen
noch in Worte fassen kann. Wie schon beim ersten Mal,
als er in mein Leben trat, war es sofort um mich geschehen
– jeglicher Widerstand wäre zwecklos gewesen.

Ich warte einen Augenblick, bis Maja zu mir aufgeschlossen hat. Ihr Gesicht ist vor Anstrengung rot angelaufen und sie massiert sich die schmerzenden Seiten.

»Ich habe sie bewundert, weißt du? Meine Leidenschaft für Marketing, der Praktikumsplatz bei *Pharmauniverse* – all das habe ich nur ihr zu verdanken. Und was mache ich im Gegenzug?« Verzweifelt presse ich die Hände
vors Gesicht. »Ausgerechnet Anette Emerson!«, stoße ich
durch meine gespreizten Finger hervor. »Ich meine – warum konnte es nicht irgendjemand anders sein? Jemand,
den ich hassen könnte?« Ich lache bitter. »Aber Anette –
eine Frau wie sie kann man einfach nicht hassen.«

Ich höre die Eifersucht und die Verbitterung in meiner Stimme und sehe beschämt zu Boden.

»Ein Grund mehr, dieser Affäre endlich ein Ende zu setzen.« Majas Tonfall ist eindringlich, flehend. »Rebecca, bitte – sei vernünftig! Ich weiß, wie viel Raphael dir bedeutet hat. Aber er hat jetzt eine Familie, Herrgott nochmal!«

»Du hast ja recht. Trotzdem – so versuch doch, mich zu verstehen. Ich – ich liebe ihn! Und wie es aussieht, empfindet er dasselbe für mich.«

Stockend berichte ich ihr von unserem gestrigen Gespräch, den schockierenden Offenbarungen, was den Zustand seiner Ehe anbelangt, und von seinen reuevollen Liebesbekundungen mir gegenüber.

»Wenn nur dieses verdammte Meeting nicht wäre!« Am liebsten würde ich mir die Haare raufen. »Allein bei der Vorstellung, ihr Haus zu betreten, wird mir ganz anders.«

»Wieso sagst du dann nicht einfach ab? Wir könnten uns stattdessen einen gemütlichen Abend machen. Pizza essen, einen Film ansehen, so was eben. Ich meine – nichts für ungut –, aber du bist erst seit gerade mal ein paar Wochen dabei. Deine Kollegen schaffen das sicher auch ohne dich.«

»Ich hab's ja versucht«, sage ich und zucke hilflos die Achseln. »Doch Raphael besteht darauf, dass ich teilnehme. Immerhin ist es eine große Ehre, als Praktikantin zu der Sitzung eingeladen zu werden. Außerdem fürchtet er, Anette könnte Verdacht schöpfen, wenn ich die Einladung ausschlage.«

»Hm. Verstehe.« Nachdenklich kaut Maja auf ihrer Unterlippe. »Und er hat tatsächlich behauptet, Anette wäre psychisch krank? Das ist ganz schön heftig.«

Ich verziehe das Gesicht »Offenbar hat sie sogar einen Selbstmordversuch hinter sich. Schlaftabletten. Raphael hat sie gerade noch rechtzeitig gefunden.«

»Oh Gott, wie furchtbar.«

»Ja – und nicht nur für sie. Stell dir mal vor – du kommst nach Hause und findest deine Frau bewusstlos und in einem Meer aus Tabletten. Das ist auch der Grund, warum Raphael in all den Jahren bei ihr geblieben ist. Hatte wohl Angst um seine Tochter und dass Anette womöglich etwas Dummes anstellen könnte.«

Maja runzelt skeptisch die Augenbrauen. »Und das glaubst du ihm?«

»Warum sollte ich nicht?«

Sie zuckt die Achseln und kickt mit dem Fuß einen losen Kieselstein beiseite. »Ich weiß nicht. Mir kommt das alles nur so – klischeehaft vor.« Als sie meinen wütenden Gesichtsausdruck bemerkt, hebt sie abwehrend die Hände. »Aber natürlich steht es mir nicht zu, mir ein vorschnelles Urteil zu bilden. Wenn du ihm glaubst, tue ich das auch.«

Ihre Stimme klingt nicht gerade überzeugend, doch ich lasse es dabei bewenden.

Eine Weile stapfen wir wortlos nebeneinander her, den schmalen Trampelpfad entlang. Mein Blick folgt Kiki, die ausgelassen um uns herumtänzelt. Die Weinreben und Bäume leuchten in einem satten Grün. Ein erster Anflug des kommenden Herbsts liegt in der Luft.

»Genug von mir«, wechsle ich abrupt das Thema. »Wie war eigentlich die Feier bei Severin am Samstag? Du hast mir noch gar nicht davon erzählt.«

»Ach – die ...«

Zu meiner Überraschung sehe ich, wie Maja puterrot anläuft. Betont gleichgültig zuckt sie die Achseln. »Wie immer, schätze ich. Eine Party eben.«

»Tatsächlich?« Ich hebe eine Augenbraue. »Da läuft also rein nichts zwischen dir und Severin?«

Insgeheim vermute ich schon lange, dass Maja in Severin, ihren blonden und viel zu schüchternen

Studienkollegen, verknallt ist. Sie hat es zwar nie offen zugegeben, aber ich kenne meine Schwester. Ich kann es an dem Leuchten in ihren Augen sehen, wenn sie von ihm spricht, an ihrem nervösen Geplapper in seiner Gegenwart.

»Ja – nein – ich weiß auch nicht.« Sie weicht meinem Blick aus, doch ihre Gesichtsfarbe hat einen noch dunkleren Rotton angenommen und ich fühle mich in meinen Vermutungen bestätigt.

Ich greife nach ihrem Arm und zwinge sie, stehen zu bleiben. »Jetzt sag endlich. Habt ihr ...« Ich wackele vielsagend mit den Augenbrauen und entlocke ihr damit ein Lächeln.

»Schon gut, ich erzähle es dir ja. Severin und ich – wir haben uns geküsst.« Sie atmet schwer, als hätte ihr das Geständnis eine Menge Anstrengung abverlangt. »Gegen zwei Uhr waren nur Vicky und ich noch übrig. Vicky ist auf der Couch eingeschlafen – ich schätze, sie hat zu viel von dem Wein erwischt. Und dann – nun ja, dann hat er mich geküsst.«

Ich stoße einen Triumphschrei aus und falle ihr spontan um den Hals. »Na endlich. Das wurde auch Zeit.« Ich grinse breit. »Ich freue mich ja so für euch!«

Einen Augenblick lässt sie die zärtliche Geste über sich ergehen, bevor sie sich sanft aus meiner Umklammerung windet. Ihre Miene hat auf einmal einen gequälten Ausdruck angenommen. »Aber ich habe nicht die geringste Ahnung, wie es jetzt mit uns weitergehen soll. Seit der Party letzte Woche hat er kein Wort mehr über den Kuss verloren. Was, wenn er denkt, dass es ein Fehler war? Schließlich waren wir beide nicht gerade nüchtern, als es passiert ist.«

Sie sieht dabei so verzweifelt aus, dass mir ganz schwer ums Herz wird.

»Blödsinn. Wieso sollte er? Dass Severin auf dich steht, weiß doch jeder. Die Einzige, die das partout nicht wahrhaben wollte, bist du.« Ich lächle ihr aufmunternd zu.

Maja wirkt immer noch nicht überzeugt. »Meinst du?« Sie seufzt. »Keine Ahnung, Bec. Damals mit Kilian war es am Anfang genauso. Erst konnte er gar nicht genug von mir kriegen und dann – zack, aus und vorbei. Ich glaube nicht, dass ich es ertragen würde, dasselbe nochmal durchzumachen.«

»Kilian war ein Idiot.«

»Kann sein. Es ist nur ...« Sie hält inne, scheint nach den richtigen Worten für das zu suchen, was sie in Wahrheit quält. »Ich mag Severin. Sehr sogar. Aber ich kann einfach nicht aufhören, darüber nachzudenken, dass er jemand Besseren haben könnte. Jemanden, der – eine, die nicht ...«

»Himmel – Maja!«, unterbreche ich sie ungeduldig. »Severin weiß, dass du Epileptikerin bist. Wie viele deiner Anfälle hat er bereits mitbekommen? Drei? Vier? Er weiß, worauf er sich einlässt. Du musst endlich aufhören, dich selbst für beschädigte Ware zu halten. Du bist liebenswert, klug, wunderschön. Das Einzige, woran es dir fehlt, ist Selbstvertrauen.«

Meine Worte zeigen Wirkung, denn sie sieht ein wenig besänftigt aus. »Meine Freundin Anne hat genau dasselbe gesagt.«

Ich runzle die Stirn. »Wer ist Anne?«

»Ach, die kenne ich durch die Physiotherapie.« Sie winkt ab. Ein schiefes Lächeln hat sich auf ihrem Gesicht ausgebreitet. »Jedenfalls hast du recht. Nicht alle Männer sind so wie Kilian, nicht wahr? Das sollte ich endlich mal in meinen Kopf kriegen.«

»Eben. Außerdem hast du doch jetzt die neuen Medikamente. Wer weiß, vielleicht haben wir ja nun das richtige Präparat gefunden und du machst dir ganz unnötig Sorgen.«

»Ja – vielleicht.« Sie lächelt. »Bestimmt sogar. Danke, Bec.«

»Und was Severin betrifft – ich finde, du solltest ihn anrufen.«

Maja reißt ungläubig die Augen auf. »Ich soll – was?« Ich nicke beschwörend. »Genau. Sprich mit ihm. Ich bin sicher, es geht ihm genauso und er traut sich nur nicht, den Kuss anzusprechen. Also ergreif du die Initiative. Was hast du schon zu verlieren?«

»Bloß meinen Stolz, schätze ich.«

Ich mache eine wegwerfende Handbewegung. »Und weiter?«

Einen Augenblick sieht sie ehrlich erschrocken aus, dann stimmt sie in mein Gekicher mit ein.

Auf dem Rückweg spielen wir ihre Unterhaltung mit Severin durch, bis sie sich für alle erdenklichen Reaktionen gerüstet fühlt und mir verspricht, ihn noch heute anzurufen. Als wir die Straßenbahn erreicht haben, bin ich in Gedanken schon wieder bei der anstehenden Abendveranstaltung in Raphaels und Anettes Haus.

Raphael liebt dich, rufe ich mir in Erinnerung. Und Anette ist offenbar keineswegs die ideale Frau, die perfekte Ehefrau und Mutter, für die ich sie gehalten habe. Das Scheitern ihrer Ehe war schon vorprogrammiert, lange bevor ich Raphael wiedergetroffen habe. Allenfalls wäre ich der Auslöser, keinesfalls jedoch der Grund für ihre Trennung. Es gibt also nichts, weswegen ich mich schuldig fühlen müsste.

Und wenn du dir das oft genug vorsagst, glaubst du es irgendwann vielleicht sogar selbst.

KAPITEL 20

Acht Monate zurvor. Anette

Mit angehaltenem Atem schleiche ich den Gang entlang. Immer wieder bleibe ich kurz stehen, um zu lauschen. Doch alles, was ich höre, ist das Pochen meines eigenen Herzens. Es ist bereits weit nach Mitternacht, das ganze Haus liegt stumm und friedlich da. Mein weißes Nachthemd schlackert um meine Schenkel, während ich bloßfüßig die dunkle Treppe hinuntertappe.

In Raphaels Büro im Erdgeschoss atme ich auf. Ich will mir gar nicht ausmalen, wie zornig mein Mann wäre, wenn er mich hier unten erwischen würde. Sein Arbeitszimmer ist ihm heilig – selbst Martha lässt er nur widerwillig herein, um gelegentlich sauber zu machen. Zur Wahrung der Firmengeheimnisse, versteht sich.

Ich hole einige Male tief Luft, um meine angespannten Nerven zu beruhigen, dann knipse ich das Licht an. Regale voll mit Aktenordnern säumen die Wände, dazwischen erkenne ich eines der Gemälde von Raphaels Lieblingsmaler Sebastian Wiedeschitz. Der Großteil des Raums wird von einem Arbeitstisch eingenommen, der nahe dem Fenster steht und nun vom schummrigen Schein der Schreibtischlampe erhellt wird. Es herrscht eine beinahe unheimliche Ordnung. Raphaels Laptop liegt zusammengeklappt auf der Arbeitsplatte, daneben feinsäuberliche Stapel mit Dokumenten, über denen er aktuell brütet.

Ich beachte sie nicht weiter, sondern steuere zielstrebig auf den Rollcontainer zu meiner Linken zu. Erleichterung durchflutet mich, als ich feststelle, dass er unverschlossen ist.

Die erste Schublade enthält Büromaterial – Stifte in allen erdenklichen Farben, Büroklammern, Post-its, einen Stapel Visitenkarten und einen der ausgemusterten Firmenstempel von *Pharmauniverse*. Ich schiebe sie wieder zu. Bereits in der dritten Lade finde ich, wonach ich gesucht habe. Da ist es ja – das Notizbuch, in dem Raphael alle wichtigen Zugangsdaten und Passwörter vermerkt. Beinahe ehrfürchtig streiche ich über den schwarzen Ledereinband, mein Gesicht verzieht sich zu einem grimmigen Lächeln. Raphael mag ein gewiefter Geschäftsmann sein, aber was gewisse Dinge angeht, ist er dann doch noch verdammt altmodisch. Zum Glück.

Während der Laptop hochfährt, blättere ich in seinen Aufzeichnungen nach dem Zugangscode für Raphaels Online-Banking-Account. Die Zungenspitze zwischen die Lippen geklemmt, klicke ich mich dann durch die Abbuchungen seines Girokontos der vergangenen Monate. Ich suche nach einer ganz speziellen Transaktion, meinen Berechnungen zufolge müsste sie irgendwann in den letzten Wochen durchgeführt worden sein.

Die meisten der schier unzähligen Überweisungen betreffen den Haushalt. Da sind die wiederkehrenden Strom-, Gas- und Internetabrechnungen von hier und von Raphaels geliebtem Ferienhaus nahe dem Schneeberg, die Gehälter für Martha, Frieda und den Gärtner, die Transferzahlungen auf unser gemeinsames Haushaltskonto. Dazwischen die Leasingraten für meinen Wagen, diverse Tank- und Visaabrechnungen. Ich werfe einen Blick auf die Uhrenanzeige am Display und unterdrücke ein Stöhnen. Wie soll ich mich in diesem Datensalat nur zurechtfinden?

Ich will gerade aufgeben – inzwischen bin ich bei den Abbuchungen für den Juli angekommen – da entdecke ich eine Transaktion, die meine Aufmerksamkeit erregt. Mein

Herzschlag beschleunigt sich, wie elektrisiert starre ich auf den Bildschirm.

Es dauert einen Moment, bis die Erkenntnis in meine letzten Hirnwindungen vordringt. Doch es besteht kein Zweifel. Der Empfänger, der Betreff, das Datum, die schwindelerregend hohe Summe – alles passt.

Mein Gott, Raphael, wie konntest du nur!

Philipps Gesicht taucht vor meinem inneren Auge auf und ich spüre einen scharfen Stich in meinem Herzen. Zu erkennen, dass mein Freund – mein einziger Freund – sich dazu entschlossen hat, jeglichen Kontakt zu mir abzubrechen, war ein harter Schlag für mich. Doch seine niederträchtigen Beweggründe und den Beweis für Raphaels Einmischung schwarz auf weiß auf dem Bildschirm zu lesen, reißt mir schier den Boden unter den Füßen weg. Soeben haben sich meine schlimmsten Vermutungen bestätigt.

Schwer atmend sinke ich gegen die Rückenlehne von Raphaels Schreibtischstuhl. Auf einmal fröstelnd schlinge ich die Arme um meinen Körper, während ich die letzten Jahre meiner Ehe in Gedanken Revue passieren lasse.

Ich schätze, alles hat mit Papas Tod und meinem missglückten Selbstmordversuch angefangen. Raphael begriff nicht, wie ich ernsthaft hatte erwägen können, meinem Leben ein Ende zu setzen, anstatt mich mit meiner Trauer auseinanderzusetzen. Ich wiederum konnte ihm nicht verzeihen, dass er mich in die geschlossene Abteilung einer psychiatrischen Klinik verfrachtet hatte, wo er es doch gewesen war, der mir hätte seelischen Beistand leisten müssen. In guten wie in schlechten Zeiten – so lautete das Versprechen, das er mir gegeben hatte. Und dass er es vorzog, mich – seine trauernde und hochschwangere Ehefrau – alleine zu lassen und sich die Nächte im Büro um die Ohren zu schlagen, versetzte meinem Glauben an unsere Beziehung einen schweren Knacks. Ein riesiger Krach war die Folge und Raphael übersiedelte vorübergehend in das Gästezimmer unseres Appartements. Es vergingen Wochen, in denen wir kaum ein Wort miteinander wechselten.

Dann wurde Lara geboren. Ein Lächeln stiehlt sich auf mein Gesicht bei der Erinnerung an das Gefühl, dieses wunderbare kleine Wesen zum ersten Mal im Arm zu halten. Dieses entzückende Baby mit den grauen Augen und dem Schmollmund in den Schlaf zu wiegen, Laras winzige Hände, mit denen sie glucksend an meinem Haar zog. Raphael und ich waren gleichermaßen verzaubert. Wie durch ein Wunder gelang es uns, die Risse zu kitten, die unsere Beziehung durchzogen wie Tiefseegräben. Raphael überredete mich, in Papas Villa am Stadtrand zu ziehen, beteuerte, die Ruhe und die Abgeschiedenheit würden uns helfen, unsere Differenzen zu überwinden. Es ging schließlich nicht länger nur um uns beide, wir waren jetzt eine Familie. Beinahe glaubte ich, wir hätten das Gröbste überstanden, dass unsere Ehe den Widrigkeiten des Lebens trotzen könnte. Und eine Weile lief es tatsächlich besser zwischen uns. Raphael kam pünktlich zum Abendessen nach Hause, und an den Wochenenden unternahmen wir lange Ausflüge.

Umso enttäuschter war ich, als ich spürte, wie Raphael allmählich das Interesse an unserem Familienglück zu verlieren schien, langsam aber stetig in alte Muster zurückfiel. Wieder verbrachte er den Großteil seiner Tage im Büro, und unsere gemeinsame Zeit beschränkte sich auf wenige Stunden spät abends und gelegentliche Spaziergänge mit Lara an den Wochenenden.

Ich seufze leise. Missbrauch in einer Ehe muss nicht gezwungenermaßen körperlicher Natur sein, das habe ich am eigenen Leib erfahren. Raphaels Mittel der Wahl war subtiler, für die Außenwelt nicht greifbar, bestand in haltloser Kritik, der Enttäuschung in seinem Blick, Abwesenheit, Liebesentzug. Ich fragte mich, wie es jemals so weit hatte kommen können, was ihn dazu gebracht hatte, sich von mir abzuwenden. Ob es etwas war, das ich getan oder nicht getan hatte, oder ob er meiner nur überdrüssig geworden war.

Niemals zuvor hatte ich mich in meinem Leben derart einsam und verlassen gefühlt. Ich wollte unbedingt ein zweites Kind, ein Geschwisterchen für Lara, sehnte mich nach Raphaels Aufmerksamkeit, seinem Rückhalt, war noch nicht bereit, meinen Traum von einer glücklichen Familie aufzugeben. Ich hatte nie viele soziale Kontakte gehabt, die wenigen echten Freundschaften hatte ich im Laufe der Jahre aus den Augen verloren. Keine Freunde, keine Verwandten, nicht einmal Mitzi, Papas alte Katze. Alles, was ich hatte, war Lara. Und meine Arbeit auf der Uni, die ich trotz Raphaels anfänglichem Widerstand wieder aufgenommen hatte.

Vor etwa einem Jahr lernte ich dann Philipp kennen.

Ich schlinge die Arme noch ein wenig fester um meinen Brustkorb.

Philipp war damals erst kürzlich vom Institut für Marketing und Wirtschaftsforschung als Universitätsassistent rekrutiert worden und arbeitete nebenbei an seiner Doktorarbeit. Er war jung – um einiges jünger als ich – und strotzte nur so vor Elan und Enthusiasmus. Jedem auf der Uni war klar, dass ihm eine vielversprechende Karriere bevorstand.

Wir mochten uns auf Anhieb. Zu Beginn bestanden unsere Gespräche hauptsächlich aus belanglosen Plaudereien und witzigen Anekdoten über die Studenten. Philipp hatte eine so erfrischend ehrliche Art, er sagte immer, was er gerade dachte, hielt mit nichts hinterm Berg. Dafür bewunderte ich ihn. In meiner Kindheit war niemand jemals wirklich aufrichtig gewesen, alle stets darauf bedacht, nach außen hin den Schein der Perfektion zu wahren. Selbst mein Vater. Bei Philipp hingegen wusste man genau, woran man war, und das gefiel mir. Dazu kam sein manchmal ein wenig schräger Sinn für Humor. Wenn Philipp lachte, konnte man nicht anders, als mitzulachen, auch wenn einem gar nicht danach zumute war.

Darüber hinaus entpuppte sich Philipp als guter Zuhörer. Ich hatte noch nie gerne über mein Privatleben gesprochen, doch Philipp vermochte es wie kein anderer, die Mauern einzureißen, die ich zu meinem Schutz um mich errichtet hatte. Und in den vielen Stunden, die wir in der schäbigen Kaffeeküche bei Automatenkaffee beisammensaßen, entwickelte sich zwischen uns eine enge Freundschaft. Nach und nach erzählte ich ihm, wie es hinter verschlossenen Türen um meine Ehe bestellt war, gewährte ihm Einblick in die Misere meiner Existenz. Zuerst hatte ich Angst vor Philipps Reaktion, fürchtete, er könnte das Interesse verlieren, sobald er einen Blick hinter die Kulissen meines Lebens erhascht hatte, sobald er erkannt hatte, wie ich wirklich war. Doch dem war nicht so – im Gegenteil.

Philipp war mir ein Freund, als ich unbedingt einen brauchte, der Retter in schimmernder Rüstung. Er war derjenige, der mir versicherte, dass es okay sei, meiner jämmerlichen Ehe ein Ende zu setzen, dass ich ganz neu anfangen könnte, wenn ich das denn wollte. Dass ich es verdient hätte, glücklich zu sein. Vielleicht war er ja insgeheim sogar ein wenig in mich verliebt – wer weiß?

Plötzlich sehe ich Philipps Gesicht vor mir, den Ausdruck in seinen warmen braunen Augen, während er über den Tisch der Cafeteria hinweg nach meiner Hand greift.

Wenn du dich von Raphael trennen willst, kannst du auf mich zählen. Bald sind unsere Vorlesungen zu Ende, wir könnten mit Lara nach Spanien reisen. Ich hab dort Verwandte. Na, wie klingt das? Im Herbst, wenn die Uni wieder losgeht, sehen wir dann weiter. Aber was auch immer geschieht – ich werde für dich da sein. Ich versprech's.

Eine einsame Träne bahnt sich den Weg meine Wange hinab und tropft auf mein Nachthemd. Ich schlucke schwer. Denn was er gesagt hat, waren nichts als leere Worte, das weiß ich jetzt.

Die Erinnerung an das, was danach passiert ist, an dem schicksalsschweren Tag vor zwei Monaten, schmerzt wie tausend Messerstiche in meinem Herzen und jagt mir eine Gänsehaut über den Rücken.

Auf einmal sehe ich sie wieder deutlich vor mir. Meinen gepackten Koffer in der Eingangshalle, die Handtasche voller Bargeld und Schmuck, den Brief auf dem Küchentisch, den ich für Raphael dagelassen hatte, um alles zu erklären. Ich kann es beinahe schmecken, das Gefühl der Panik, das in mir aufstieg, als ich hörte, wie Raphael die Villa betrat. Zu früh. Viel zu früh. Wie es der Zufall wollte, hatte er ausgerechnet an jenem Tag beschlossen, früher als sonst von der Arbeit nach Hause zu kommen.

Ein Blick auf meinen schwarzen Koffer genügte und er wusste, was ich im Begriff war zu tun. Und er wurde zornig. So zornig hatte ich ihn noch nie zuvor erlebt. Er kochte regelrecht vor Wut. Ich war fest davon überzeugt, er würde jeden Moment auf mich losgehen. Doch als er das Wort ergriff, war seine Stimme vollkommen ruhig, und das ängstigte mich mehr, als wenn er mich angeschrien hätte.

»Du willst mich verlassen? Im Ernst?«

Ich begann am ganzen Leib zu zittern. Raphael hatte die Hände zu Fäusten geballt, seine Lippen waren so fest aufeinandergepresst, dass sie eine schmale Linie bildeten. Instinktiv wich ich vor ihm zurück.

»Es – es tut mir leid«, stammelte ich. »Ich wollte nie, dass es so weit kommt. Aber ich kann so nicht länger weitermachen.« Tränen strömten über meine Wangen, während ich mit schwacher Stimme fortfuhr. »Wie oft habe ich dich in den letzten Jahren angefleht, mehr Zeit mit Lara und mir zu verbringen? Doch das hast du nicht. Stattdessen bist du praktisch rund um die Uhr im Büro.« Ich rang mir ein Lächeln ab. »Glaub nicht, ich wüsste nicht, was du in Wahrheit treibst. Du betrügst mich, Raphael. Sei zumindest ehrlich und gib es zu. Du liebst mich schon lange nicht mehr. Vielleicht hast du das ja nie.«

Mit angstgeweiteten Augen blickte ich zu ihm hoch, ich konnte regelrecht sehen, wie es hinter seiner Stirn arbeitete.

»Natürlich tue ich das.« Er war nun dazu übergegangen, vor mir im Eingangsbereich auf und ab zu laufen. »In letzter Zeit lief es nicht gerade ideal, das gebe ich zu. Aber ich schwöre bei Gott – ich habe dich nicht betrogen.« Er sah mich an. »Findest du, ich würde nicht gut genug für dich sorgen? Du hast doch alles, was man sich nur wünschen kann! Eine süße Tochter, ein großes Haus samt Nanny und Haushälterin, Geld im Überfluss, deinen Job auf der Uni – was willst du denn noch?«

Ich wollte dich, hörte ich mich in Gedanken sagen, behielt das jedoch für mich. Es war zwecklos, er würde es ohnehin nicht verstehen.

Ich atmete einmal tief durch, dann nahm ich all meinen Mut zusammen und wiederholte die Worte, die mir Philipp so oft vorgebetet hatte, bis ich sie beinahe selbst glaubte. »Ich will nicht mit dir streiten. Aber so sehr es mich schmerzt, das zu sagen – meine Entscheidung steht fest. Lara und ich werden noch heute Abend ausziehen. Ich – ich glaube, es ist das Beste so. Für uns beide.«

Bei diesen Worten ruckte Raphaels Kopf herum und er sah mich fassungslos an. »Du willst dich also ernsthaft von mir trennen? Und Lara willst du auch?« Er stieß ein ungläubiges Lachen aus. »Mein Gott, Anette! Denkst du denn wirklich, irgendein Richter der Welt, der halbwegs bei Sinnen ist, würde dir das Sorgerecht für ein Kind zusprechen? Bei deiner psychiatrischen Vorgeschichte?« Er schüttelte den Kopf. »Tut mir leid, Anette, aber eine Scheidung kommt nicht in Frage. Das werde ich nicht zulassen.«

»Du kannst mich nicht zwingen zu bleiben.«

Raphael schien einen Augenblick mit sich zu hadern. Sein Gesicht hatte auf einmal einen merkwürdig roten Farbton angenommen. »Oh doch, das kann ich«, brach es plötzlich aus ihm hervor. »Denn wenn du das tust, werde ich allen verraten, was du getan hast. Du und dein Vater – was ihr beide getan habt. Und dann, Anette, wanderst du ins Gefängnis. Du würdest Lara niemals wiedersehen. Dafür sorge ich.«

Meine Augen weiteten sich vor Überraschung und Entsetzen, während ich ihn sprachlos anstarrte. Er starrte zurück. Angst schnürte mir die Kehle zu. Ich hatte nicht die leiseste Ahnung, wie er davon erfahren hatte, aber letztendlich war es auch egal. Der verkniffene Ausdruck um seinen Mund verriet mir alles, was ich wissen musste.

»Das würdest du – du würdest doch nicht ...«

»Du hast keine Ahnung, was ich zu tun bereit bin, um dich zur Vernunft zu bringen«, fiel er mir brüsk ins Wort. »Also hör mir gut zu: Du gehst jetzt hinauf und packst die Koffer wieder aus. Und zwar sofort.«

Einen Moment lang herrschte atemloses Schweigen.

Schließlich ließ Raphael die Schultern sinken. Er schüttelte den Kopf, beinahe konnte man glauben, er wäre von der Heftigkeit seiner eigenen Reaktion überrascht. »Bitte – Anette. Denk nochmal darüber nach. Ich weiß, ich war nicht immer für dich da, und das tut mir leid. Ich werde versuchen, dir ein besserer Ehemann zu sein. Versprochen. Lass uns gemeinsam eine Lösung finden, ja? Wir haben doch schon so viel zusammen durchgemacht. Willst du da jetzt wirklich alles wegwerfen?«

Aber so versöhnlich, beinahe flehend seine letzten Worte auch geklungen hatten – sie konnten die unverhohlene Drohung wenige Augenblicke zuvor nicht ungeschehen machen. Und die verfehlte ihre Wirkung nicht.

Also gehorchte ich und hievte die Koffer wieder die Treppe hinauf. Raphael hatte mich in der Hand. Ich wusste es und er wusste es auch.

Ich hinterließ Philipp eine Nachricht auf dem Handy und teilte ihm mit, ich hätte es mir anders überlegt. Dass ich doch nicht mit ihm nach Spanien reisen würde. Es brach mir das Herz.

Als ich vor wenigen Tagen zum Vorlesungsstart wieder auf die Uni zurückkehrte, war Philipps Schreibtisch leergeräumt. Von einer Kollegin erfuhr ich, er habe ein Jobangebot von einem renommierten Unternehmen in Berlin erhalten, das er nicht hatte ausschlagen können.

Ich war völlig vor den Kopf gestoßen. Natürlich war mir klar gewesen, dass Philipp einige Zeit brauchen würde, um meine Entscheidung zu verarbeiten. Aber dass er mir nicht einmal von seiner Kündigung erzählt hatte und meine Anrufe beharrlich ignorierte, kam mir trotzdem seltsam vor. Ich hatte gedacht, ich – unsere Freundschaft – hätten ihm mehr bedeutet.

Doch der Überweisungsbeleg vor mir auf dem Bildschirm beweist das Gegenteil.

Oh Philipp! Wie konntest du? Wie konntest du mir das antun?

Tränen der Wut und der Verzweiflung steigen mir in die Augen, als mir klar wird, wie ernst es Raphael damit war, als er sagte, er würde nicht zulassen, dass ich ihn verließ.

Bleibt nur eine Frage – wieso? Weshalb ist es Raphael so wichtig, dass wir zusammenbleiben, wo er doch ganz offensichtlich kein Interesse mehr an mir hat? Für einen kurzen Moment hatte ich ihm tatsächlich geglaubt, als er versprach, er würde sich bessern. Habe mich an den Gedanken geklammert, dass er unserer kleinen Familie noch eine echte Chance geben wollte. Beinahe hätte ich vor Bitterkeit aufgelacht.

Aber warum dann? Was verspricht sich Raphael nur davon, mit mir verheiratet zu bleiben?

Mit einem tiefen Seufzen fahre ich Raphaels Laptop wieder herunter und lege das Notizbuch an seinen angestammten Platz. Zeit, ins Bett zu gehen.

Ich bin gerade im Begriff, die Schublade zu schließen, da fällt mir, halb verborgen von einem ordentlichen Packen Rechnungen, ein schmaler Aktenordner ins Auge. Auf dem Ordnerrücken ist mit Raphaels unverkennbarer Handschrift »Privat – vertraulich« gekritzelt. Die Ecke eines Briefumschlags mit dem Logo einer Notariatskanzlei lugt daraus hervor. Ich runzle die Stirn. Was will Raphael denn von Doktor Kart?

Unwillkürlich werfe ich einen Blick über die Schulter, in der festen Erwartung, Raphael wäre hinter mir im Türrahmen aufgetaucht, um mich zu fragen, was zum Teufel ich hier eigentlich treibe. Doch die Tür ist immer noch geschlossen, ich bin vollkommen alleine.

Mit einem unguten Gefühl im Magen ziehe ich den Umschlag hervor. Ein einzelnes Blatt Papier fällt heraus.

Es ist alt, an den Ecken schon arg abgegriffen, als hätte Raphael es bereits unzählige Male studiert.

Während ich den Inhalt überfliege, beginnen meine Hände unkontrolliert zu zittern. Ich spüre regelrecht, wie alle Farbe aus meinem Gesicht weicht, und ich sacke in mich zusammen.

Was zum ...?

Das Blatt Papier entgleitet meinen klammen Fingern und segelt zu Boden, wo es zu meinen Füßen liegen bleibt.

Verdammte Scheiße, Raphael. Du mieser, berechnender Dreckskerl.

Denn ich glaube nun zu wissen, warum er so unerbittlich auf den Fortbestand unserer Ehe pocht. Und die Erkenntnis raubt mir regelrecht den Atem.

KAPITEL 21

Rebecca

Neugierig lasse ich den Blick über die großzügigen Villen und Einfahrten schweifen, während ich den Wagen die Straße entlangrollen lasse. Alles wirkt ordentlich und gepflegt, ab und an dringt ein empörtes Bellen an mein Ohr und dann kann ich durch die Zaunlatten der Häuser den Schatten eines Hundes ausmachen.

Ich sehe Raphaels und Anettes Anwesen schon von weitem. Es ist von einer mannshohen Hecke umgeben, einige Fahrzeuge parken bereits unweit eines breiten schmiedeeisernen Tors. Über den steinernen Torpfeilern ist eine Kamera angebracht. Durch die Stäbe erkenne ich eine mehrere hundert Meter lange gepflasterte Zufahrtsstraße, die eine Anhöhe emporführt. Das Haus selbst ist von meinem Auto aus nicht zu sehen.

Ich parke den Wagen und steige aus. Raphael wohnt knapp eine Autostunde entfernt und ist mit öffentlichen Verkehrsmitteln praktisch nicht zu erreichen, sodass ich mir Mamas Wagen – einen ein wenig in die Jahre gekommenen taubengrauen Fiat – geborgt habe.

Etwas unsicher nähere ich mich dem Tor. Ein Blick auf meine Armbanduhr verrät mir, dass es fast fünf ist. Ich hole noch einmal tief Luft und drücke dann auf den Klingelknopf. Ein leises Surren ist zu hören, als die Kamera zu mir herumschwenkt, dann öffnet sich das Gitter und ich mache mich auf den Weg, die von Zypressen gesäumte Zufahrtsstraße hinauf. Hinter einer Biegung erwartet mich der freie Blick auf das Anwesen.

Mein Mund klappt auf und formt ein stummes Oh. Die alte Villa vor mir ist von beeindruckender Größe und fügt sich idyllisch in eine herrschaftliche Gartenanlage ein. Allein an der Vorderfront zähle ich dreizehn Fenster, im oberen Stockwerk, direkt über dem Torbogen, befindet sich ein Balkon. Die Fassade, an der sich Efeu emporrankt, ist hellgrau gestrichen, die Fensterläden sind stuckverziert. Mir war natürlich bewusst, dass Raphael gut verdienen muss, doch dieses Anwesen übertrifft selbst meine kühnsten Erwartungen. Ich fühle mich auf einmal klein und unbedeutend.

Noch während ich die Stufen zum Eingang emporsteige, wird die Eingangstür aufgezogen und eine pausbäckige Frau mit blondiertem Haar erscheint im Türrahmen.

»Guten Tag«, bringe ich mühsam heraus. »Ich bin Rebecca. Rebecca Karlston.«

Die Frau lächelt mir freundlich zu und entblößt dabei eine Reihe ebenmäßiger weißer Zähne. »Ich bin Martha. Kommen Sie herein.«

Ich straffe die Schultern und trete über die Schwelle. Martha nimmt mir mit einer angedeuteten Verbeugung die Jacke ab.

Beinahe ehrfürchtig sehe ich mich um, während die Frau mit meiner Jacke in Richtung Garderobe davoneilt. Wo zum Teufel bin ich denn hier gelandet? Das Ambiente erweckt den Eindruck, als hätte ich durch meinen Eintritt eine Zeitreise ins neunzehnte Jahrhundert unternommen. Die Eingangshalle ist mit hellem Steinboden ausgelegt, an den Wänden hängen Jagdtrophäen. Der Raum ist so groß, dass Mamas und meine Wohnung zusammen bequem darin Platz gefunden hätten. Ich mustere eines der Hirschgeweihe aus der Nähe, das über stolze fünfzehn Spitzen verfügt, und fröstle. Wer die wohl geschossen hat? Den winzigen goldenen Plaketten nach zu urteilen, kann es nicht Raphael gewesen sein, die Abschussdaten liegen teilweise viel weiter zurück als nur zehn Jahre.

»Kommen Sie bitte mit. Der Salon ist im zweiten Stock.«

Ich fahre herum und entdecke Martha, die bereits an mir vorbeigegangen ist und auf eine breite Marmortreppe zustrebt. Ich beeile mich, ihr zu folgen.

Die Treppe mündet in einen Gang mit vielen Türen, an dessen Ende wir in eine Art Vorraum gelangen, von dem aus wiederum mehrere Flügeltüren in unterschiedliche Bereiche des Hauses abzweigen.

Durch eine davon dringt bereits leises Stimmengewirr an meine Ohren.

Martha deutet auf die Tür. »Da ist der Salon. Gehen Sie ruhig rein.«

Sie nickt mir noch einmal aufmunternd zu, dann ist sie auch schon wieder verschwunden.

Der Raum, den ich betrete, misst gut sechzig Quadratmeter und wird von mehreren unbequem aussehenden Sitzgruppen eingenommen, unter denen die Fransen zweier Perserteppiche hervorlugten. An den Wänden hängen Gemälde, darunter auch eines von Raphaels Lieblingsmaler Sebastian Wiedeschitz, und in einer Ecke bemerke ich eine antike Standuhr. Durch die Flügelfenster erhasche ich einen atemberaubenden Blick auf den Park. In der Ferne glaube ich die Umrisse eines Klettergerüsts zu erkennen. Einmal mehr fühle ich mich wie ein Eindringling, wie ein unwillkommener Beobachter von Anettes und Raphaels perfektem Leben.

Raphael hebt den Kopf, als ich eintrete, und nickt mir kurz zu. Er ist gerade in ein Gespräch mit einem grauhaarigen Mann vertieft – Herr Wohlmut, der Leiter des Segments für Diätprodukte bei *Pharmauniverse*, wie ich mich dunkel erinnere. Frau Weiss hatte in den letzten Wochen ein paarmal mit ihm zu tun, als es um die Strategie für die Einführung einiger seiner neueren Produkte ging.

Ein paar Meter von ihnen entfernt unterhält sich Frau Weiss mit Anette, die wie immer absolut zauberhaft aussieht in ihrem sandfarbenen Etuikleid und den hohen schimmernden Pumps. Auf einmal komme ich mir schrecklich schäbig vor in dem kleinen Schwarzen und dem billigen Schuhwerk.

An ein Glas Prosecco geklammert, lasse ich meinen Blick durch den Raum schweifen. Ich frage mich, ob ich mich einfach irgendwo dazustellen oder besser warten soll, bis mich jemand dazu auffordert. Alle Anwesenden – von den beiden Kellnerinnen abgesehen, die zwischen den Gästen hin- und hergehen und ihnen Sektflöten anbieten – sind deutlich älter und erfahrener als ich und ich fühle mich schrecklich fehl am Platz. Am liebsten würde ich hinübergehen und mich bei Raphael unterhaken – aber natürlich geht das nicht.

Ausgerechnet Anette scheint meine Unsicherheit gespürt zu haben, denn ich sehe aus dem Augenwinkel, wie sie Frau Weiss etwas ins Ohr flüstert und dann zielstrebig auf mich zukommt.

»Hallo, Rebecca. Schön, dass du es so kurzfristig einrichten konntest.« Sie lächelt. »Wie dumm von mir – ich habe gar nicht daran gedacht, dich zu fragen, ob du ein Auto hast. Es ist recht schwer öffentlich herzufinden. Sonst hätten wir natürlich auch ein Shuttle-Service organisieren können.«

»Danke, aber das war nicht nötig. Meine Mutter war so lieb, mir ihres zu borgen.« Ich halte einen Augenblick inne, dann sage ich: »Sie haben ...« Ich erröte. Noch immer fühlt es sich falsch an, sie zu duzen. »Ich meine – ihr habt wirklich ein wunderschönes Haus. Es muss fantastisch sein, hier zu wohnen. Absolut fantastisch.«

Sie tut mein Kompliment mit einer wegwerfenden Handbewegung ab und grinst. »Danke. Wenngleich man sich manchmal so vorkommt, als würde man in einem Museum leben.«

Ihr Lächeln gerät schief, als sie meinen überraschten Gesichtsausdruck bemerkt. »Spaß beiseite. Natürlich ist es idyllisch hier, aber wenn ich ehrlich sein soll«, sie beugt sich vor und zwinkert mir verschwörerisch zu, »mag ich das Haus nicht sonderlich. Ständig ist irgendwas kaputt und ohne den Gärtner wären wir völlig aufgeschmissen. Außerdem ist es schrecklich weit ab vom Schuss. Früher haben wir in der Innenstadt gewohnt, das war mir lieber.« Ein Schatten huscht über ihr Gesicht und sie zuckt die Achseln. »Aber für Lara ist es sicher toll. Sie liebt den Garten, weißt du.«

Ich fühle mich furchtbar unwohl in dieser beinahe freundschaftlichen Unterhaltung und es kostet mich einiges an Überwindung, nicht vor Anette die Flucht zu ergreifen. Doch natürlich weiß ich, dass mir nichts anderes übrigbleibt, als gute Miene zum bösen Spiel zu machen.

»Lara? Ist das eure Tochter?«, frage ich daher höflich.

»Ja, genau. Sie ist jetzt vier. Ein wunderbares Kind. Klug, hübsch, brav – ein richtiger Goldschatz.« Anettes Augen haben einen verträumten Ausdruck angenommen. »Sie ist mit Abstand das Beste, das ich in meinem Leben je hervorgebracht habe.«

Ich schlucke den Kloß des schlechten Gewissens hinunter und zwinge mich zu einem Lächeln.

»Wo ist sie denn? Lara, meine ich?«

Ich sehe mich um, als erwarte ich, das Mädchen könnte jeden Augenblick hinter einem Vorhang hervorspringen. Erst jetzt fällt mir auf, dass kein Bereich des Hauses, den ich bislang gesehen habe, auf die Existenz eines Kindes hindeutet. Keine Spielsachen, keine Fotos – nichts. Von dem Klettergerüst im hinteren Teil des Gartens einmal abgesehen.

»Sie ist in ihrem Spielzimmer. Martha, unser Kindermädchen, kümmert sich um sie, wenn wir Gäste haben.«
Ich nicke.

Einen Augenblick herrscht Schweigen, während ich mir den Kopf zermartere, wie ich mich möglichst höflich von ihr loseisen kann. Anette mustert mich mit warmem Blick, und am liebsten würde ich die Beine in die Hand nehmen, in Mamas Auto steigen und davonfahren. Diese Frau wirkt so freundlich, so unverfälscht und herzlich, und auf einmal kann ich den Gedanken, dass ich hier mit ihr plaudere, wo ich doch hinter ihrem Rücken mit ihrem Mann schlafe, kaum ertragen.

»Du siehst übrigens wirklich hübsch aus, Rebecca. Schwarz, das Kleid – es steht dir.«

Ich spüre, wie ich schon wieder rosa anlaufe, und konzentriere mich auf meine Schuhspitzen. Wieso muss sie bloß so verdammt nett sein?

»Das sagst gerade du«, bringe ich hervor. »Allein diese Schuhe –« Ich breche ab und deute auf ihre glitzernden Pumps mit der charakteristischen roten Sohle. »Das sind Louboutins, nicht wahr?«

Bevor Anette antworten kann, bemerke ich, wie hinter uns mehrere Personen in den Salon strömen, unter ihnen Julia und Andrea. Auch Anette hat es gesehen.

»Entschuldigst du mich?« Sie verdreht die Augen und deutet mit einer Kopfbewegung auf die Neuankömmlinge. »Die Pflicht ruft. Aber wir sind jetzt endlich vollzählig, denke ich.«

Sie zwinkert mir noch einmal aufmunternd zu, dann setzt sie ein breites Lächeln auf und macht sich daran, die restlichen Gäste zu begrüßen. Ich hole tief Luft.

Wenig später werden wir in ein weiteres Zimmer geführt. Eine lange Tafel nimmt den Großteil des Raums ein, in der Mitte stehen Getränke bereit und an der Wand prangt ein riesiger Monitor, auf dessen Bildschirmschoner das Logo von *Pharmauniverse* zu sehen ist. Ich lasse mich am Ende des Tisches auf einen Platz zwischen Julia und Andrea sinken, und Raphael eröffnet das Meeting, indem er Frau Weiss mit einem Nicken das Wort erteilt.

Während ich halbherzig den Ausführungen von Herrn Wohlmut lausche, der in kurzen Sätzen über die Vorzüge und Besonderheiten seines neuesten Diätshakes berichtet, wandern meine Gedanken zu Raphael. Ich werfe ihm über den Tisch hinweg einen kurzen Blick zu. Seit meiner Ankunft hat er mich kaum beachtet und ich gestehe mir nur ungern ein, wie enttäuscht ich darüber bin. Keine Ahnung, was ich erwartet hatte – schließlich weiß ich, dass er mir in Anwesenheit von Anette und seinen Mitarbeitern wohl kaum um den Hals fallen kann – aber insgeheim frage ich mich, ob nicht mehr dahintersteckt. Ob er meiner womöglich überdrüssig geworden ist? Ich fühle mich wie das fleischgewordene Klischee der eifersüchtigen Geliebten und hasse mich zugleich dafür.

Inzwischen hat Herr Wohlmut seinen Vortrag beendet und ich zwinge mich, mich wieder auf den Monitor zu konzentrieren. Voller Begeisterung erläutert Frau Weiss die einzelnen Schritte der Markteintrittsstrategie und obwohl ich die Präsentation in- und auswendig kenne, hänge ich regelrecht an ihren Lippen. Beiläufig beobachte ich die übrigen Besprechungsteilnehmer und stelle mit einem Anflug von Stolz fest, dass es ihnen nicht anders geht. Abgesehen von unserem fünfköpfigen Team, bestehend aus Frau Weiss, Andrea, Julia, Jürgen und mir, sind nur Herr Wohlmut und seine dreiköpfige Mannschaft aus der Produktentwicklung zugegen. Mit Raphael und Anette sind wir damit insgesamt elf Teilnehmer, ich selbst bin mit Abstand die Jüngste. Plötzlich bin ich Raphael unendlich dankbar, dass er auf meiner

Teilnahme bestanden hat. Es wäre ein Fehler gewesen, die Einladung auszuschlagen, das wird mir erst jetzt so richtig klar.

Nachdem Frau Weiss geendet hat, schaltet sich nun auch Anette ein und ergänzt den Vortrag noch um einige interessante Aspekte aus Marktforschungssicht. Einmal mehr bin ich fasziniert von ihr. Hin- und hergerissen zwischen Bewunderung und Verzweiflung frage ich mich, wie ich jemals mit dieser Frau konkurrieren könnte. Sie ist absolut perfekt. Wie sie es wohl anstellt, ihre Aufgaben als Mutter und Ehefrau mit ihrem Job auf der Uni unter einen Hut zu bringen? Raphaels Enthüllungen der letzten Woche kommen mir in den Sinn. Noch immer fällt es mir schwer zu glauben, dass diese schöne und ausgeglichen wirkende Person manisch-depressiv sein soll.

Der aufbrandende Applaus reißt mich jäh aus meinen Grübeleien, und Raphael erhebt sich.

»Danke für die beeindruckende Darbietung.« Er schenkt Frau Weiss und Herrn Wohlmut ein anerkennendes Lächeln. »Ich bin sicher, dass wir *Pharmauniverse* mithilfe eurer Strategie zu noch größerem Erfolg verhelfen werden.« Dann wendet er sich uns anderen zu. Sein Blick streift dabei kurz den meinen und er nickt mir kaum merklich zu. Mein Herz macht einen freudigen Hüpfer. »Mein Dank gilt euch allen. Ich weiß, die letzten Wochen waren hart, aber ich bin überzeugt davon, dass sich die Mühe gelohnt hat. Ihr seid ein großartiges Team und ich bin stolz darauf, auf Mitarbeiter wie euch zählen zu können.«

Dann klatscht er in die Hände. »Nachdem der formelle Teil der heutigen Veranstaltung nun hinter uns liegt, darf ich euch bitten, mir ins Esszimmer zu folgen. Das Cateringunternehmen, das wir engagiert haben, hat uns etwas Leckeres gezaubert. Also esst, trinkt, genießt den Abend. Ihr habt es euch redlich verdient.«

Gemächlich schlendere ich hinter meinen Kollegen her. Halb hoffe ich, dass Raphael, der neben dem Türrahmen stehengeblieben ist, mir noch einmal aufmunternd zuzwinkert, doch er tut nichts dergleichen. Seufzend sehe ich mich in dem großzügigen Raum um, der – wie könnte es anders sein – furchtbar vornehm und herrschaftlich aussieht. Die Sonne ist inzwischen untergegangen, nur mehrere silberne Kerzenleuchter erhellen das festliche Ambiente. Ich entdecke zwei Kellnerinnen in schwarzen Kleidern, die bereits darauf warten, uns den ersten Gang – Rindscarpaccio mit Eierschwammerl und Grana – zu servieren.

»Nicht übel, oder?«, raunt Julia mir zu, die rechts neben mir Platz genommen hat. »Die Abende bei Herrn Matterfeld sind jedes Mal einsame Spitze.« Sie drückt meine Hand. »Ich freue mich ja so, dass du diesmal auch dabei bist.«

Ich nicke. »Das Haus ist echt der Wahnsinn«, sage ich und greife nach dem silbernen Dessertlöffel vor mir. Ein wenig verzerrt starrt mir mein eigenes Gesicht in der Spiegelung entgegen. »Ich wusste schon, dass *Pharmauniverse* profitabel läuft, doch das hatte ich nicht erwartet. Die Villa muss Millionen wert sein, meinst du nicht?«

Julia zuckt die Achseln. »Kann sein. Aber Herr Matterfeld hat das Haus nicht gekauft, wenn es das ist, was du denkst.«

Ich runzle die Stirn. »Hat er nicht?«

»Genau genommen gehört es nicht mal ihm.« Sie grinst, als sie meinen überraschten Gesichtsausdruck bemerkt. Sie nimmt einen genüsslichen Schluck aus ihrem Weinglas, bevor sie sich wieder mir zuwendet. »Anettes Eltern müssen stinkreich gewesen sein. Herr Matterfeld und sie sind jedenfalls erst nach dem Tod ihres Vaters hierhergezogen. Unser Chef ist ein kluger Kopf und alles, aber im Grunde verdankt er das meiste hiervon der Familie seiner Frau.«

»Interessant. Das wusste ich gar nicht.«

Gespannt sehe ich sie an, in der Hoffnung, dass sie mir mehr verrät, doch für Julia scheint das Thema damit beendet zu sein, denn sie beugt sich zu Andrea hinüber und sagt: »Erinnerst du dich noch an unser Gespräch über Frau Bielefeld? Wie ich höre, hat ihr Mann sie mit Herrn Kielmann erwischt.« Ihre Augen leuchten auf. »Wenn man glauben kann, was man sich so erzählt, hat er die Scheidung eingereicht.« Sie schüttelt mitleidig den Kopf. »Und das ausgerechnet wegen dieses Langweilers. Eine Schande, meinst du nicht auch?«

Ich lehne mich in meinem Sessel zurück, damit die Bedienung meinen leeren Teller abtragen kann. Gedankenverloren lasse ich das Treiben um mich herum auf mich wirken. Anette, die in ein angeregtes Gespräch mit Herrn Wohlmut über dessen neuestes Diätprodukt vertieft ist, sitzt neben Raphael, sein Arm keine Handbreit von ihrem entfernt. Der Anblick versetzt mir einen Stich. Hatte Raphael nicht gesagt, sie hätten sich auseinandergelebt? Die beiden erwecken einen so harmonisch vertrauten Eindruck, dass es mir auf einmal schwerfällt, das zu glauben.

In diesem Augenblick geht die Tür zum Esszimmer auf und Martha kommt herein, an der linken Hand ein kleines Mädchen in einem dunkelblauen Pyjama mit rosafarbenen Welpen darauf, das blonde Haar zu braven Zöpfen geflochten, die ihr bis zu den Schultern reichen. Um ihr rechtes Handgelenk ist eine Hundeleine geschlungen, an deren Ende ein mitgenommen aussehendes Stofftier baumelt. Doch es sind ihre Augen, die mir einen Schauer über den Rücken jagen. Es sind Raphaels Augen, grau und ein wenig zu groß für ihr schmales Gesicht.

»Hallo, Mami«, wispert sie kaum hörbar.

Anette dreht sich auf ihrem Stuhl um und ich kann sehen, wie ihr Blick einen warmen Ausdruck annimmt, als sie ihre Tochter bemerkt.

»Hi, Liebes.« Sie reckt die Arme und hebt Lara auf ihren Schoß. »Geht es dir gut, meine Süße? Haben du und Martha mit Fido einen schönen Spaziergang gemacht?«

Die Kleine nickt ernst.

Auch Raphael wendet sich nun seiner Tochter zu und beugt sich hinüber, um ihr einen Kuss auf die Stirn zu drücken. »Da ist ja meine Prinzessin.« Er lächelt, hebt jedoch mahnend den Zeigefinger. »Solltest du nicht längst im Bett sein?«

Lara senkt betreten den Blick und Martha beeilt sich zu sagen: »Bitte entschuldigen Sie die Störung, Herr Matterfeld. Lara bestand darauf, dass Anette ihr eine Gutenachtgeschichte vorliest. Aber wenn Sie zu beschäftigt sind ...«

»Nein, nein«, unterbricht Anette sie und erhebt sich eilig, so dass Lara von ihrem Schoß gleitet. »Ich mache das gern.« Zärtlich streicht sie dem Mädchen über den Kopf. »Verabschiedest du dich noch von Papa und den anderen?«

Lara wendet sich um und reckt das Kinn. »Gute Nacht«, sagt sie mit erstaunlich fester Stimme in die Runde, dann zieht sie ihre Mutter an der Hand aus dem Esszimmer.

»Das war meine Tochter«, erklärt Raphael überflüssigerweise. »Ist sie nicht absolut perfekt?«

Entzücktes Gemurmel ist die Folge. Ich spüre, wie sich ein Kloß in meinem Hals zusammenballt. Die Kleine ist wirklich unfassbar entzückend. Majas Worte kommen mir in den Sinn. *Was du da tust, zerstört eine Ehe, eine Familie!* Erst jetzt wird mir das volle Ausmaß dieser Botschaft so richtig bewusst und die Schuldgefühle umspülen mich mit der Gewalt einer Flutwelle.

Auf einmal habe ich rasende Kopfschmerzen und presse die Hände an die Schläfen. Mein Kopf hämmert und es fällt mir schwer, einen klaren Gedanken zu fassen. Übelkeit steigt in mir hoch.

»Ich komme gleich wieder«, raune ich Julia zu. Ohne eine Antwort abzuwarten, schnappe ich meine Handtasche und stürze aus dem Esszimmer, wobei ich beinahe mit einer der Kellnerinnen zusammenstoße, die ein Tablett mit Schokoladeneclairs in Händen hält.

»Vorsicht«, mahnt sie, doch ich achte gar nicht darauf.

»Die Toilette – wo ist sie?«, stoße ich hervor.

»Vor der Treppe auf der linken Seite.«

Ich haste weiter. Im Gästebad angekommen falle ich vor der Kloschüssel zu Boden und übergebe mich. Ich würge und spucke, bis nichts mehr als bittere Galle hochkommt, dann lasse ich mich auf die Fußballen sinken und presse mir die Fingerknöchel auf die Augen.

Was zum Teufel tust du da eigentlich?

Erschöpft krame ich in meiner winzigen Handtasche nach einer Kopfwehtablette und würge sie trocken hinunter. Nachdem ich mich einigermaßen wieder gefasst habe, erhebe ich mich mühsam und spritze mir am Waschbecken kaltes Wasser ins Gesicht. Eine blasse Gestalt mit rotgeränderten Augen blickt mir aus dem Spiegel entgegen.

Ich fluche lautlos. Allein bei dem Gedanken, zu den anderen zurückzukehren und so zu tun, als ob nichts wäre, wird mir erneut übel. Raphael und Anette als Paar gegenüberzusitzen und sogar ihre kleine Tochter kennenzulernen, hat mir schwer zugesetzt. Dann fällt mir wieder ein, was Raphael über Anettes geistigen Zustand gesagt hat. Ratlos schüttle den Kopf. Schwer vorstellbar, dass diese herzliche und gastfreundliche Person tatsächlich psychisch krank sein soll. Außerdem ist da noch die

Sache mit dem Haus. Wieso hat Raphael mir gegenüber mit keinem Wort erwähnt, dass die Villa in Wahrheit Anette gehört?

Schließlich wende ich mich mit einem Ruck von meinem Spiegelbild ab und verlasse das Gästebad. Raphael wird mir eine Menge erklären müssen, so viel ist klar.

KAPITEL 22

Acht Monate zuvor. Anette

Hallo, Frau Emerson.« Der Notar schenkt mir sein freundlichstes Begrüßungslächeln. Sein Händedruck ist kraftvoll und lässt meine Fingerknöchel knacken. »Ist eine Weile her – freut mich zu sehen, dass es Ihnen besser geht.« Er wirft mir einen unsicheren Blick zu, als fürchte er, ich würde bei der Anspielung auf den Tod meines Vaters in Tränen ausbrechen.

Ich setze mein tapferstes Lächeln auf, während ich mir verstohlen die schmerzende Hand reibe. »Papas Unfall hat mich schwer erschüttert, das stimmt. Aber inzwischen bin ich zum Glück wieder ganz die Alte.«

Für den Bruchteil einer Sekunde sieht Doktor Kart erleichtert aus, dann setzt er eine professionelle Miene auf und deutet auf den Platz am Besprechungstisch ihm gegenüber. »Bitte – setzen Sie sich. Darf ich Ihnen eine Tasse Kaffee anbieten? Oder ein Glas Wasser?«

»Danke, nicht nötig.«

Meine Stimme klingt belegt und ich räuspere mich verlegen. Ein wenig zitternd lasse ich mich auf den angebotenen Platz sinken. Doktor Kart war derjenige, an den sich Papa immer gewandt hat, wenn es darum ging, Immobilienkäufe abzuwickeln oder einen kniffligen Vertrag für die Firma aufzusetzen. Ich erinnere mich noch daran, dass er und seine Frau in regelmäßigen Abständen bei uns zum Abendessen eingeladen waren, im Laufe der Jahre hatte sich zwischen den beiden Männern eine beinahe freundschaftliche Beziehung entwickelt. Es fühlt sich merkwürdig an, ihn jetzt unter diesen veränderten Umständen wiederzusehen.

»Nun, darf ich fragen, was Sie heute hierhergeführt hat?«

Doktor Kart sieht mich erwartungsvoll an. Mit dem silbergrauen Haar und der dicken Perlmuttbrille verfügt er über dieselbe Respekt einflößende Ausstrahlung wie früher. Sein schmal geschnittener Anzug spannt über einer breiten Brust, seine aufrechte Körperhaltung vermittelt ein Gefühl von Sicherheit. Allmählich spüre ich, wie meine Nervosität nachlässt.

»Sie haben doch damals die Verlassenschaft meines Vaters abgewickelt.« Ich greife in meine Handtasche und fördere einen dünnen Umschlag zutage. Ein einzelnes Blatt Papier mit notariellem Siegel lugt daraus hervor. Ich schiebe es ihm über den Tisch zu. »Dieses Schreiben habe ich beim Aufräumen in den Sachen meines Mannes gefunden. Ich hatte gehofft, Sie könnten mir sagen, was es damit auf sich hat. Dem Firmenlogo nach zu urteilen wurde das Schriftstück von Ihrer Kanzlei aufgesetzt.«

Mit angehaltenem Atem beobachte ich seine Reaktion. Der Notar wirft einen kurzen Blick auf das Blatt, dann lehnt er sich in seinem Sessel zurück. »Das ist richtig.«

Halb erwarte ich, dass er noch etwas hinzufügt, doch er tut es nicht, sieht mich nur ernst über den Rand seiner Brille hinweg an.

»Aber ich – ich verstehe das nicht«, bringe ich gepresst heraus. »Wieso haben Sie mich denn nicht bereits bei der Testamentsverkündigung über diese Klausel in Kenntnis gesetzt? Immerhin bin ich seine Tochter – finden Sie nicht, ich hatte ein Recht, es zu erfahren?«

Doktor Karts Miene bleibt unbewegt. »Ich kann Ihre Verwunderung nachvollziehen, Frau Emerson, doch so lautete nun mal der ausdrückliche Wunsch Ihres Vaters. Er bat mich, den Testamentszusatz sicher zu verwahren und im Falle seines Todes an Ihren Mann auszuhändigen. Und zwar nur ihm.« Er seufzt. »Wir haben damals lange über das Für und Wider diskutiert und kamen zu dem Schluss, dass es so das Beste ist. Die Klausel diente als eine Art Absicherung. Zu Ihrem Schutz.«

»Eine Absicherung?« Ich reiße ungläubig die Augen auf. »Inwiefern sollte mich eine solche Vereinbarung Ihrer Meinung nach bitteschön absichern?« Anklagend deute ich auf das Blatt Papier, das zwischen uns auf dem Tisch liegt.

Der Notar runzelt die Stirn. »Ich bin mir nicht sicher, ob Sie den Inhalt des Schreibens richtig verstanden haben. Lassen Sie es mich so erklären: Wie Sie wissen, hat Ihr geschätzter Vater seine Anteile an *Pharmauniverse* Ihrem Ehemann vermacht. Als sein designierter Nachfolger in der Geschäftsleitung erschien uns das als sinnvollste Lösung. Nichtsdestotrotz wollten wir sicherstellen, dass die Firma in der Familie bleibt. Und genau da kommt das vorliegende Testamentsfragment ins Spiel, denn es ergänzt seinen letzten Willen um eine auflösende Bedingung: Sollte Ihre Ehe wider Erwarten scheitern, werden die Anteile an *Pharmauniverse* automatisch auf Sie übertragen. Allerdings unterliegen Sie einem Veräußerungs- und Schenkungsverbot, sodass gewährleistet ist, dass Ihr Einfluss auf das Unternehmen auch künftigen Generationen Ihrer Familie erhalten bleibt.« Der Notar lächelt zufrieden, als wäre er stolz, an alles gedacht zu haben. »Verstehen Sie jetzt, was ich meine?«

»Ich – ähm – ja.« Meine Stimme klingt heiser. Ich kann regelrecht spüren, wie sämtliche Farbe aus meinem Gesicht weicht. Ein Gefühl der bodenlosen Verzweiflung hat sich in meiner Magengegend breitgemacht. Auf einmal ist jegliche Kraft aus meinem Körper verschwunden und ich sacke auf meinem Sessel zusammen. Meine Hände umklammern die Armlehnen meines Stuhls.

»Darf ich vielleicht doch ein Wasser haben?«

Doktor Kart wirkt bemüht, sich seine Überraschung nicht anmerken zu lassen. Achselzuckend greift er nach einer Flasche Mineralwasser auf dem Servierwagen, der hinter ihm steht, und füllt eines der Gläser, die auf dem Besprechungstisch bereitstehen.

Gierig greife ich nach dem Glas und nehme gleich mehrere Schlucke. Doch das lästige Schwindelgefühl lässt sich einfach nicht abschütteln.

»Frau Emerson – geht es Ihnen nicht gut? Sie sind ja auf einmal ganz blass.«

Ich versuche zu nicken. In meinem Kopf dreht sich alles und ich muss die Lippen fest aufeinanderpressen, um nicht laut aufzustöhnen. »Es ist – schon in Ordnung«, füge ich hinzu, nachdem ich wieder einigermaßen klar denken kann.

»Ich begreife ja, worauf mein Vater hinauswollte, und bestimmt hatte er nur die besten Absichten.« Ich zwinge mich zu einem schwachen Lächeln. »Trotzdem frage ich mich, ob eine solche Klausel überhaupt rechtlich bindend wäre. Ich meine – sollten Raphael und ich uns scheiden lassen – gäbe es theoretisch die Möglichkeit, ihm die Firmenanteile freiwillig zu überschreiben? Als eine Art Scheidungsvergleich sozusagen?«

Doktor Kart hebt eine Braue. »Mit Verlaub, Frau Emerson, wieso sollten Sie das tun wollen?«

Ich ignoriere seine Gegenfrage. »Nur aus Interesse. Wäre es rein theoretisch machbar?«

Er denkt einen Augenblick angestrengt nach, dann schüttelt er langsam den Kopf. »Ich fürchte nein. Der letzte Wille Ihres Vaters war eindeutig, was diesen Punkt angeht. Wie ich bereits sagte – sind die Firmenanteile erst einmal in Ihrem Besitz, unterliegen sie einem Schenkungs- und Veräußerungsverbot. Sie selbst können nicht frei darüber verfügen, tut mir leid.«

Ich lasse den Kopf hängen. Bleierne Niedergeschlagenheit überkommt mich. Eine Weile herrscht Schweigen, während mich der Notar sorgenvoll mustert.

»Ich denke, ich gehe jetzt besser«, murmele ich schließlich und erhebe mich. »Ich habe Ihre Zeit schon lange genug beansprucht.« Mühsam ringe ich mir ein Lächeln ab. »Vielen Dank, dass Sie mich so kurzfristig einschieben konnten. Ich weiß das wirklich zu schätzen.«

»Sind Sie sicher, dass Sie in Ordnung sind? Brauchen Sie rechtlichen Beistand? Ihr Mann – ist er – ich meine ...«

»Nein, nein. Nichts dergleichen«, sage ich rasch. »Diese Klausel – ich war nur überrascht, davon zu erfahren. Das ist alles.«

Doktor Kart schweigt, aber ich kann ihm ansehen, dass er mir nicht glaubt. Mit zitternden Knien stolpere ich in Richtung Ausgang. Im Türrahmen drehe ich mich noch einmal um.

»Dieses Gespräch«, murmele ich kaum hörbar. »Das bleibt doch unter uns, nicht wahr?«

Er hebt abwehrend die Hände. »Selbstverständlich. Ich darf und werde Ihrem Mann nichts von unserer Unterredung erzählen, wenn es das ist, was Sie meinen.«

Ich nicke erleichtert. »Danke.«

Dann verlasse ich fluchtartig die Notariatskanzlei.

KAPITEL 23

Rebecca

Das penetrante Klingeln meines Handys reißt mich unsanft aus dem Schlaf. Mit halbgeschlossenen Lidern taste ich auf dem Nachttisch danach. Das Display ist unangenehm hell und ich kneife die Augen zusammen. Verärgert starre ich auf die unbekannte Nummer. Zum ersten Mal seit Tagen habe ich es vor Mitternacht ins Bett geschafft – und jetzt das.

»Hallo?«

»Oh – Gott sei Dank.« Die Stimme am anderen Ende klingt verzweifelt. »Seit einer halben Stunde versuche ich nun schon, dich oder deine Mutter zu erreichen, aber es ging einfach niemand ran.«

»Severin – bist du das?«, murmele ich. Ich knipse die Nachttischlampe an und richte mich langsam auf. »Was ist los? Stimmt irgendwas nicht mit Maja?«

Er gibt ein zustimmendes Wimmern von sich. »Maja, sie – sie hatte wieder einen ihrer Anfälle. Wir haben uns einen Film auf Netflix angesehen. Alles war wie immer. Doch dann ...« Er holt hörbar Luft. »Sie wollte auf die Toilette und war schon auf halbem Weg in Richtung Bad, als es losging. Völlig aus dem Nichts begann sie auf einmal zu krampfen, und ...« Seine Stimme bricht, ich kann die Verzweiflung fast schmecken, die aus jeder seiner Poren dringt. »Dann ist sie gefallen.«

Scheiße.

»Ein Grand-Mal-Anfall?« Auf einen Schlag bin ich hellwach.

»Es ging so verdammt schnell. Ich wollte sie noch auffangen, doch ich war nicht rechtzeitig bei ihr. Kiki ist irgendwie zwischen ihre Beine geraten und Maja ist der Länge nach hingefallen.« Er schluckt hörbar. »Es – es war schlimm, Rebecca. Ich habe alles so gemacht, wie du es mir eingeschärft hast. Sie in die stabile Seitenlage gebracht, versucht, sie vorsichtig zu wecken. Aber irgendwas stimmte nicht mit ihrer linken Hüfte. Als sie sich bewegt hat, hat sie vor Schmerz laut aufgeschrien, dann hat sie plötzlich das Bewusstsein verloren.«

Scheiße, scheiße, scheiße.

Ein Anfall. Schon wieder! Die Angst schnürt mir die Kehle zu. Dabei lief es in letzter Zeit doch so gut! Die neuen Medikamente hatten ihr die längste anfallsfreie Periode seit Jahren beschert, sodass wir beinahe zu hoffen glaubten, das Gröbste sei überstanden. *So viel dazu.*

»Was ist mit ihrem Kopf? Hat sie sich auch den Kopf gestoßen?«

Er verneint und ich atme auf. Immerhin etwas.

»Wo ist Maja jetzt?« Ich bemühe mich, mir meine Panik nicht anmerken zu lassen.

»Ich hab die Rettung gerufen. Die waren gleich da, ein Krankenwagen hat uns ins Spital gebracht. Das war vor zwanzig Minuten.« Seine Stimme verrät, dass er den Tränen nahe ist. »Ich mache mir solche Sorgen!«

»Versteh ich. Ich habe das auch schon oft miterlebt, es ist furchtbar. Aber meistens ist es nicht so schlimm, wie es aussieht. Den Notarzt zu rufen, war das einzig Richtige. In welchem Krankenhaus seid ihr jetzt?«

»Im AKH. Die Notaufnahme.«

»Alles klar. Bleib, wo du bist. Ich bin unterwegs.«

Mein Blick fliegt zum Wecker auf dem Nachttisch. Es ist zwar schon nach Mitternacht, aber wenn ich mich beeile, erwische ich noch die letzte U-Bahn. Mit zitternden

Fingern beende ich die Verbindung. Ohne nachzudenken, schlüpfe ich in Jeans und den erstbesten Kapuzenpullover, den ich finden kann, dann verlasse ich eilig die Wohnung. Auf dem Weg zur Haltestation tippe ich hastig eine Nachricht an Mama und erkläre ihr, was passiert ist.

Keine dreißig Minuten später stürme ich in den Wartebereich der Ambulanz. Ich erkenne Severin bereits von weitem. Angst und Sorge stehen ihm ins Gesicht geschrieben, wie er da zusammengesunken und mit hängendem Kopf auf dem Besucherstuhl sitzt.

»Hey«, sage ich leise, als ich ihn erreicht habe.

Severin fährt hoch. Er ist blasser als sonst und seine Augen sind rot umrandet.

»Wo ist Maja? Gibt es schon was Neues?« Außer Atem lasse ich mich auf den Sessel zu seiner Rechten fallen.

Er schüttelt den Kopf. »Sie wird gerade untersucht.« Er deutet vage auf eine geschlossene Tür an der gegenüberliegenden Wand.

»Hat jemand Doktor Feldmann informiert?«

Er runzelt die Stirn. »Wen?«

Suchend blicke ich mich nach einem Arzt oder einer Schwester um. »Ihr Neurologe. Er arbeitet auch hier und kennt Majas Krankengeschichte praktisch auswendig.«

In diesem Moment öffnet sich die Tür zum Behandlungsraum und eine müde aussehende Ärztin mit einem Klemmbrett in der Hand und tiefen Schatten unter den Augen kommt heraus. Ich stürze auf sie zu.

»Ihre Patientin da drin – das ist meine Schwester. Maja Karlston. Sie hat Epilepsie. Können Sie mir sagen, wie es ihr geht? Wann kann ich zu ihr?«

Die Ärztin schenkt mir ein beruhigendes Lächeln. »Sie hat keine lebensbedrohlichen Verletzungen davongetragen, so viel wissen wir bereits. Aber sie muss heftig gestürzt sein, wir befürchten, dass sie sich die Hüfte gebrochen hat. Vielleicht muss sie sogar operiert werden. Wir klären das noch, jetzt gerade ist sie beim Röntgen. Außerdem habe ich ein EEG veranlasst, um ihre Gehirnströme zu prüfen.« Sie tätschelt mir mitfühlend den Arm. »Ich weiß, es ist schwer. Bitte haben Sie ein wenig Geduld.«

»Was ist mit Doktor Feldmann? Hat ihn jemand informiert? Er ist Majas behandelnder Neurologe und mit ihrer Krankengeschichte von Beginn an vertraut.«

»Er wurde bereits verständigt. Er ist gerade mit einer Patientin beschäftigt, wird danach aber nach Ihrer Schwester sehen. Seien Sie unbesorgt, wir haben die Situation im Griff.«

Ich bin alles andere als überzeugt, sage jedoch nichts mehr. Die Ärztin – Doktor Birnbauer, wie ich dem Schild auf ihrem Kittel entnehmen kann – nickt mir noch einmal aufmunternd zu, dann schiebt sie sich an mir vorbei und verschwindet im Gang.

Ich gehe zu meinem Platz zurück und sinke neben Severin zusammen. Er hat mein Gespräch mitangehört und seine Miene spiegelt dieselbe Besorgnis, die auch ich verspüre. Erschöpft lehne ich meinen Kopf gegen seine Schulter.

Die Sache mit Majas Hüfte hört sich gar nicht gut an. Allein beim Gedanken, meine Schwester müsse sich womöglich einer komplizierten Operation unterziehen, wird mir speiübel. Doch für den Augenblick kann ich nicht mehr für sie tun, als abzuwarten und die Ärzte ihre Arbeit machen lassen. Mal wieder.

Eine Berührung an meiner Schulter reißt mich jäh aus dem Schlaf. Ich öffne die Augen, mein Blick gleitet an Mamas sorgenvollem Gesicht vorbei und bleibt schließlich an den kalkweißen Wänden und den hässlichen orangenen

Wartestühlen hängen. Ruckartig setze ich mich auf, wobei ich Mama beinahe den Kaffeebecher aus den Händen gefegt hätte, den sie mir hinstreckt. Die Flüssigkeit schwappt über den Becherrand und tropft auf meine Jeans.

»Mama!« Eilig nehme ich ihr den Becher ab und stelle ihn auf den Fußboden. Dann schlinge ich die Arme um ihren Hals. »Gott sei Dank, du bist hier.«

Sie umarmt mich fest und ich sauge ihren tröstlichen Duft tief in meine Lungen. Wie immer riecht meine Mutter nach einer Mischung aus Seife und einem Hauch von Zigarettenrauch. Seit Jahren schon versucht sie, mit dem Rauchen aufzuhören, aber wenn ihr Stresspegel ansteigt, greift sie doch wieder zum Glimmstängel. Ich kann es ihr kaum verübeln.

Nach einer Weile lasse ich von ihr ab und massiere stöhnend mit den Fingerknöcheln meinen schmerzenden Nacken.

»Seit wann bist du hier?«

Mir fällt auf, wie erschöpft sie aussieht. Ihr an den Schläfen ergrautes Haar hängt schlaff herunter, unter ihren Augen liegen tiefe Schatten. Anders als sonst ist sie völlig ungeschminkt.

»Seit ein paar Stunden. Gegen eins bin ich aufgewacht, weil ich auf die Toilette musste, da habe ich Severins verpasste Anrufe und deine Nachricht gesehen. Ich habe mich sofort auf den Weg gemacht.« Sie schürzt die Lippen. »Tut mir leid, dass ich nicht eher da war. Ich muss mein Handy irrtümlich stumm geschaltet haben.«

Ich werfe einen Blick auf die Uhr am anderen Ende des Warteraums und stelle überrascht fest, dass bereits früher Morgen ist. »So lange schon? Wieso hast du mich denn nicht geweckt?«

»Du hast so erledigt ausgesehen, also habe ich dich schlafen lassen.« Mama seufzt. »Ich habe mit Doktor

Feldmann gesprochen. Er meinte, in einer Viertelstunde hätte er Zeit für uns.«

Auf einen Schlag ist meine Müdigkeit wie weggeblasen. Ich greife nach dem Kaffeebecher zu meinen Füßen und nehme einen großen Schluck, nur um sogleich angewidert das Gesicht zu verziehen. Die Brühe schmeckt scheußlich.

»Was ist mit dieser anderen Ärztin – Frau Birnbauer?« Bei der Erinnerung an mein Gespräch mit ihr krampft sich mein Magen zusammen. »Sie meinte, Maja hätte sich bei ihrem Sturz die Hüfte gebrochen.«

Bei diesen Worten nimmt Mamas Gesicht einen noch sorgenvolleren Ausdruck an. »Ich weiß«, sagt sie leise. »Das Röntgen hat ihre Vermutungen leider bestätigt. Maja hat sich eine verschobene Oberschenkelhalsfraktur zugezogen. Ein Bruch gleich unterhalb des Hüftgelenks.«

Ich schnappe nach Luft. »Und muss sie – heißt das, Maja muss ...«

Mama nickt. »Die Knochenfragmente müssen eingerenkt und mit einer Schraube fixiert werden. Eine Operation ist unumgänglich. Leider. Der OP-Termin ist für den frühen Nachmittag angesetzt.«

Fluchend schlage ich mir mit der Hand auf den Oberschenkel. »Scheiße. So ein verdammtes Pech.«

Anders als sonst weist sie mich nicht ob meiner Wortwahl zurecht. »Ja. Mein armes Baby.« Sie lässt bekümmert die Schultern sinken.

Eine Weile herrscht betretenes Schweigen, während ich an meinem Kaffee schlürfe. Nachdem ich das wässrige Gebräu endlich heruntergewürgt habe, knülle ich den Kaffeebecher zusammen und befördere ihn mit einem gezielten Wurf in den Mülleimer.

»Wo steckt eigentlich Severin?« Erst jetzt fällt mir auf, dass der Stuhl neben mir leer ist. Auch sein Rucksack und seine Jacke sind verschwunden.

»Ich habe ihn nach Hause geschickt – der Arme war völlig fertig mit den Nerven. Ich habe ihm versprochen, dass wir ihm Bescheid geben, sobald Maja ansprechbar ist und Besuch empfangen darf.« Sie lächelt mild. »Severin ist wirklich einer von den Guten. Ganz anders als dieser Kilian damals.« Sie rümpft angewidert die Nase.

Ich nicke nur. Die beiden sind zwar erst seit kurzem offiziell ein Paar, doch auch ich bin überzeugt davon, dass Maja mit Severin einen Volltreffer gelandet hat.

»Frau Karlston?« Ich blicke auf und erkenne Doktor Feldmann, der mit forschen Schritten auf uns zustrebt. Er trägt eine halbmondförmige Brille, unter seinem Kittel lugt ein stattlicher Bierbauch hervor, der, seit ich ihn zuletzt gesehen habe, sogar noch an Umfang zugenommen hat. Seine Miene ist ernst. »Wenn Sie bitte mit mir kommen würden?«

Ich werfe Mama einen kurzen Blick zu. Sie nickt. Zeitgleich erheben wir uns und folgen dem Arzt in ein Behandlungszimmer am anderen Ende des Flurs.

Angespannt sehe ich mich um. In einem schmalen Bett unweit des Fensters liegt meine Schwester, daneben erkenne ich verschiedene medizinische Gerätschaften. Der Großteil des Raums wird von einigen riesigen Computerbildschirmen eingenommen, die allesamt piepsende Geräusche von sich geben.

»Maja!«

Mit zwei großen Schritten habe ich das Zimmer durchquert und gehe vor ihr in die Hocke. Meine Schwester sieht beängstigend blass aus, ist aber bei Bewusstsein. Ihre Miene ist schmerzverzerrt, der Anblick tut mir in der Seele weh. Sie öffnet den Mund, doch ich drücke zärtlich ihre Hand, um sie am Sprechen zu hindern.

»Lass es. Du brauchst nichts zu sagen. Wir sind ja da.« Ich schluchze laut auf. »Was machst du nur immer für Sachen!«

Mama ist am Fußende des Bettes stehen geblieben. Einen Moment lang scheint auch sie um Fassung zu ringen. Doch als sie das Wort an Doktor Feldmann richtet, ist ihre Stimme erstaunlich fest und klar.

»Das war ein ziemlicher Schock für uns. Hatten Sie nicht gesagt, mit den neuen Medikamenten würde meine Tochter endlich von diesen schrecklichen Anfällen verschont bleiben? Und jetzt sehen Sie sie sich an!«

Ein wenig unbehaglich tritt Doktor Feldmann von einem Bein aufs andere. »Das hatten wir gehofft – ja. Und anfangs sah es ja auch ganz danach aus.« Seufzend fährt er sich mit den Fingern durch das kurze Haar. »Ich gebe zu – das hatten wir so nicht erwartet.«

Mama verschränkt anklagend die Hände vor der Brust. »Offensichtlich. Und was gedenken Sie dagegen zu tun?« Normalerweise ist meine Mutter die Sanftmut in Person, doch wenn es um das Wohl ihrer Kinder geht, wird sie zur Löwin.

Der Arzt windet sich. »Wie können natürlich noch ein anderes ...« Er bricht ab, als er Mamas zornigen Gesichtsausdruck bemerkt.

»Noch ein Medikamentenwechsel? Kommt nicht in Frage. Muss ich Ihnen etwa erklären, wie kräfteraubend das für Maja jedes Mal ist? Von den Nebenwirkungen ganz zu schweigen.«

»Was ist mit einer Operation?«, werfe ich rasch ein. »Hatten Sie nicht einmal erwähnt, Majas Anfälle könnten mithilfe eines operativen Eingriffs abgeschwächt oder sogar gänzlich verhindert werden?«

»Es stimmt, diese Möglichkeit haben wir zu Anfang in Betracht gezogen.« Dann schüttelt er bedauernd den Kopf. »Doch da hatten wir noch die Hoffnung, die Anfälle wären nur auf wenige Herde im Gehirn beschränkt. Aber wie sich inzwischen herausgestellt hat, leidet Maja an einer generalisierten Form der Epilepsie – die Anfallsherde lassen sich also nicht auf einzelne Bereiche eingrenzen. In solchen Fällen ist eine Operation nicht durchführbar, tut mir leid.«

Ich nicke zum Zeichen, das ich verstanden habe. Traurig blicke ich auf meine Schwester hinab. Maja sieht erschöpft aus und bei näherem Hinsehen erkenne ich, dass sie eingeschlafen ist. Zärtlich fahre ich mit den Fingerspitzen über ihre Wange.

Doch Mama lässt nicht locker. »Wer sagt uns denn, dass sich ihr Zustand verbessert, wenn wir noch ein weiteres Medikament versuchen?«

»Epilepsie ist eine äußerst komplexe Erkrankung, Frau Karlston. Welcher Wirkstoff bei wem zufriedenstellende Ergebnisse erzielt, kann oft nur durch Ausprobieren eruiert werden. Da gibt es kein Patentrezept. Ich habe Patienten, bei denen es Jahre gedauert hat, bis wir die richtige Medikation gefunden haben. Majas Situation ist da keineswegs ein Einzelfall.« Er seufzt. »Mir ist natürlich bewusst, wie unbefriedigend das ist. Und es tut mir leid, dass Majas aktuelles Präparat nicht Ihren Erwartungen entspricht. Aber bitte bedenken Sie – das ist Majas erster Anfall seit Monaten, die Medikamente haben also durchaus Wirkung gezeigt. Abgesehen davon, dass die Nebenwirkungen überschaubar sein dürften, wie ich unseren Gesprächen entnommen habe.«

»Was schlagen Sie dann vor? Einfach so weitermachen und hoffen, dass ihr nächstes Mal nichts Schlimmeres zustößt? Meine Tochter hat sich die Hüfte gebrochen, Herrgott nochmal!« Mama schüttelt vehement den Kopf. »Ich weigere mich, mich damit zufriedenzugeben. Es muss doch noch eine andere Möglichkeit geben.«

Doktor Feldmann hebt beschwichtigend die Arme. »Ich verstehe ja, dass Sie aufgebracht sind, aber das bringt jetzt auch nicht weiter. Zunächst einmal müssen wir uns um Majas Hüfte kümmern, daran führt im Augenblick kein Weg vorbei. Und was ihre Anfälle angeht – einige führende Pharmaunternehmen arbeiten schon seit geraumer Zeit an einem neuen Medikament. Angeblich soll es in Fällen von generalisierter Epilepsie gute Ergebnisse erzielen.« Er macht eine Pause. »Leider befindet sich das Präparat, von dem ich spreche, derzeit noch in der klinischen Testphase. Es kommt frühestens in ein bis zwei Jahren auf den Markt. Ganz abgesehen davon, dass wir abwarten müssten, bis es von der Krankenkasse genehmigt wird, sonst könnte es ziemlich kostspielig werden.«

Ich horche auf. »Was für ein Pharmaunternehmen? Doch nicht zufällig etwa *Pharmauniverse*?«

Doktor Feldmann schüttelt den Kopf. »Die Firma heißt *Alversa*, eine wenig bekanntes Tochterunternehmen eines europaweit agierenden Konzerns.«

Er wendet sich wieder an Mama. »Was ich damit sagen will: Wenn Sie Majas Medikation nicht sofort anpassen wollen, ist das durchaus verständlich. Aber es besteht Anlass zur Hoffnung. Früher oder später werden wir das passende Medikament für Ihre Tochter finden, da bin ich ganz sicher. Bitte haben Sie einfach noch ein wenig Geduld.«

KAPITEL 24

Raphael

Du hast deinen Teller ja kaum angerührt. Ist das Fleisch etwa zu zäh?«

»Nein, nein. Es ist perfekt.«

Sorgenvoll sehe ich auf sie hinab. Kommt es mir nur so vor, oder sind ihre Wangen schmaler geworden? Mit wachsender Unruhe beobachte ich, wie Rebecca lustlos an ihrem Steak herumsäbelt und die Gabel zum Mund führt.

»Möchtest du dann noch Wein?« Ich winke den Kellner heran und bedeute ihm, ihr von dem Rotwein nachzuschenken.

Rebecca zuckt nicht einmal mit der Wimper. »Danke.«

Ich kann mir ein Seufzen nicht verkneifen. Seit dem Dinner bei uns zu Hause ist dies das erste Mal, dass wir wieder unter uns sind. Zur Feier des Tages habe ich beschlossen, Rebecca zu einem romantischen Abendessen auszuführen – Stoffservietten und Weinkarte ohne Preisangaben inklusive. Doch anders als sonst ist Rebecca ungewohnt schweigsam, beinahe unheimlich still und verschlossen.

»Wie geht es Maja? Hat sie sich von dem Eingriff schon einigermaßen erholt?«, versuche ich erneut, ein Gespräch in Gang zu bringen, nachdem die Bedienung auch mein Glas aufgefüllt und sich mit einer angedeuteten Verbeugung zurückgezogen hat.

Rebeccas Blick verdüstert sich augenblicklich. »Die OP ist zum Glück gut verlaufen, aber die Ärzte wollen sie sicherheitshalber noch ein paar Tage dabehalten. Jedenfalls wird es eine Weile dauern, bis sie wieder laufen kann.«

»Das tut mir alles so leid, Süße. Es muss schrecklich für dich sein, sie so zu sehen.« Ich balle die Hände zu Fäusten. »Ich wünschte, ich könnte irgendwas für euch tun.«

»Ja, ich weiß.« Schweigend fährt sie fort, das Fleisch auf ihrem Teller zu malträtieren.

»Ich hab mit ein paar meiner Leute gesprochen – aber keiner konnte mir Näheres über dieses Medikament verraten, das *Alversa* angeblich entwickelt. Geschweige denn, dass ich über die entsprechenden Kontakte verfügen würde, um Maja in die klinische Testphase zu schleusen.« Ich greife nach ihrer Hand. »Trotzdem – ich bleibe dran. Wenn ich etwas höre, dann erfährst du es als Erstes, versprochen.«

»Das ist lieb«, murmelt sie, hält den Blick jedoch immer noch abgewandt. »Ich weiß das zu schätzen.«

»Was tut sich sonst bei dir? Hattest du einen guten Start in die Woche? Jetzt, wo das neue Marketingkonzept beschlossen ist, müsste bei euch doch endlich ein wenig Ruhe eingekehrt sein, oder nicht?«

Rebecca zuckt die Achseln. »Es war okay.«

»Wenn es dir zu viel wird, dann sag es mir bitte. Ich kann mit Claudia reden. Immerhin endet dein Praktikum in ein paar Wochen und die Uni geht auch bald wieder los, nicht wahr?«

»Meine Kurse beginnen erst im Oktober.« Rebecca macht eine wegwerfende Handbewegung. »Keine Sorge, ich hab's im Griff.«

Langsam bin ich mit meiner Geduld am Ende. Nur mit Mühe kann ich mich davon abhalten, aufzustehen und sie an den Schultern zu rütteln. Ich lasse mein Besteck auf den Teller fallen, dass es klirrt, und verschränke die Arme vor der Brust. Das scheint immerhin Wirkung zu zeigen, denn Rebecca hebt endlich den Kopf.

»Was ist?«

»Das wollte ich dich gerade fragen.« Sie zuckt angesichts des scharfen Klangs meiner Stimme zusammen.

Eilig bemühe ich mich, einen versöhnlicheren Tonfall anzuschlagen. »Bist du wegen irgendwas wütend auf mich? Wenn es so ist – dann sag es einfach, damit wir darüber reden können.«

»Es hat nichts mit dir zu tun. Wirklich nicht. Ich mache mir nur Sorgen um Maja, das ist alles.«

Rebecca war noch nie eine besonders gute Schauspielerin. Ihre Augen haben einen glasigen Ausdruck angenommen und ihre Körperhaltung hat sich kaum merklich verkrampft. Ich beuge mich vor und schiebe meinen Daumen unter ihr Kinn, zwinge sie, mich anzusehen.

»Bitte, Süße – rede mit mir. Irgendwas stimmt nicht, das spüre ich doch. Willst du mir nicht sagen, was los ist?«

Um Zeit zu schinden, greift sie zum Brotkorb und beginnt lustlos an einem Stück Weißbrot zu knabbern. »Es ist wegen Anette«, sagt sie schließlich zögerlich. »Und auch wegen Lara.« Betreten senkt sie den Blick, ihre Wangen sind vor Verlegenheit rot angelaufen.

»Was ist mit ihnen?«

Es scheint sie sehr anzustrengen, die folgenden Worte laut auszusprechen. »Zu dir nach Hause zu kommen, in diese verdammt perfekte Villa, zu deiner wunderschönen Frau und eurer entzückenden Tochter – ich glaube, ich musste es erst mit eigenen Augen sehen, um es zu begreifen«, fährt sie stockend fort. »Was du meinetwegen aufs Spiel setzt. Was wir da tun, ist falsch. Es zerstört eine Familie – deine Familie.« Sie blickt mich traurig an. »Ich bin die Andere, die heimliche Affäre, dein schmutziges Geheimnis. Und ich – ich hasse es, mich so zu fühlen.«

Sie sieht dabei so bekümmert aus, dass es mir das Herz zerreißt, und ich seufze innerlich. Wieso habe ich überhaupt gefragt?

»So ist das nicht.«

»Wie ist es dann?« Sie legt das Besteck beiseite und fixiert mich mit vorwurfsvoller Miene. »Sag es mir, Raphael, weil ich kurz davor bin, den Verstand zu verlieren. Du hast gesagt, du und Anette, ihr wärt nicht glücklich. Aber jedes Mal, wenn ich euch zusammen sehe, habe ich den Eindruck, dass genau das Gegenteil der Fall ist. Ihr wirkt so – eingespielt, vertraut, harmonisch. Wie das perfekte Team.«

Bei diesen Worten lache ich laut auf. »Da täuschst du dich.«

»Tatsächlich?« Ein flehender Ausdruck ist in ihre Augen getreten. Sie hält ihr Weinglas nun so fest umklammert, dass ihre Fingerknöchel weiß hervortreten.

Ich nicke nachdrücklich. »Ich kann verstehen, wie du dich fühlen musst, und das tut mir leid. Ehrlich. Es ist nur – ach verdammt.« Meine Hände fallen kraftlos auf die Tischplatte, sodass die Gläser klirren, und ich lasse resigniert den Kopf hängen. Dann blicke ich zu ihr auf. »Ich liebe dich. Das weißt du doch, oder?« Ich sehe den Funken Hoffnung in ihren Augen aufblitzen und es schnürt mir die Kehle zu. »Und ich überlege ernsthaft, mich von Anette zu trennen. Aber so einfach ist das nicht. Ich kann Anette nicht verlassen. Jedenfalls nicht sofort.«

Das Leuchten in ihrem Blick erlischt und sie wendet sich ab, damit ich die Tränen nicht sehen kann, die in ihren Augen aufblitzen. Doch natürlich sind sie mir nicht entgangen. Mein Magen krampft sich zusammen.

»Verstehe.« Dann schüttelt sie den Kopf. »Nein, eigentlich verstehe ich gar nichts. Du sagst, du liebst sie nicht mehr. Wieso lässt du dich nicht einfach scheiden? Und was soll das bitte bedeuten – nicht sofort?«

Ich schlucke. Mit einer fahrigen Geste streiche ich mir durchs Haar. Was soll ich ihr darauf antworten? Wie viel kann ich ihr erzählen?

»Es ist kompliziert.«

Rebecca wirft die Hände in die Luft. »Und warum?«

Einen Augenblick lang sehe ich sie nur an. Ihre großen Augen, hoffnungsvoll aufgerissen. Der feine Schwung ihrer Lippen.

»Ich habe dir doch erzählt, dass Anette psychisch krank ist«, beginne ich schließlich zögernd.

Sie nickt. »Auch wenn es mir schwerfällt, das zu glauben. Sie macht überhaupt keinen labilen Eindruck.«

»Vertrau mir einfach, wenn ich dir sage, dass es so ist. Seit sie nach dem Tod ihres Vaters versucht hat, sich das Leben zu nehmen, ist sie in psychiatrischer Behandlung. Es gibt schlechte und bessere Phasen. Außerdem hat sie –« Ich breche ab.

»Was denn? Was hat sie getan?«

»Das ist unwichtig«, erwidere ich hastig.

Rebecca hat die Arme vor dem Körper verschränkt und sieht mich abwartend an.

»Ich mache mir Sorgen um Lara«, gebe ich schließlich zu. »Ich will nicht behaupten, dass ich der Vater des Jahrhunderts bin, aber sie ist meine Tochter. Ich bin für sie verantwortlich. Und fest steht, dass ich nicht zulassen kann, dass Lara bei Anette bleibt.« Ich seufze wieder. Mein Blick fällt auf ihre ineinander verschlungenen Hände, sie sieht schrecklich verletzlich aus. Behutsam strecke ich den Arm aus und streichle ihr zärtlich über den Handrücken. Sie bemerkt es kaum, scheint in ihre eigene Gedankenwelt abgetaucht zu sein.

»Alles, was ich dir aktuell anbieten kann, ist meine aufrichtige Liebe. Mir ist klar, wie unbefriedigend das für dich sein muss. Du hast Besseres verdient. Ich meine – sieh dich an! Du bist jung, wunderschön, hast noch dein ganzes Leben vor dir. Und falls du mich nicht mehr sehen willst, bis ich meine Angelegenheiten geregelt habe, würde ich das verstehen. Auch wenn ich natürlich hoffe, dass es dazu nicht kommt.«

Nachdenklich nippt Rebecca an ihrem Glas. Sie scheint innerlich mit sich zu hadern.

»Mir ist klar, dass du in einer schwierigen Situation steckst. Wenn Kinder im Spiel sind, ist es niemals einfach. Aber du musst ehrlich zu mir sein, Raphael: Ist das alles? Ist es tatsächlich nur wegen Lara? Oder gibt es da noch einen Aspekt, den du mir bisher verschwiegen hast?« Ein Schatten fällt auf ihr Gesicht, als sie hinzufügt: »Die Villa vielleicht? Ich weiß, dass sie Anettes Familie gehört hat. Geht es dir womöglich auch darum, dass du dein Heim nicht aufgeben möchtest? Es ist wirklich idyllisch dort, das gebe ich zu.«

Ich schnaube. »Das Haus ist mir so was von egal.«

Unwillkürlich muss ich an die Firma denken. *Im Ernst – willst du das echt?*, meldet sich eine unliebsame Stimme in meinem Hinterkopf zu Wort. *Alles aufgeben, was du dir in den letzten zehn Jahren so hart erarbeitet hast? Wegen irgendeines Mädchens?* Ich schüttle den Kopf.

»Das ist alles, ich schwöre.« Ich beuge mich vor und küsse sie. Beinahe überrascht es mich, als ich feststelle, dass sie nicht zurückweicht, sondern den Kuss sogar erwidert. »Und wir werden zusammen sein. Ich brauche dafür nur noch ein wenig Zeit.«

KAPITEL 25

Sechs Monate zuvor. Anette

An den Türrahmen gelehnt beobachte ich die schlafende Gestalt im Kinderbett. Laras Brust hebt und senkt sich langsam, ihr Gesicht wird nur vom flackernden Licht der Nachttischlampe erhellt. Fido ist ihr aus dem Arm gerutscht und ruht neben ihr auf der Bettdecke. Seine winzigen Knopfaugen blitzen in meine Richtung.

Mit einem Ruck wende ich mich ab und schließe die Tür lautlos hinter mir. Ohne Eile gehe ich die Treppe hinunter und in die Küche, wo ich den Teekessel einschalte und gedankenverloren dabei zusehe, wie das Wasser allmählich zu brodeln beginnt. Ich gieße es in die bereitgestellte Teetasse und lasse mich gegen den Küchentisch sinken. Das tröstliche Aroma des Hagebuttentees dringt mir in die Nase und ich muss auf einmal heftig schlucken. Den ganzen Tag bin ich schon in einer seltsam melancholischen Stimmung. Selbst das leiseste Geräusch lässt mich zusammenzucken, und ich fühle mich, als wäre ich jeden Moment kurz davor, in Tränen auszubrechen. Wie vorhin, als ich Lara ihre Lieblingsgeschichte vorgelesen habe – die Erzählung vom Bären, der alleine auf Reisen ging. Als wir zu der Stelle kamen, wo der kleine Bär erkannte, dass er Mama-Bär vermisste und nach Hause wollte, den Weg aber nicht finden konnte, hätte ich beinahe laut aufgeschluchzt. Selbst Lara hat bemerkt, dass etwas nicht stimmt, und hat sich tröstend an mich gekuschelt. Ich schüttle den Kopf.

Reiß dich zusammen, Anette.

Morgen ist es wieder so weit. Kaum zu glauben, dass es schon fünf Jahre her sein soll, dass Papa gestorben ist. Ich seufze leise. Man könnte meinen, ich sei inzwischen drüber weg, trotzdem verwandle ich mich jedes Mal aufs Neue in ein nervliches Wrack, wenn der Todestag meines Vaters herannaht.

Unweigerlich schweifen meine Gedanken zurück in meine Kindheit. Diese Zeit am Abend, wenn das Haus still und friedlich dalag, war mir schon immer die liebste.

Mama war meist bereits seit Stunden im Bett, die Tabletten machten sie müde, und natürlich bestand sie darauf, dass ich ebenfalls schlafen ging. Aber das tat ich nicht. Stattdessen wartete ich Nacht für Nacht ungeduldig darauf, dass Papa endlich heimkam. Manchmal gelang es mir, ihn nach dem Abendessen noch zu einer Partie Schach zu überreden. Dann saßen wir an ebendiesem Tisch über das Brett mit den holzgeschnitzten Figuren gebeugt, die Augen vor Konzentration zusammengekniffen. Papa war ein begnadeter Schachspieler. Er war es, der mir beibrachte, den Wert jeder einzelnen Figur zu schätzen, selbst wenn es nur ein Bauer war. Ich war eine gelehrige Schülerin, hing regelrecht an seinen Lippen, während er mir die verschiedenen Eröffnungen und bekannten Spielzüge erklärte. Trotzdem gewann ich äußerst selten, erst als ich sechzehn war, gelang es mir ab und an, ihn zu schlagen. Doch ich wurde des Spiels nicht überdrüssig, wollte meinen Vater unbedingt beeindrucken. Seine anerkennenden Blicke, wenn es mir ausnahmsweise gelungen war, ihn mit einem Manöver zu überraschen, war der Höhepunkt meines gesamten Tages.

Tief in Gedanken nehme ich einen Schluck aus meiner Teetasse. Das Wissen, dass ich ihn niemals wiedersehen, dass Lara diesen faszinierenden Mann nie kennenlernen wird, von dem ich so viel gelernt habe, macht mich auf einmal so traurig, dass ich auf der Stelle losheulen könnte. Ob sie überhaupt weiß, wie ihr Großvater aussah? Schließlich gibt es in unserem Haus kein einziges Bild von ihm, von meiner gesamten Familie nicht. Als Raphael und ich einzogen, habe ich sie in einer überstürzten Aufräumaktion allesamt in Kisten gepackt. Konnte es schlicht nicht ertragen, jeden Tag aufs Neue an meine Kindheit erinnert zu werden.

Von einer plötzlichen Eingebung geleitet stehe ich auf und gehe in den Keller. Ich zwänge mich an einigen ausgemusterten Möbelstücken vorbei, schiebe unsere alten Skier beiseite und öffne einen raumhohen Schrank. Staub wirbelt von den Regalbrettern auf und lässt mich husten. Der meiste Platz wird von den Kisten mit dem Weihnachtsbaumschmuck eingenommen, doch ganz unten, halb verdeckt von ein paar Lichterketten, entdecke ich die Schachtel, die ich gesucht habe.

Ich winde sie hervor und nehme sie mit nach oben, wo ich es mir im Wohnzimmer mit einer weiteren Tasse Früchtetee gemütlich mache. Beinahe ehrfürchtig klappe ich den Karton auf. Er ist bis zum Rand mit silbernen Bilderrahmen gefüllt, darunter kommen einige in schwarzes Leder gebundene Fotoalben zum Vorschein. Da sind sie wieder – die Erinnerungen an meine Kindheit.

Ich nehme mir das erste Album vor und puste eine feine Staubschicht vom Einband. Ein Schauer läuft mir den Rücken hinunter, als mein Blick über die Bilder huscht. Die meisten zeigen meine Eltern. Papa hat den Arm um die Schultern meiner Mutter gelegt, und sie lächeln ein wenig verkrampft in die Kamera. Ich selbst hocke zu ihren Füßen, eine riesige Puppe im Arm. Der Aufnahme nach zu urteilen muss ich ungefähr in Laras Alter gewesen sein. Ich betrachte das Foto genauer. Mama sieht hübsch aus und ich bin erstaunt, als mir auffällt, wie ähnlich ich ihr heute sehe: Ich bin ihr Ebenbild.

Meine Mutter wirkt glücklicher als in meiner Erinnerung, das Bild stammte wohl aus einer ihrer guten Phasen. Die obligatorischen Augenringe fehlen und sie macht einen wohlgenährten Eindruck. Der Anblick versetzt mir einen Stich. Resolut schiebe ich den Gedanken an Mama beiseite und blättere weiter. Das zweite Album muss viele Jahre später zusammengestellt worden sein – vor einer atemberaubenden Kulisse erkenne ich Tommy und mich, wie wir über einen weiten Sandstrand laufen. Das nächste Foto zeigt Papa, seine geliebte Pfeife in der Hand und ein spitzbübisches Grinsen im Gesicht. Er trägt ein helles Hemd, das er über die Ellbogen hochgekrempelt hat, dazu eine beige kurze Hose. Vorsichtig löse ich es heraus und lege es auf den Couchtisch. Spontan beschließe ich, gleich morgen mit Lara eine Fotocollage mit einigen dieser Bilder anzufertigen. Das würde ihr bestimmt gefallen. Sie liebt es, wenn wir zusammen basteln.

Als ich alle Alben durchhabe, stapeln sich gut ein Dutzend Fotos auf dem Tisch vor mir. Sie reichen von meiner frühen Kindheit bis etwa zu meinem vierzehnten Lebensjahr – nachdem Mama fort war, reißen die Fotoaufnahmen abrupt ab. Papa und ich hatten nie viel Interesse an den Fotoalben, fanden es eher lästig, dass Mama ständig darauf drängte, unseren Alltag in Schnappschüssen festzuhalten. Heute tut mir das leid. Denn diese Zeit, in der Papa und ich ganz für uns waren, war die beste meines Lebens. Ohne Mama war alles irgendwie einfacher. Weniger turbulent. Friedlicher.

Mamas Krankheit hat meine Kindheit in eine Achterbahn verwandelt. Nie wusste ich am Vortag, wie ihre Stimmung am Morgen sein würde. Ob sie Trübsal blasend vor dem Fernseher kauern oder mich gut gelaunt zu einem

Shopping-Marathon schleifen würde. In diesen Phasen stritt sie ab, krank zu sein. War auf einmal fest davon überzeugt, dass sie vollkommen gesund sei. Manchmal wachte ich auf und unsere Koffer waren bereits gepackt. Dann zerrte sie mich ins Auto und brauste drauflos, ganz versessen darauf, mir die Welt zu zeigen. Sie fuhr unkonzentriert und zu schnell, wollte mir partout nicht verraten, wohin es ging. Ich weiß noch, wie ich einmal zusammengesunken auf der Rückbank ihres Wagens saß und sie anflehte umzukehren, weil ich am nächsten Morgen in der Schule ein Referat halten sollte, dass ich nicht verpassen durfte. Erinnere mich, wie Papa sie am Telefon anbrüllte, wo sie diesmal wieder hingefahren sei.

An anderen Tagen wachte ich auf, und sie war alleine losgezogen. Das war fast noch schlimmer. Manchmal war sie tagelang fort. Als ich dreizehn war – Papa war gerade auf Geschäftsreise – brach sie überstürzt auf, um ihm hinterherzureisen. Aus irgendeinem Grund war sie auf einmal fest davon überzeugt, er würde sie betrügen. Das war natürlich völliger Humbug. Papa hat Mama über alles geliebt – nie im Traum wäre es ihm eingefallen, eine fremde Frau auch nur anzusehen. Doch sie ließ sich nicht beirren. An diesen Tagen habe ich sie gehasst. Mir gewünscht, sie wäre ein wenig mehr wie die anderen Mütter. Berechenbar. Fürsorglich. Liebevoll. Mama war vieles – impulsiv, charmant, charismatisch. Der Ausdruck in ihren Augen konnte einen glauben lassen, man wäre der wichtigste Mensch auf der Welt. Aber verlassen – nein, das konnte ich mich auf sie nie.

Erneut werfe ich einen Blick in die inzwischen leere Kiste. Auf einmal stutze ich. Ganz unten, halb verdeckt von einer einzelnen verblichenen Aufnahme, die sich aus einem der Alben gelöst hat, fällt mir ein derangiertes iPad ins Auge, das mir zuvor nicht aufgefallen ist. Dem Design nach zu urteilen, muss es etwa sechs Jahre alt sein. Meine Miene hellt sich schlagartig auf, als mir klar wird, dass es meinem Vater gehört haben muss. Vielleicht finde ich darauf ja ein paar aktuellere Fotos von Papa, die ich für meine Collage verwenden kann. Ich erinnere mich dunkel an das Teil, auch wenn er es kaum jemals benutzt hat. Bei meiner sogenannten Säuberungsaktion habe ich es wohl irrtümlich mit in den Karton gesteckt.

Mit vor Aufregung bebenden Händen hebe ich es heraus und betätige den runden Einschaltknopf. Das Symbol einer Steckdose erscheint auf dem Display.

Natürlich. War ja klar, dass es nach all den Jahren hier in der Kiste keinen Akku mehr hat.

Ich gehe zur Kommode an der gegenüberliegenden Wand und ziehe die unterste Lade auf. In dem Sammelsurium aus alten Ladekabeln und Steckdosenverteilern finde ich zum Glück auf Anhieb den passenden Stecker. An meiner Unterlippe kauend verharre ich neben der Steckdose und warte ungeduldig, bis das weiße Apple-Symbol auf dem Bildschirm erscheint.

Jähe Freude durchflutet mich und ich drücke sofort auf die Kachel mit den Fotos. Neugierig klicke ich mich durch die Bilder. In Anbetracht der Tatsache, dass ich dachte, Papa hätte sein iPad kaum verwendet, sind es erstaunlich viele. Bestimmt war es über die Cloud mit seinem Handy synchronisiert. Ich finde eine ganze Fotostrecke von seinem Katamaran und dem alten Porsche, den er sich kurz vor seinem Tod gekauft hat, dazu Schnappschüsse von irgendwelchen Abendveranstaltungen mit Firmenkollegen. Auch ein paar Aufnahmen von Raphael und mir sind dabei.

Plötzlich halte ich inne. Die letzten Fotos scheinen im Halbdunkel aufgenommen worden zu sein. Sie zeigen die Umrisse eines Pärchens, das eng umschlungen in einer kompromittierenden Pose an Papas ehemaligem Bürotisch lehnt. Die Frau hat langes blondes Haar, ihre Bluse hat sich aus dem Bund ihres Bleistiftrocks gelöst und hängt schlampig herab.

Ich runzle die Stirn. Wen hat Papa da wohl bei einem heimlichen Techtelmechtel ertappt?

Mit einem flauen Gefühl im Magen vergrößere ich den Bildausschnitt. Als mir klar wird, was ich vor mir habe, schnappe ich nach Luft. Beinahe hätte ich das iPad fallen gelassen.

Was zum ...?

Ich erinnere mich an diese Frau. Es ist Melanie Kalschitcky, Papas Sekretärin, wenn mich mein Gedächtnis nicht trügt. Aber das ist es nicht, was mich um Fassung ringen lässt. Es ist der großgewachsene Mann, dessen Hände Melanie Kalschitckys Hüften umklammern. Die Aufnahme ist zwar unscharf, sodass ich seine Gesichtszüge nicht genau ausmachen kann, doch Raphaels stolze Körperhaltung und das halblange Haar, das er in dem typischen akkuraten Seitenscheitel trägt, hätte ich selbst unter tausenden wiedererkannt. Mit zitternden Fingern swipe ich zum nächsten Foto, in der verzweifelten Hoffnung, ich hätte mich getäuscht. Diesmal handelt es sich um eine Nahaufnahme der beiden. Kein Zweifel – das ist Raphael. Seine Miene ist vor Leidenschaft verzogen, seine Lippen scheinen regelrecht mit jenen von Frau Kalschitcky zu verschmelzen.

Schlagartig weicht alle Kraft aus meinem Körper und ich sinke mitsamt dem iPad, das immer noch auf meinen Knien ruht, zu Boden. Ich spüre, wie sich Übelkeit in meinem Magen breitmacht. Nur mit Mühe kann ich verhindern, dass ich mich auf der Stelle übergebe.

Da ist er also, der Beweis, denke ich, und ein irres Lachen entweicht meiner Kehle. Ich hatte schon länger vermutet, dass Raphael fremdgeht, was ich hingegen nicht wusste, war, wie weit sein Betrug zurückreicht. Und dann auch noch ausgerechnet Frau Kalschitcky, die ein wenig minderbemittelte Sekretärin meines Vaters. Mein Gott, damals waren wir gerade mal ein paar Jahre verheiratet, ich war schwanger, verdammt nochmal!

Jäh schießen mir Tränen in die Augen. Die Trauer, die Wut, meine Verzweiflung wegen Philipps Verrat und die Ohnmacht, die mich nicht mehr loslässt, seit ich von dem Testament erfahren habe – sie verbinden sich auf einmal zu einem einzigen Gefühl. Hass. Hass auf meinen Ehemann, den ich einst so über alle Maßen vergöttert habe. Meine gesamte Ehe war eine Lüge, das wird mir auf einen Schlag klar. Raphael hat mich von Anfang an betrogen. Er hat mich nie geliebt.

Und was fast noch schlimmer ist – Papa hat davon gewusst.

KAPITEL 26

Raphael

Mit einem Ruck ziehe ich die Tür des Medizinschranks auf. Mein Blick schweift über die feinsäuberlich gestapelten Seifen- und Taschentuchpackungen, die noch originalverpackten Reisezahnbürsten und ein Fläschchen Duftspender mit Vanillearoma. Ich schiebe die Sachen beiseite und greife nach der Schachtel mit Anettes Tabletten. Sie sieht arg ramponiert aus, die Kanten sind eingedellt und abgegriffen, als wäre der Karton schon oft geöffnet und wieder geschlossen worden. Mit bebenden Fingern öffne ich die Packung und kippe den Inhalt ins Waschbecken. Einer der Blister ist noch halbvoll, daneben sind einige Rezepte herausgefallen.

Ich schnappe hörbar nach Luft.

Mit weit aufgerissenen Augen starre ich auf die Papierstreifen. Dem Datum auf der Verschreibung nach zu urteilen hat Anette ihre Rezepte schon seit Monaten nicht mehr eingelöst. Das ungute Gefühl in meiner Magengegend, das mich begleitet hat, seit Doktor Morris mich heute Morgen voller Sorge anrief, verstärkt sich. Ich fluche.

Das darf ja wohl nicht wahr sein!

Bei genauerem Nachdenken wird mir klar, dass auch mir die Veränderungen an ihrem Verhalten aufgefallen sind. Sie sind marginal, für einen Außenstehenden kaum zu erkennen, doch sie sind da, daran besteht kein Zweifel. Anette benimmt sich tatsächlich merkwürdig. Ihre ungewohnt unterwürfige Art, die verzweifelten Bemühungen, jeden Streit im Keim zu ersticken. Das Verständnis, das sie mir neuerdings entgegenbringt, obwohl ich unter der Woche praktisch nur noch zum Schlafen nach Hause komme. Ihr neuerwachtes Interesse an der Firma, ihre beiläufigen Fragen nach Rebecca, das Fehlen jeglicher Eifersucht. Erst wollte ich es nicht glauben, als Doktor Morris Zweifel äußerte, ob mit Anette alles in Ordnung sei, aber er hat völlig recht – irgendwas stimmt nicht mit ihr.

Auf einmal kommt mir ein schrecklicher Gedanke. *Ob Anette über mich und Rebecca Bescheid weiß?* Kopfschüttelnd verwerfe ich diese Vorstellung gleich wieder. Wenn es so wäre, hätte sie mir längst eine Szene gemacht, so viel ist sicher.

Schwer atmend stütze ich mich am Rand des Waschbeckens ab. Aus der Scheibe starrt mir mein Spiegelbild entgegen, und ich bin selbst entsetzt über mein Erscheinungsbild. Mein Unterkiefer zittert, und meine Wangen sind auf einmal unnatürlich blass. Stöhnend fahre ich mir mit den Fingern durchs Haar, fächle mir dann mit der rechten Hand Luft zu.

Ich muss einen Ausweg aus dem Dilemma finden, in dem ich feststecke, so viel ist sicher. Ich weiß nur noch nicht, wie der aussehen soll.

Du könntest Anette verlassen. Dem Schreckgespenst deiner Ehe endlich ein Ende setzen. Einfach – gehen. Rebecca zuliebe. Dir selbst zuliebe!

Wieder schüttle ich den Kopf. Alles aufgeben, was ich mir über Jahre so hart erarbeitet habe? Nein, es muss eine andere Lösung geben. Ich habe sie nur noch nicht gefunden. Aber früher oder später werde ich das.

Langsam fische ich die Tablettenblister und die Rezepte aus dem Waschbecken und stecke sie in meine hintere Hosentasche. Dann drehe ich den Wasserhahn auf und benetze meine Hände, mit denen ich mir über

Gesicht und Haar fahre. Wasser tropft von meinem Kinn auf mein Hemd, doch die Abkühlung tut mir gut und ich habe endlich das Gefühl, wieder einigermaßen klar denken zu können.

Ich habe nicht die leiseste Ahnung, was Anette vorhat. Die App auf ihrem Handy leistet verlässliche Arbeit, trotzdem sind mir keine Unregelmäßigkeiten aufgefallen. Alles wie gewohnt.

Verdammt, Anette. Was führst du im Schilde?

Schließlich straffe ich die Schultern und wende mich zum Gehen.

Es ist bereits nach elf und Anette ist längst im Bett, aber das kümmert mich nicht. Ohne mir die Mühe machen, leise zu sein, gehe ich die Diele entlang und auf ihr Schlafzimmer zu. Die Tür ist nur angelehnt und ich stoße sie mit einem Ruck auf.

Der Raum ist ins Halbdunkel getaucht, am Fernseher in der Ecke läuft noch der Abspann des Films, den sich Anette vor dem Zubettgehen angesehen hat. Sie liegt auf der Seite, im Flimmerlicht des Bildschirms kann ich erkennen, wie sich ihr Brustkorb langsam hebt und senkt.

»Anette? Anette – bist du wach?«

Eine überflüssige Frage, schließlich sehe ich ja, dass sie schläft.

Ohne eine Reaktion abzuwarten, drücke ich auf den Lichtschalter neben der Tür, und gleißendes Licht flutet das Schlafzimmer.

»Anette?«

Ein widerwilliges Stöhnen ist zu hören. »Raphael, bist du das? Was ist denn los?« Dann richtet sie sich abrupt auf. »Ist was mit Lara? Geht's ihr gut?«

Das Haar steht ihr wirr vom Kopf ab, ihre Miene ist besorgt.

»Mit Lara ist alles in Ordnung.«

Mit einem erleichterten Seufzer lässt sie sich gegen die Rückwand des Bettes sinken und reibt sich schlaftrunken die Augen.

»Du hast mich vielleicht erschreckt. Was willst du denn so spät hier? Hast du nicht gesehen, dass ich schon schlafe?«

Mit drei langen Schritten habe ich den Raum durchquert. Wortlos werfe ich die Rezepte vor ihr aufs Bett. Fünf einzelne Blätter, die auf die Bettlaken segeln.

»Erklär mir das.«

Anettes Augen weiten sich. Ihre Miene wechselt von Verwirrung zu Schock und schlägt schließlich in Entsetzen um. Ich kann sehen, wie ihre Hände zu zittern beginnen, während sie sich nervös die Haare aus der Stirn streicht.

»Ich verstehe nicht, was du meinst.«

Mit vor der Brust verschränkten Armen starre ich auf sie hinab. »Lüg mich nicht an. Seit wann nimmst du deine Tabletten nicht mehr?«

»Ich – nein! Natürlich nehme ich sie. Die Apothekerin hat mir vor einer Weile eine größere Packung mitgegeben, damit ich nicht jeden Monat extra herzukommen brauche. Daher die uneingelösten Rezepte. Geh doch hin und frag sie, wenn du mir nicht vertraust!«

Ich glaube ihr kein Wort.

»Beweis es mir. Nimm sie. Jetzt gleich.« Ich greife nach dem halbvollen Wasserglas auf dem Nachttisch und halte es ihr vor die Nase.

Ihre Augen weiten sich. »Ich kann nicht – Raphael, nein! Ich habe nach dem Abendessen eine geschluckt, du weißt doch, dass ich nicht zu viele von denen nehmen soll. Dafür sind sie zu stark.«

»Ist mir egal. Los – nimm eine!«

Für einen Augenblick sieht sie aus, als würde sie mit sich ringen. Dann jedoch scheint sie resigniert zu haben,

211

denn sie nimmt mit zitternden Fingern das Glas entgegen, löst eine Tablette heraus und spült sie hinunter.

»Na, zufrieden? Kann ich jetzt weiterschlafen? Ich bin nämlich todmüde.«

Wortlos mache ich auf dem Absatz kehrt und stürme aus dem Zimmer. Gleich morgen früh werde ich ihren Psychiater anrufen und ihn über die Entwicklungen in Kenntnis setzen. Außerdem muss ich mir die Bänder der Kameras im Haus mal genauer ansehen. Vielleicht erfahre ich ja so, was Anette heimlich treibt. Denn Doktor Morris hat recht – irgendwas stimmt ganz eindeutig nicht mit meiner Frau.

KAPITEL 27

Rebecca

Im Laufschritt durchquere ich die Eingangshalle und quetsche mich in den überfüllten Aufzug. Der Geruch nach Desinfektionsmittel und muffiger Kleidung liegt in der Luft und lässt mich die Nase rümpfen. Ich werfe einen Blick auf meine Armbanduhr und unterdrücke einen Fluch. Gleich sechs – die Besuchszeit ist fast vorbei.

»Hallo, Rebecca.« Die Dame am Empfang, Maria, eine hagere Frau mit blasser Haut, hebt den Kopf und lächelt freundlich, als sie mich erblickt. »Ich dachte schon, du schaffst es heute gar nicht mehr.«

»Ich bin im Büro aufgehalten worden«, stoße ich atemlos hervor und komme schlitternd vor ihr zum Stehen, die Hände auf meine stechenden Seiten gepresst. »Darf ich trotzdem zu Maja? Nur für fünf Minuten, Ehrenwort. Ich wollte ihr ein paar Bücher vorbeibringen.« Wie zum Beweis hebe ich meine Tasche, aus der die Einbände einiger dicker Wälzer hervorlugen.

Maria macht eine wegwerfende Handbewegung. »Geh ruhig. Gerade ist ohnehin noch eine andere Besucherin bei ihr. Ich gebe euch Bescheid, wenn das Abendessen kommt.«

»Super. Du bist ein Schatz.« Ich bin bereits halb den Flur hinunter, da wende ich mich nochmal zu ihr um. Mama war vor ihrer Schicht schon bei Maja und Vicky, ihre beste Freundin, verbringt die Tage bei ihren Eltern in der Steiermark, soweit ich weiß. »Eine andere Besucherin? Wer ist es denn?«

Maria zuckt die Achseln. »Keine Ahnung. Junge Frau, Anfang dreißig. Hübsch. Meinte, sie sei eine Freundin von Maja.«

Ich runzle die Stirn. Die Beschreibung passt auf niemanden von Majas Freundinnen.

»Okay. Danke, Maria.«

Ein wenig langsamer setze ich meinen Weg fort, während ich mich frage, in welcher Stimmung Maja heute wohl ist. Seit ihrer OP letzte Woche ist sie ständig schlecht gelaunt, regelrecht depressiv. Mama, Severin und ich tun unser Bestes, um sie aufzuheitern, und besuchen sie, wann immer es geht. Und auch wenn Maja nur selten ein Wort der Klage über die Lippen kommt, weiß ich, dass sie verzweifelt ist. Dass sie trotz des Medikamentenwechsels wieder an Anfällen leidet, setzt ihr schwerer zu, als sie zugeben will. Doch als ich die Tür aufstoße, bin ich überrascht, Maja kichern zu hören.

»Da bist du ja endlich«, ruft meine Schwester, als sie mich entdeckt hat. Ihre Stimme klingt fröhlich und so unbeschwert wie lange nicht mehr, wie sie da grinsend inmitten des schmalen Bettes thront. »Ich hab schon gefürchtet, du schaffst es heute nicht.«

»Ich weiß, tut mir leid. Dafür habe ich ...« Ich stocke jäh, als mein Blick auf die Frau neben Maja im Besuchersessel fällt. Das blonde Haar hat sie zu einem eleganten Knoten hochgesteckt, anders als sonst trägt sie sportliche Jeans und eine helle Bluse.

»Hallo«, sagt Anette, die sich erhoben hat und mir die Hand zur Begrüßung entgegenstreckt. »Du musst Rebecca sein. Freut mich, dich endlich mal persönlich kennenzulernen. Maja hat mir schon so viel über dich erzählt.«

Fassungslos starre ich sie an. Anettes Arm schwebt vor mir in der Luft, doch ich bin wie paralysiert, unfähig, mich auch nur einen Millimeter von der Stelle zu bewegen.

Mit schreckgeweiteten Augen sehe ich erst Maja, dann Anette an. Ich begreife es einfach nicht. Was zum Teufel hat Anette hier zu suchen? Und was hat sie mit meiner Schwester zu schaffen?

»Das ist Anne. Weißt du nicht mehr – ich hab dir doch von ihr erzählt. Wir haben uns vor einiger Zeit im Wartezimmer von Frau Figl kennengelernt. Erinnerst du dich?«

»Hallo«, bringe ich schließlich hervor. »Wie – aber, was ...« Wie in Zeitlupe strecke ich den Arm aus und ergreife Anettes Hand.

Verzweifelt überlege ich, was jetzt tun oder sagen soll. Maja sieht fröhlich aus, sie scheint nicht die geringste Ahnung zu haben, wen sie vor sich hat. Doch gerade, als ich Luft hole, um zu erklären, dass Anette meine Professorin ist, um ihr einen versteckten Hinweis zu geben, ergreift Maja wieder das Wort.

»Ich habe Anne von meinem Anfall und den neuen Medikamenten erzählt, die bald auf den Markt kommen sollen. Und wie es der Zufall will, arbeitet ein Freund von ihr in leitender Position bei *Alversa*.« Sie strahlt über das ganze Gesicht. »Hast du gehört, Bec? Ich bekomme womöglich doch noch einen Platz in der klinischen Studie – ist das nicht großartig?«

Bei diesen Worten spüre ich, wie sich ein ungutes Gefühl in meiner Magengegend breitmacht. Nur mit Mühe schaffe ich es, mir ein zustimmendes Nicken abzuringen. »Ach ja?« Ich schlucke. »Das – das ist toll«, stammle ich. Es fällt mir schwer, meiner Stimme ein angemessenes Maß an Begeisterung zu verleihen. Auch Maja hat es bemerkt, denn sie runzelt die Stirn.

»Freust du dich gar nicht? Das sind doch gute Neuigkeiten! So gute hatten wir lange nicht mehr.«

»Natürlich, das klingt ja fantastisch«, erwidere ich rasch und zwinge meine Mundwinkel zu einem Lächeln, das jedoch eher einer Grimasse gleicht. »Ich will mich nur nicht zu früh freuen. Ich meine – wer weiß, ob du überhaupt die Voraussetzungen erfüllst, um an der Studie teilzunehmen. Aber klar – es wäre toll, wenn es klappt.« Meine Stimme ist belegt und ich räuspere mich. Dann wende ich mich an Anette. »Vielen Dank für deine Hilfe – äh – Anne.«

Der Schreck sitzt mir tief in den Knochen. Atemlos warte ich ab, was als Nächstes passiert.

Was zum Teufel wird das hier?

»Ja – wirklich«, sagt Maja mit Nachdruck. Immer noch irritiert über meine verhaltene Reaktion mustert sie mich argwöhnisch.

In diesem Augenblick wird die Tür hinter uns aufgeschoben und Maria kommt herein. Sie schiebt einen Servierwagen mit einem Tablett vor sich her, das einen verlockenden Duft nach frischem Curry verströmt.

»Ich muss euch jetzt wirklich bitten zu gehen«, sagt sie bedauernd. »Maja sollte was essen, in einer halben Stunde will die Oberärztin nochmal nach ihr sehen.«

»Verstehe. Kein Problem.« Ich setze ein zerknirschtes Gesicht auf, bin jedoch insgeheim froh, dass sich mir auf diese Weise ein eleganter Ausweg aus dieser merkwürdigen Situation eröffnet. Mit bebenden Fingern krame ich in meiner Handtasche nach den Büchern, die ich Maja mitgebracht habe, und lege sie auf ihren Nachttisch. »Für später, falls du was zu lesen brauchst. Wie gesagt – tut mir leid, dass ich nicht schon früher da war.«

»Danke.« Sie wirkt immer noch enttäuscht von meiner Reaktion und würdigt mich kaum eines Blickes. »Bis morgen dann.«

Auch Anette wendet sich zum Gehen. Sie beugt sich zu Maja hinunter und gibt ihr zum Abschied Küsschen auf die Wangen. Beim Anblick der freundschaftlichen

Geste läuft mir ein kalter Schauer über den Rücken. »Pass auf dich auf, ja? Ich rede mit Thomas und geb dir Bescheid, sobald ich was weiß.« Sie nickt Maria und mir freundlich zu, dann verlässt sie mit wiegenden Schritten den Raum.

Ich warte noch, bis die Krankenschwester den oberen Teil von Majas Bett in eine aufrechte Position gehievt und das Tablett vorsichtig auf ihrem Schoß abgesetzt hat, bevor ich hinausstolpere. In meinem Kopf wirbeln die Gedanken nur so durcheinander. Was war das denn eben? Was hat Anette mit meiner Schwester zu schaffen? Und warum hat sie gerade so getan, als würden wir uns nicht kennen?

Zu meiner Bestürzung stelle ich fest, dass Anette im Flur auf mich gewartet hat.

»Hast du noch ein paar Minuten Zeit für einen Kaffee in der Cafeteria? Es gibt etwas, das ich mit dir besprechen muss.«

Ruckartig hebe ich den Kopf, während ich fieberhaft überlege, was Anette nur von mir wollen könnte.

»Oh – na ja – eigentlich bin ich gleich verabredet«, flunkere ich mit einem vielsagenden Blick auf meine Armbanduhr. »Worum geht's denn? Ist es wegen Maja?« Die Worte bleiben mir schier im Halse stecken, sodass meine Stimme wie ein Quieken klingt.

»Auch, ja. Keine Sorge, es dauert nicht lange. Also, was sagst du? Ein schneller Espresso? Geht selbstverständlich auf mich.«

Ob sie irgendwie von meiner Affäre mit Raphael erfahren hat?

Der Gedanke genügt, um mir das Herz in die Hose sacken zu lassen. Mit wachsender Unruhe suche ich Anettes Gesicht nach Hinweisen zu ihren Absichten ab, doch sie sieht mich nur aus ernsten Augen an. Ihr durchdringender

Blick ist mir unangenehm und ich senke den Kopf. Schließlich zucke ich mit den Schultern. Was habe ich denn schon für eine Wahl?

Mit dem Gefühl im Bauch, dass hier irgendwas gewaltig schiefläuft, folge ich Anette die Treppe hinunter ins Erdgeschoss, wo die Krankenhauscafeteria liegt. Um diese Uhrzeit ist das Lokal voller Besucher und es dauert eine gefühlte Ewigkeit, bis wir endlich zwei dampfende Becher vor uns stehen haben. Seit wir das Café betreten haben, hat Anette kein Wort mehr mit mir gewechselt, und meine Nerven sind zum Zerreißen gespannt. Sie hingegen wirkt wie die Ruhe in Person, als sie konzentriert Zucker in ihren Kaffee schüttet und akribisch umrührt.

Schließlich halte ich das Schweigen nicht länger aus.

»Wie habt ihr euch eigentlich kennengelernt, Maja und du?«, beginne ich mit einer möglichst unverfänglichen Frage.

Zu meiner Überraschung lächelt Anette. »So, wie Maja gesagt hat. In der Praxis von Frau Figl, meiner Physiotherapeutin. Ich habe mir vor einiger Zeit die Hand verstaucht und war deswegen recht oft bei ihr.« Gedankenverloren nippt sie an ihrem Kaffee. »Ein entzückendes Wesen, deine Schwester. So lieb und höflich. Ein Jammer, das mit ihrer Epilepsie.«

Ich nicke kurz und sehe ihr dann direkt ins Gesicht. »Ich verstehe das alles nicht. Wieso hast du vor Maja so getan, als würden wir uns nicht kennen?«

Ich fühle mich unbehaglich, als ich sie über den Rand meiner Kaffeetasse hinweg mustere. Ihre Miene ist undurchdringlich, doch ich kann nichts Feindseliges an ihrem Blick erkennen, und das ängstigt mich fast noch mehr.

»Ich dachte, es wäre klüger, Maja nicht zu beunruhigen«, erwidert sie achselzuckend. »Wie es nach unserem Gespräch heute weitergeht, liegt bei dir.«

»Was soll das jetzt wieder bedeuten?«

Mit angehaltenem Atem warte ich darauf, dass Anette fortfährt, aber sie starrt nur schweigend in ihren Kaffeebecher. Vergeblich versuche ich, aus ihren Andeutungen schlau zu werden, doch ich habe immer noch keinen blassen Schimmer, was das Ganze eigentlich soll. Was weiß Anette? Wozu die Heimlichtuerei? Und was hat das alles mit Maja zu tun? Allmählich habe ich den Eindruck, es würde ihr eine diebische Genugtuung bereiten, mich so auf die Folter zu spannen. Raphaels Worte kommen mir in den Sinn.

Anette hat psychische Probleme. Für Außenstehende mag sie stark und selbstsicher wirken, doch tief in ihrem Inneren ist sie ein instabiles kleines Mädchen.

Ein Frösteln überläuft mich.

»Nichts für ungut, Anette. Aber du warst diejenige, die um dieses Treffen gebeten hat. Also – was ist es, das du so dringend mit mir besprechen musst?«

Endlich stellt sie die inzwischen halbleere Kaffeetasse ab und hebt den Kopf. Das Lächeln auf ihrem Gesicht ist verschwunden.

»Du hast für das kommende Jahr einen fixen Vertrag bekommen, wie ich gehört habe. Silvia hat mir davon erzählt.«

»Äh – ja«, stammle ich, irritiert von dem abrupten Themenwechsel. Erst letzte Woche hat Frau Weiss mir angeboten, mein Dienstverhältnis zu verlängern. Doch in Anbetracht meiner Sorge um Maja erschien mir das auf einmal völlig nebensächlich.

Worauf will sie hinaus?

»Herzliche Gratulation. Ich muss zugeben – als ich deine Hausarbeit las, war ich erst ein wenig enttäuscht. Du hast mehr drauf, das wusste ich gleich. Und wie es aussieht, hatte ich mit meiner Einschätzung ganz recht.«

»Ich verstehe nicht, ich dachte, du ...« Dann verstumme ich. Meine Augen weiten sich, als mir dämmert, was sie mir damit durch die Blume sagen will.

»Die zusätzlichen Markterschließungsvorschläge und die TikTok-Kampagne – die Ideen, sie stammten von dir.« Ungläubig schnappe ich nach Luft. »Du hast meine Arbeit frisiert, nicht wahr?«

Anette grinst. »Ich hab mich schon gefragt, wann du endlich dahinterkommst.«

Ich schüttle den Kopf. »Aber – wieso?«, flüstere ich. »Weshalb solltest du so viel Aufwand betreiben, nur um mir zu dem Praktikum zu verhelfen?«

Sie zuckt die Schultern. »Ich habe dich im Laufe des Semesters im Auge behalten. Du bist talentiert. Ich fand, du hättest diese Chance verdient.« Plötzlich legt sich ein Schatten über ihre makellosen Gesichtszüge. »Allerdings hatte ich nicht damit gerechnet, dass du sie auch dazu nutzen würdest, meinen Mann zu vögeln.«

Ich zucke so heftig zurück, dass meine Kaffeetasse unheilvoll scheppert. Beinahe hätte ich sie vom Tisch gefegt.

Verdammt. Sie weiß es.

»Wie bitte? Wie kommst du auf die Idee, ich würde ...«

Anette hebt eine Braue. »Versuch erst gar nicht, mich für dumm zu verkaufen. Ich wusste von Anfang an von eurer Affäre. Ich bin vielleicht blond, aber so blond nun auch wieder nicht.«

Ich spüre deutlich, wie sämtliche Farbe aus meinem Gesicht entweicht. Verzweifelt zermartere ich mir das Hirn, wie ich reagieren soll. Beichten? Alles abstreiten? Entrüstet aufspringen und gehen? Doch noch bevor ich die Gelegenheit dazu bekomme, ergreift Anette erneut das Wort.

»Es hat keinen Sinn, es abzustreiten. Schließlich kenne ich meinen Mann.« Auf einmal sieht sie schrecklich bekümmert aus. »Glaubst du etwa wirklich, du wärst die Erste gewesen?« Sie greift in ihre Handtasche und zieht ein altes iPad daraus hervor. Einen Moment tippt sie darauf herum, dann schiebt sie es mir über den Tisch hinweg zu.

Meine Augen weiten sich vor Entsetzen, als ich das Foto auf dem Display sehe. Es zeigt unverkennbar Raphael, eng umschlungen mit einer Blondine. Angeekelt wende ich mich ab.

»Ich bin erst vor kurzem auf diese Bilder gestoßen. Sie stammen aus der Anfangszeit unserer Ehe.« Sie seufzt ein wenig theatralisch. »Frau Kalschitcky war nur eine von vielen, da bin ich mir inzwischen sicher.«

Ich schlucke, bringe jedoch keinen Ton heraus. Meine Hände haben unkontrolliert zu zittern angefangen und ich umklammere den Henkel meiner Tasse.

Scheiße. Was jetzt?

Anette greift über den Tisch und tätschelt mir beinahe mitfühlend den Arm. Es kostet mich einiges an Überwindung, nicht vor ihrer Berührung zurückzuschrecken.

»Ich weiß alles über dich, Rebecca Karlston. Glaub mir, ich habe meine Hausaufgaben gemacht. Raphael und du, ihr wart mal ein Liebespaar. Bevor er mich vor rund zehn Jahren kennenlernte und dich stehenließ, versteht sich.«

Ein hässliches Knacken ist zu hören, als der Henkel meiner Tasse abbricht und sich der Rest des inzwischen kalten Kaffees über den Tisch ergießt.

»Oh, wusstest du das etwa nicht?« Anette schüttelt mitleidig den Kopf, während sie sich daran macht, die Kaffeelache mit unseren Servietten aufzutunken. »Rechne ruhig nach – ich sage die Wahrheit. Raphael und ich haben uns am fünften Mai vor zehn Jahren kennengelernt. Ich habe Fotos aus der Zeit, falls du mir nicht glaubst.«

Ich ringe um Fassung. In meinem Kopf dreht sich plötzlich alles und ich spüre heftiges Schwindelgefühl in mir hochsteigen. Es fühlt sich an, als hätte mir jemand mit einem Ruck den Boden unter den Füßen weggerissen.

Auf einmal sehe ich es wieder ganz deutlich vor mir. Raphael, der mit ungewohnt ernster Miene an seinem Kaffee nippte, die Hände ineinander verknotet, den Blick beharrlich abgewandt.

»Wir müssen reden.«

»Worüber denn? Und wieso hier?« Ich deutete auf das Kaffeehaus voller Leute. »Ich dachte, wir wollten ins Kino gehen. Den James Bond ansehen, der letzte Woche rausgekommen ist.«

Raphael biss die Zähne zusammen. Als er erneut das Wort ergriff, war seine Stimme kaum mehr als ein Krächzen.

»Es – es geht um uns. Schon seit einer Weile denke ich darüber nach, wie ich es dir beibringen soll.« Er holte tief Luft, wagte es immer noch nicht, mir in die Augen zu sehen. »Versteh mich nicht falsch – ich genieße die Zeit mit dir. Ehrlich. Doch manchmal habe ich das Gefühl, dass das nicht alles gewesen sein kann. Dass wir womöglich nicht mehr als Lebensabschnittspartner füreinander sind.«

Ich starrte ihn fassungslos an. Kalte Angst griff nach meinem Herzen. »Du machst Schluss mit mir?«

Er machte eine hilflose Handbewegung. »Ich halte es für das Beste. Ich bin jetzt fünfundzwanzig, Rebecca. Ich muss an meine Zukunft denken. Und so gern ich dich auch habe – glaube ich einfach nicht, dass du die Richtige für mich bist, tut mir leid.«

Ich schüttelte den Kopf. Tränen strömten mir über die Wangen, doch noch weigerte ich mich zu akzeptieren, dass es wirklich vorbei sein sollte.

»Ich dachte, du liebst mich«, flüsterte ich tonlos. »Du hast gesagt, dass du mich liebst! Verdammt, wir wollten uns zusammen ein Leben aufbauen! War das etwa alles gelogen?« Dann kam mir ein schrecklicher Gedanke. »Hast du eine andere? Ist es das? Hast du eine andere Frau kennengelernt?«

Raphael hatte die Kiefer nun so fest zusammengepresst, dass ich fürchtete, sie könnten jeden Augenblick entzweibrechen. »Natürlich war das nicht gelogen. Es ist nur – ach verdammt, Rebecca. Mach es mir doch nicht so schwer.«

Erneut schüttelte ich den Kopf. In einer verzweifelten Geste griff ich nach seiner Hand, zwang ihn, mir direkt in die Augen zu sehen. »Bitte, Raphael. Wirf jetzt nicht alles weg. Was auch immer ich getan haben mag – ich ändere es. Sag mir einfach, wo das Problem liegt. Wir kriegen das hin. Ich verspreche es! Mein Gott, ich liebe dich, Raphael!«

Einen Moment lang sah es so aus, als wäre er unsicher geworden. Doch als er fortfuhr, klang seine Stimme kalt und unerbittlich. »Wir hatten eine schöne Zeit zusammen. Aber es ist aus. Akzeptier das bitte.«

Und als er sich ruckartig erhob und mit langen Schritten das Lokal verließ, spürte ich, wie mein Herz in tausend Einzelteile zersprang.

Ich bin so in Erinnerungen versunken, dass ich Anettes Stimme kaum wahrnehme, als sie wie aus weiter Ferne an meine Ohren dringt. In meinem Kopf hallen immer wieder dieselben Worte wider.

Raphael hat dich getäuscht. Er hat sich bei eurer Trennung keineswegs so fair und respektvoll verhalten, wie du dachtest. Er hat dich wegen einer anderen Frau verlassen – wegen Anette. Himmel – er hat dich belogen! Was von dem, was er in den letzten Monaten zu dir gesagt hat, entsprach wohl noch der Unwahrheit?

Doch es sollte viel schlimmer kommen.

»Die Sache ist die: Raphael mag ein untreuer Stelzbock sein, trotzdem gehören wir zusammen. Das soll nicht heißen, dass mich sein Betrug nicht verletzt hat – natürlich hat er das.« Anette lächelt gequält. »Normalerweise würde ich abwarten, bis er von selbst das Interesse an dir verliert. Nichts für ungut, aber das hat er früher oder später immer. Doch unter diesen Umständen ...« Sie langt ein weiteres Mal in ihre Handtasche und fördert ein Foto im A6-Format daraus zutage, das sie mir hinhält.

Ein wimmernder Laut entfährt meiner Kehle, während ich fassungslos auf die Schwarzweißaufnahme starre. Es ist ein Ultraschallbild. Ein winziger menschlicher Fötus ist darauf zu erkennen.

»Ich bin schwanger«, stellt Anette unnötigerweise klar. »Das ist auch der Grund, warum ich um dieses Treffen gebeten habe. Eure Affäre – sie muss enden. Und zwar sofort.«

Noch immer kann ich den Blick nicht von dem Foto abwenden. Links oben in der Ecke ist der Name ihres Frauenarztes, ein gewisser Doktor Hofstätter, abgedruckt, daneben die Schwangerschaftswoche. Ich sinke in mich zusammen, beinahe hätte ich vor Schmerz laut aufgeschrien.

Ich muss mich nicht groß anstrengen, um mir auszurechnen, wann Anettes Baby gezeugt worden ist. Lange nach der Wiederaufnahme unserer Beziehung. Und das Gefühl des Verrats, das mich bei dieser Erkenntnis erfüllt, gibt mir den Rest.

Noch eine Lüge.

Ich könnte mich selbst für meine Naivität ohrfeigen. Ich hatte Raphael tatsächlich geglaubt, als er beteuerte, Anette und er würden schon lange nicht mehr miteinander schlafen.

»Bitte, Rebecca.« Anettes Miene hat auf einmal einen flehenden Ausdruck angenommen. »Von Frau zu Frau: Mir ist klar, dass ihr eine gemeinsame Vergangenheit habt und wie schwer das für dich sein muss. Aber Raphael und ich – wir sind eine Familie. Wir bekommen noch ein Baby, verstehst du?«

Das atemlose Schweigen zwischen uns scheint ewig zu dauern.

»Weiß Raphael davon?«, bringe ich schließlich mühsam hervor. »Weiß er, dass du schwanger bist?«

Anette schüttelt den Kopf. »Nein. Und ich wäre dir dankbar, wenn das auch so bleiben würde. Ich will es ihm selbst sagen. Ich verlasse mich also darauf, dass dieses Gespräch unter uns bleibt.«

»Und was, wenn nicht?« Trotzig schiebe ich das Kinn vor.

Anette zuckt die Achseln. Ihre Miene ist auf einmal sehr ernst.

»Du machst deine Sache bei *Pharmauniverse* ziemlich gut. Ich meine, es ist dir sogar gelungen, Claudia zu überzeugen, dass sie dich als Vollzeitangestellte übernimmt. Das schafft kaum ein Praktikant. Was, denkst du, würde Silvia Pilgermann wohl sagen, wenn sie erfährt, dass die Hausarbeit, mit der du so viel Eindruck geschunden hast, in Wahrheit von mir stammt?« Sie schüttelte mitleidig den Kopf. »Abgesehen davon ist da noch Maja.«

Automatisch balle ich die Hände zu Fäusten. »Was hat meine Schwester mit all dem zu tun?«

Anette hebt abwehrend die Hände. »Im Grunde gar nichts. Aber bitte bedenke, was die Aufnahme in diese Studie für sie bedeuten könnte. Und wie verzweifelt Maja wäre, wenn sich herausstellt, dass doch nichts daraus wird.«

Ich starre sie ungläubig an. »Du erpresst mich? Ausgerechnet mit der Erkrankung meiner Schwester?«

»So was würde ich nie tun. Ich zeige dir nur mögliche Szenarien auf.« Sie verschränkt die Finger ineinander, während sie mich ernst anblickt. »Glaub mir, Rebecca. Ich mag Maja. Und wenn ich etwas dazu beitragen kann, dass sie in Zukunft anfallsfrei bleibt, wäre mir das eine große Freude. Aber diese Affäre muss enden. Du hast drei Tage Zeit dafür. Und Raphael darf niemals von unserer kleinen Unterredung erfahren. Das sind meine Bedingungen. Die Entscheidung, wie es jetzt weitergeht, liegt ganz bei dir.«

Mit diesen Worten winkt sie den Kellner heran und begleicht die Rechnung. Das Ultraschallbild lässt sie wie eine Warnung vor mir auf dem Tisch zurück.

Und mir bleibt nichts übrig, als ihr fassungslos hinterherzustarren, wie sie forschen Schrittes die Cafeteria verlässt.

KAPITEL 28

Anette

Die Spitze meines Kugelschreibers trommelt auf das vollgekritzelte Blatt Papier, das vor mir liegt, während ich das kommende Gespräch in Gedanken noch einmal durchgehe. Auf meinem Tisch ausgebreitet liegen die Studienunterlagen, die mir Gerhard Wohlmut freundlicherweise hat zukommen lassen. Feinsäuberliche Auflistungen sämtlicher Inhaltsstoffe und Versuchsergebnisse der Probanden, völlig anonym selbstverständlich. Der Diätshake verfügt über eine ausgeklügelte Rezeptur, gut zwei Jahre haben Herr Wohlmut und sein Team daran herumgefeilt, bis sie endlich seinen Erwartungen entsprach.

Du musst das nicht tun. Was du da vorhast, könnte den Ruf von Pharmauniverse *nachhaltig beschädigen. Willst du das wirklich? All das in den Dreck ziehen, was dein Vater im Laufe seines Lebens mit so viel Mühe aufgebaut hat?*

Unwillig schüttle ich den Kopf, um die lästigen Zweifel aus meinen Gedanken zu verbannen. *Pharmauniverse* wird den Medienrummel schon überstehen, da bin ich mir sicher. Raphael hingegen ...

Ich kann mir ein selbstzufriedenes Grinsen nicht verkneifen.

Mein Plan, den ich über Monate hinweg ausgeheckt habe, läuft wie am Schnürchen.

Ich lache leise bei der Erinnerung an Rebeccas entsetzte Miene, als ihr Blick auf das Ultraschallbild meiner vermeintlichen Schwangerschaft fiel. Es war ein Leichtes, die Fotos von Lara so zu bearbeiten, dass sie aussehen, als wären sie aktuell. Erschreckend leicht. Dann der Ausdruck der bodenlosen Verzweiflung, als Rebecca klar wurde, dass Raphael nicht der ist, für den sie ihn hält, dass er sie um meinetwillen verlassen hat – einmalig. Beinahe verspüre ich einen Hauch von Mitgefühl mit dem Mädchen, das selbst nach all den Jahren noch immer so rettungslos in meinen Mann verschossen ist. Resolut rufe ich mir wieder in Erinnerung, dass niemand sie dazu gezwungen hat, mit einem verheirateten Kindsvater ins Bett zu gehen, und mein Mitleid verpufft. Ganz besonders, wenn man bedenkt, was ich für sie getan habe. Rebeccas Hausarbeit war schlecht, bestenfalls Durchschnitt. Ohne meine Hilfe hätte sie nie auch nur einen Fuß in die Tür von *Pharmauniverse* gesetzt, so viel ist sicher.

Als ich Rebecca vor knapp einem Jahr zum ersten Mal in einem meiner Kurse entdeckte, konnte ich mein Glück kaum fassen. Aus dem heimlichen Studium von Raphaels SMS-Verläufen aus unserer Kennenlernzeit wusste ich ziemlich genau über ihre Vorgeschichte Bescheid. Ich erkannte sofort, dass ich sie mir für meinen Plan zunutze machen konnte. Dass ich wenig später mit Maja in Kontakt gekommen bin, verdanke ich im Grunde einer glücklichen Fügung. Ich hatte mir bei einem dummen Sturz das Handgelenk verstaucht, und wie es der Zufall wollte, traf ich in der Praxis meiner Physiotherapeutin auf Maja. Ich erkannte sie von Rebeccas Profilfoto wieder und wusste sofort, wer sie war und dass sie mir noch einmal nützlich sein würde. Und so war es auch.

Maja hat mir genug über Rebecca erzählt, um zu wissen, wie sie sich entscheiden wird. Sie würde alles für ihre kleine Schwester tun. Selbst wenn sie dafür ihre Jugendliebe opfern muss. Besonders jetzt, wo ihr klar ist, was für ein egoistisches und berechnendes Schwein Raphael in Wahrheit ist. Und Raphael wird endlich erfahren, was es bedeutet, von derjenigen Person zurückgewiesen zu werden, die er im Leben am meisten geliebt hat. Ich wünschte, ich könnte dabei sein, wenn sein Herz in Stücke gerissen wird. So wie er meines gebrochen hat. Wieder und immer wieder, bis nichts mehr davon übrig war.

Resolut greife ich nach dem Prepaid-Handy, das ich extra für diesen Zweck erstanden habe, und wähle die Nummer des Wiener Tagesblatts. Einer Zeitung, die es angeblich nicht so genau mit der Quellenrecherche nimmt. Raphael geht der gute Ruf der Firma über alles – nicht im Traum würde es ihm einfallen, die Testergebnisse einer Studie zu manipulieren. Aber es könnte Wochen, wenn nicht Monate dauern, bis sich herausgestellt hat, dass die mühevoll manipulierten Hintergrundinformationen, die ich ihnen gleich liefern werde, nicht der Wahrheit entsprechen. Und bis das erwiesen ist, habe ich Raphael – so Gott will – längst zur Strecke gebracht. Spätestens wenn Tommy den Artikel sieht und seinem Vater brühwarm von meinem heimlichen Verdacht erzählt, ist er erledigt.

Mit diebischem Grinsen lausche ich dem Freizeichen.

»Wiener Tagesblatt, einen schönen guten Tag. Was kann ich für Sie tun?«

»Hallo. Können Sie mich bitte zu einem Ihrer Journalisten durchstellen? Ich habe da ein paar brisante Informationen über einen Betrugsfall, der die Öffentlichkeit bestimmt interessieren dürfte«, brumme ich mit verstellter Stimme.

»Einen Moment, ich verbinde Sie.«

Ich lache in mich hinein. Erst Rebecca, dann die Firma, und schließlich ...

Ich komme nicht mehr dazu, den Satz zu Ende zu denken, denn in diesem Augenblick vernehme ich bereits ein Klicken in der Leitung.

Showtime.

KAPITEL 29

Sechs Monate zuvor. Anette

Missmutig starre ich durch die Windschutzscheibe und auf die Rückseite des parkenden Wagens vor mir. Es ist ein alter Toyota mit eingedellter Stoßstange, dem Dreck auf der Karosserie nach zu urteilen, hat er schon lange keine Waschstraße mehr von innen gesehen. Das gesamte Viertel macht einen trostlosen und heruntergekommenen Eindruck, ein hässlicher Wohnbunker reiht sich an den anderen.

In Gedanken lasse ich mein Gespräch mit Silvia Pilgermann noch einmal Revue passieren.

»Kalschitcky – Kalschitcky«, murmelte sie nachdenklich. »Der Name sagt mir was. Das war doch so eine schmale Blonde, oder?«

Ich nickte. »Ja genau. Soweit ich weiß, war sie Papas Sekretärin.«

Silvia nippte gedankenverloren an ihrem Kaffee. »Ich erinnere mich an die Frau. Nicht gerade das hellste Licht am Sternenhimmel, wenn du verstehst, was ich meine.« Sie verdrehte vielsagend die Augen. »Aber den Terminkalender deines Vaters hatte sie im Griff, das muss man ihr lassen. Und Christian mochte sie gut leiden.« Sie zuckte die Achseln. »Wir waren alle ganz überrascht, als sie von einem auf den anderen Tag ihre Kündigung einreichte.«

»Ach ja?« Ich bemühte mich um eine verwunderte Miene. »Wieso hat sie denn gekündigt?«

Silvia wiegte den Kopf. »Das wusste niemand so genau. Irgendwelche persönlichen Gründe. Aber etwas schien ihr gehörig zu schaffen zu machen, das sah man ihr an der Nasenspitze an. Ich habe deswegen sogar nochmal mit Christian Rücksprache gehalten, doch er meinte, ich solle ihre Kündigung entgegennehmen und das war's dann. Kurz darauf ist er gestorben und ich habe keinen weiteren Gedanken mehr an die Frau verschwendet. Schlimme Sache, das mit deinem Vater. Gott hab ihn selig.« Sie seufzte.

Die Personalchefin musterte mich plötzlich mit neuer Aufmerksamkeit. »Wieso interessierst du dich auf einmal für sie?«

Ich lächelte unschuldig. »Ach, nur wegen der Uni. Unsere aktuelle Sekretariatskraft geht in Mutterschutz und man hat mich gefragt, ob ich eine Vertretung wüsste. Und da ist mir Frau Kalschitcky wieder eingefallen. Du hast nicht zufällig noch Kontaktdaten von ihr?«

Silvia bedachte mich mit strenger Miene. »Du weißt aber schon, dass ich vertrauliche Informationen über ehemalige Mitarbeiter eigentlich nicht herausgeben darf? Das verstößt gegen den Datenschutz.«

»Mist. Daran hab ich gar nicht gedacht. Tut mir leid.« Ich bemühte mich um einen angemessen zerknirschten Gesichtsausdruck.

Die Personalchefin grinste. »Mach dir keinen Kopf. Ich werde sehen, was ich tun kann. Ich weiß zwar nicht, ob die Daten, die wir von ihr haben, überhaupt noch aktuell sind, aber einen Versuch ist es wert.«

Ich seufze tief. Hier bin ich nun. In der wohl trostlosesten Gegend Wiens, einem Viertel, in das ich mich sonst niemals freiwillig verirrt hätte. Drauf und dran, der ehemaligen Geliebten meines Mannes gegenüberzutreten. So tief bin ich also gesunken.

Los jetzt, Anette. Du hast noch gut anderthalb Stunden, bis Martha mit Lara nach Hause kommt. Bring es endlich hinter dich. Du musst es wissen.

Ich löse den Sicherheitsgurt und steige aus dem Wagen. Obwohl ich das Gespräch, das vor mir liegt, tausendmal in Gedanken durchgespielt habe, bin ich schrecklich nervös. Dass Frau Kalschitcky gekündigt hat, ausgerechnet wenige Tage, nachdem Papa sie bei ihrem heimlichen Tête-à-Tête mit Raphael erwischt hat, kann kein Zufall sein. Trotzdem will ich es aus ihrem Mund hören. Und auch wenn mir davor graut, was ich erfahren könnte, muss ich es wissen. Ich muss einfach wissen, was damals wirklich geschehen ist.

Mit grimmiger Miene stapfe ich auf den schiefergrauen Betonklotz zu, in dem Melanie Kalschitcky wohnt. Gerade, als ich auf den Klingelknopf drücken will, geht die Haustür auf und eine müde aussehende Frau mit Kopftuch kommt heraus. Sie schiebt einen Kinderbuggy vor sich her. Ich grüße höflich, doch sie würdigt mich keines Blickes. Bevor die Tür hinter ihr ins Schloss fallen kann, schlüpfe ich hindurch und finde mich in einem schmutzigen Treppenhaus wieder.

Ich nehme den Gang zu meiner Linken und folge der Beschilderung in Richtung Stiege sechs. Im dritten Stock liegt endlich das gesuchte Appartement. Nummer sieben – hier bin ich richtig. Gedämpftes Kindergebrabbel dringt durch die geschlossene Wohnungstür an meine Ohren.

Mein Puls beginnt zu rasen und ich habe auf einmal das Gefühl, keine Luft zu bekommen. Ich wische die feuchten Finger an meinem Kleid ab, dann betätige ich den Klingelknopf. Aus dem Inneren der Wohnung ertönt ein Schellen, kurz darauf höre ich Schritte.

Die Frau, die im Türrahmen aufgetaucht ist, hält ein Kleinkind im Arm. Winzige Pusteln überziehen seine Wangen, sein Mund ist weinerlich verzogen.

Melanie Kalschitckys Blick schweift verwirrt von meinem Gesicht, über mein zeitlos elegantes fliederfarbenes

Kleid und bleibt schließlich an meiner teuren Handtasche hängen. Sie scheint keine Ahnung zu haben, wen sie vor sich hat. »Ja, bitte?«

»Hallo, Frau Kalschitcky. Ich hoffe, ich komme nicht ungelegen.« Meine Stimme klingt unnatürlich hoch und ich räuspere mich verlegen. »Ich bin Anette Emerson. Sie haben bis vor einigen Jahren für meinen Vater gearbeitet – Christian Emerson. Ich bin hier, weil ich Ihnen gerne ein paar Fragen über Ihre Zeit bei *Pharmauniverse* stellen würde, wenn das für Sie in Ordnung ist.«

Ich kann sehen, wie sich ihre Augen vor Schreck weiten, und sie weicht instinktiv einen Schritt vor mir zurück. Die Finger ihrer linken Hand umklammern die Türklinke. Hätte ich noch Zweifel daran gehegt, dass sie damals eine Affäre mit meinem Mann hatte, wären sie spätestens jetzt verpufft.

»Frau Emerson – das ist ja eine Überraschung. Es ist leider tatsächlich gerade etwas ungünstig.« Sie schüttelt den Kopf. »Theo, mein Kleiner, ist krank. Ich wollte ihn eben hinlegen.«

»Bitte, Frau Kalschitcky.« Meine Stimme klingt flehend. »Ich bin extra eine Stunde hergefahren und es ist wirklich wichtig für mich. Ich bleibe auch nicht lange – zehn Minuten, maximal. Versprochen.«

Einen Moment lang mustert sie mich schweigend, als würde sie sich fragen, wie sie mich doch noch abwimmeln kann, dann lässt sie resigniert die Schultern sinken und macht einen Schritt zur Seite. »Also gut. Kommen Sie rein.«

Ohne eine Antwort abzuwarten, wendet sie sich um und kehrt zurück in die Wohnung. Ein stummes Dankesgebet auf den Lippen folge ich durch den Flur und in den kombinierten Wohn-Ess-Bereich. Der Raum wirkt gemütlich, wenn man über das heillose Durcheinander hinwegsieht. Kinderspielzeug liegt überall auf dem Boden verteilt, im Waschbecken stapelt sich schmutziges Geschirr.

»Bitte entschuldigen Sie das Chaos. Auf Besuch war ich nicht vorbereitet.«

Frau Kalschitcky murmelt ihrem Sohn, der zu einem halbherzigen Protestweinen ansetzen will, noch ein paar beruhigende Worte zu, dann hebt sie ihn behutsam in seinen Kinderlaufstall. Sie deutet auf den Küchentisch. »Nehmen Sie doch Platz. Möchten Sie eine Tasse Tee?«

Ich schenke ihr ein dankbares Lächeln. »Tee wäre super. Danke.«

Frau Kalschitcky nickt und macht sich am Teekessel zu schaffen. Kurz darauf kehrt sie mit zwei dampfenden Bechern zurück und lässt sich geräuschvoll mir gegenüber auf einen Stuhl fallen.

»Also – was verschafft mir die Ehre Ihres Besuchs?«, fragt sie halbherzig. »Sie meinten, Sie wollen über *Pharmauniverse* sprechen? Worüber denn, wenn ich fragen darf?« Die Finger hat sie um den Henkel ihres Bechers gekrallt, es ist kaum zu übersehen, wie unangenehm ihr meine Anwesenheit ist. Ich kann es ihr nicht verdenken. Mir würde es an ihrer Stelle vermutlich genauso gehen.

»Nun, genau genommen interessiere ich mich für die Umstände, die zu Ihrer Kündigung geführt haben.« Erneut räuspere ich mich. Ein Kloß hat sich in meinem Hals gebildet und ich bemühe mich um einen einigermaßen selbstsicheren Tonfall. »Ich meine – das kam doch recht überraschend für alle Beteiligten, wenn ich richtig informiert bin.«

Begierig mustere ich mein Gegenüber. Von meinen seltenen Besuchen in der Firma abgesehen, habe ich sie nur bei der alljährlichen Firmenfeier gesehen und mir nie groß Gedanken über sie gemacht. Trotzdem fällt es mir schwer,

234

die Frau hier mit der adrett gekleideten Blondine aus meinen Erinnerungen in Einklang zu bringen. Sie trägt eine Jogginghose und ein fleckiges T-Shirt, ihr blondes Haar ist zu einem schlampigen Dutt geknotet. Die Erschöpfung ist ihr deutlich anzusehen.

»Gab es denn irgendwelche Probleme? Mit meinem Vater oder einem Ihrer Kollegen?«

Frau Kalschitcky runzelt die Stirn. »Ich wüsste nicht, weshalb das heute noch von Belang sein sollte. Worauf wollen Sie hinaus?« Beinahe trotzig fügt sie hinzu: »Da war nichts. Wirklich nicht. Ich habe es Frau Pilgermann damals gesagt und ich sage es Ihnen jetzt – meine Kündigung hatte private Gründe. Das ist alles.«

Ich nicke nur. Einen Moment lang überlege ich noch, wie ich das Thema am besten ansprechen soll, und entscheide mich schließlich für den direkten Weg. Es hat ja doch keinen Zweck, um den heißen Brei herumzureden. Entschlossen hebe ich den Blick und sehe ihr fest in die Augen.

»Dann hatte Ihre Kündigung also nichts damit zu tun, dass Sie eine Affäre mit meinem Mann hatten? Raphael Matterfeld – Sie erinnern sich bestimmt noch an ihn?«

Frau Kalschitcky saugt scharf die Luft ein. Ihre Hände zittern auf einmal so stark, dass ihr beinahe die Teetasse entglitten wäre.

»Was – nein! Wie kommen Sie denn auf die Idee, ich hätte ...« Sie schnaubt entrüstet, doch ihre schuldbewusste Miene straft ihre Worte lügen.

Jähe Wut ballt sich in meiner Magengrube zusammen. Wie durch ein Wunder gelingt es mir, die Fassung zu wahren. Wortlos ziehe ich Papas iPad aus der Handtasche und schiebe es ihr über den Tisch hinweg zu.

Mit immer noch bebenden Fingern streckt sie die Hand nach dem Gerät aus und wirft einen Blick auf das Foto, das auf dem Display aufleuchtet. Plötzlich ist sie sehr blass geworden.

»Ich – ähm ...« Sie bricht ab. Beschämt lässt sie den Kopf hängen. »Woher haben Sie das?«, haucht sie tonlos.

»Das iPad gehörte meinem Vater. Ich bin erst unlängst zufällig darauf gestoßen.« Ich mache eine abwehrende Handbewegung. »Aber das spielt keine Rolle. Ich bin nicht hier, um Ihnen Vorhaltungen zu machen. Alles, was ich will, ist die Wahrheit.«

Frau Kalschitcky scheint begriffen zu haben, dass leugnen zwecklos ist, denn sie nickt betreten. »Es – es tut mir leid«, flüstert sie mit belegter Stimme, wobei sie meinem Blick geflissentlich ausweicht. »Ich hätte es niemals so weit kommen lassen dürfen. Schließlich waren wir beide verheiratet. Es war so dumm – ein bescheuerter Fehler. Es tut mir ehrlich leid, das müssen Sie mir glauben.«

»Wie lange ging das mit Ihnen?«

»Nicht lange«, sagt sie rasch. »Ein paar Wochen vielleicht. Da war diese Sommerfeier. Raphael und ich, wir ...«

Ich hebe abwehrend die Hände. »Bitte nicht. Ich will die Einzelheiten gar nicht hören.«

Ich spüre ein dumpfes Pochen hinter meinen Augen. Hastig blinzle ich die Tränen weg, während ich versuche, das soeben Gehörte zu verarbeiten. *Mehrere Wochen.* Es war also nicht nur ein unbedeutender One-Night-Stand.

»Haben Sie deswegen gekündigt? Mein Vater ist Ihnen auf die Schliche gekommen und hat Sie zur Rede gestellt, war es nicht so?«

Frau Kalschitcky lacht bitter. »Gleich am nächsten Morgen rief er mich in sein Büro. Normalerweise war Ihr Vater die Sanftmütigkeit in Person, ich habe ihn nie zuvor so wütend erlebt wie an jenem Tag. Er stellte mich vor die Wahl – entweder ich reiche meine sofortige Kündigung ein, oder er erzählt meinem Mann, was wir getan haben. Das war das letzte Mal, dass ich ihn oder Raphael gesehen habe.«

Ich nicke langsam. So was in der Art hatte ich mir schon gedacht.

Frau Kalschitckys Mundwinkel sind herabgesunken. Auf einmal sieht sie deutlich älter aus, als hätte es sie Jahre gekostet, die Wahrheit endlich laut auszusprechen. »Es tut mir leid, was ich Ihnen angetan habe. Ich wünschte, Sie hätten niemals davon erfahren müssen.«

»Ihre Entschuldigungen interessieren mich nicht«, sage ich forscher als beabsichtigt. Die offensichtliche Reue, die Frau Kalschitcky empfindet, lindert meinen Schmerz nicht. Im Gegenteil, sie macht mich zornig. Ob ihr überhaupt bewusst ist, was sie angerichtet hat? Wie viel Kummer ihre angeblich so unbedeutende Affäre über meine Familie gebracht hat?

»Bitte glauben Sie mir, wenn ich Ihnen sage, wie leid mir das alles tut. Wir hätten das nicht tun dürfen. Aber Raphael, er war einfach so ...«

»Schon gut«, unterbreche ich sie. »Ich kenne meinen Mann. Ich weiß, wie er ist.«

Mühsam erhebe ich mich. Die halbvolle Teetasse lasse ich auf dem Esstisch zurück. Mir ist schrecklich übel und es fällt mir auf einmal schwer, mich auf den Beinen zu halten.

»Danke, dass Sie sich Zeit für mich genommen haben«, bringe ich hervor. Ich ringe mir ein gequältes Lächeln ab, das meine Augen jedoch nicht erreicht. Der Schmerz der Erkenntnis ist mir deutlich anzumerken, auch wenn Frau Kalschitcky ihn vielleicht falsch deuten mag. »Und für Ihre Ehrlichkeit. Es war wichtig für mich, Bescheid zu wissen.«

Meine Beine fühlen sich bleischwer an, während ich ihr zur Wohnungstür folge.

»Ähm – Frau Emerson?«

Ich wende mich im Türrahmen noch einmal zu ihr um. »Hm?«

»Mein herzliches Beileid zu Ihrem Verlust. Sie sollen wissen, was für eine Ehre es für mich war, für Ihren Vater zu arbeiten. Er war ein beeindruckender Mann, Ihr Vater.«

KAPITEL 30

Rebecca

Komm rein.«

Raphael macht einen Schritt beiseite und ich husche an ihm vorbei in den Vorraum der Suite.

Während ich die Schuhe von den Füßen streife, schlingt er von hinten die Arme um mich, presst seinen wohlgeformten Körper nahe an meinen. »Du hast mir gefehlt«, murmelt er an meinem Ohr. »Den ganzen Tag schon kann ich es kaum erwarten, dich zu sehen.«

Der erdige Geruch von Raphaels Parfum gepaart mit Zigarettenrauch steigt mir in die Nase und für einen Moment bin ich völlig berauscht von seinem Duft. Die Moschusnote seines Aftershaves jagt mir einen Schauer der Sehnsucht über den Rücken. Es kostet mich große Überwindung, mich nicht umzudrehen und die Umarmung zu erwidern.

»Ach ja?« Vorsichtig schüttle ich seine Umklammerung ab und gehe ein paar Schritte weg von ihm. Um Fassung ringend beiße ich die Zähne zusammen.

Raphael mustert mich mit gerunzelter Stirn. Offenbar ist mir meine innere Zerrissenheit deutlich anzumerken. »Du bist ja ganz blass. Geht es dir gut? Ist irgendwas mit Maja? Sie hatte doch nicht wieder einen Anfall?«

»Nein, nein«, sage ich hastig. »Mit Maja ist alles bestens.«

»Na dann – komm weiter.« Er macht eine einladende Geste in Richtung Wohnbereich.

Beeindruckt lasse ich das pompöse Ambiente auf mich wirken und für den Bruchteil einer Sekunde sind meine

Verzweiflung und die Trauer wie weggeblasen. Der ultra-moderne und luxuriös ausgestattete Raum, der sich vor mir erstreckt, misst gut sechzig Quadratmeter und wird von einer gemütlich aussehenden dunklen Sitzgruppe einge-nommen, durch die Fensterfront erhasche ich einen Blick auf die Skyline von Wien. Eine Schiebetür zu meiner Lin-ken führt in ein separates Schlafzimmers. Auf einem klei-nen Stehtisch unweit der Couch wartet ein Sektkühler, aus dem eine Flasche teuren Champagners hervorlugt. Dane-ben entdecke ich eine Schale mit frischen Erdbeeren.

»Na, gefällt es dir?«

»Es ist – wow!«, stammle ich. Dann senke ich be-schämt den Kopf. »Aber – Raphael – das wäre echt nicht nötig gewesen. Die Suite muss dich ja ein Vermögen ge-kostet haben.«

»Für dich ist nur das Beste gut genug. Außerdem hat Claudia endlich deine Vertragsverlängerung unterschrie-ben, wir haben also allen Grund zum Feiern.« Raphael grinst stolz. »In diesem Sinne – Champagner, die Dame?«

Beim Anblick seiner offensichtlichen Begeisterung wird mir ganz schwer ums Herz. Meine Unterlippe be-ginnt zu zittern. Verzweifelt rufe ich mir in Erinnerung, warum ich eigentlich hier bin.

Werd jetzt bloß nicht schwach, Bec. Denk an deine Schwester. Für Maja, erinnerst du dich?

»Raphael«, murmele ich leise, »versteh mich nicht falsch – es ist toll hier. Aber ich bin heute wirklich nicht in Feierlaune. Ich bin gekommen, um mit dir über etwas Wichtiges zu sprechen, hast du das etwa vergessen?«

Raphael zuckt die Achseln. »Klar weiß ich das. Doch ein Glas Champagner hat noch keinem geschadet, nicht wahr?«

Resigniert folge ich Raphael zu einer der Sitzgruppen, wobei ich darauf achte, dass zwischen uns gut anderthalb

Meter Platz bleibt. Raphael macht sich unterdessen an der Champagnerflasche zu schaffen. Mit einem hörbaren Plopp entfernt er den Korken und lässt die überschäumende Flüssigkeit in die bereitstehenden Sektflöten plätschern.

»Auf dich.« Lächelnd hebt er sein Glas in meine Richtung. »Und – auf uns.«

Ich bringe nur ein Nicken zustande. In dem verzweifelten Versuch, meine angespannten Nerven zu beruhigen, nehme ich einen tiefen Schluck. Der Champagner schmeckt köstlich und ich verspüre einen heftigen Anflug von Wehmut. Ich wünschte, dieser Augenblick würde ewig andauern. Dass ich nicht tun müsste, wozu ich hergekommen bin. Diese fantastische Suite, der Ausblick über die Skyline von Wien, das Prickeln auf meiner Zunge, Raphaels Geruch, sein liebevoller Blick, der auf mir ruht – all das fühlt sich schrecklich unwirklich an. Auf einmal kann ich seine Nähe kaum ertragen, und ich rücke weiter von ihm ab, bis meine linke Pohälfte mehrere Zentimeter über die Couch hinausragt.

Reiß dich zusammen.

»Gibt es sonst noch einen Grund für deine gute Laune?«, höre ich mich selbst fragen. Als würde es irgendwas besser machen, die Sache hinauszuzögern. »Abgesehen von meiner Vertragsverlängerung, meine ich.«

»Du hast recht«, räumt er unumwunden ein und zwinkert mir spitzbübisch zu. Er lässt eine dramatische Pause entstehen. »Erinnerst du dich eigentlich noch an das Haus von dem alten Wiedeschitz?«

Ich runzle die Stirn. »Der Maler, den du immer so toll fandest und der am Schneeberg sein Atelier hatte?«

Er nickte. »Genau der. Keine Ahnung, ob du davon gehört hast, aber er ist vor ein paar Jahren gestorben. Traurig, keine Frage. Aber als ich herausfand, dass seine Kinder das Haus verkaufen wollten, konnte ich einfach nicht widerstehen.« Ein verträumtes Lächeln ist auf seinem Gesicht erschienen. »Und nun ja – ich wollte dich fragen, ob du Lust hast am Freitagnachmittag mit mir rauszufahren und eine kleine Wanderung zu unternehmen. Wir könnten unserer alten Bank am Gipfel einen Besuch abstatten. Ich habe sie nämlich reparieren lassen, weißt du.«

Ich starre ihn fassungslos an. Jäh fühle ich mich in die Vergangenheit zurückversetzt.

Das Glücksgefühl, als wir nach anderthalb Stunden Fußmarsch endlich die Anhöhe erklommen hatten und uns erschöpft und keuchend auf einer morschen Bank niederließen, die wir unsere Bank nannten. Raphael und ich, wie wir eng umschlungen dicht beieinandersaßen und Pläne für unsere gemeinsame Zukunft schmiedeten. Die Buchstaben, die wir mit Raphaels Taschenmesser in die Rückenlehne geritzt hatten – »Rebecca & Raphael«. Und dann noch das Haus am Fuße des Berges, dessen Dach in der Ferne unter uns aufblitzte. Früher haben wir oft davon geträumt, wie schön es sein muss, dort zu leben, und uns gefragt, welche Motive der alte Wiedeschitz wohl für seine nächste Bilderserie auswählen würde. Ob wir die Stelle wiedererkennen würden. Mein Magen zieht sich bei dieser Erinnerung schmerzhaft zusammen. Jetzt, im Herbst, ist es bestimmt wunderschön dort draußen, inmitten des farbenprächtigen Blättermeeres und im Lichte der untergehenden Sonne, das durch die Baumwipfel auf uns herabfällt. Ich schlucke.

»Diesen Freitag?«, frage ich, um Zeit zu schinden. »Wie kommst du denn auf die Idee?«

»Da findet ein Kongress statt, an dem ich eigentlich teilnehmen wollte. Aber ich dachte, ich lasse ihn diesmal ausfallen. Wir könnten dort übernachten und uns Samstagvormittag auf den Rückweg machen. Na, was sagst du? Klingt das nicht absolut fantastisch?«

Eine Weile herrscht betretenes Schweigen, während er mich erwartungsvoll anstarrt. Jede Faser meines Herzens sehnt sich danach, ihm jauchzend um den Hals zu fallen. *Ja, ja, ja. Natürlich will ich.* Mein Gott – ich hatte ja keine Ahnung, dass er sich noch an unsere romantischen Wanderausflüge auf den Schneeberg erinnert, geschweige denn, dass sie ihm so viel bedeutet haben, dass er Sebastian Wiedeschitzs Haus gekauft hat. Doch dann schiebt sich Anettes Bild vor mein inneres Auge und ich höre ihre unmissverständliche Drohung durch meine Gedanken hallen.

Diese Affäre muss enden. Du hast drei Tage Zeit dafür. Oder was glaubst du, wie verzweifelt Maja wäre, wenn sich herausstellt, dass aus ihrer Teilnahme an der klinischen Studie doch nichts wird?

Für einen Moment kneife ich die Augen zusammen. Mein Mund fühlt sich auf einmal schrecklich trocken an, und ich starre auf den Boden meines Champagnerglases.

»Ich – ich kann nicht«, stammle ich tonlos.

Raphael zieht überrascht die Brauen hoch. »Verstehe. Ist in Ordnung, wenn du schon Pläne hast«, sagt er gedehnt. Die Enttäuschung ist ihm deutlich anzumerken. »Wir finden bestimmt eine andere Gelegenheit.«

»Das meinte ich nicht.« Meine Lungenflügel brennen und ich fühle mich, als wäre ich kurz davor zu hyperventilieren. »Ich – ich kann das nicht mehr. Das mit uns.«

Obwohl mein Blick starr auf meine Knie gerichtet ist, sehe ich aus dem Augenwinkel, wie Raphael schlagartig blass wird. Jäher Schmerz huscht über sein Gesicht.

»Okay, Bec.« Seine Stimme zittert, als er sich vorbeugt und meine Hände ergreift. »Jetzt mal langsam. Rede mit mir. Was ist los? Woher kommt auf einmal dieser Sinneswandel? Das meinst du nicht so, oder? Bitte sag, dass du das nicht ernst meinst.«

Unter Aufbringung all meiner Selbstbeherrschung winde ich meine Finger aus seiner Umklammerung.

»Die vergangenen Monate mit dir waren wie ein Traum«, flüstere ich. »Ein fantastischer Traum. Ich habe mir eingeredet, dass es in Ordnung ist. Dass du ohnehin unglücklich in deiner Ehe wärst, dass wir tatsächlich eine Zukunft haben könnten.« Ich sehe ihm jetzt direkt in die Augen. »Aber so ist es nicht. Was wir tun, ist falsch. Du hast eine Familie, Raphael. Und ich glaube, es wird Zeit, dass wir aufwachen und uns der Realität stellen.«

Raphaels Mund klappt auf, als wollte er etwas entgegnen, doch kein Ton kommt über seine Lippen. Seine Miene wirkt unendlich gequält. Es bricht mir das Herz, ihn so zu sehen.

»Es ist wegen Anette, nicht wahr?«, stößt er schließlich hervor. »Wegen dieser verfluchten Ehe!« Er schüttelt den Kopf. Mit flehender Stimme fährt er fort: »Aber Rebecca, so glaub mir bitte – ich habe die Wahrheit gesagt, als ich dir versprach, ich würde eine Lösung finden. Und das werde ich.«

Er nickt nachdrücklich, als er meinen zweifelnden Gesichtsausdruck bemerkt. »Ich habe deswegen mit einem Anwalt gesprochen. Um auszuloten, wie die Chancen, stehen, dass mir das alleinige Sorgerecht für Lara zugesprochen wird.«

Meine Augen weiten sich. Das Bild des blonden Mädchens, das Anette aus dem Esszimmer zieht, damit sie ihr vor dem Zubettgehen noch eine Gutenachtgeschichte vorliest, taucht in meinen Gedanken auf. »Du hast vor, ihr die Tochter wegzunehmen?«

»Sie ist auch mein Kind«, erklärt Raphael. »Ich habe dir ja von Anettes Problemen erzählt, da ist es doch nur verständlich, dass ich sichergehen will, dass es ihr gutgeht. Oder was glaubst du, warum ich so darauf bestanden habe, ein Kindermädchen anzustellen?« Seine Miene verfinstert sich. »Um Lara zu mir zu holen, bedürfte es eines psychiatrischen Gutachtens. Eines, das belegt, dass Anette nicht in der Lage ist, ihren mütterlichen Pflichten nachzukommen.«

»Verstehe ich das richtig? Du willst Anette für unzurechnungsfähig erklären lassen?« Fassungslos starre ich zu ihm hoch. Ich kann nicht glauben, dass er das ernsthaft auch nur in Erwägung zieht.

»Wie gesagt, es gibt vieles, das du nicht über Anette weißt. Aber was Lara angeht, werde ich nichts dem Zufall überlassen. Ich werde mit ihrem Psychiater reden, wie er die Lage einschätzt.« Erneut greift er nach meiner Hand. »Bitte, Rebecca. Gib mir noch ein wenig mehr Zeit. Ich regle das, ich versprech's.«

Wortlos greife ich nach der Flasche, um mir nachzuschenken. Während ich an meinem Glas nippe, mustere ich mein Gegenüber. Lasse meinen Blick über Raphaels attraktives Gesicht schweifen, präge mir die Grübchen in seinen Wangen, den Ausdruck in seinen stahlgrauen Augen ganz genau ein. Ungeachtet dessen, was ich inzwischen weiß, ist mein Verlangen nach ihm immer noch überwältigend. Und ich wünsche mir nichts sehnlicher, als ihn zu küssen und ihm ins Ohr zu flüstern, dass wir alles schaffen können, solange wir nur zusammen sind.

»Warum hast du mich damals verlassen?«, wechsle ich abrupt das Thema. »Bei unserer Trennung hast du gesagt, ich sei nicht die Richtige für dich. Was hat sich seither geändert? Wir sind doch immer noch dieselben.«

Raphael runzelt die Stirn, die Frage scheint ihn zu verwirren. »Wie ich schon sagte – es war ein Fehler. Ich hätte niemals an uns zweifeln dürfen. Das weiß ich jetzt. Mein Gott, ich *liebe* dich, Rebecca!«

Ich wünsche mir so sehr, ich könnte ihm glauben.

»Dann war es also nicht wegen Anette?«, hake ich nach. »Sie war der wahre Grund für unsere Trennung, ist es nicht so?«

»Wieso denkst du – was spielt das denn jetzt ... Nein, natürlich nicht!« Er hebt abwehrend die Arme. »Es war so, wie ich gesagt habe. Dass ich kurz darauf Anette traf, war reiner Zufall!«

Doch der Ausdruck in seinen Augen straft ihn Lügen. Plötzlich sehe ich wieder das Foto von Raphael und dieser blonden Frau vor mir, das Anette mir gezeigt hat, dann das Ultraschallbild von Anettes und Raphaels ungeborenem Kind. Ich versuche, nicht die Fassung zu verlieren.

Glaubst du etwa wirklich, du wärst die Erste gewesen? Normalerweise würde ich abwarten, bis er von selbst das Interesse an dir verliert. Nichts für ungut, aber das hat er früher oder später immer.

Der Funken Hoffnung in meinem Herzen erlischt. Raphael hat mich damals wie heute angelogen, er wird sich niemals ändern. Und dann ist da noch Maja. Was gibt mir das Recht, mein eigenes Glück über das ihre zu stellen? Ausgerechnet für einen Mann, der es allem Anschein nach nicht einmal wert ist.

»Es tut mir leid, Raphael«, murmele ich tonlos. »Aber meine Entscheidung steht fest. Es ist aus. Endgültig aus.«

Raphaels Miene, eben noch hoffnungsvoll, wechselt zu Ungläubigkeit, Verzweiflung und schließlich zu Resignation. Beinahe kann ich sehen, wie die Erkenntnis, dass es mir ernst ist, seine letzten Hirnwindungen erreicht, spüre regelrecht, wie sein Herz bricht.

Bei seinem Anblick macht sich bleierne Niedergeschlagenheit in mir breit. Doch tief in mir weiß ich, dass ich das Richtige getan habe. Für Anette, für ihr ungeborenes Kind, für Lara, für Maja, vielleicht sogar für mich.

Und ohne Raphael noch einmal anzusehen, springe ich auf und haste aus der Suite, bevor er die Tränen sehen kann, die mir in Sturzbächen über die Wangen strömen.

»Rebecca, warte!«, ruft er mir hinterher, doch ich drehe mich nicht um.

Nur weg von hier.

KAPITEL 31

Raphael

Das penetrante Piepsen meines Handyweckers reißt mich unsanft aus dem Schlaf. Durch das Fenster fällt gedämpftes Licht in mein Schlafzimmer, der Himmel ist wolkenverhangen und trüb. Stöhnend wälze ich mich im Bett auf die andere Seite. Obwohl ich längst auf den Beinen sein sollte, verspüre ich nicht die geringste Lust aufzustehen. Allein die Vorstellung, Anette unter die Augen zu treten und so zu tun, als ob alles in Ordnung wäre, treibt mir den Schweiß auf die Stirn.

Wieder und wieder spiele ich mein Gespräch mit Rebecca durch, höre ihre Stimme wie in einer grausamen Dauerschleife durch meine Gedanken hallen.

Ich – ich kann das nicht mehr. Das mit uns. Es tut mir leid, Raphael. Aber meine Entscheidung steht fest. Es ist aus. Endgültig aus.

Ihre zitternden Lippen und die vor Verzweiflung weit aufgerissenen Augen, der Ausdruck von Schmerz auf ihren schönen Gesichtszügen, schienen in krassem Widerspruch zu ihren Worten zu stehen. Ich begreife es schlichtweg nicht. Wie kann sie uns so einfach aufgeben? Seit unserem Gespräch vor zwei Tagen habe ich Rebecca sicher fünfzehn Nachrichten auf dem Anrufbeantworter hinterlassen, sie angefleht, ihren Entschluss noch einmal zu überdenken, doch – nichts. Nicht mal eine SMS.

Meine aktuelle Lage entbehrt nicht einer gewissen Ironie. Damals habe ich unsere Beziehung in dem Irrglauben beendet, an Anettes Seite könnte ich endlich das Leben führen, das ich mir immer erträumt hatte. Und nun – zehn Jahre später – lässt sie mich stehen. Ausgerechnet wegen Anette. Ich seufze tief. Denn so sehr mich Rebeccas Entscheidung auch schmerzt – ich kann sie ihr nicht verdenken. Mir war von Anfang an klar, dass Rebecca sich nicht ewig mit ihrer Rolle als Geliebte zufriedengeben würde. Anders als Anette ist Rebecca ein anständiges Mädchen mit tadellosen Moralvorstellungen.

Von plötzlichem Zorn übermannt schlage ich mit der Faust auf die Matratze. Tief in meinem Herzen weiß ich, dass ich mir meine missliche Lage selbst zuzuschreiben habe. Dabei wäre es im Grunde so einfach gewesen. Zum Teufel mit der Firma, zum Teufel mit dem ganzen Geld. Ich hätte mit Anette eine einvernehmliche Lösung für Laras Betreuung finden und an Rebeccas Seite ein neues Leben beginnen können. Doch das habe ich nicht.

Warum, Raphael? Warum bist du nicht einfach gegangen, als du die Gelegenheit dazu hattest?

Neuerdings scheint Anette beinahe erschreckend guter Laune zu sein, und auch wenn ich seit unserer nächtlichen Unterredung peinlich genau darauf achte, dass sie ihre Tabletten in meinem Beisein einnimmt, bereitet mir ihr merkwürdiges Verhalten zunehmend Kopfzerbrechen. Obwohl ihr Handy keine ungewöhnlichen Bewegungsdaten erkennen lässt, hat sie in den letzten Tagen mit ihrem Wagen mehrmals größere Strecken zurückgelegt, die ich mir nicht erklären kann.

Widerwillig schäle ich mich aus den Laken und tappe bloßfüßig ins Badezimmer. Genug des Selbstmitleids. Wird Zeit, dass ich in die Gänge komme und die Suppe auslöffele, die ich mir eingebrockt habe.

Wie durch ein Wunder gelingt es mir, Anette nicht zu begegnen, während ich mich ankleide und dann eilig zu meinem Wagen gehe. Es ist bereits nach neun, als ich losfahre, und im Berufsverkehr dauert es eine schiere Ewigkeit, bis ich endlich in die Taborstraße biege. Um diese Uhrzeit herrscht reger Betrieb auf den Straßen, ich kann von Glück reden, wenn ich überhaupt einen Parkplatz finde. Also manövriere ich mein Auto in die erstbeste Parklücke und lege die letzten Meter zu Fuß zurück.

Bereits von weitem sticht mir die Menschenmenge ins Auge, die sich vor dem Eingang des Bürogebäudes von *Pharmauniverse* gebildet hat. Den Kameras und Mikrofonen in ihren Händen nach zu urteilen, muss es sich um Journalisten handeln. Ich runzle die Stirn, während ich überlege, ob heute irgendein Event stattfindet, von dem ich wissen sollte. Doch so sehr ich mein Gedächtnis auch anstrenge, mir will partout keine Veranstaltung einfallen, die ich vergessen haben könnte.

Was hat das zu bedeuten? Was wollen die alle hier?

Mit grimmiger Miene quetsche ich mich durch die Menschenansammlung. »Darf ich bitte?«

Nur noch wenige Meter trennen mich von der Drehtür, als einem der Reporter, ein schlaksiger junger Mann mit fettigem Haar, plötzlich dämmert, wen er vor sich hat. Seine Gesichtszüge hellen sich schlagartig auf und er macht einen großen Schritt vorwärts, um mir den Weg zu verstellen.

»Herr Matterfeld!« Eifrig hält er mir sein Mikrofon vor die Nase. »Was sagen Sie zu den Vorwürfen, die gegen Sie erhoben werden? Haben Sie tatsächlich die Probandenergebnisse manipuliert, um *Pharmauniverse* einen Wettbewerbsvorteil zu verschaffen? Eine kurze Stellungnahme bitte!«

Die übrigen Umstehenden sind nun ebenfalls auf mich aufmerksam geworden, und plötzlich bin ich von Reportern umringt.

»Ist das wahr? Ist der Diätshake, den Ihr Unternehmen kürzlich auf den Markt gebracht hat, in Wahrheit gesundheitsschädigend?«

»Hierher, Herr Matterfeld! Mein Name ist Sandra Kalibra, ich berichte für den Kurier. Würden Sie einem Exklusivinterview zustimmen?«

Meine Kinnlade kippt herab, während ich mit unverhohlenem Entsetzen in die Menge starre, die sich immer dichter um mich schart. Genau in diesem Moment drückt einer der Umstehenden auf den Auslöser und vom plötzlichen Blitzlicht geblendet reiße ich den Arm hoch.

Was zum ...?

Einen Augenblick später habe ich meine entgleisten Gesichtszüge wieder unter Kontrolle gebracht. Schäumend vor Wut presse ich hervor: »Keine Ahnung, wovon Sie da sprechen. Aber ich versichere Ihnen, niemand bei *Pharmauniverse* würde so etwas Abscheuliches tun. Und jetzt machen Sie bitte Platz!«

Unter heftigem Protest der Journalisten kämpfe ich mich bis zum Eingang durch und schlüpfe durch die Drehtür. Ohne mich noch einmal umzuwenden, stürme ich zum Fahrstuhl und drücke den Knopf für den zweiten Stock. Schwer atmend lasse ich mich dann gegen die Rückwand der Kabine sinken und schließe für einen Moment die Augen. Mein Puls rast. Was zum Teufel war das denn eben?

Kurz darauf gleiten die Aufzugtüren mit einem Ping auf und ich betrete den Empfangsbereich.

»Herr Matterfeld, da sind Sie ja endlich!«

Mein Kopf ruckt nach oben. Hektisch sehe ich mich im Raum um, befürchte plötzlich, noch weitere Journalisten anzutreffen. Doch es ist nur Sandra Bielefeld, die Empfangsdame, und ich atme erleichtert aus.

»Eine furchtbare Angelegenheit, nicht wahr? Geht es Ihnen denn den Umständen entsprechend gut?«

»Hallo, Sandra.« Ich runzle die Stirn, versuche noch, mir einen Reim auf das alles zu machen. »Was zur Hölle ist da draußen eigentlich los? Was soll das ganze Theater? Wir werden ja regelrecht belagert!« Fassungslos schüttle ich den Kopf.

Die Empfangsdame senkt den Blick und knabbert an einem ihrer pink lackierten Fingernägel. »Sagen Sie bloß, Sie haben ihn noch nicht gelesen.«

»Was soll ich gelesen haben?«, fauche ich. Als ich bemerke, wie Frau Bielefeld erschrocken vor mir zurückweicht, beiße ich mir schuldbewusst auf die Unterlippe. In deutlich gefassterem Tonfall füge ich hinzu: »Tut mir leid, ich wollte Sie nicht so anfahren. Sie können ja nichts dafür. Also bitte – was ist da draußen los? Was wollen die?«

Frau Bielefeld schluckt sichtlich. »Na – die Zeitung«, murmelt sie kaum hörbar. »Der Artikel im Wiener Tagesblatt gestern Abend. Darin steht, Sie hätten die Studienergebnisse für ein Diätprodukt manipuliert, das kürzlich auf den Markt gekommen ist.«

Meine entgeisterte Miene spricht wohl Bände, denn sie hebt beschwichtigend die Arme. »Ich weiß natürlich, dass das Quatsch ist. Alle hier bei *Pharmauniverse* wissen das. Ich meine, Sie würden doch nie – würden nicht …«

»Zeigen Sie ihn mir. Den Artikel. Sofort.«

Mit vor Anspannung bebenden Fingern macht sich Frau Bielefeld an ihrem Computer zu schaffen. Wenige Augenblicke später hat sie die gewünschte Seite gefunden und dreht den Bildschirm so, dass ich ihn sehen kann.

Ungläubig starre ich das Display an, auf dem ein Foto vom Bürogebäude von *Pharmauniverse* prangt. Beim Anblick der vielsagenden Schlagzeile »*Pharmauniverse* – alles nur Lug und Betrug?« habe ich ein Gefühl, als würde mir jemand den Boden unter den Füßen wegziehen.

Nein. Bitte, das kann doch nicht wahr sein!

Nach und nach weicht sämtliche Farbe aus meinem Gesicht, während ich den Artikel überfliege.

Kein Wunder, dass die Presse so erpicht darauf war, mir einen Kommentar abzuringen, schießt es mir durch den Kopf, und ich spüre, wie Übelkeit in mir hochsteigt. Mühsam ringe ich nach Luft. Dem Wiener Tagesblatt zufolge wird mir – dem Geschäftsführer von *Pharmauniverse* – vorgeworfen, ich hätte die Studienergebnisse eines neuen und vielversprechenden Diätshakes manipuliert, um die Vermarktung anzukurbeln. Die Nebenwirkungen des Produkts sollen in Wahrheit beträchtlich sein, von Mangelerscheinungen über Magenbeschwerden bis hin zu Leberproblemen ist alles dabei. Untermauert wird das Ganze mit Auszügen aus den vermeintlich richtigen Probandenergebnissen, die ich nie zuvor gesehen habe.

Nachdem ich zu Ende gelesen habe, hebe ich langsam den Blick. »Wer war das?«, frage ich tonlos. »Weiß man schon, wie diese abstrusen Lügen an die Presse gelangt sind?«

Frau Bielefeld verneint. »Noch nicht«, sagt sie leise.

Ich schüttle fassungslos den Kopf. Ich kann einfach nicht glauben, dass das hier gerade wirklich geschieht. Zehn Jahre habe ich alles Erdenkliche dafür getan, diesem Unternehmen zu Ansehen und Größe zu verhelfen – und jetzt das. Doch jetzt ist nicht die richtige Zeit, in Selbstmitleid zu versinken. Ich muss handeln, und zwar schnell.

Mit entschlossener Miene wende ich mich zum Gehen. »Ich möchte, dass sämtliche Mitarbeiter, die Zugang zu diesen Studien hatten, befragt werden. Wenn möglich heute noch. Und organisieren Sie einen Termin mit den Abteilungsleitern. Das wäre erst mal alles. Danke, Sandra.«

Ich bin schon halb den Gang hinunter, als sie mir hinterherruft. »Herr Matterfeld, so warten Sie doch.« Ihre Stimme klingt gequält.

Ungeduldig drehe ich mich zu ihr um. »Was denn noch?«

»Ich hätte es Ihnen gleich sagen sollen.« Sie sieht auf einmal schrecklich angespannt aus, wie sie von einem Bein aufs andere trippelt. »Herr Wolf ist hier. Er und die übrigen Aufsichtsratsmitglieder sind vor etwa einer Stunde eingetroffen. Sie warten im Raum *Paris* auf Sie.«

Fluchend mache ich auf dem Absatz kehrt.

Verdammt. Eine spontane Aufsichtsratssitzung zur Krisenbewältigung. Auch das noch.

Mit einem mulmigen Gefühl im Magen laufe ich den Flur entlang, der zu den Besprechungsräumen führt. Alle Sitzungszimmer hier im zweiten Stock sind nach europäischen Städten benannt. Ich passiere *Berlin*, *Budapest* und *London*, bevor ich den Raum mit der entsprechenden Aufschrift erreiche und die Milchglastür aufstoße.

Meine Miene verdüstert sich schlagartig, als mein Blick auf die Menschenansammlung fällt. Martin Wolf, der Aufsichtsratsvorsitzende, Andreas Bischop, Miranda Fürstenfeld und Alexander Kierling – es sind tatsächlich alle gekommen.

Martin springt auf, kaum, dass er mich entdeckt hat. Sein Gesichtsausdruck ist ungewohnt ernst. »Raphael«, sagt er und schüttelt mir die Hand. »Gut, dass du da bist. Was für ein fürchterlicher Schlamassel.«

Ich nicke knapp. »Ich habe eben erst davon erfahren.« Dann zwinge ich meine Mundwinkel zu einem selbstsicheren Lächeln. »Aber ich habe mir schon einen Plan zurechtgelegt, wie wir jetzt am besten vorgehen. Die Schuldigen zu finden hat oberste Priorität. Auf meine Veranlassung hin werden noch heute alle Angestellten befragt, die mit der Studie betraut oder sonst wie in die Produktentwicklung eingebunden waren. Praktikanten und ausgeschiedene Mitarbeiter inklusive.«

Martin nickt eilig. »Das ist gut. Sehr gut.« Mit hörbarer Irritation in der Stimme fügt er hinzu: »Es stimmt also nicht, was in der Zeitung steht? Der Produktentwicklungsprozess, die Studienergebnisse – da ist tatsächlich alles mit rechten Dingen zugegangen?«

Einen Moment lang verschlägt es mir die Sprache. »Natürlich sind sie das!« Entrüstet hebe ich die Hände. »Du hast doch nicht etwa wirklich geglaubt, ich würde meinen guten Ruf und den der Firma für irgendein x-beliebiges Diätpräparat aufs Spiel setzen? Mein Gott, Martin!«

»In Ordnung. Ich glaube dir ja.« Er seufzt. »Dann heißt es jetzt also erst mal Schadensbegrenzung betreiben.«

»Genau.« Rastlos beginne ich im Raum auf und ab zu laufen, während ich laut darüber nachdenke, was als Nächstes zu tun ist. »Ich habe Frau Bielefeld bereits gebeten, ein Treffen mit allen Abteilungsleitern einzuberufen. Die Auslieferung der Shakes wird vorübergehend gestoppt, außerdem werden wir mit sämtlichen Abnehmern Kontakt aufnehmen und sie von der Wahrheit überzeugen. Danach ...«

Unvermittelt halte ich inne, als mir auffällt, wie sich Martin und die anderen verstohlene Blicke zuwerfen. Auf einmal fühle ich mich, als würde ich in einem Albtraum feststecken. Einer von der Sorte, wo man vor der Schulklasse steht und feststellt, dass man nackt ist.

»Was ist denn?«, frage ich in die Runde und sehe jeden Einzelnen an dabei. »Hab ich irgendwas verpasst?«

Martin tauscht erneut vielsagende Blicke mit den anderen, dann macht er einen Schritt auf mich zu und drückt väterlich meine Schulter. »Sieh mal, Raphael, uns ist natürlich klar, was für ein Schock das für dich sein muss. Ist es für uns alle.« Er schüttelt den Kopf. »Nichtsdestotrotz halten wir es für das Beste, wenn du als Geschäftsführer zurücktrittst. Selbstverständlich nur so lange, bis diese schreckliche Angelegenheit geklärt ist.«

»Wie bitte?« Ich will meinen Ohren nicht trauen. Fassungslos starre ich ihn an. »Das kann nicht euer Ernst sein!«

Einen Augenblick lang herrscht betretenes Schweigen, während ich einen nach dem anderen mit Blicken durchbohre. Mit wachsender Verzweiflung mustere ich ihre schuldbewussten Gesichter, in der irrigen Hoffnung, ich hätte Martins Worte missverstanden. Doch wie es aussieht, ist das nicht der Fall.

Jäh spüre ich, wie Wut in mir hochsteigt. »Nach allem, was ich für dieses Unternehmen getan habe, verlangt ihr, dass ich mich ausgerechnet jetzt zurückziehe?«, stoße ich zwischen zusammengebissenen Zähnen hervor. »Ist keinem von euch in den Sinn gekommen, dass das in der Öffentlichkeit einem Schuldeingeständnis gleichkommt? Scheiße, ich habe nichts verbrochen! Ich bin hier das Opfer, begreift ihr das denn nicht?«

Die anderen zucken ob meiner Ausdrucksweise kollektiv zusammen.

»Natürlich glauben wir an deine Unschuld«, erklärt Andreas kleinlaut. »Aber wir müssen auch an das Wohl der Firma denken. Sobald sich herausstellt, dass ein Missverständnis vorliegt, setzen wir dich umgehend wieder ein und verklagen die vom Wiener Tagesblatt bis zum Bankrott. Doch bis es so weit ist ...« Er bricht ab.

»Kommt nicht in Frage.« Ich schüttle so heftig den Kopf, dass sich eine Strähne meines sonst immer sorgsam gescheitelten Haars löst und mir wirr in die Stirn fällt. Trotzig verschränke ich die Arme vor der Brust. »Ich bin ebenfalls Anteilsinhaber, wie ihr vielleicht noch wisst. Ihr könnt mich nicht einfach gegen meinen Willen absetzen. Zehn Jahre meines Lebens habe ich dieser Firma geopfert. Ich bin *Pharmauniverse*, Herrgott nochmal!«

»Sechsundzwanzig Prozent«, schaltet sich nun auch Miranda ein, eine zaundürre Frau mit juwelenbesetzten Ringen an beiden Händen, die bislang hartnäckig geschwiegen hat. »Dir gehört nur etwas mehr als ein Viertel der Anteile. Für die Abberufung eines Geschäftsführers reicht eine Zweidrittelmehrheit. Lies es im Gesellschaftsvertrag nach, wenn du uns nicht glaubst.« Ihr Blick ist fest, als sie mich ansieht. »Es tut uns wirklich leid, Raphael. Aber unsere Entscheidung ist gefallen.«

Die eisige Stille, die auf ihre Worte folgt, ist beinahe mit Händen greifbar. Wortlos blicke ich noch einmal von einem zum anderen, doch sie halten die Köpfe gesenkt, niemand wagt es, mir auch nur in die Augen zu sehen. Noch nie in meinem Leben habe ich mich derart verraten gefühlt.

»Das werdet ihr bereuen«, murmele ich tonlos. »Jeder Einzelne von euch.« Dann wirbele ich auf dem Absatz herum und stürme aus dem Besprechungsraum.

KAPITEL 32

Anette

Hallo, Schatz«, rufe ich über die Schulter.
Eben ist die Tür ins Schloss gefallen und ich höre
in der Eingangshalle Raphaels Schritte, die sich polternd
Richtung Küche bewegen. Hastig putze ich mir die Hände
an der Küchenschürze ab, dann wende ich mich lächelnd
um. Versuche, alle Begeisterung, die ich aufbringen kann,
in meine Stimme zu legen.

»Du bist ja heute richtig früh zu Hause. Hast du schon
zu Abend gegessen? Ich habe Lasagne gemacht. Magst du
was davon?«

»Nein danke, nicht nötig.«

Raphael lässt sich am Küchentisch nieder und stützt das
Kinn in die Hände. Bei näherem Hinsehen fällt mir auf,
wie mitgenommen er aussieht. Sein sonst so ordentlich ge-
bürstetes Haar steht am Hinterkopf ab, seine Augen sind
rotgerändert und sein Atem stinkt nach Zigarettenrauch.

»Ist alles okay mit dir? Du siehst – erschöpft aus.«

Raphael lacht kurz und freudlos auf. »Wen wun-
dert's?«, erwidert er. »Hast du den Artikel etwa noch gar
nicht gelesen?«

»Wovon sprichst du? Was denn für ein Artikel?«

Raphael zieht eine zusammengefaltete Zeitung aus der
Tasche und knallt sie vor mir auf den Tisch. »Lies selbst.«

Ich runzle die Stirn und falte die Zeitung auseinander.

Beeindruckt stelle ich fest, dass es der Beitrag tatsächlich auf die Titelseite geschafft hat. Hastig überfliege ich
die Zeilen, wobei ich achtgebe, im richtigen Moment zu

keuchen und die Hand vor den Mund zu schlagen. Nur mit Mühe kann ich mir dabei ein schadenfrohes Grinsen verkneifen. Kein Wunder, dass Raphael so verzweifelt ist. Die Journalisten des Wiener Tagesblatts haben ganze Arbeit geleistet. Der Artikel ist reißerisch geschrieben, die brisanten Details, die ich ihnen gesteckt habe, sind fast vollständig darin verarbeitet.

Sichtlich betroffen lasse ich die Zeitung wieder sinken. »Dieses Drecksblatt«, stoße ich ungläubig hervor. »Aber – das ist ja abscheulich! Mein Gott, Raphael, – woher haben die diesen Unsinn nur?«

Mein Mann zuckt die Schultern. »Keine Ahnung. Jedenfalls ist jedes Wort davon gelogen.« Er zittert am ganzen Körper vor Empörung. »Ich meine, wieso sollte ich mir die Mühe machen, irgendwelche Studienergebnisse zu fälschen? Ausgerechnet ich!« Stöhnend vergräbt er das Gesicht in den Händen. »Aber letztendlich ist es das jetzt auch egal. Ich wurde beurlaubt.« Spuckefetzen fliegen durch seine gespreizten Finger und sprenkeln die Tischplatte.

»Du wurdest – *was*?«

Raphael nickt düster. »Angeblich nur so lange, bis sie den oder die Schuldigen gefunden haben. Trotzdem – Martin, dieser elende Wichser. Zehn Jahre meines Lebens habe ich diesem Unternehmen geopfert – und das soll der Dank dafür sein? Verdammt, ich habe *Pharmauniverse* überhaupt erst zu dem gemacht, was es heute ist! Ich bin *Pharmauniverse*!«

Bei diesen Worten spüre ich eine Woge des Hasses in mir aufsteigen. Mein Vater war derjenige, der *Pharmauniverse* aufgebaut hat, nicht er. Niemand weiß das so gut wie Raphael. Trotzdem gemahne ich mich zur Ruhe.

Halte durch. Nur noch ein klein wenig Geduld. Bald bist du ihn ein für alle Mal los.

Und als ich erneut das Wort ergreife, ist meine Stimme voller Mitleid. »Du hast recht. Das hast du wirklich nicht verdient.«

In einer fließenden Bewegung wende ich mich um und hole eine Weinflasche aus dem Kühlschrank. »Du siehst aus, als könntest du einen Drink vertragen.«

Schweigend fülle ich zwei Gläser und drücke ihm eins davon in die Hand, dann lasse ich mich ihm gegenüber am Küchentisch nieder. Raphael leert sein Glas in einem Zug. Sogleich mache ich mich daran, ihm nachzuschenken.

»Vielleicht trifft sich deine unfreiwillige Auszeit gar nicht so schlecht«, sage ich schließlich vorsichtig. »Wir könnten die Gelegenheit nutzen und mit Lara in dieses Thermenhotel fahren, das mir meine Kollegin von der Uni empfohlen hat. Endlich ein wenig Zeit als Familie verbringen. Na, was sagst du?« Ich werfe ihm einen hoffnungsvollen Blick zu. »Bis wir zurück sind, hat sich der Rummel bestimmt schon wieder gelegt, meinst du nicht?«

Wie erwartet ist Raphael alles andere als begeistert von meinem Vorschlag. »Nette Idee, aber lieber ein andermal.«

Scheinbar enttäuscht lasse ich den Kopf hängen. »Verstehe.« Nervös knabbere ich an meiner Unterlippe. »Würde es dir was ausmachen, wenn ich trotzdem fahre? Lara hat gesehen, wie ich nach Hotels gesucht habe, und war ganz begeistert von dem Wasserpark, den sie dort haben.« Ich lächle tapfer. »Aber wenn du mich brauchst, bleibe ich natürlich. Wir stehen das zusammen durch. Als Familie.«

»Nein, fahrt ihr ruhig.« Raphael seufzt erschöpft. »Wer weiß, wie lange es dauert, bis die Reporter Wind bekommen, wo ich wohne. Ich möchte nicht, dass Lara irgendwas von dem mitbekommt, was gerade los ist.«

»Okay. Wie du willst«, erwidere ich achselzuckend. Nur mit Mühe gelingt es mir, ein selbstzufriedenes Grinsen zu unterdrücken. Es war klar, dass Raphael kein Interesse daran hat, mit uns zu verreisen. Schließlich ist das Letzte, wonach ihm der Sinn steht, mehr Zeit als nötig mit mir zu verbringen. Und natürlich weiß ich auch, wohin er sich stattdessen zurückziehen wird, um seine Wunden zu lecken. Und genau das spielt mir perfekt in die Hände. Beinahe kommt es mir unwirklich vor, wie reibungslos mein Plan funktioniert.

»Ach ja – da wäre noch was. Falls du am Wochenende Zeit hast, im Ferienhaus beim Schneeberg nach dem Rechten zu sehen – könntest du nachsehen, ob du meinen grauen Fleecepullover findest? Er müsste im Schrank liegen. Oder in der Garderobe.« Ich werfe ihm einen bittenden Blick zu. »Ich hab ihn schon überall gesucht. Eigentlich kann er nur dort sein.«

Raphael erhebt sich. Er scheint mich nicht mal richtig wahrzunehmen. »Klar. Ich hatte ohnehin vor, morgen rauszufahren.« Dann lässt er mich, die halbleere Weinflasche in der Hand, allein in der Küche zurück. Mit einem leisen Lächeln auf den Lippen blicke ich ihm hinterher.

KAPITEL 33

Raphael

Erleichterung durchflutet mich, als ich meinen Wagen endlich auf die Autobahn lenke. Ich setze den Blinker und wechsle auf die Überholspur, drücke das Gaspedal voll durch. Der Motor röhrt und von der Wucht der Beschleunigung werde ich in den Fahrersitz gedrückt. Mit grimmiger Miene packe ich das Lenkrad fest mit beiden Händen.

Ich kann es kaum erwarten, die Stadt hinter mir zu lassen. Jeder Faser meines Körpers schreit nach einer Auszeit, einer kleinen Verschnaufpause, um meine Gedanken zu sortieren, mir darüber klarzuwerden, wie es jetzt weiter gehen soll.

Mein Gespräch mit Gerhard Wohlmut nach meinem Zusammenstoß mit Martin und den anderen kommt mir wieder in den Sinn und ich verziehe angewidert das Gesicht. Gerhard hatte ziemlich mitgenommen ausgesehen, wie er da zusammengesunken hinter seinem Schreibtisch hockte – die Presse dürfte ihm übel mitgespielt haben. Seinen Aussagen zufolge war zwar nur eine Handvoll Mitarbeiter in die Durchführung und Auswertung der Probandenergebnisse involviert gewesen, trotzdem hätte es im Grunde jeder sein können, angefangen bei Frau Weiss und ihrem Team, die mit der Vermarktung des Produkts betraut waren. Doch gerade, als ich genauer nachfragen wollte, wurde unsere Unterhaltung jäh unterbrochen, denn Martin kam in Gerhards Büro gestürzt, dicht gefolgt von Miranda.

Bei der Erinnerung an ihre anklagenden Mienen, als sie mich wenig höflich aus dem Gebäude komplimentierten, spüre ich eine Woge der Wut in mir aufsteigen. Zornig schlage ich mit einer Hand aufs Lenkrad. Mein Wagen gibt ein erschrockenes Hupen von sich und der Fahrer rechts von mir reckt erbost den Mittelfinger in meine Richtung. Doch das ist mir egal, ich bin völlig in meine düsteren Grübeleien versunken. Ich weiß, was Martin und die anderen denken. In ihren Augen bin ich schuldig, ebenso wie Herr Wohlmut, den sie wahrscheinlich postwendend entlassen haben. Beinahe könnte ich Mitleid mit ihm haben, wenn meine eigene Lage nicht derart aussichtslos wäre.

Nach der gut einstündigen Fahrt verlasse ich die Autobahn und zuckele nun gemächlichen Tempos durch eine ländlich wirkende Gegend. Jetzt ist es nicht mehr weit. Als ich nur noch ein paar Straßen von meinem Haus entfernt bin, ist es bereits später Nachmittag und ich beschließe spontan, den Sonnenuntergang am Gipfel zu verbringen. Vielleicht, so hoffe ich, gibt mir die vertraute Umgebung ja wieder ein wenig meines inneren Friedens zurück. Also biege ich in die kurvige Bergstraße ein, die bis ganz nach oben führt, und parke mein Auto in einer Schneise am Fahrbahnrand. Zu Fuß laufe ich weiter, den gewundenen Waldweg entlang. Das Zwitschern der Vögel in den Bäumen dringt an meine Ohren und ich sauge die frische Luft tief in meine Lungen. Allmählich spüre ich, wie sich der Druck auf meiner Brust lockert.

Zehn Minuten Fußmarsch später habe ich mein Ziel erreicht – die alte Holzbank, auf der Rebecca und ich so oft gesessen haben. Wie immer bin ich verzaubert von dem Anblick, der sich mir bietet. Die herbstlich gefärbten Blätter, der von Nadeln bedeckte Waldboden, der orangerot leuchtende Himmel, in der Ferne die Silhouette der Stadt – all das erinnert mich an glücklichere Zeiten. Zärtlich fahre ich mit den Fingerspitzen über das Holz der alten Bank, die eingeritzten Buchstaben. Rebecca und Raphael. Mit brennenden Augen lasse ich mich auf die Sitzfläche sinken.

Als ich Anette kennenlernte, erschien sie mir wie ein Wink des Schicksals – schön, charmant und ein wenig schüchtern, wie sie war, dazu noch die Tochter von Christian Emerson, dem stadtbekannten Großunternehmer. Ich war regelrecht geblendet von der Vorstellung, was für ein Leben ich an ihrer Seite führen könnte. Rebecca dagegen war alles andere als eine gute Partie. Sie stammte aus ärmlichen Verhältnissen, die Mutter Krankenschwester, der Vater vor Jahren verstorben, sie selbst war auch nicht gerade mit besonderem Ehrgeiz gesegnet. Und obwohl ich sie von ganzem Herzen liebte, wusste ich, dass ich mit ihr nie die Zukunft haben würde, von der ich träumte, seit ich der winzigen Wohnung meiner Eltern mit achtzehn den Rücken gekehrt hatte. Ich wollte mehr. So viel mehr.

Und wohin hat dich das geführt?

Unvermittelt schiebt sich die Erinnerung an jenen schicksalhaften Abend vor knapp einem Jahr in meine Gedanken. Ich sehe mich selbst, wie ich in die Eingangshalle trete, höre das Getrappel von Anettes Füßen auf der Treppe.

»Raphael – was tust du denn so früh schon hier?«

Mein Blick wanderte von Anettes schuldbewusster Miene zu dem Koffer in der Diele, und auf einen Schlag war mir klar, was sie vorhatte. Die Erkenntnis raubte mir regelrecht den Atem.

»Du willst mich verlassen? Im Ernst?«

Ich war selbst überrascht davon, wie bedrohlich meine Stimme klang. In meinem Kopf wirbelten die Gedanken nur so durcheinander, Panik, Zorn und Entsetzen kämpften in meinem Inneren um die Oberhand. Doch äußerlich blieb ich vollkommen ruhig, und automatisch machte ich einen entschlossenen Schritt auf sie zu. Wie durch dichten Nebel tröpfelten ihre Worte in mein Bewusstsein. Eine ganze Litanei an Vorwürfen. Ich sei kaum noch zu Hause, würde ihr und Lara zu wenig Beachtung schenken. Dass sie nicht dumm sei und wüsste, was ich hinter ihrem Rücken trieb.

Ihre Anschuldigungen trafen mich bis ins Mark. Denn sie hatte nicht Unrecht. Zwar hatte ich – von Melanie einmal abgesehen – nie eine fremde Frau angerührt. Insgeheim hatte ich der Damenwelt abgeschworen, mir eingeredet, ich wäre ohne die Liebe besser dran. Trotzdem war es, seit ich erfahren hatte, wie Anette wirklich war, mit unserer Ehe unaufhaltsam bergab gegangen. Anette war nicht im Mindesten das liebevolle, naive und schüchterne Mädchen, für das ich sie gehalten hatte. Und trotz all meiner Anstrengungen, darüber hinwegzusehen, die Dämonen aus ihrer Kindheit ruhen zu lassen, gelang es mir nicht. Tief in meinem Inneren hasste ich sie dafür, dass es ihr gelungen war, mich derart zu täuschen. Gefangen in einer teuflischen Abwärtsspirale war meine Zuneigung zu Anette immer weiter verblasst, bis sie nichts mehr war als eine ferne Erinnerung. Sie war anderen Gefühlen gewichen. Abscheu. Resignation. Und einem Hauch von Angst.

Das Blut rauschte in meinen Ohren, während ich über all die Opfer nachdachte, die ich im Laufe der Zeit für unsere Familie gebracht hatte. Nicht im Entferntesten wäre mir in den Sinn gekommen, dass Anette mich verlassen könnte. Anette liebte mich, da war ich mir sicher. Sie brauchte mich. Und wer war sie denn schon ohne mich? Wenn ich sie damals nicht vom Badezimmerfußboden aufgelesen hätte, wäre sie inzwischen nicht mal mehr am Leben!

Vergiss deinen Stolz doch für einen Augenblick. Lass Anette gehen. Das ist die Gelegenheit, nochmal ganz neu anzufangen. War es nicht das, was du dir insgeheim gewünscht hast?

Ich spürte, wie sich Wut in meinem Magen zusammenbraute. Eine Wut, wie ich sie noch nie zuvor verspürt hatte. Denn so verlockend die Vorstellung auf den ersten Blick erscheinen mochte, hätte unsere Scheidung auch zwangsläufig das Ende meiner Karriere bei *Pharmauniverse* bedeutet. Die Mühen, die ich auf mich genommen, die vielen Opfer, die ich gebracht hatte – all das durfte einfach nicht umsonst gewesen sein.

Rasch wog ich meine Möglichkeiten ab. Anette mochte zwar nach außen hin selbstbewusst und stark wirken, doch tief in ihrem Inneren war sie schwach. Eine verunsicherte und von Selbstzweifeln zerfressene Persönlichkeit. Also drohte ich ihr. Meine entschlossene Miene und der unverhohlene Zorn in meiner Stimme reichten aus, um sie zur Vernunft zu bringen.

Und Anette blieb.

Als sie an jenem Abend eingeschlafen war, durchforstete ich ihr Handy. Bereits ein kurzer Blick auf ihre letzten Nachrichten verriet mir, wer der Unruhestifter gewesen war. Wessen Einfluss ich Anettes gescheiterten Trennungsversuch zu verdanken hatte.

Bei dieser Erinnerung stoße ich ein bitteres Lachen aus. Denn jeder – wirklich jeder – hat seinen Preis. Das weiß ich aus eigener Erfahrung.

Trotzdem war mir klar, dass ich auf der Hut sein musste. Anette ist unberechenbar, fragil, womöglich sogar gefährlich. Sie denkt zwar, sie braucht die Tabletten nicht, die ihr Doktor Morris verschrieben hat, und in der ersten Zeit mag es tatsächlich diesen Anschein erwecken. Doch dann kehren sie zurück – die Hirngespinste, die

Depressionen und wahnhaften Gedanken. Und Anette wird zu einem Schatten ihrer selbst. Zu allem fähig.

Nach unserer Beinahe-Trennung hatte ich mich redlich bemüht, Anette ein besserer Ehemann zu sein. Sie glauben zu machen, ich würde sie lieben, dass ich mich geändert hatte, dass wir die Familie sein konnten, die sie sich so sehnlichst wünschte. Doch dann trat Rebecca auf die Bildfläche und auf einen Schlag war meine ganze Welt ins Wanken geraten.

Ich hätte sie verlassen sollen, das weiß ich jetzt. Schon damals, als ich erfahren hatte, wozu diese Person fähig war, die ich da geheiratet hatte. Vor einem Jahr, als mir das Schicksal in Gestalt von Philipp eine zweite Chance gab. Spätestens, als ich Rebecca wieder traf, hätte ich endlich einen Schlussstrich unter unsere Beziehung setzen müssen.

Wieso habe ich es nicht getan? Warum bin ich nur nicht gegangen, als ich die Gelegenheit dazu hatte?

Ich stoße hörbar den Atem aus. Letztlich haben mir mein Ehrgeiz und mein Streben nach Erfolg und Reichtum nichts als Leid eingebracht. Was nützt schon all das Geld, wenn man es nicht mit demjenigen teilen kann, den man liebt? Und hier bin ich nun. Gefangen in einer unglücklichen Ehe, fallengelassen von der einzigen Person, die ich je aufrichtig geliebt habe, fortgejagt aus meiner eigenen Firma. Und tief in meinem Herzen weiß ich, dass ich mir meine Misere allein selbst zuzuschreiben habe.

Wie soll es denn jetzt nur weitergehen?

Die Sonne ist inzwischen hinter dem Horizont verschwunden, und mit hängenden Schultern, die Arme bibbernd um den Körper geschlungen, mache ich mich auf den Rückweg zu meinem Wagen. Nachdem ich mich hinters Steuer gesetzt habe, drehe ich die Autoheizung voll auf und fahre los. Am Fuße des Berges angekommen durchquere ich den Ortskern, der nur aus einer Handvoll niedriger Häuschen besteht, und halte auf die Landstraße zu, die aus dem Dorf herausführt. Hinter einer Baumgruppe nehme ich eine halb verborgene Abzweigung nach rechts.

Mit vor Konzentration zusammengekniffenen Augen holpere ich im Schritttempo den schmalen Weg entlang, wobei ich den Schlaglöchern geschickt ausweiche.

Schließlich taucht hinter einer Biegung im Licht der Scheinwerfer die vertraute Fassade auf, und zu meiner Überraschung spüre ich, wie sich ein stolzes Lächeln auf meinem Gesicht ausbreitet. Jedes Mal, wenn ich herkomme, kann ich es kaum glauben, dass dieses Schmuckstück inmitten der unberührten Natur tatsächlich mir gehören soll.

Harte Arbeit und viel Geld waren nötig gewesen, um Sebastian Wiedeschitz' Haus, das in einem abgewohnten und teilweise desolaten Zustand war, wieder auf Vordermann zu bringen und in die Wohlfühloase zu verwandeln, die es heute ist. Die Strom- und Wasserleitungen mussten erneuert, der morsche Dachstuhl repariert werden. Darüber hinaus waren einige Elemente der Glasfassade an der Rückfront des Anwesens, wo einmal das Atelier untergebracht war, arg in Mitleidenschaft gezogen. Trotzdem war es jeden Cent und Schweißtropfen wert. Christian war derjenige, der mich dazu überredete, die Glasfront nicht nur auszutauschen, sondern die Kubatur noch um ein paar Quadratmeter zu erweitern und zu einem Wintergarten umzufunktionieren.

Bei der Erinnerung an meinen verstorbenen Schwiegervater, mit dem ich im Zuge der aufwendigen Sanierung so viele Wochenenden hier verbracht habe, empfinde ich einen Anflug von Traurigkeit. Trotz der Fehler, die er in Bezug auf Anette gemacht hat, hatte Christian das Herz am rechten Fleck, das muss man ihm lassen.

Nachdem ich mein Auto an seinem angestammten Platz unter einer alten Fichte abgestellt habe, reibe ich mir die müden Augen. Auf einmal bin ich schrecklich erschöpft, und ich kann es kaum erwarten, ins Bett zu kommen. Gleich morgen, nehme ich mir vor, werde ich einen ausgedehnten Spaziergang durch die angrenzenden Wälder unternehmen. Vielleicht kommt mir ja dann endlich die zündende Idee, wie ich mich aus dem Schlamassel wieder herauswinden soll, der sich mein Leben schimpft.

In alter Gewohnheit ziehe ich ein zerknautschtes Päckchen Zigaretten aus der Seitentasche meiner Jacke. Den Glimmstängel zwischen den Lippen stochere ich mit dem Schlüssel im Schloss, während ich mit der anderen Hand nach meinem Feuerzeug krame. Die Tür geht knarrend auf und ich verziehe das Gesicht, als ich den unangenehmen Geruch bemerke, der mir entgegenschlägt. Es ist Monate her, seit ich zuletzt hier war, und wie es scheint, muss ich erst mal dringend lüften. Endlich ertasten meine Finger das Zippo und ich lasse es aufschnappen.

Dann geht alles plötzlich verdammt schnell. Meine Hand, die immer noch das Feuerzeug umklammert hält. Die Funken, die daraus emporsprühen. Ein ohrenbetäubender Knall. Das jähe Entsetzen, das mich durchflutet, als mir klar wird, was der merkwürdige Geruch zu bedeuten hat.

Von der Druckwelle der Explosion werde ich zurückgeschleudert, während das Haus vor meinen Augen in Flammen aufgeht.

Und schließlich – nichts mehr.

KAPITEL 34

Sechs Monate zuvor. Anette

Auf der Rückfahrt von Frau Kalschitckys Wohnung kann ich nicht aufhören zu zittern. Alles um mich herum kommt mir irgendwie dumpf vor, die Außenwelt zieht wie in weiter Ferne an mir vorbei. Ich bin so in meine Grübeleien versunken, dass ich die Autobahnauffahrt verpasse und mich plötzlich in einer Gegend wiederfinde, die sogar noch düsterer wirkt als der Wohnblock, aus dem ich komme. Fluchend mache ich kehrt. Durch meinen Kopf hallt wieder und immer wieder derselbe Gedanke in einer quälenden Dauerschleife.

Raphael – du mieses Stück Dreck. Wie konntest du nur!

Wundersamerweise schaffe ich es trotz des Umwegs gerade noch rechtzeitig nach Hause. Wie ferngesteuert setze ich mich an meinen Schreibtisch und schlage die Unterlagen für meine Vorlesung auf, die kommende Woche beginnt, dann sinke ich erschöpft in mich zusammen. In diesem Augenblick höre ich, wie die Eingangstür aufgerissen wird.

»Mama, wir sind wieder da. Komm schnell!«

Ich muss all meine mentalen Kräfte mobilisieren, um mich im Sessel aufzurichten, und zwinge mich, ruhig durchzuatmen. Vor Martha und Lara so zu tun, als ob nichts wäre, ist das Letzte, wonach mir der Sinn steht. Trotzdem weiß ich, dass ich keine Wahl habe. Mit einem resignierten Seufzen mache ich mich auf den Weg in den Eingangsbereich, wo Martha gerade damit beschäftigt ist, meiner Tochter die Schuhe von den Füßen zu streifen.

»Hallo, Kleines.« Bereits auf den ersten Blick sehe ich, dass etwas mit ihr nicht stimmt. Lara zieht eine Schnute, ihre Augen sind vom Weinen verquollen. »Was ist los? Hattest du denn keinen Spaß im Kindergarten?«

»Doch, schon.« Meine Tochter scharrt mit den Füßen. »Anna und ich haben im Garten gespielt. Aber ...« Plötzlich beginnt ihre Unterlippe heftig zu zittern. Sie sieht aus, als würde sie jeden Augenblick in Tränen ausbrechen.

»Wir haben gestritten, Anna und ich«, flüstert sie. »Dann hat sie Fido geschnappt und ist mit ihm davongelaufen. Ich bin ihr hinterher, dabei ist Fido ...« Sie verstummt und hebt in einer verzweifelten Geste ihr geliebtes Stofftier hoch. Beim näheren Hinsehen erkenne ich einen Riss am Bauch, aus dem das weiße Futter hervorblitzt. »Kannst du das reparieren?«

»Natürlich, Schatz.« Ich lächle abwesend. »Gib ihn mir, ich kümmere mich darum. Bis zum Abendessen ist er wieder ganz der Alte, versprochen. Aber geh doch erst mal hinauf in dein Zimmer, ja?«

Martha, die Laras Kindergartentasche immer noch in der Hand hält, mustert mich stirnrunzelnd von oben bis unten. Mir ist klar, was für einen erbarmungswürdigen Anblick ich abgeben muss. Mein Haar ist zerzaust, und obwohl ich mir Mühe gegeben habe, die Mascaraschlieren auf meinen Wangen fortzuwischen, sind meine Augen rotgerändert.

»Geht's dir nicht gut, Anette?«, fragt sie, nachdem Lara mit hängenden Schultern in Richtung Treppe davongeschlichen ist. »Du bist ja so bleich. Man könnte meinen, du hättest ein Gespenst gesehen.«

Na toll. Das hat mir gerade noch gefehlt.

Ich mache eine wegwerfende Handbewegung. »Danke, aber ich bin okay. Ich habe nur den ganzen Vormittag schon diese schrecklichen Kopfschmerzen.« Zur Bekräftigung meiner Worte drücke ich meine Handflächen gegen die Schläfen.

Martha nickt, sieht jedoch alles andere als überzeugt aus. Als sie einen imaginären Fussel von ihrer Bluse streicht, ist ihre Miene skeptisch.

»Wenn es dir nichts ausmacht, werde ich jetzt nach oben gehen und mich ein wenig hinlegen. Kannst du dich bitte so lange um Lara kümmern?«

Ohne eine Antwort abzuwarten, wende ich mich von ihr ab und gehe mit Laras Stofftier im Arm in mein Schlafzimmer im oberen Stock. Vom Sonnenlicht geblendet, das durch die hohen Fenster scheint, lasse ich die Jalousien herunter, dann falle ich vollständig angezogen aufs Bett. Ich kann mich nicht erinnern, wann ich das letzte Mal dermaßen erschöpft gewesen bin.

Kaum habe ich die Augen geschlossen, sehe ich wieder Melanie Kalschitcky vor mir. Ihre entsetzte Miene beim Anblick der kompromittierenden Fotos, den Ausdruck von Schuld und Reue in ihrem Gesicht, als sie beichtete, dass sie es hinter meinem Rücken mit meinem Mann getrieben hat. Erneut werde ich von einer Woge glühenden Zorns beinahe überwältigt. Wut auf Frau Kalschitcky, die Ehebrecherin, Wut auf Raphael, diesem betrügerischen Stück Scheiße. Aber am meisten ärgere ich mich über mich selbst. Weil ich mich so lange von diesem miesen Arschloch habe vorführen lassen. Raphael ist es von Anfang an um die Firma gegangen. Ich hingegen war für ihn nur ein Mittel zum Zweck.

Und dann ist da noch ein anderer Verdacht, der mich nicht mehr loslässt, seit ich die Fotos auf Papas altem iPad gefunden habe.

Was, wenn Papas Tod gar kein Unfall gewesen ist?
Was, wenn ...

Ich rolle mich auf die Seite, schlinge fröstelnd die Tagesdecke um meinen Körper. Mit grimmiger Miene lasse ich Revue passieren, was ich bisher weiß.

Papa hat Raphael dabei ertappt, wie er mich betrügt, das belegen die Fotos. Am nächsten Morgen ist Papa – mein treuer und fürsorglicher Vater – für mich in die Bresche gesprungen und hat Frau Kalschitcky zur Kündigung genötigt. Die wiederum muss mit dieser Information schnurstracks zu Raphael gelaufen sein, um ihn zu warnen. Keine drei Tage später war Papa tot. Und obwohl sich alles in mir dagegen sträubt, bin ich sicher, dass das kein Zufall sein kann.

Ich erinnere mich noch gut an jenes Wochenende. Raphael hatte ursprünglich zu seinen Eltern nach München fahren wollen, doch dann – ganz plötzlich – änderte er seine Pläne. Mir erzählte er, Papa hätte ihn spontan zu dem Wanderausflug überredet. Im Nachhinein fällt mir ein, wie schrecklich nervös Raphael war, als er an jenem Morgen aufbrach. Damals schob ich sein merkwürdiges Verhalten auf die Arbeit, dass die beiden irgendwas Geschäftliches zu besprechen hätten. Aber was, wenn das nicht der wahre Grund für seine Unruhe war?

Allein bei dem Gedanken, was im Wald geschehen sein könnte, läuft mir ein eisiger Schauer über den Rücken. Papa hat die Gelegenheit genutzt, um Raphael unter vier Augen zur Rede zu stellen, da bin ich mir sicher. Ob er ihn dazu zwingen wollte, mir von seiner Affäre zu berichten? Hat er ihm vielleicht sogar ebenfalls mit Kündigung gedroht? Wusste Raphael damals bereits, dass Papa vorhatte, ihm die Firmenanteile zu vermachen, und sah angesichts dieser Bedrohung seine Felle davonschwimmen?

Und was hat Raphael daraufhin getan? Hat er Papa womöglich – hat er ihn ...? Ich wage es nicht, den Gedanken zu Ende zu denken.

Eine einsame Träne löst sich aus meinem Augenwinkel und tropft auf die Matratze. In den letzten Monaten habe ich so viel über meinen Mann und unsere Ehe erfahren, das ich im Grunde gar nicht wissen wollte. Das Entsetzen und die Panik in Raphaels Blick, als ich ihn mit meinem Trennungsentschluss überraschte. Die Drohungen. Philipp, der ganz plötzlich den Kontakt zu mir abbrach. Das Bestechungsgeld. Raphaels Affäre mit Frau Kalschitcky. Papas Testament, das Raphael und mich – gewollt oder ungewollt – für immer aneinander ketten wird. Und schließlich Papas Absturz von der Felswand, unmittelbar nachdem er Raphael mit seinem Betrug konfrontiert hat. All das fügt sich in meinem Kopf zu einem erschreckenden Gesamtbild zusammen. Raphael hatte die Finger im Spiel, was den Tod meines Vaters anbelangt, da bin ich mir inzwischen sicher. Es kann gar nicht anders sein.

Ein verzweifeltes Schluchzen entfährt meiner Kehle.

Was für einen Mann habe ich da eigentlich geheiratet?

Ich spüre Übelkeit in mir aufsteigen und schlage jäh mit der Faust auf die Matratze. *Pharmauniverse* und das Vermögen meiner Familie – all das interessiert mich nicht. Hat es nie. Ich hätte Raphael die Firmenanteile sofort freiwillig überlassen, wenn er im Gegenzug mich nur hätte gehen lassen. Aber so, wie es aussieht, ging das gar nicht. Ich sitze in der Falle. Raphael wird niemals aus freien Stücken in eine Trennung einwilligen, das ist mir inzwischen klar geworden. Und mit meiner Vergangenheit und dem Sorgerecht für Lara hat er genug Druckmittel gegen mich, um mich daran zu hindern, die Scheidung zu erzwingen. Allein der Gedanke, mein restliches Leben an der Seite dieses Mistkerls zu verbringen, ist mehr, als ich ertragen kann.

Verdammt, Papa! Was hast du dir nur dabei gedacht? Ist dir denn nicht mal im Entferntesten in den Sinn

gekommen, dass du meine Situation mit dieser dämlichen
Testamentsklausel noch viel schlimmer gemacht hast?

Und schließlich begreife ich, dass ich keine Wahl habe.
Ich muss diese Ehe beenden. Auf meine Weise. Ich werde
nicht zulassen, dass Raphael mit dem davonkommt, was
er Papa und mir angetan hat. Das schwöre ich bei meinem
Leben.

KAPITEL 35

Rebecca

Schweigend schiebe ich Majas Rollstuhl über den asphaltierten Gehweg. Im Teich zu unserer Linken suhlen sich ein paar fette Enten, und vom nahegelegenen Spielplatz dringt das Lachen und Schäkern einer Kindergartengruppe an unsere Ohren. Kiki trottet brav an der Leine neben uns her, lässt ihr Frauchen jedoch keine Sekunde aus den Augen. Dass sie wochenlang zwischen Mama, mir und der Hundesitterin hin- und hergereicht worden war, hat sie uns übelgenommen, und die treue Hundedame weicht seither nicht einmal mehr nachts von Majas Seite.

»Hast du Lust auf einen Kaffee?«

Ich deute auf einen fahrbaren Stand mit der Aufschrift *Espressomobil*, das ich in fünfzehn Metern Entfernung hinter einer Menschentraube erspäht habe.

Maja zuckt die Achseln. »Von mir aus.«

»Okay. Warte kurz, bin gleich wieder da.«

Ich parke den Rollstuhl an der Seite, dann bahne ich mir einen Weg durch die Menschenmassen hindurch zu dem Kaffeestand. An einem Vormittag wie diesem ist der Stadtpark voller Menschen, die sich auf den Wiesen fläzen, um noch ein paar Herbstsonnenstrahlen zu erhaschen, die zahlreichen Denkmäler sind von Touristen umringt.

»Zwei Café Latte bitte.«

Der Verkäufer, ein junger Mann mit dichtem Vollbart und gelangweiltem Gesichtsausdruck, nickt und macht sich in quälender Langsamkeit am Milchschäumer zu schaffen.

Ungeduldig werfe ich einen Blick zurück. Maja hat das Kinn in die Hand gestützt und tippt mit der anderen verdrießlich auf ihrem Handy herum. Beim Gedanken an unseren Geschwisterzwist wird mir ganz schwer ums Herz.

Maja ist immer noch wütend auf mich, weil ich von Anettes – Annes – Angebot, ihr einen Platz in der klinischen Studie zu verschaffen, nicht gerade begeistert war. Erst vor ein paar Tagen fand ein Treffen mit Majas Arzt, Anette und einem gewissen Thomas Wolf von *Alversa* statt, wo uns Prozedere und Ablauf des Programms genau erklärt wurden. Zugegeben – es macht tatsächlich einen soliden Eindruck. Nicht nur, dass *Alversa* die hohen Behandlungskosten vollumfänglich übernimmt, es steht den Probanden auch rund um die Uhr ein zehnköpfiges Ärzteteam zur Verfügung, sodass auf unvorhergesehene Nebenwirkungen umgehend reagiert und die Medikation gegebenenfalls adjustiert werden kann. Und obwohl ich mir redlich Mühe gegeben hatte, ihn aus der Reserve zu locken, wusste Herr Wolf auf all meine kritischen Zwischenfragen eine kompetente Antwort.

Der darauffolgende Streit war natürlich vorprogrammiert.

»Was zum Teufel sollte das eben?«, fauchte mich Maja an, als die Ärzte endlich abgezogen waren. »Wozu die ganze Fragerei?«

»Ich will bloß, dass du dir darüber im Klaren bist, auf was du dich einlässt«, erwiderte ich. »Das Medikament hört sich vielversprechend an, das stimmt, aber es ist noch kaum erprobt. Willst du wirklich als Versuchskaninchen für diese Leute herhalten? Mein Gott, Maja! Ich mache mir Sorgen um dich!«

»Dann sorg dich gefälligst weniger.« Maja schnaubte. »Und wenn wir schon dabei sind – glaubst du, ich hätte nicht gemerkt, wie unhöflich du dich Anne gegenüber benommen hast? Was hast du nur für ein Problem mit ihr?«

Wenn sie wüsste!

Seither herrscht diese seltsame Distanz zwischen uns und trotz meiner Bemühungen will es mir einfach nicht gelingen, zu ihr durchzudringen.

Seit meiner Unterredung mit Anette in der Krankenhauscafeteria wünsche ich mir nichts sehnlicher, als Maja alles zu erzählen. Von Anne, die in Wirklichkeit Raphaels Ehefrau ist, von ihrer unmissverständlichen Drohung und von meiner Trennung von Raphael kurz darauf. Trotzdem bringe ich es einfach nicht über mich. Schließlich hat es Maja ohnehin schon schwer genug, und die Erkenntnis, dass ihr Anette – ihre vermeintliche Freundin – in den letzten Monaten nur etwas vorgemacht hat, würde ich ihr gerne ersparen. Ich kenne meine Schwester und weiß, wie sehr sie die Wahrheit verletzen würde.

Inzwischen ist es sowieso egal, erinnere ich mich, und bei dem Gedanken krampft sich mein Herz zusammen. Die Trennung von Raphael liegt mir wie ein zentnerschwerer Steinklumpen im Magen, und ich kann mich nicht entsinnen, wann ich mich zuletzt derart miserabel gefühlt habe. In der Arbeit bin ich unkonzentriert und müde, abends liege ich stundenlang wach, und meine Jeans schlottert mir um die Hüften, weil ich seit Tagen kaum mehr als ein paar Scheiben Zwieback heruntergebracht habe. Dass Raphael mir permanent Nachrichten auf dem Handy hinterlässt, macht es auch nicht besser. Und wenn ich dann weit nach Mitternacht hellwach gegen die Zimmerdecke starre, frage ich mich, ob ich nicht einen schrecklichen Fehler begangen habe.

Ist es nicht egal, warum dich Raphael verlassen hat – vor über zehn Jahren? Er hat eingesehen, dass er damals die falsche Entscheidung getroffen hat, ist das nicht alles, was zählt? Was willst du denn noch? Und was Maja anbelangt – dieser Herr Wolf ist ein seriöser Geschäftsmann. Glaubst du wirklich, er würde den guten Ruf seiner Firma aufs Spiel setzen und seine Zusage widerrufen, nur weil Anette ihn darum bittet? Die Behandlungsvereinbarung ist schließlich praktisch unter Dach und Fach!

Doch immer, wenn ich kurz davor bin, Raphaels Drängen nachzugeben und ihn anzurufen, hole ich das kleine Ultraschallbild hervor, das Anette am Tisch zurückgelassen hat, und ich lasse mein Handy wieder sinken.

Was du getan hast, war das einzig Richtige. Für Maja. Für das ungeborene Kind in Anettes Bauch. Für Lara. Raphael – er ist es nicht wert. Du hast was Besseres verdient.

Ich seufze. Warum fällt es mir nur so schwer, ihn mir aus dem Kopf zu schlagen?

Und schließlich sind da noch Raphaels Andeutungen, die mich nicht mehr loslassen.

Anette hat psychische Probleme. Für Außenstehende mag sie stark und selbstsicher wirken, doch tief in ihrem Inneren ist sie ein instabiles kleines Mädchen.

Ich weiß schlichtweg nicht, was ich davon halten soll. Ob ich mich lediglich aus Wunschdenken so an seine Aussagen klammere, oder ob tatsächlich mehr dahintersteckt. Immerhin hat Anette mich manipuliert und bedroht, erst in Bezug auf die Hausarbeit, und schließlich sogar mit Maja. Andererseits war ich diejenige, die hinter ihrem Rücken mit ihrem Mann geschlafen hat – und das, obwohl sie sein ungeborenes Kind unterm Herzen trägt. Wäre ich an Anettes Stelle nicht ebenso verzweifelt? Ich schüttle den Kopf. Wie ich es auch drehe und wende, irgendwas stimmt mit dieser Ehe ganz gewaltig nicht.

»Bitteschön, Ihr Kaffee«, reißt mich der Verkäufer jäh aus meinen Grübeleien. Er streckt mir zwei Becher hin, die den herrlichen Duft nach gerösteten Kaffeebohnen verströmen. »Das wären acht Euro achtzig.«

Ich krame einen zerknitterten Zehneuroschein aus meiner Hosentasche. »Stimmt so.«

Gemächlich laufe ich zurück zu Maja. Sie hat sich keinen Zentimeter von der Stelle bewegt. Ihr Blick ist immer noch starr auf das Display ihres Handys gerichtet, sie hebt nicht mal den Kopf, als ich ihr den dampfenden Becher überreiche und ihr dafür die Hundeleine abnehme.

»Hier. Dein Kaffee. Tut mir leid, dass es so lange gedauert hat.«

»Schon okay.« Maja zuckt gleichgültig mit den Schultern. »Ach ja – Mama hat angerufen. Sie ist auf dem Weg hierher.«

Ich nicke nur. Insgeheim bin ich froh, dass Mama kommt. Vielleicht gelingt es ihr ja, die eisige Stimmung aufzulockern, die zwischen uns Schwestern herrscht.

In diesem Augenblick bemerke ich eine vertraute Gestalt, die fröhlich winkend auf uns zueilt. Auch Kiki hat sie entdeckt. Ein plötzlicher Ruck geht durch die Leine, als der Hund einen Satz nach vorn macht, um Mama schwanzwedelnd entgegenzulaufen.

Damit habe ich nicht gerechnet. Mit einem überraschten Aufschrei stolpere ich nach vorne und schlage hart auf dem Boden auf. Der Kaffeebecher rutscht mir aus der Hand und ergießt sich über meine Kleidung und auf den Asphalt.

Unter Majas schadenfrohem Gekicher rappele ich mich fluchend wieder auf und klopfe mir den Schmutz von den Knien. Kopfschüttelnd betrachte ich die Bescherung. Meine weiße Bluse ist von Kaffeeflecken gesprenkelt, meine Jeans aufgeschürft. »Verdammt, Kiki!«, brumme ich und werfe der Hundedame einen finsteren Blick zu. »Was sollte das?«

Unsere Mutter hat inzwischen zu uns aufgeschlossen und hilft mir, die Sachen zurück in meine Handtasche zu stopfen, die bei meinem Sturz herausgefallen sind.

»Danke, Mama.«

Doch sie ist stocksteif stehen geblieben, scheint mich gar nicht zu beachten. Entgeistert starrt sie auf ein Stück Papier, das sie vom Boden aufgelesen hat. Jähes Entsetzen erfasst mich, als mir klar wird, was sie da in Händen hält.

»Was ist das?« Mamas Stimme zittert, als sie das Ultraschallbild hochhebt, sodass Maja und ich es sehen können. »Ist das – bist du etwa schwanger?«

»Du bist – was?« Ungläubig lässt Maja den Blick zwischen Mama und mir hin- und herwandern.

»Gib mir das zurück«, verlange ich und versuche, ihr das Foto abzunehmen. Doch Mama hält das Papier fest umklammert, sodass ich es schließlich aufgebe. Abwehrend hebe ich die Hände. »Ich bin nicht schwanger, ich schwör's! Das Bild ist nicht mal meines.«

Mamas Lippen sind zu einem dünnen Strich zusammengepresst. »Ach ja? Und wie ist es dann in deine Tasche gelangt?«

»Es gehört – einer Arbeitskollegin«, lüge ich hastig. »Sie hat kürzlich von ihrer Schwangerschaft erfahren und mich gebeten, sie vorerst für mich zu behalten.«

Mama hebt argwöhnisch eine Braue. Mit zusammengekniffenen Augen betrachtet sie das Bild eingehend. Dann breitet sich jähe Erleichterung auf ihrem Gesicht aus. »Hier steht es ja. Anette Emerson.«

Maja gibt einen erstickten Laut von sich und stößt mir mit dem Ellbogen so fest in die Seite, dass ich beinahe erneut das Gleichgewicht verloren hätte. »Anette – aber, was zum ...« Sie bricht unvermittelt ab, als sie meinen vernichtenden Blick auffängt.

»Ja«, erwidere ich mit Nachdruck an Mama gewandt, wobei ich die ungläubige Miene meiner Schwester geflissentlich ignoriere, mit der Maja mir stumm zu verstehen gibt, dass wir uns dringend unterhalten müssen. »Gibst du es mir jetzt bitte wieder zurück?«

Erneut will ich nach dem Papier in ihrer Hand greifen, doch Mama macht keinerlei Anstalten davon abzulassen. Ihre Brauen sind zusammengeschoben, ich kann regelrecht sehen, wie es hinter ihrer Stirn arbeitet.

»Was ist denn? Was hast du?«

Mama lässt sich mit ihrer Antwort Zeit. »Das ist merkwürdig«, sagt sie schließlich und deutet auf den in Blockbuchstaben angedruckten Namen des Arztes. »Und du bist dir ganz sicher, dass das ein aktuelles Foto ist?«

Ich runzle die Stirn. »Wie kommst du darauf?«

»Nun, es ist so. Dieser Doktor Hofstätter hier – ich kenne ihn noch aus meiner Zeit auf der gynäkologischen Station«, sagt sie langsam und bedächtig. »Einige meiner Kolleginnen haben für ihn gearbeitet.«

Ich zucke die Achseln. »Und weiter?«

Endlich hebt sie den Kopf und sieht mich ernst an. »Ich sage dir – da stimmt was nicht. Soweit ich weiß, ist Doktor Hofstätter vor zwei Jahren gestorben.«

KAPITEL 36

Raphael

Das Nächste, was ich fühle, ist gleißender Schmerz. Mein ganzer Körper brennt, als wäre er in kochendes Wasser getaucht worden, und mein rechtes Bein pulsiert wie von tausend Hornissenstichen.

Ein klägliches Wimmern entfährt meiner Kehle, als die Erinnerungen mit der Gewalt einer Flutwelle über mich hereinbrechen. Der seltsame Geruch, der mir aus dem Inneren des Hauses entgegenschlug. Meine Hände, die das Feuerzeug umklammert hielten. Die Flamme, die aus dem Zippo emporschoss. Die Explosion. Wie ich von der Druckwelle zurück- und in die Auffahrt geschleudert wurde. Und dann ...

Nein – bitte. Das darf nicht wahr sein.

Langsam, wie in Zeitlupe, hebe ich den Kopf. Das Licht des Feuerscheins blendet mich. Wie ein schauerliches Gerippe ragen die Reste des einst so imposanten Anwesens vor dem dunklen Nachthimmel empor, Flammen schlagen aus den Fenstern, lecken mit gierigen Zungen am Dachstuhl. Meine Finger und mein Gesicht sind von Blasen übersät und ich entdecke eine hässliche Brandwunde an meiner rechten Hand.

Stöhnend versuche ich, mich aufzurappeln, doch bei der kleinsten Bewegung jagt mir ein messerscharfer Stich durchs Bein und ich lasse mich wieder kraftlos zurücksinken. Mein Haus – mein geliebter Zufluchtsort – wird vor meinen Augen dem Erdboden gleichgemacht. Unwiederbringlich verloren. Die Trauer, die mich bei diesem

Gedanken erfüllt, ist beinahe mehr, als ich ertragen kann. Dabei hatte ich im Grunde Glück im Unglück. Ich will mir gar nicht ausmalen, was mit mir passiert wäre, hätte ich mir die Zigarette erst drinnen im Haus angezündet. Dann wäre ich jetzt ebenfalls ein Häufchen Asche. Niemals hätte ich es lebend dort rausgeschafft.

Du musst Hilfe holen. Die Feuerwehr, einen Krankenwagen – irgendwen.

Mit bebenden Fingern winde ich mein Handy aus der hinteren Hosentasche meiner Jeans und wähle den Notruf. Das Display ist durch die Wucht meines Aufpralls zu Bruch gegangen, aber es scheint immer noch zu funktionieren. Das Telefon fest ans Ohr gepresst lausche ich auf das Freizeichen. Doch – nichts. Es piepst lediglich dreimal, dann wird die Verbindung unterbrochen. Fluchend lasse ich die Hand sinken.

Verdammt. Kein Handyempfang.

Plötzlich ist ein scheußliches Ächzen zu hören, als der Dachstuhl ins Wanken gerät, und helle Panik steigt in mir auf.

Du musst hier weg, schießt es mir durch den Kopf. *Und zwar schnell.*

Zentimeter für Zentimeter robbe ich vorwärts. Der Schmerz in meinem Bein ist kaum zu ertragen, und es kostet mich alle Willenskraft, bei Bewusstsein zu bleiben. Trotzdem gebe ich nicht auf.

Komm schon. Ein kleines Stückchen noch. Du schaffst das.

Es dauert qualvolle Minuten, bis ich mich im Schutz einer alten Eiche in Sicherheit gebracht habe. Keine Sekunde zu früh, wie es scheint, denn in diesem Augenblick ist ein trommelfellzerfetzendes Geräusch zu hören, als der Dachstuhl endgültig in sich zusammensackt. Asche und verkohlte Holzreste prasseln auf mich ein und ich schlinge schützend die Hände um den Kopf. Die sengende Hitze raubt mir den Atem und ich wälze mich keuchend und hustend in der feuchten Erde, um die Funken zu ersticken, die sich in meinen Hosenbeinen verfangen haben. Dann werde ich von Erschöpfung und Schmerz übermannt und die Dunkelheit schwappt erneut über mich hinweg.

Ich muss wieder weggedriftet sein, denn als ich das nächste Mal die Augen aufschlage, steht die Sonne bereits hoch am Himmel. Mein Blick fliegt zurück zum Haus, in der verzweifelten Hoffnung, ich hätte das alles nur geträumt. Wunschdenken, wie ich sogleich feststelle. Von meinem einstigen Rückzugsort ist nicht viel mehr geblieben als ein paar verrußte Holzpfeiler, zerbrochene Scheiben und Steinklumpen.

Allmählich lichtet sich der Nebel in meinem Kopf und ich wälze mich stöhnend auf die Seite. Vorsichtig taste ich meinen Körper nach Verletzungen ab. Mein rechtes Fußgelenk ist auf die Größe einer Melone angeschwollen und meine Hand ziert eine Brandwunde, doch ansonsten bin ich zum Glück einigermaßen unversehrt. Der Uhrenanzeige auf meinem gesprungenen Display zufolge muss ich stundenlang bewusstlos gewesen sein.

Mein Verstand arbeitet auf Hochtouren, während ich mir das Hirn zermartere, was ich jetzt tun soll. Mein Knöchel scheint gebrochen, und bei der bloßen Vorstellung, in diesem Zustand ein Fahrzeug zu lenken, bricht mir der Schweiß aus allen Poren. Dazu befindet sich mein Grundstück in einem eher abgeschiedenen Areal – in dieser Gegend auf zufällig vorbeikommende Passanten zu treffen, käme einem Lottogewinn gleich. Fluchend schlage ich mit der Faust auf den Boden, als mir die Ausweglosigkeit meiner Situation bewusst wird. Außer Anette kennt niemand meinen aktuellen Aufenthaltsort. Und da sie ja weiß, wie es um den Handyempfang hier draußen bestellt ist, wird sie sich kaum wundern, wenn sie eine Weile nichts von mir hört.

Verdammt. Was jetzt?

Noch immer begreife ich nicht, wie das passieren konnte. Anlässlich der Renovierungsarbeiten habe ich die alten Gasleitungen vollständig austauschen lassen, außerdem achte ich vor meiner Abreise stets peinlich genau darauf, dass der Gashahn auch fest zugedreht ist. Was dann? Ein Materialfehler? Menschliches Versagen bei der Erneuerung der Leitungen? Oder aber ...

Der Gedanke ist so schrecklich, dass ich ihn kaum zu Ende zu denken wage. Ich schüttle den Kopf.

Nein, das kann nicht sein. Oder etwa doch?

Wer in aller Welt könnte einen solchen Hass auf mich verspüren, dass er so etwas Abscheuliches tun würde? Wer, den ich kenne, wäre denn schon abgebrüht genug, einen Mord zu begehen?

Die Erkenntnis durchzuckt mich wie ein Blitz. Auf einmal fällt es mir wie Schuppen von den Augen und ich spüre, wie sämtliche Farbe aus meinem Gesicht weicht, als ich die Antwort vor mir sehe.

Anette. Aber natürlich – wer sonst?

Ich muss an unsere gestrige Unterhaltung denken. Ich war so in meine Grübeleien über meine Karriere versunken, dass ich keinen Gedanken an ihre merkwürdige Bitte verschwendet hatte.

Falls du am Wochenende Zeit hast, im Ferienhaus beim Schneeberg nach dem Rechten zu sehen – könntest du nachsehen, ob du meinen grauen Fleecepullover findest? Er müsste im Schrank liegen. Oder in der Garderobe. Ich hab ihn schon überall gesucht. Eigentlich kann er nur dort sein.

286

Doch nun, wo ich darüber nachdenke, frage ich mich, wann Anette den Pullover hier vergessen haben will. Seit Christians Unfall am Berggipfel unweit von hier hat sie keinen Fuß mehr in dieses Haus gesetzt. Meinte, es wäre zu schmerzhaft für sie, in jene Gegend zurückzukehren, wo ihr Vater so tragisch den Tod gefunden hatte. Wieso fragt sie mich also ausgerechnet jetzt danach? Beinahe erweckt es den Eindruck, als wollte sie, dass ich herkomme. Und auf einmal glaube ich auch zu wissen, warum.

Plötzlich scheint alles Sinn zu ergeben. Wie im Zeitraffer laufen Fetzen unserer Unterhaltungen der vergangenen Wochen und Monate vor meinem inneren Auge ab.

Unsere Beinahe-Trennung vor knapp einem Jahr. Meine Drohung. Ihr Einlenken. Anettes fast unheimlich gute Laune in der letzten Zeit. Das merkwürdige Ausbleiben ihrer üblichen Eifersuchtsanfälle. Anettes entzückte Miene, als ich das silberne Zippo mit dem eingravierten Datum unserer Hochzeit aus dem Geschenkpapier schälte, wo sie es früher doch immer so gehasst hatte, wenn ich mir in ihrem Beisein eine Zigarette ansteckte. Doktor Morris, der mich warnte, Anette würde ihre Tabletten womöglich nicht mehr nehmen. Das ungute Gefühl in meiner Magengegend, Anette würde irgendwas im Schilde führen. Die Pressemeldung. Der Kilometerstand von Anettes Wagen, den ich mir nicht erklären konnte. Und schließlich das Gasleck.

Auf einmal fällt mir wieder ein, wie andächtig Anette bei dem Firmenessen bei uns zu Hause an Herrn Wohlmuts Lippen hing. Ihr neuerwachtes Interesse an Firmenbelangen, die sie früher immer so gelangweilt hatten. Ich schlage die Hand vor den Mund, während die Erkenntnis wie ein träger Lavastrom bis in meine letzten Hirnwindungen vordringt. Nicht im Traum wäre es mir in den Sinn gekommen, dass ausgerechnet Anette für die Fake-News verantwortlich sein könnte. Dass sie es wagen würde, das Unternehmen ihres Vaters in den Dreck zu ziehen, nur um mich zu bestrafen. Trotzdem weiß ich tief in meinem Inneren, dass all das kein Zufall sein kann. Anette hat meinen Untergang von langer Hand geplant.

Aber – wieso?

Christians Worte, wenige Wochen vor seinem Tod, kommen mir wieder in den Sinn. Wir hatten eben erst von Anettes Schwangerschaft erfahren und waren beide gleichermaßen aus dem Häuschen. Für einen Moment schließe ich die Augen, konzentriere mich ganz auf meine Erinnerung. Beinahe kann ich sie spüren, die Sonnenstrahlen auf meiner Haut, den Fahrtwind, der an meinem Haar zerrte.

Christians Katamaran hüpfte auf den Wellen fröhlich auf und ab, um uns herum nichts als stürmische See.

»Jetzt dauert es also nicht mehr lange, dann werdet ihr wissen, was es bedeutet, Eltern zu sein.« Seine Stimme wurde durch das Geräusch des peitschenden Windes verschluckt, sodass ich mich vorbeugen musste, um zu hören, was er sagte. »Eine große Verantwortung, so ein Kind.«

Er hielt inne, schien völlig in seine eigene Gedankenwelt abgetaucht zu sein, und es dauerte eine Weile, ehe er weitersprach.

»Ich habe lange nachgedacht. Über die Ehe, die Familie, die ihr nun bald sein werdet, und die Probleme, mit denen ihr konfrontiert werden könntet, sollte ich eines Tages nicht mehr da sein. Und ich will, dass du weißt, dass ich gewisse Vorkehrungen getroffen habe, was *Pharmauniverse* anbelangt.« Er seufzte. »Ich habe Rücksprache mit meinem Notar gehalten und wir sind dahingehend übereingekommen, dass es das Beste ist, wenn ich dir und nicht Anette meine Anteile vermache. Bis sie irgendwann an eure gemeinsamen Kinder übergehen. So ist sichergestellt, dass die Firma auch künftigen Generationen unserer Familie erhalten bleibt.«

Ich hob entgeistert die Brauen. Ich hätte mit vielem gerechnet – doch damit nicht. »Aber – wieso? Wieso nicht Anette?«

Christian lächelte traurig. »Sagen wir einfach – ich kenne meine Tochter. Sie ist impulsiv, unberechenbar, manchmal übertrieben emotional. Was das betrifft, ist sie wie ihre Mutter. Und so ungern ich es auch zugebe, Anette – sie ist nicht geeignet für dieses Maß an Verantwortung. Du hingegen ...« Er brach ab und schenkte mir einen anerkennenden Seitenblick. »Im Gegenzug will ich, dass du für sie sorgst. Halte eure Ehe in Ehren, behandle meine Tochter gut. Achte darauf, dass sie immer ihre Tabletten nimmt. Und vor allem darfst du Anette niemals hintergehen, merk dir das. Glaub mir, du hast keine Ahnung, wozu sie fähig ist, solltest du es doch tun.«

Und jetzt – sechs Jahre später – weiß ich es wirklich. Die Erkenntnis lässt mir regelrecht das Blut in den Adern gefrieren.

Plötzlich wird mir die volle Tragweite meiner Situation bewusst. Anette – meine Ehefrau – hat gerade versucht, mich umzubringen. Und sie wird nicht zögern, es ein zweites Mal zu versuchen, wenn sie die Gelegenheit dazu bekommt.

Auf einmal weiß ich, was ich zu tun habe. Mit zusammengebissenen Zähnen krieche ich in Richtung meines Wagens. Mein gebrochener Knöchel hält keiner Belastung stand, doch die Wut und die Angst geben mir den nötigen Ansporn. Unter Aufbringung all meiner Kräfte hieve ich mich in den Fahrersitz.

Werd jetzt ja nicht ohnmächtig, herrsche ich mich in Gedanken an.

Der Schmerz, der mich durchzuckt, als ich den Rückwärtsgang einlege und das Gaspedal durchtrete, raubt mir beinahe die Besinnung, doch ich blende ihn aus. Konzentriere mich ganz auf das, was vor mir liegt. Ich weiß natürlich, dass das Blödsinn ist. Dass ich den Notruf wählen sollte, sobald ich aus diesem vermaledeiten Funkloch raus bin. Aber mit meiner Vernunft ist es schon lange vorbei.

Für Anette und mich wird es Zeit, endlich Klartext zu reden.

KAPITEL 37

Rebecca

Sandra Bielefeld hebt verwundert den Kopf, als sie mich in den Empfangsbereich stürmen sieht. »Guten Morgen, Rebecca. Dich hab ich ja schon seit Tagen nicht mehr gesehen. Wie geht's dir?«

Mit schmerzverzerrtem Gesicht presse ich meine Hände in die stechenden Seiten. »Ganz okay. Nur viel zu tun«, keuche ich und verdrehe vielsagend die Augen. »Aber nächste Woche sollte es ruhiger werden, vielleicht können wir da ja mal wieder zusammen zu Mittag essen.«

Sie lächelt. »Klingt wunderbar. Ich schicke dir einen Termin.«

»Ich bin übrigens auf der Suche nach Raph... – ähm, Herrn Matterfeld. Du weißt nicht zufällig, wo ich ihn finde? In seinem Büro ist er jedenfalls nicht.«

Sandra hebt überrascht die Brauen. »Hast du es etwa noch nicht gehört?« Als sie meine verständnislose Miene bemerkt, winkt sie mich näher heran und beugt sich verschwörerisch über den Empfangstresen. »Herr Matterfeld ist gestern Nachmittag zurückgetreten. Und nicht aus freien Stücken, wenn du verstehst, was ich meine.«

Ich will meinen Ohren nicht trauen. »Wie bitte? Wieso das denn?«

»Na wegen dieser schrecklichen Vorwürfe im Wiener Tagesblatt. Völliger Humbug, wenn du mich fragst. Herr Matterfeld und Betrug? Das kann ich mir beim besten Willen nicht vorstellen.« Sie schüttelt den Kopf. »Aber der Aufsichtsrat sah das wohl anders und hat ihn mit sofortiger Wirkung beurlaubt. Herrn Wohlmut ebenso.« Sie seufzt. »Wir können nur hoffen, dass sie den Schuldigen bald fassen. Doch bis es so weit ist, übernimmt Herr Wolf erst mal die Geschäftsführung. Wenn du also stattdessen mit ihm sprechen willst – sein nächster Termin beginnt in einer halben Stunde. Ich kann dich dazwischen quetschen, falls du möchtest.«

»Nicht nötig, danke«, erwidere ich matt.

Raphael – zurückgetreten? Wegen des Mists, den dieses Drecksblatt verzapft hat? Ich fasse es nicht. Ob er wohl deswegen auf keinen meiner Anrufe reagiert hat?

Bereits nach wenigen Klicks war klar, dass Mama recht hatte. Dem Nachruf zufolge, den ich auf der Homepage seiner ehemaligen Gemeinschaftspraxis gefunden habe, ist Doktor Hofstätter tatsächlich vor zwei Jahren an einem Herzinfarkt verstorben. Und seit ich weiß, dass Anette gelogen haben muss, was ihre vermeintliche Schwangerschaft angeht, versuche ich nun schon, Raphael zu erreichen. Doch vergeblich. Er geht einfach nicht an sein verdammtes Telefon.

Verflucht, Raphael. Wo steckst du?

Ich winke Sandra noch einmal zu, dann mache ich kehrt. Während ich auf den Aufzug warte, fische ich mit bebenden Fingern mein Handy aus der Tasche und wähle einmal mehr Raphaels Nummer. Doch wie die letzten acht Male geht nur die Mailbox ran. Ich fluche leise.

Was jetzt?

Die Türen des Aufzugs öffnen sich mit einem leisen Ping. Aber anstatt in den dritten Stock zu fahren, wo das Großraumbüro der Marketingabteilung untergebracht ist, besinne ich mich plötzlich anders. Hastig schreibe ich meinen Kolleginnen eine SMS, um mich für heute krankzumelden, dann laufe ich, von einer spontanen

Eingebung geleitet, die Treppe hinunter auf die Straße, wo ich in das erstbeste *Car to go* steige.

Die Fahrt zu Sebastian Wiedeschitzs ehemaligem Haus kostet mich bestimmt ein Vermögen, doch das ist mir jetzt egal. Ich muss mit Raphael sprechen. Und zwar sofort. Was ich brauche, sind Antworten.

Anette hat psychische Probleme. Tief in ihrem Inneren ist sie ein instabiles kleines Mädchen. Nichts an ihr ist, wie es scheint.

Ich erschauere. Was, wenn Raphael die ganze Zeit über wirklich die Wahrheit gesagt hat?

Das Gespräch mit Maja gestern, nachdem Mama gegangen war, kommt mir wieder in den Sinn, und ich spüre, wie mir die Tränen in die Augen schießen. Ich hätte sie von Anfang an ins Vertrauen ziehen müssen, das weiß ich jetzt.

Wie ich befürchtet hatte, war sie schrecklich erschüttert, als ich ihr erzählte, was Anette getan hat. Doch zu meiner Erleichterung glaubte sie mir jedes Wort. Und nachdem sie sich wieder einigermaßen gefasst hatte, stand ihr Entschluss fest.

»Du musst mit Raphael reden«, sagte sie eindringlich. »Er hat ein Recht, es zu erfahren, Rebecca. Von dem kranken Spiel, das Anette mit uns treibt. Erzähl ihm alles, was du mir gerade erzählt hast. Ich bin mir sicher, er wird wissen, was zu tun ist.«

Ich fing an zu schluchzen. »Ich – ich kann nicht. Was, wenn Anette ihre Drohung tatsächlich wahrmacht? Wenn sie ihren Freund anruft und der sein Angebot mit der Studie wieder zurückzieht?«

Maja streckte die Hand aus und knuffte mich liebevoll in die Seite. »Dann ist das eben so.«

Langsam hob ich den Kopf, blickte fassungslos auf meine kleine Schwester herab. »Aber ...«

»Nicht.« Sie seufzte. »Ich weiß zu schätzen, was du für mich tun willst. Ehrlich. Was du bereit bist zu opfern, nur damit ich an dieser Studie teilnehmen kann. Seit meiner Diagnose warst du stets an meiner Seite, bist für mich da gewesen, wann immer ich dich brauchte. Du bist die beste Schwester, die man sich wünschen kann. Aber du musst mich nicht länger beschützen. Ich bin schon groß, weißt du?« Sie lächelte schief. »Ich bin bislang auch gut ohne dieses neue Medikament klargekommen. Dann warte ich eben die paar Jahre, bis es regulär auf den Markt kommt.«

Aus tränenverschleierten Augen blinzelte ich sie an. »Das meinst du nicht so.«

»Oh doch, das ist mein voller Ernst.« Majas Stimme duldete keine Widerrede. »Wir sind Karlstons. Und wir lassen uns nicht erpressen. Schon gar nicht von irgendeiner dahergelaufenen Psychopathin.«

Mit grimmiger Miene schiebe ich den Gedanken an Maja beiseite und trete das Gaspedal bis zum Anschlag durch. Der Wagen, ein schnittiger kleiner BMW, macht einen Satz nach vorne. Wenn ich mich beeile, kann ich in anderthalb Stunden da sein. Vielleicht sogar früher, wenn ich es mit den Geschwindigkeitsbeschränkungen nicht ganz so genau nehme.

KAPITEL 38

Raphael

Es ist bereits kurz nach Mittag, als ich endlich das Tor passiere und den Weg zum Anwesen entlangrolle. Erleichtert stelle ich fest, dass Anettes Wagen in der Einfahrt steht. Heute ist im Kindergarten der letzte Tag vor den Herbstferien und soweit ich mich erinnere, wollte sie mit Lara gleich im Anschluss losfahren.

Der Blick in den Spiegel der Sonnenblende entlockt mir ein Stöhnen. Ich sehe fürchterlich aus. Meine Augen sind rotgerändert, mein Gesicht ist von unzähligen winzigen Brandblasen übersät, jeder Zentimeter meiner Haut von Asche und Erde verdreckt. Wenigstens der Schmerz in meinem Knöchel hat ein wenig nachgelassen und ist in ein dumpfes Pochen übergegangen.

Während ich auf den Eingang zu humpele, gehe ich in Gedanken meinen Plan nochmal durch. Noch immer habe ich keine Ahnung, wie ich Anette zu einem umfassenden Geständnis bewegen soll. Wie es scheint, bleibt mir nichts anderes übrig, als mich auf mein Bauchgefühl zu verlassen, sie so lange zu provozieren, bis sie es endlich zugibt. Und dann darauf hoffen, dass die Kameras, die ich im Haus versteckt habe, auch alles aufgezeichnet haben.

Die nächsten Augenblicke fühlen sich an wie ein grausiges Déjà-vu. Der schwarze Koffer in der Eingangshalle. Anettes Schritte auf der Treppe. Der Ausdruck von Entsetzen in ihrem Gesicht, als sie mich bemerkt. Wie angewurzelt ist sie am Treppenabsatz stehen geblieben, ein dumpfes Geräusch ist zu hören, als ihr Laras Reisetasche aus der Hand gleitet.

»Mein Gott, wie siehst du denn aus?«

Ein Ruck geht durch ihren Körper, als sie sich endlich aus ihrer Schockstarre löst und mir entgegenkommt. »Was zur Hölle ist mit dir passiert? Wieso bist du so zugerichtet?« Zaghaft streckt sie die Hand aus, um die Wunde an meinem Handgelenk zu begutachten, doch ich zucke vor ihrer Berührung zurück.

»Fass mich nicht an. Bleib bloß weg von mir.«

Langsam lässt Anette den Arm wieder sinken, während ihr Blick über mein von Blessuren gezeichnetes Gesicht und meine verdreckte Kleidung wandert und schließlich an meinem rechten Knöchel hängenbleibt. Sie beißt sich auf die Unterlippe.

»Okay«, murmelt sie gedehnt. »Wir bringen dich jetzt erst mal ins Krankenhaus. Und unterwegs erzählst du mir alles, in Ordnung?« Ich sehe, wie ihre Finger beben, als sie in den Hosentaschen ihrer Jeans nach ihren Autoschlüsseln tastet.

»Spar dir die Mühe, so zu tun, als würdest du dich um mich sorgen«, fahre ich sie an. »Ich habe keine lebensbedrohlichen Verletzungen davongetragen – tut mir leid, Schatz.«

Anette reißt die Augen auf. »Was – aber – wovon sprichst du?«, stammelt sie.

Die gespielte Verwirrung in ihrer Miene treibt mir die Zornesröte ins Gesicht.

»Es ist zwecklos, das abzustreiten. Ich weiß, dass du es warst. Du bist heimlich zum Haus am Schneeberg gefahren und hast den Gashahn manipuliert, nicht wahr? Damit ich dort im Feuer sterbe.« Ich schnaube verächtlich. »Gar nicht mal schlecht, dein Plan, das gebe ich zu. Niemand wäre jemals auf die Idee gekommen, dass du

dahintersteckst. Doch ich muss dich leider enttäuschen –
ich bin nicht gestorben.«

Anette weicht instinktiv einen Schritt vor mir zurück.
»Im Haus hat es gebrannt? Ein Gasleck?« Sie schlägt die
Hand vor den Mund. »Und du glaubst, *ich* hätte das getan?
Mein Gott, Raphael, das kann nicht dein Ernst sein! Wieso
sollte ich so was Schreckliches tun?«

Ich kann mich kaum beherrschen vor unterdrücktem
Zorn. »Das ist die entscheidende Frage. Aber ich habe
dich durchschaut – alles passt zusammen. Dein plötzlicher
Sinneswandel, was das Rauchen angeht, der Kilometerstand deines Wagens, den ich mir zunächst nicht erklären
konnte, den Pullover, den du angeblich dort vergessen haben willst. Und nicht zuletzt war es deine Idee, dass ich
das Wochenende in unserem Ferienhaus verbringe. Verdammt, Anette! Du hast versucht, mich umzubringen!«
Fassungslos schüttle ich den Kopf. »Und du warst es
auch, die der Presse die Informationen von der vermeintlich gefälschten Studie gesteckt hat, ist es nicht so? Ich
begreife nur nicht, warum. Wieso hast du das getan? Weil
ich dagegen war, dass wir uns scheiden lassen? Weil ich
in deinen Augen ein schlechter Ehemann war?« Ich starre
sie an. »Du bist doch verrückt. Völlig verrückt. Genauso
krank und gestört wie deine Mutter.«

Meine Worte scheinen Wirkung zu zeigen, denn mir
entgeht nicht, dass sich Anettes Hände zu Fäusten geballt
haben.

»Wie kannst du nur! Wie kannst du es wagen, meine
Mutter in deine absurde Paranoia hineinzuziehen?«, zischt
sie. »Ich bin nicht verrückt!«

»Ach ja?« Ich lache kurz und freudlos auf. »Weißt du,
es ist merkwürdig. Ich habe nie ganz begriffen, was dein
Vater meinte, als er sagte, ich solle vorsichtig sein, was
dich angeht. Dir auf keinen Fall den Eindruck vermitteln,

ich würde dich hintergehen. Dass die Folgen dafür schrecklich sein könnten. Aber jetzt weiß ich es. Du bist krank, genau wie sie. Welcher normale Mensch versucht schon, seinen eigenen Ehemann umzubringen?«

Funken stieben aus Anettes Augen. Sie sieht aus, als würde sie jeden Augenblick auf mich losgehen. Verschwunden ist die liebenswürdig-unterwürfige Frau der vergangenen Monate. Die Person, die jetzt vor mir steht, ist eine völlig andere.

»Das sagst ausgerechnet du? Nach allem, was du mir und meiner Familie angetan hast?« Sie bebt vor Zorn, als sie immer schneller spricht. »Ich habe sie gefunden. Die Fotos, die Papa von dir und Frau Kalschitcky gemacht hat. Ich weiß, dass du eine Affäre mit ihr hattest. Und von dem Testament weiß ich auch.« Sie schüttelt so heftig den Kopf, dass ihr die blonden Locken nur so ums Gesicht fliegen. »Keine Ahnung, wie du ihn dazu gebracht hast, dir und nicht mir die Firmenanteile zu vermachen, aber das spielt jetzt letztlich keine Rolle mehr.« Der Blick, den sie mir zuwirft, ist vernichtend. »Papa hat dich bei eurem Wanderausflug an jenem Wochenende deswegen zur Rede gestellt, nicht wahr? Er wollte dich zwingen, mir die Wahrheit zu sagen. Wahrscheinlich hat er dir sogar mit Kündigung gedroht. Doch das konntest du nicht zulassen, oder? Dein letzter Ausweg war, ihn aus dem Weg zu räumen.« Bei diesen Worten schießen ihr die Tränen in die Augen. »Du hast meinen Vater getötet«, schluchzt sie. »Mir die einzige Person weggenommen, die mich jemals aufrichtig geliebt hat.« Unwillig wischt sie sich mit dem Ärmel ihrer Bluse über die feuchten Wangen. »Du mieser Dreckskerl!«

Das ist also der wahre Grund für ihre Wut auf mich.

Von plötzlichem Schwindel erfasst lasse ich mich gegen die Wand sinken. Meine Gedanken wirbeln nur so durcheinander. Ich fasse es einfach nicht, dass Anette ernsthaft zu glauben scheint, ich hätte Christian etwas zuleide tun können. Ausgerechnet ich! Dieser Mann war wie ein Vater für mich. Anders als mein eigener hat Christian immer an mich geglaubt, mich bestärkt, mir ein Gefühl des Rückhalts vermittelt, das ich bei meinen Eltern so schmerzlich vermisst hatte.

Plötzlich wird mir die Symmetrie ihres kranken Plans bewusst. Deswegen hat mich Anette ausgerechnet in das Haus am Schneeberg gelockt. Ich sollte dort sterben, wo auch ihr Vater unter so tragischen Umständen ums Leben kam. Nur, dass sie in einem wesentlichen Punkt falsch lag – denn ich hatte mit seinem Tod nicht das Geringste zu tun.

Unbarmherzig schieben sich die Bilder jenes verhängnisvollen Tages in meine Gedanken.

Wie ich an Christians Seite den steilen Wanderweg erklomm. Die im Wind wogenden Baumwipfel, das Rascheln der Blätter. Der Geruch von feuchter Erde. Das dumpfe Geräusch unserer Schritte auf dem Waldboden. Christians ungewohnt ernste Miene, als seine Stimme die Stille durchbrach.

»Wir müssen reden. Über deine Affäre mit Melanie Kalschitcky.«

Ich wusste, dass es zwecklos war, alles abzustreiten. Gleich nach ihrer Kündigung war Melanie in mein Büro gekommen, um mich zu warnen. Seither wartete ich darauf, dass Christian auch mit mir kurzen Prozess machen würde. Doch bislang war nichts dergleichen geschehen. Stattdessen hatte er vorgeschlagen hierherzukommen. Seit gut anderthalb Stunden waren wir nun schon unterwegs, aber anstatt mich anzubrüllen, hatte Christian mich mit hartnäckigem Schweigen gestraft. Beinahe war ich erleichtert, dass er endlich mit der Sprache herausrückte.

»Ich weiß. Es war ein Fehler. Ich – es tut mir so leid, dass ...«

»Nicht. Ich will es nicht hören.« Traurig schüttelte er den Kopf. »Herrgott, Raphael – wie konntest du nur?«

Inzwischen hatten wir den Gipfel und damit das Ziel unserer Wanderung erreicht. Der Wald lichtete sich und wir gelangten auf eine Anhöhe, die mit einem hölzernen Geländer gesichert war.

»Frau Kalschitcky hat ihre Kündigung eingereicht, aber das weißt du bestimmt schon.« Er seufzte. »Ich will, dass das aufhört. Und zwar sofort. Du darfst sie niemals wiedersehen, verstanden?« Schwer atmend lehnt er sich gegen das morsche Holzgeländer. »Nicht auszudenken, wenn Anette davon erfahren würde.«

Ich brachte nur ein Nicken zustande, wagte es jedoch nicht, ihm in die Augen zu sehen. Mit vor Scham brennenden Wangen ließ ich meinen Blick über die Täler und Wälder unter uns wandern, die Umrisse der fernen Stadt.

»Ich verstehe einfach nicht, wie du so etwas Dummes machen konntest. Nach allem, was ich für dich getan habe! Ich habe dich eingestellt, obwohl du keinerlei Referenzen aufweisen konntest. Habe dir meine Nachfolge angeboten, dich in meinem Testament berücksichtigt. Ich hab dir sogar geholfen, dieses verdammte Haus zu renovieren. Du warst wie ein Sohn für mich. Und im Gegenzug hatte ich nur eine einzige Bitte: Behandle meine Tochter anständig. Sei ihr treu.« Zornig sah er mich an. »War das etwa zu viel verlangt?«

»Es tut mir leid«, murmelte ich. »Ehrlich. Es war ein Ausrutscher. Ein dummer Fehler.« Ich rieb mir über das Gesicht, während ich nach den richtigen Worten suchte. »Ich war nur so – verwirrt. Anette, sie ...«

Ungeduldig ließ Christian die Faust auf das Geländer herabsausen, das dabei gefährlich wackelte. Doch er bemerkte es gar nicht. Er starrte nur mich an. »Was ist denn mit ihr?«

Ich schluckte. »Anette – sie verhält sich merkwürdig. Seit sie schwanger ist, hat sie oft heftige Albträume, manchmal redet sie sogar im Schlaf, wusstest du das? Ich – ich glaube, dass es um ihre Mutter geht.« Ich holte tief Luft, musste mich regelrecht dazu zwingen, die gefürchteten Worte laut auszusprechen. Doch ich konnte meinen Verdacht nicht länger für mich behalten, er fraß mich auf, brachte mich fast um den Verstand. »Anettes Mutter, deine Frau – sie ist nicht fortgelaufen. Sie ist tot, nicht wahr?«

Christian starrte mich einen Augenblick fassungslos an. Dann schien er in sich zusammenzufallen.

»Du weißt es«, stieß er hervor und wandte den Blick ab. Es war eine Feststellung, keine Frage. »Was Anette damals getan hat. Du hast sie gefunden, nicht wahr?«

Erschrocken klappte ich den Mund auf, um etwas zu erwidern, doch er hielt mich davon ab. »Nicht. Du brauchst es nicht auszusprechen.«

Christians Atem ging auf einmal schnell und flach, seine Fingerknöchel traten weiß hervor, während er sich wie ein Ertrinkender an das Geländer klammerte. Und ich begriff. Bis zu diesem Moment hatte ich es nicht glauben wollen. Hatte versucht, mich abzulenken, mir eingeredet, dass ich mich getäuscht hatte. Dass die Frauenleiche, die im Garten nahe der Grundstücksgrenze verscharrt war, jemand anders sein musste.

Ich sah es wieder ganz genau vor mir. Mitzis leblosen Katzenkörper neben mir im Gras, den Spaten in meiner Hand. Wie ich mit der Schaufel auf etwas Hartes stieß. Wie ich kurz darauf einen Schädelknochen mit langem blondem Haar freilegte. Obwohl der Verwesungsprozess schon weit fortgeschritten war, ahnte ich sofort, um wen es sich handeln musste. Und plötzlich ergab alles einen Sinn.

Anettes nächtliches Gebrabbel, ihre Scheu davor, über ihre Kindheit zu sprechen. Das Fehlen sämtlicher Bilder von Flora Emerson. Der Kummer in Christians Gesicht, wann immer das Gespräch auf sie kam. Auch jetzt war seine Miene von Schmerz gezeichnet.

»Es ist wahr«, brach Christian schließlich das Schweigen. Seine Stimme klang brüchig. »Anette hat damals etwas Unaussprechliches getan. Aber es war nicht ihre Schuld. Es war meine. Ich hätte dafür sorgen müssen, dass Flora Hilfe bekommt. Hätte nicht zulassen dürfen, dass sie ihre Launen an Anette auslässt. Mich mehr in ihre Erziehung einbringen müssen.« Er seufzte und fuhr dann fort: »Doch als ich die beiden zusammen am Treppenboden vorfand, wusste ich, was zu tun war.« Er lachte bitter. »Und so sehr mich Floras Verlust auch schmerzt – Anette ist meine Tochter und ich liebe sie. Es gibt nichts, das ich nicht tun würde, um sie zu beschützen. Und ich bete zu Gott, dass es dir gelingt, besser auf euer Kind aufzupassen, als es mir mit meinem gelungen ist. Dass du die Anzeichen rechtzeitig erkennst, sollte es einmal so weit kommen. Denn in gewisser Weise ist Anette wie ihre Mutter. Sie kann nichts dafür, es liegt in ihren Genen.«

Er wandte den Kopf und sah mir direkt in die Augen. Sein Blick schien mich regelrecht zu durchbohren. »Ist das der Grund, warum du sie betrogen hast? Weil du verwirrt warst, wegen dem, was du zu wissen geglaubt hast?« Auf einmal wirkte er beinahe bedrohlich, wie er da mit zusammengepressten Lippen zu mir aufsah. »Egal, was Anette getan haben mag – das hat sie nicht verdient. Also reiß dich zusammen und bring das mit euch wieder in Ordnung. Denn wenn nicht, bekommst du es mit mir zu tun. Dann ...«

In diesem Augenblick hörte ich es. Das hässliche Knacken. Das Holzgeländer musste aus der Verankerung gebrochen sein und begann sich bedrohlich zu neigen. Aber Christian war so in das Gespräch vertieft, dass er es gar nicht bemerkte.

»Christian – pass auf!«

Ich machte einen Satz auf ihn zu. Versuchte, ihn am Arm zu packen und zurückzureißen, doch meine Finger griffen ins Leere.

»Nein, nicht!«

Christians Augen weiteten sich vor Entsetzen, während er mitsamt dem Geländer hintenüberkippte. Ein gellender Schreckensschrei war zu hören, dann stürzte er in die Tiefe.

Die Panik und die Verzweiflung, die mich bei diesem Anblick erfassten, waren kaum zu ertragen, und ich sank kraftlos auf die Knie.

Die Erinnerung verblasst vor meinem inneren Auge, als ich jäh zurück in die Gegenwart katapultiert werde. Fassungslos starre ich meine Frau an.

»Aber – so ist es nicht gewesen«, bringe ich mühsam hervor. »Ich hatte mit Christians Tod nichts zu schaffen. Es war ein Unfall, Herrgott nochmal!« Mit bebenden Händen streiche ich mir eine ascheverkrustete Strähne aus der Stirn. »Es stimmt – dein Vater hat mich damals wegen meiner dummen Affäre zur Rede gestellt. Doch er hat mir geglaubt, als ich ihm sagte, dass es ein Fehler war. Wie kannst du auch nur einen Moment lang denken, ich hätte ihn gestoßen?«

Ich schüttle den Kopf. Von Resignation überwältigt stütze ich mich an der Wand ab. Christian hat mir einst das Versprechen abgenommen, Anette niemals etwas von dem Testament und seinen Zweifeln an ihrer psychischen Gesundheit zu erzählen. Und ich hatte mir fest vorgenommen, mich an dieses Versprechen zu halten. Selbst jetzt noch.

Vergiss nicht, warum du hergekommen bist. Sie muss es zugeben. Doch um sie dazu zu bringen, muss Anette alles erfahren – die ganze verfluchte Wahrheit.

»Das mit dem Testament war allein seine Idee. Christian hat mir erst davon erzählt, nachdem er von deiner Schwangerschaft erfuhr«, murmele ich tonlos. »Dein Vater hat dich geliebt, das ist wahr. Aber er war deinetwegen auch in großer Sorge. Dass du womöglich genauso krank sein könntest wie deine Mutter.« Ich sehe ihr ins Gesicht. »Was glaubst du, warum ich Martha eingestellt habe? Wieso ich so vehement auf deine Sitzungen bei Doktor Morris bestand, weshalb es mir so wichtig war, dass du deine Tabletten nimmst? Ich wollte um jeden Preis verhindern, dass sich die Geschichte wiederholt.« Mit einer Mischung aus Abscheu und Mitleid starre ich auf sie hinab. »Dass seine Tochter es fertiggebracht hat, ihre eigene Mutter zu ermorden, hat deinen Vater tief getroffen. Und er bat mich, vorsichtig zu sein. Auf dich und Lara aufzupassen.« Ich mache eine hilflose Geste. »Nun – man kann mir nicht vorwerfen, es nicht zumindest versucht zu haben.«

Anette ist plötzlich aschfahl geworden. »Das – das glaube ich nicht«, bringt sie stammelnd hervor. »So hätte Papa nie über mich gedacht. Das sagst du doch nur, um mir wehzutun.«

Ich lächle traurig. »Ich wünschte, es wäre so.«

KAPITEL 39

Rebecca

Obwohl ich schon so lange nicht mehr hier gewesen bin, finde ich den Weg mühelos. Nachdem ich den Ortskern passiert habe, drossele ich das Tempo. Während der kleine BMW gemächlich dahinzockelt, lasse ich den Blick konzentriert am Fahrbahnrand entlangwandern. Beim Anblick der vertrauten Baumgruppe, hinter der eine versteckte Zufahrtsstraße zum Haus des verstorbenen Malers führt, huscht ein zufriedenes Lächeln über mein Gesicht.

Na bitte. Da wären wir.

Ich drossele das Tempo noch ein wenig weiter, der Wagen rumpelt nun im Schritttempo den gewundenen Kiesweg entlang. Einige Male muss ich großräumig ausweichen, damit die Räder nicht in einem der tiefen Schlaglöcher steckenbleiben.

Als ich endlich die letzte Biegung nehme, hätte ich vor Schreck beinahe aufgeschrien.

Das entzückende Anwesen aus meinen Erinnerungen ist verschwunden. An seiner Stelle ragen nur noch ein paar vereinzelte Holzpfeiler aus einer verkohlten Ruine empor, der Boden in der Umgebung ist von verrußten Steinbrocken und Trümmern übersät. Dichte Rauchschwaden bedecken den Himmel und verleihen der Szenerie eine schaurige Atmosphäre.

Es dauert einen Augenblick, bis mir dämmert, was hier eben erst geschehen sein muss. Ich bin wie erstarrt.

Wie zum Teufel ist das denn passiert? Und was noch viel wichtiger ist – wo ist Raphael? Ist er etwa ...

Mit zitternden Fingern löse ich den Sicherheitsgurt und falle fast aus dem Wagen.

»Raphael?« Meine Stimme überschlägt sich vor Panik. »Raphael? Bist du hier irgendwo? Antworte – bitte! Raphael!«

Meine Worte hallen von den umstehenden Bäumen wider, ansonsten rührt sich nichts. Wie ein aufgescheuchtes Huhn irre ich in den Trümmern umher, während ich immer wieder laut seinen Namen schreie. Doch – nichts. Rein gar nichts.

Die Feuerwehr. Du musst die Feuerwehr rufen. Sie werden wissen, was zu tun ist.

Ich zerre mein Telefon aus der hinteren Hosentasche meiner Jeans und wähle die 144. Es piept dreimal, dann wird die Verbindung unterbrochen.

Verdammter Handyempfang. Man könnte meinen, die Telefongesellschaft hätte das in den letzten zehn Jahren endlich behoben.

Wütend schleudere ich das Handy von mir. Dann halte ich einen Augenblick inne, um meinen rasenden Herzschlag zu beruhigen.

Wut und Panik bringen dich jetzt auch nicht weiter. Konzentrier dich, Bec. Denk nach!

Ich will mich gerade bücken, um das Telefon wieder aufzuheben, das einige Meter entfernt von mir neben einer alten Eiche zum Liegen gekommen ist, da bemerke ich die eingetrockneten Blutspuren am Boden. Jäh halte ich mitten in der Bewegung inne.

Nein, bitte nicht!

Überwältigt vor Entsetzen sinke ich auf die Knie. Meine Beine, sie tragen mich nicht mehr. Plötzlich spüre ich heftige Übelkeit in mir hochsteigen. Röchelnd und würgend übergebe ich mich, bis nur noch bittere Galle herauskommt.

Am ganzen Leib zitternd schlinge ich die Arme um die Brust, während sich meine Gedanken überschlagen.

Wenn Raphael hier war, kann er wohl kaum im Haus gewesen sein, als das Feuer ausgebrochen ist, oder? Aber wo ist er dann? Und wieso sind keine Einsatzkräfte vor Ort? Keine Polizei, keine Feuerwehr – niemand? Ich schüttle den Kopf. Trotzdem spüre ich einen Funken Hoffnung in mir aufkeimen. Raphael – er hat es irgendwie hier weggeschafft. Es muss einfach so sein.

So schnell ich kann, laufe ich zurück zu meinem Wagen. Sobald ich wieder Empfang habe, werde ich sämtliche Krankenhäuser der Umgebung durchtelefonieren. Irgendwo wird er schon sein. Sonst fahre ich eben zu ihm nach Hause. Zum Teufel mit Anette und ihren Drohungen. Ich muss wissen, dass es Raphael gutgeht.

Das ist alles, was zählt.

KAPITEL 40

Anette

Die Sekunden verstreichen, während ich Raphael ungläubig anstarre, außerstande, auch nur einen Ton herauszubringen. Seine Miene ist mitleidig, aber ich kann keine Anzeichen der Unaufrichtigkeit in seinen Augen erkennen. Er blinzelt nicht mal.

Nein. Das darf nicht wahr sein. Raphael lügt. So hätte Papa nie über mich gedacht – oder etwa doch?

»Du weißt nicht, wie es war, ihre Tochter zu sein«, wispere ich. Meine Stimme bricht. »Du hast nicht die geringste Ahnung, wie sie war.« Ich unterdrücke ein Wimmern.

So lange ich mich zurückerinnern kann, war es immer nur um sie gegangen. Um Mama und ihre Krankheit. Wenn sie traurig war, galt es sie zu trösten. Wenn sie fröhlich war, musste man auf sie aufpassen. Meine Gedanken kreisten fast ununterbrochen um sie. Es verging kein Morgen, an dem ich mir nicht die bange Frage stellte, wie ihre Stimmung an diesem Tag wohl aussehen mochte. Ob es ihr gutging. Ob es ihr am nächsten Tag immer noch gutgehen würde. Wie ich mich verhalten sollte, wenn dem nicht so war.

Wenn meine Mutter gut gelaunt war, schien sie einfach unschlagbar. Dann hatte sie auf einmal ganz viele Freundinnen, organisierte rauschende Dinnerpartys, jeder fand sie faszinierend, charmant, witzig. Sie liebte es, im Mittelpunkt zu stehen, konnte mühelos die komplette Tischgesellschaft unterhalten. Alberte herum, gab interessante Anekdoten zum Besten, zauberte köstliche Brötchen und aufwendige Getränke – alles zur selben Zeit. Einmal hatte Mama zum Abendessen gleich vier verschiedene Hauptgerichte vorbereitet, weil sie sich nicht entscheiden konnte, über welche sich Papa am meisten freuen würde.

Angesichts ihrer mitreißenden Persönlichkeit schien ich völlig zu verblassen. Wie bei der Feier anlässlich meines zehnten Geburtstags. Noch heute treten mir Tränen in die Augen, wenn ich an jenen Nachmittag zurückdenke. Viele meiner Freunde aus der Schule waren da und ich sehnte diesen Tag herbei wie selten einen zuvor. Weil es endlich einmal um mich gehen würde. Und zwar nur um mich. Doch anstatt wie andere Mütter Würstchen und Kuchen zu reichen, riss Mama alle Aufmerksamkeit an sich. Sie war so in ihre Euphorie versunken, dass sie mich dabei komplett vergaß. Dass sie am Höhepunkt der Feier die Kerzen meines Geburtstagskuchens auspustete, war nur das Tüpfelchen auf dem i. Ich war schrecklich enttäuscht. War es denn wirklich zu viel verlangt, dass es an einem Tag im Jahr mal nur um mich ging? Nachdem meine Freunde endlich gegangen waren, zog ich mich heulend in mein Zimmer zurück. Meine Mutter war deswegen schrecklich wütend, schimpfte mich verzogen und undankbar.

Wenn die Dämonen in ihrem Kopf überhandnahmen, reichte eine Kleinigkeit, um Mama in Rage zu versetzen. Ich weiß noch, wie sie mich stundenlang eingesperrt hat, weil ich beim Spielen versehentlich eine teure Vase zerdeppert hatte. Unwillkürlich führe ich die Hand ans Gesicht, bei der Erinnerung an das Brennen ihrer Handfläche auf meiner Wange, nachdem sie mich mit ihrem Lippenstift ertappt hatte. An solchen Tagen war es das Beste, unsichtbar zu bleiben. Ihr nicht unter die Augen zu treten, ihr keinen Grund für ihren Zorn zu liefern. Wie an jenem Nachmittag im Zirkus. Damals war ich elf. Offenbar waren die Freikarten, die wir geschenkt bekommen hatten, am Vortag abgelaufen, wie uns die Frau an der Kassa freundlich erklärte. Mama wurde deswegen furchtbar wütend, steigerte sich in einen regelrechten Tobsuchtsanfall. Nervös zupfte ich an ihrem Arm, flehte sie an, sich zu beruhigen. Doch das machte alles nur noch schlimmer. Unter dem Gekicher der Schaulustigen, die vorsichtig von uns abrückten, wurden wir von der Security aus dem Zelt geleitet. Es war schrecklich peinlich. Ich bekam eine Woche Hausarrest.

Und dann gab es da die anderen Phasen. Fast so, als wäre ihr Körper den Anstrengungen der Manie nicht länger gewachsen und würde sich stattdessen in die Ruhe der Depression flüchten. Plötzlich war sie wie ausgewechselt, nur noch ein Schatten ihrer selbst. Dann zog sie sich in ihr Zimmer zurück, wo sie den Großteil des Tages verschlief oder mit leeren Augen an die Decke starrte. Wochenlang würdigte sie mich keines Blickes und sorgte dafür, dass ich die Nachmittage nach der Schule bei Freundinnen verbrachte, sodass sie sich nicht um mich zu kümmern brauchte.

Diese Phasen waren fast noch schlimmer. Nicht nur, dass ich ihr nicht helfen konnte, war sie auf einmal in ihre völlig eigene Welt versunken, in der ich – ihre Tochter – keinen Platz hatte. Ich schien für sie nicht mal mehr zu existieren. Was blieb, war das Gefühl der Ohnmacht, eine ungeliebte und überflüssige Belastung für sie zu sein.

Papa wiederum kehrte meist erst spät von der Arbeit nach Hause zurück, er bekam nur einen Bruchteil von alledem mit. Ich nehme es ihm nicht übel. Als das Kind, das ich damals war, gab ich mir selbst die Schuld an Mamas Verhalten und zog es vor, meine Trauer und meinen Frust für mich zu behalten. Ich schämte mich. Wenn ich etwas braver gewesen wäre, eine bessere Tochter, vielleicht hätte sie ja keinen Grund gehabt, immer so wütend oder traurig zu sein? Ich seufze leise. Heute ist mir klar, dass ich ihn schon viel früher hätte ins Vertrauen ziehen müssen. Womöglich wäre es dann nie so weit gekommen – wer weiß?

Plötzlich sehe ich ihn wieder vor mir – den wohl schlimmsten Tag meines Lebens. Damals war ich gerade vierzehn geworden und Mama durchlebte ihre bis dato schwerste depressive Phase. Es war bereits später Nachmittag, als ich nach meinem Tennisunterricht mit Tommy heimkam.

Meine Nase zuckt. Beinahe kann ich ihn immer noch riechen, den penetranten Geruch nach Rotwein und abgestandener Luft. Mamas Augen waren vom Weinen gerötet, ihre Beine steckten in derselben fleckigen Jogginghose wie am Morgen, ihre schmale Gestalt kauerte zusammengesunken inmitten der riesigen Sofalandschaft im Wohnzimmer. Sie hob nicht einmal den Kopf, als ich eintrat, starrte nur mit ausdrucksloser Miene ins Leere.

»Je länger ich darüber nachdenke, desto klarer wird es mir. Ich habe in meinem ganzen Leben nichts Sinnvolles zustande gebracht.« Ihre Stimme klang rau und undeutlich vom Alkohol. »Ich bin zu rein gar nichts nütze. Niemand braucht mich, nicht mal Christian. Ich – ich kann einfach nicht mehr so weitermachen. Vielleicht wäre es besser, wenn ich dem allen endlich ein Ende bereite, meinst du nicht auch?«

Mit einem Satz war ich bei ihr, ging vor ihr in die Hocke. Vorsichtig nahm ich ihr das halbvolle Weinglas aus der Hand. Mama hatte schon so einige depressive Phasen, aber ihre Selbstmordgedanken waren mir neu. Ob sie das tatsächlich ernst meinte, was sie da sagte?

»*Ich* brauche dich«, murmelte ich leise und strich ihr über den Arm. »Du hast mich! Reicht das denn nicht?«

Mama schlug meine Hand weg. »Ich bitte dich. Glaubst du, ich wüsste nicht, wie du wirklich über mich denkst? Für dich bin ich doch nur eine Belastung.«

Mühsam schluckte ich Enttäuschung und den Schmerz hinunter. »Du hast vergessen, deine Tabletten zu nehmen, nicht wahr? Deswegen bist so schlecht drauf. Warte, ich hol sie dir.«

Ich lief ins Badezimmer, wo ich im Schrank über dem Waschbecken nach ihren Tablettenschachteln kramte – vier an der Zahl. Vorsichtig drückte ich die richtige Anzahl aus den Blistern, bevor ich mit einem Glas zurück ins Wohnzimmer stürmte.

»Hier – nimm. Dann geht's dir bald besser.«

»Vergiss es. Die nehme ich nicht mehr.« Sie warf mir einen hasserfüllten Blick zu. »Ich bin nicht krank. Im Gegenteil, ich glaube, ich habe noch niemals zuvor in meinem Leben alles so klargesehen wie jetzt.«

»Mama – bitte«, flehte ich.

»Weg damit«, schrie sie und schlug mir das Glas aus der Hand. Es entglitt meinen klammen Fingern und zersplitterte auf dem Fußboden. »Du und dein Vater – es ist immer dasselbe mit euch. Ihr seid Verräter, so schaut's aus! Ich soll dieses Zeug doch nur nehmen, damit ihr mich unter eurer Kontrolle halten könnt. Aber ich mache da nicht länger mit!« Sie reckte trotzig das Kinn. »Ich werde meinem Elend ein Ende bereiten. Und es gibt nichts, was du dagegen tun könntest.«

Starr vor Entsetzen blickte ich auf sie hinunter. Normalerweise hätte ich mich in solchen Situationen zu ihr gekuschelt, versucht sie zu trösten, ihr immer wieder vorgesagt, dass alles gut werden würde. Dass die negativen Gedanken und die Zweifel, die sie lähmten, irgendwann verfliegen würden. Wie jedes Mal. Aber nicht heute. Resigniert ließ ich die Schultern sinken. Und der Schmerz, die Wut und die Hilflosigkeit, die mich bei ihrem Anblick erfüllten, wurden von anderen Gefühlen verdrängt. Abscheu. Verachtung. Hass. Ich konnte nicht mehr. Ich hatte die Nase gestrichen voll. Ich war vierzehn, Herrgott nochmal! Hatte mein eigenes Leben. Kein Kind in meinem Alter sollte sich mit so einem Mist herumschlagen müssen.

»Dann tu's doch«, hörte ich mich sagen. Wütend stampfte ich mit dem Fuß auf. »Bring dich um, wenn es das ist, was du willst. Mir reicht's nämlich. Ich mache dieses Theater nicht länger mit.«

Mit diesen Worten drehte ich mich um und lief die Stufen ins obere Stockwerk hinauf, wo mein Zimmer lag.

Von unten hörte ich Mamas Stimme. »Du Miststück! Womit habe ich nur so eine undankbare und missratene Tochter verdient?« Dann schien ihr ein neuer Einfall zu kommen. Sie stieg die Treppe hinauf und blieb am Absatz stehen. »Du willst mich also aus dem Weg haben? Damit du deinen Vater ganz für dich hast, wie? Glaubst du, ich wüsste nichts von euren heimlichen Schachpartien? Aber ich sage dir mal was – Christian interessiert sich einen Scheißdreck für dich. An meine Stelle würde früher oder später eine andere Frau treten und dann wird er dich in ein Internat stecken. Wie wir es von Anfang an hätten tun sollen. Und wenn es so weit ist – wird er dich *vergessen*.«

Die Hand am Türknauf meines Kinderzimmers, drehte ich mich langsam zu ihr um. »Ich habe es so satt«, sagte ich, während ich ein paar Schritte zurück und auf sie zu ging. »Mir ständig Sorgen zu machen, praktisch unsichtbar zu sein, nur weil du mal wieder eine deiner Phasen hast! Herrgott, Mama! Reiß dich endlich zusammen! Wer von uns ist hier eigentlich die Erwachsene?«

Mamas Miene verzog sich zu einer hässlichen Fratze. Doch als sie fortfuhr, war ihre Stimme erstaunlich ruhig. »Schon seltsam. Ich hatte immer gedacht, eine Mutter würde ihr Kind lieben, egal was es sagt oder tut. Aber so ist es nicht. Wenn ich dich ansehe, fühle ich nichts weiter als Abscheu.« Sie spuckte vor mir auf den Parkettboden.

Das hatte gesessen. Tränen schossen mir in die Augen und rannen meine Wangen hinunter, mein Atem ging schnell und stoßweise. Ihre Worte hatten einen empfindlichen Nerv getroffen. Auf einmal war ich regelrecht blind vor Wut.

Wie ferngesteuert legte ich die letzten Meter zurück, bis ich direkt vor ihr stand. Mamas Miene war zu einer wütenden Grimasse verzerrt, jede Faser ihres Körpers bebte vor Zorn, während sie mich hasserfüllt anstarrte. Und ich spürte, wie in meinem Inneren ein Damm brach.

Gleich einem außenstehenden Beobachter sah ich mir selbst dabei zu, wie ich den Arm nach ihr ausstreckte. Wie meine Hand ihre rechte Schulter traf und ihr einen heftigen Stoß versetzte. Sah das Erstaunen in Mamas Blick, als sie nach hinten taumelte. Ein langgezogener Schrei entfuhr ihrem Mund, als sie das Gleichgewicht verlor und rücklings die Stufen hinunter polterte. Dann war ein hässliches Knacken zu hören, als sie am Fuße der Treppe mit verdrehten Gliedmaßen liegen blieb.

Wie in Trance schritt ich gemächlich die Stufen hinunter. Eine seltsame Ruhe hatte von mir Besitz ergriffen. Die Augen meiner Mutter waren im Augenblick des Entsetzens eingefroren, blickten starr und leer gen Zimmerdecke. Ich musste nicht erst nach ihrem Puls fühlen, um zu wissen, dass sie tot war.

Ich schlage die Hände vors Gesicht, während ich langsam in die Gegenwart zurückkomme. Mein Leben lang habe ich um die Liebe und Anerkennung meiner Eltern gekämpft, mich danach gesehnt, genauso geliebt und beachtet zu werden wie die Kinder anderer Mütter. Wer kann es mir verübeln, dass mir das irgendwann zu viel wurde?

Was stimmt eigentlich nicht mit mir? Bin ich es denn nicht wert, ehrliche und aufrichtige Liebe zu erfahren?

Nicht mal meine eigene Mutter hat es fertiggebracht, mich zu lieben. Raphael hat mich nur der Firma wegen geheiratet. Selbst Philipp zog es vor, das Geld zu nehmen, anstatt mir als treuer Freund zur Seite zu stehen.

Der Einzige, von dem ich mich je verstanden geglaubt habe, war Papa. Ich war mir so sicher, dass er begriffen hatte, dass ich damals keine andere Wahl hatte. Dass ich sie im Grunde gar nicht wirklich hatte töten wollen. Dabei war es seine Idee gewesen, Mama im Garten zu vergraben und allen zu sagen, dass sie uns verlassen hätte. Wäre schließlich nicht das erste Mal. Seither haben wir nie wieder ein Wort über jenen schrecklichen Tag verloren, und ich war mir sicher, dass er sich insgeheim selbst die Schuld an ihrem Tod gab. Weil er es nicht hatte verhindern können. Weil es ihm nicht gelungen war, mich vor Mama zu beschützen. Doch wie es scheint, war das nur ein Teil der Wahrheit.

Christian hat dich geliebt, das ist wahr. Aber er war deinetwegen auch in großer Sorge. Dass du womöglich genauso krank wärst wie deine Mutter.

Ich erschauere. Mein Vater – mein Vertrauter, mein Rückhalt, mein Fels in der Brandung – letztlich war er genau wie alle anderen. Im Grunde hat er nie an mich geglaubt. Und dieser Verrat gibt mir den Rest.

Ich stöhne bei dem Gedanken, was ich getan habe in dem Glauben, Raphael wäre die Ursache meiner Probleme. Ich denke an Rebecca und Maja, an den Schaden, den ich mit meiner falschen Pressemeldung verursacht habe. An meinen missglückten Mordversuch. Dabei hat Raphael meinen Vater nicht getötet. Es war ein Unfall gewesen. Nur ein Unfall.

Mein Gott, Anette – was hast du getan?

Wie aus weiter Ferne dringen Raphaels Worte an meine Ohren. »Du hast den guten Ruf von *Pharmauniverse* ruiniert – und damit alles, wofür dein Vater und ich jahrzehntelang gearbeitet haben.« Seine Miene ist ernst. »Gib es endlich zu, Anette. Es bringt doch nichts, es noch länger zu leugnen. Du hast deine Mutter umgebracht. Und beinahe wäre es dir gelungen, auch mich zu töten. Ist es nicht so?«

Ich schüttle vehement den Kopf. Auf einmal spüre ich eine Woge der Wut in mir aufsteigen. »Verdammt, Raphael! Wieso konntest du mich nicht einfach lieben? Wie ein normaler Ehemann seine Frau lieben sollte?« Ich zittere am ganzen Körper. »Aber das konntest du nicht – stimmt's? Unsere Beziehung war von Anfang an eine Farce. Ein perverses Spiel, das du mit meinen Gefühlen getrieben hast. Du hast mich des Geldes wegen geheiratet. Du wolltest niemals mich. Du wolltest immer nur die Firma.«

Tränen laufen mir über die Wangen, während ich in Raphaels betretene Miene blicke. Er sagt nichts, sieht mich einfach aus traurigen Augen an. Seine Schultern sind nach vorne gekrümmt, seine Mundwinkel hängen herab. Und zum zweiten Mal in meinem Leben spüre ich, wie rasender Zorn von mir Besitz ergreift.

Sein Blick fliegt zur Tür, als er den Ausdruck in meinem Gesicht bemerkt. Dann geht ein Ruck durch meinen Körper. Blind vor Wut sprinte ich in die Küche. Mit seinem kaputten Knöchel kommt Raphael nur langsam voran und so hat er erst wenige Meter zurückgelegt, als ich bereits mit einem langen Tranchiermesser in der Hand zurückkomme.

»Keinen Schritt weiter.«

Raphael erstarrt. Die Finger am Türknauf wendet er sich zu mir um. Ich kann die Angst in seinen Augen auflodern sehen, als er das Messer bemerkt.

»Anette, bitte ...« Abwehrend hebt er die Hände.

In diesem Augenblick wird die Tür hinter ihm aufgerissen und wir zucken beide gleichzeitig zusammen.

KAPITEL 41

Raphael

Aber, was ...?« Fassungslos beäuge ich die Gestalt, die im Türrahmen erschienen ist. »Rebecca, was willst du denn hier?«

»Ich war beim Haus am Schneeberg. Das heißt – bei dem, was davon übrig noch ist«, keucht sie atemlos. Ihr Blick schweift über meinen geschundenen Körper, ihre Miene drückt Schock und zugleich Erleichterung aus. »Wieso bist du nicht ans Handy gegangen? Ich hab zigmal versucht, dich zu erreichen.«

Wortlos versuche ich ihr zu verstehen zu geben, dass sie sofort wieder abhauen soll, doch in diesem Augenblick hat Anette sie bereits erspäht.

»Rebecca!«, ruft sie. »Du also auch noch.« Anette gibt ein bellendes Lachen von sich, das mir die Nackenhaare zu Berge stehen lässt. Sie muss völlig den Verstand verloren haben. »Komm doch rein.«

Rebecca ist auf einmal stocksteif geworden. Panik macht sich auf ihrem Gesicht breit, als ihr Blick von Anette zu mir und wieder zu Anette wandert. Die Klinge in der Hand meiner Frau reflektiert die Sonnenstrahlen und Lichter tanzen über den Steinboden.

»Komm rein, hab ich gesagt!« Anette reckt drohend das Messer in meine Richtung, während sie Rebecca mit einer ausholenden Bewegung bedeutet näherzukommen.

Ganz langsam setzt Rebecca einen Fuß vor den anderen. Sie sieht aus, aus wüsste sie nicht, wie ihr geschieht. »Und jetzt mach die Tür zu.«

Nun sind wir alle in der Eingangshalle versammelt. Meine Geliebte, meine verrückte Ehefrau und ich – eine teuflische Konstellation.

Scheiße. Verdammter Mist. Diese Frau ist doch völlig irre. Wie soll ich Rebecca und mich nur heil wieder hier rausbringen?

»Was zum Teufel tust du eigentlich hier? Habe ich dir nicht gesagt, du sollst dich von meinem Ehemann fernhalten? War ich etwa nicht deutlich genug?«

Rebecca reckt trotzig das Kinn. »Das war, bevor mir klar wurde, dass du mich angelogen hast.« Ohne Anette aus den Augen zu lassen, greift sie in ihre Handtasche und fördert ein zerknittertes Foto daraus zutage, das sie ihr vor die Füße wirft. »Das Ultraschallbild war ein Fake. Du bist gar nicht schwanger. Doktor Hofstätter ist vor zwei Jahren gestorben, wusstest du das nicht?«

Wie vom Donner gerührt fahre ich zu Anette herum. »Du – du bist schwanger?«

Rebecca schnaubt. »Das wollte sie mir zumindest weismachen. Aber wie es aussieht, hat sie sich dabei nicht schlau genug angestellt.«

Anette wirft einen kurzen Blick auf das Foto auf dem Boden, dann beginnt sie plötzlich zu kichern. Das Messer zittert unheilvoll in ihrer Faust, während sie sich vor Lachen kaum noch halten kann.

Ganz kurz überlege ich, ob ich es wagen kann, mich auf sie zu stürzen und es ihr aus der Hand zu schlagen, doch ich verwerfe den Gedanken rasch wieder. Anette mag verrückt sein, aber sie hat schnelle Reflexe. In ihrer aktuellen Gemütslage würde sie mich vermutlich kaltblütig abstechen. Mir bleibt nichts anderes übrig, als Zeit zu schinden und dieses absurde Gespräch aufrechtzuerhalten, bis sich mir eine bessere Gelegenheit bietet.

»Ich verstehe das nicht – ihr beide habt über mich gesprochen? Wann soll das gewesen sein?«

Dann geht mir plötzlich ein Licht auf und ein weiteres Puzzleteil in dem Mysterium der vergangenen Monate fliegt an seinen Platz. »Du wusstest von unserer Affäre, nicht wahr?«, bringe ich schließlich heraus. Nur mit Mühe gelingt es mir, meine Wut in Schach zu halten. »Du hast es die ganze Zeit über gewusst.« Ich schüttle den Kopf. Anette hat das alles von langer Hand geplant, das wird mir auf einen Schlag klar.

Wie konntest du so dumm sein? Du Narr! Kennst du deine eigene Frau wirklich so schlecht?

Atemlos lausche ich Anettes Schilderungen. Von ihrer Überraschung, als sie feststellte, dass Rebecca – meine Exfreundin, wie sie aus meinen SMS-Konversationen in der Zeit unseres Kennenlernens wusste – sich auf der Uni ausgerechnet für ihren Kurs eingeschrieben hatte. Wie sie Rebecca mithilfe deren auffrisierter Hausarbeit in die Firma schleuste, wohl wissend, welche Gefühle ich womöglich noch für sie hege. Und letztlich von ihrer vorgetäuschten Schwangerschaft und ihrer Freundschaft mit Maja, die ihr ein zusätzliches Druckmittel gegen Rebecca in die Hände spielte.

»Raphael hat mich nie geliebt«, faucht sie Rebecca an. »Deinetwegen. Er hat dich mir immer vorgezogen. Selbst nach all den Jahren.« Ein gequälter Ausdruck ist plötzlich auf ihrem Gesicht erschienen. »Dabei verstehe ich gar nicht, wieso eigentlich. Ich meine – wer bist du schon? Du bist bestenfalls Mittelmaß. Mittelmäßig hübsch, eine mittelklassige Studentin, nicht mal außergewöhnlich schlau. Das einzig Besondere an dir ist das enge Band, das dich mit deiner Schwester verbindet.« Sie hebt eine Braue. »Wobei es damit auch nicht so weit her sein dürfte. Sonst wärst du wohl kaum hier.«

Rebecca scheint tief getroffen, sie sackt unter Anettes Angriff sichtlich in sich zusammen. Abscheu und Wut kämpfen in mir um die Oberhand. Ich hätte nie zulassen dürfen, dass Rebecca in das Chaos meiner Ehe hineingezogen wird, das wird mir auf einen Schlag klar.

Denk an das, warum du hergekommen bist. Anette muss es zugeben. Alles, was sie getan hat. Sonst wird es niemals wirklich vorbei sein. Und dann sieh zu, dass ihr von hier verschwindet.

»Das war er also – dein großer Masterplan? Rebecca und ich sollten wieder zueinanderfinden, nur um sie nach ein paar Monaten dazu zu zwingen, mich zu verlassen. Damit ich endlich weiß, wie es sich anfühlt, wenn sich eine geliebte Person von mir abwendet?« Ich nicke langsam. »Anschließend die falsche Pressemeldung, um mich aus der Firma zu drängen. Und schließlich der manipulierte Gashahn. Du wolltest mir alles nehmen, stimmt's? Die Liebe, meinen Job und am Ende mein Leben. Ist es nicht so? Mein Gott, du bist wirklich völlig verrückt.«

Sag es. Gib es endlich zu.

Neben mir höre ich Rebeccas ersticktes Schluchzen, doch ich achte gar nicht auf sie. Meine volle Aufmerksamkeit gilt Anette.

»Ich wünschte, es wäre mir gelungen«, bricht es schließlich aus ihr hervor. »Dass du in dem Feuer umgekommen wärst. Begreifst du nicht, dass das alles deine Schuld ist? Du magst Papa vielleicht nicht getötet haben. Aber du hast mich getötet. Meine Seele. Durch dein liebloses Verhalten, deine Affären, deine Geheimniskrämerei, durch das Gefängnis, das sich unsere Ehe schimpfte.«

Endlich. Nichts wie raus hier.

Doch ich komme nicht dazu, Erleichterung über ihr Geständnis zu empfinden, denn in diesem Augenblick packt Anette das Messer fester. »Und jetzt werdet ihr dafür bezahlen. Alle beide.«

Abwehrend hebe ich die Arme, wobei ich Rebecca mit einem raschen Blick zu verstehen gebe, dass sie die Beine in die Hand nehmen und davonlaufen soll. Meine Gedanken rasen, während ich mir ausrechne, ob ich Anette lange genug in Schach halten kann, um zumindest ihr zur Flucht zu verhelfen. Anette hat zwar ein Messer, doch immerhin bin ich viel größer und kräftiger als sie. Aber Rebecca, die hinter mir zusammengesunken ist, wirkt wie paralysiert und rührt sich keinen Millimeter von der Stelle.

Ich wage einen kurzen Blick zur Decke, flehe zu Gott, dass die winzige Kamera, die sich ganz hinten auf dem raumhohen Regal verbirgt, auch alles auf Band hat.

»Es tut mir leid, Anette. Ehrlich. Ich hab nie gewollt, dass es so weit kommt. Aber sei bitte vernünftig! Du willst uns doch gar nicht umbringen. Denk einen Augenblick rational darüber nach. Glaubst du echt, du würdest mit zweifachem Mord davonkommen? Was soll dann aus Lara werden? Willst du ihr das wirklich antun?«

Anette antwortet nicht. Ihr Blick ist meiner Bewegung gefolgt und ihre Augen weiten sich vor Überraschung, als sie den stecknadelkopfgroßen leuchtenden Knopf bemerkt, der über einem der dicken Buchrücken hervorlugt.

»Du – du hast eine Kamera installiert?«, stößt sie hervor. Einen Moment lang wirkt sie völlig fassungslos. Beinahe kann ich sehen, wie die Erkenntnis bis in die hintersten Windungen ihres Hirns vordringt. Dass ich sie gefilmt habe. Nicht nur heute. Die ganze Zeit über. Und im Bruchteil einer Sekunde beschließe ich, alles auf eine Karte zu setzen.

»Dein Vater hat mich gebeten, auf dich achtzugeben, weißt du nicht mehr? Die Kameras – sie dienten deinem Schutz. Und Laras natürlich auch.« Ich lächle traurig. »Begreifst du jetzt, wie sinnlos es wäre, uns zu töten? Die

Aufnahmen werden direkt auf meinen Rechner bei *Pharmauniverse* überspielt. Du landest so oder so im Gefängnis. Bestenfalls in der Psychiatrie.«

Bei diesen Worten kommt ein verzweifelter Klagelaut über ihre Lippen. Dann hebt sie ganz langsam die Hand, die das Messer immer noch fest umklammert hält.

Mit zusammengebissenen Zähnen beziehe ich vor Rebecca Stellung, mache mich auf das Schlimmste gefasst.

»Es tut mir leid«, raune ich ihr zu. »Ich hab nie gewollt, dass du in das hier hineingezogen wirst.«

Dann geht auf einmal alles ganz schnell. In einer flinken Bewegung zückt Anette das Messer, doch anstatt auf mich einzustechen, wie ich erwartet hatte, setzt sie es an ihre eigene Kehle und sticht zu.

»Nein – Anette!«

Noch bevor ihr Körper auf dem Boden aufgeschlagen ist, bin ich an ihrer Seite. Blut spritzt aus ihrer aufgeschlitzten Halsschlagader, in Sekundenschnelle bin ich völlig durchnässt.

»Nein, bitte«, flüstere ich. »Es tut mir so leid. Wieso hast du das getan?«

Ich bette ihren Kopf auf meinem Schoß, versuche verzweifelt, die Blutung mit dem Hemd zu stillen, das ich mir vom Körper gerissen habe. Doch der Druck ist zu stark. Tränen laufen mir über die Wangen und tropfen von meinem Kinn, aber ich bemerke es kaum. So sehr ich mir gewünscht hatte, mich von den Fesseln meiner Ehe zu befreien – dass Anette stirbt, habe ich trotz allem nie gewollt.

»Ich – ich ...« Anette gibt noch ein gurgelndes Röcheln von sich, dann sackt ihr Gesicht zur Seite und ihr Blick wird starr. Sie ist tot.

Es ist vorbei. Endgültig vorbei.

Scheiße, Raphael? Was hast du nur getan?

KAPITEL 42

Neun Tage später. Rebecca

Nervös nestele ich an dem Saum meines schwarzen Kleids, während ich meinen Blick durch das geräumige Kirchenschiff wandern lasse. In der Kirche, in der Anettes Gedenkgottesdienst stattfindet, ist es unangenehm zugig und ich verfluche mich dafür, keinen wärmeren Mantel übergezogen zu haben.

Voller Erstaunen stelle ich fest, dass fast alle Bänke besetzt sind. Kaum zu glauben, wie viele Freunde und Bekannte Anette gehabt haben soll! In der Ferne entdecke ich ein paar vertraute Gesichter, darunter auch einige Professoren von der Uni. Neben Claudia Weiss sind sogar Sandra Bielefeld, Andrea und Julia unter den Trauergästen. Als sich unsere Blicke treffen, hebe ich zaghaft die Hand zum Gruß. Peinlich berührt senkt Julia den Kopf, wobei sie Andrea mit dem Ellbogen in die Seite stößt und vielsagend in meine Richtung deutet.

Ich seufze resigniert.

Binnen weniger Stunden hatten sich die Gerüchte darüber, was sich bei Raphael und Anette zu Hause zugetragen hatte, wie ein Lauffeuer in der ganzen Firma verbreitet. Im Grunde können sie zwar nicht viel mehr wissen, als dass Anette Selbstmord begangen hat und dass ich irgendwie in die Sache verwickelt sein muss. Trotzdem kann ich mir in etwa vorstellen, was meine Kollegen – meine ehemaligen Kollegen, sollte ich wohl besser sagen – hinter vorgehaltener Hand über mich tuscheln.

Da ist sie – Rebecca, sie war dieses Jahr unsere Som-
merpraktikantin. Kaum zu glauben, dass sie die ganze Zeit
über heimlich eine Affäre mit Herrn Matterfeld gehabt
haben soll. Dieses Flittchen! Seine Frau soll sich deswe-
gen sogar das Leben genommen haben, könnt ihr euch das
vorstellen?

Maja, die mein Unwohlsein gespürt haben muss, greift
nach meiner Hand und drückt sie. Ich schenke ihr ein
dankbares Lächeln. Schon nächste Woche geht die klinische Studie, an der sie – wie Thomas Wolf uns zum Glück
versichert hat – weiterhin teilnehmen darf, in die erste
Phase. Dass sie trotz der zeitraubenden Untersuchungen,
die sie zuvor noch über sich ergehen lassen muss, darauf
bestanden hat, mich zu Anettes Beerdigung zu begleiten,
werde ich ihr nie vergessen.

In der vordersten Reihe, gleich hinter Anettes aufge-
bahrtem Sarg, erkenne ich Raphaels Haarschopf. Seine
Schultern sind nach vorne gekrümmt, sein Arm ist fest um
Laras schmale Gestalt gelegt. In diesem Augenblick dreht
er den Kopf und unsere Blicke treffen sich. Er schenkt mir
ein angedeutetes Nicken, dann richtet er seine Aufmerksamkeit wieder auf Lara.

Wie gerne wäre ich jetzt an seiner Seite! Doch natürlich
wäre das in Anbetracht der Umstände kaum angebracht.

Die ganze Situation hat für ihn die Ausmaße eines
nicht enden wollenden Albtraums angenommen. Angefangen mit den stundenlangen Befragungen durch die örtliche
Polizei, die Raphael für den Tod seiner Frau verantwortlich machen wollte. Erst nachdem er ihnen die Überwa-
chungsbänder gezeigt hatte, die das gesamte Geschehen
aufgezeichnet hatten, ließen sie ihn laufen. Dann die Not-
operation seines rechten Knöchels, der einen komplizierten Bruch erlitten hatte. Und allem voran natürlich Lara.
Beim Gedanken an das Mädchen mit den großen grauen

Augen wird mir vor Sorgen ganz flau im Magen. Ich will mir gar nicht ausmalen, wie es für Raphael gewesen sein muss, seiner Tochter zu erklären, dass ihre Mama tot ist. Die arme Kleine ist doch erst vier! Bestimmt versteht sie nicht, was passiert ist, warum ihre Mutter nicht mehr zu ihr zurückkommt, weshalb sie auf einmal aus ihrer gewohnten Umgebung gerissen wird.

Es dauerte Tage, bis die Polizei die Untersuchungen abgeschlossen und Floras Leiche im Garten geborgen hatte, sodass Raphael vorübergehend mit Lara in ein nahegelegenes Hotel gezogen ist. Er hat zwar sofort die psychologische Betreuung seiner Tochter in die Wege geleitet, doch selbst aus der Entfernung kann ich sehen, wie schlecht es ihr gehen muss.

Fröstelnd ziehe ich die Schultern hoch.

Noch immer kann ich nicht fassen, wie es überhaupt so weit kommen konnte. Was Anette getan hat, ist unverzeihlich, doch jetzt, wo ich die Wahrheit kenne, kann ich ihre Beweggründe zumindest teilweise nachvollziehen.

Anette war krank. Sie war kein schlechter Mensch – ihr Schicksal hat sie zu der Person gemacht, die sie am Ende war. Die Vorstellung, was sie in ihrer Kindheit und im frühen Erwachsenenalter hatte durchleben müssen, jagt mir eine Gänsehaut über den Rücken. Ihr Leben lang hat sie sich nach nichts als Liebe gesehnt. Nach Geborgenheit und Rückhalt – nach allem, was sie bei ihrer Mutter so schmerzlich vermisst hatte und was auch Raphael ihr nicht vermitteln konnte. Der Gedanke, wie das für sie gewesen sein muss, macht mich schrecklich betroffen. Gefangen in einem goldenen Käfig an der Seite eines Mannes, der ihre Gefühle nicht erwidern konnte, dem am Ende nur noch daran gelegen war, sie in Sicherheit und unter seiner Kontrolle zu wissen. Ich erschauere. Anettes heimtückischer Plan mag durch nichts zu rechtfertigen sein, trotzdem wäre es zu kurz gegriffen, ihr die alleinige Verantwortung an alledem zuzusprechen, was geschehen ist. Raphaels Schuld wiegt mindestens ebenso schwer. Er hat so viele Fehler gemacht. Angefangen damit, dass er Anette gar nicht erst aus den falschen Gründen hätte heiraten dürfen.

In diesem Moment tritt der Priester hinter den Altar und das Orgelspiel setzt ein. Die Töne eines langsamen Trauerlieds erklingen.

Es ist ein schöner, aber kurzer Gottesdienst. Nacheinander treten einige der Anwesenden vor, um sich von der Verstorbenen zu verabschieden. Schließlich erhebt sich auch Thomas Wolf, Anettes Freund und Kontaktperson bei *Alversa*. Sein Gesicht ist blass, tiefe Schatten liegen unter seinen Augen. Doch als er das Wort ergreift, schallt seine Stimme fest und klar durch den Raum.

»Liebe Trauergäste! Es fällt mir unendlich schwer, heute vor euch zu stehen. Einzig der Schmerz in meiner Brust erinnert mich daran, dass mein Herz noch schlägt. Und ich glaube, ich spreche im Namen von uns allen, wenn ich sage, dass wir von Anettes Tod zutiefst erschüttert sind.« Er macht eine bedeutungsschwere Pause. »Mit Anette verlieren wir eine beeindruckende Persönlichkeit. Eine großartige Professorin, Kollegin, Ehefrau und Mutter – ich verliere meine beste Freundin. Anette war lebensfroh, lustig, wunderschön, so unglaublich liebenswert. Eine tolle Tennisspielerin.« Thomas schluckt hörbar. Er hebt den Kopf und lässt den Blick durch den Raum schweifen, doch man kann ihm ansehen, dass er in Gedanken weit fort ist. »Für viele hier war sie ein Vorbild. Ein helles Licht am ansonsten dunklen Sternenhimmel. Ich erinnere mich noch, als wäre es erst gestern gewesen, wie wir damals in der Toskana am Strand gesessen und über unsere Zukunft philosophiert haben. Anette – sie hatte so große Pläne!« Er macht eine Pause. »Doch das Leben hat es ihr wahrlich nicht leicht gemacht. Und heute bleibt uns nichts weiter übrig, als ihr Lebewohl zu sagen. Anette – du wirst immer einen Platz in unseren Herzen haben. Wir werden dich vermissen.«

Nachdem der Gottesdienst zu Ende ist, folgen wir der Prozession auf den angrenzenden Friedhof, wo der Sarg mit Anettes Leichnam in die Grube gelassen wird. Weiße Rosen schmücken das schlichte dunkle Holz, eine lange Schlange hat sich gebildet, während sich die Gäste nacheinander anschicken, eine Schaufel Erde in das Grab rieseln zu lassen.

Am Ende sind nur noch Raphael und Lara übrig. Mit respektvollem Abstand sehen die Anwesenden dabei zu, wie er, die Krücke in der einen, Laras Hand in der anderen, an der Trauerprozession vorbeischreitet, auf Anettes letzte Ruhestätte zu. Raphaels Miene wirkt wie erstarrt, während er stumm in die Grube hinunter starrt. Dann schüttelt er den Kopf, Schmerz und Trauer flackern über seine Gesichtszüge.

»Komm, Lara«, bringt er schließlich heraus. »Verabschiede dich von Mama.« Er hält ihr den Korb mit Blumen hin.

Die Kleine tut, wie ihr geheißen. Tränen laufen ihr über die Wangen, während sie eine Rose herausnimmt und sie auf die Erde fallen lässt.

»Mach's gut, Mami«, flüstert sie kaum hörbar. »Ich hab dich lieb.«

Der Anblick bricht mir schier das Herz und ich wende mich rasch ab. Meine Finger umklammern Majas Hand.

Schließlich wendet sich Raphael wortlos um und macht sich mit Lara langsam auf den Weg in Richtung Friedhofspforte.

KAPITEL 43

Raphael

Es ist früher Abend und die Dämmerung ist bereits hereingebrochen, als wir endlich den Heimweg antreten. Den rechten Arm auf meine Krücke gestützt humpele ich mit zusammengebissenen Zähnen über die Straße, meine linke Hand hält die von Lara fest umklammert. Selten zuvor habe ich mich dermaßen niedergeschlagen und ausgelaugt gefühlt.

Die nicht enden wollenden Kondolenzbekundungen entgegenzunehmen und dabei die mitleidigen oder anklagenden Blicke der Trauergäste auf mir zu spüren, hat mich an den Rand meiner Belastungsgrenze gebracht. All diese Leute, die Anette nicht mal richtig gekannt hatten, über sie reden zu hören, machte mich wütend und traurig zugleich. Am liebsten hätte ich sie angeschrien, endlich zu verschwinden. Oder wenigstens die Klappe zu halten, allen voran Thomas, den elenden Wichtigtuer, der gar nicht mehr aufhören wollte, von seinen verklärten Kindheitserinnerungen mit Anette zu schwärmen.

Ich schnaube. Was wusste er, was wussten sie alle denn schon? Sie hatten keine Ahnung, wie Anette war. Hatten nicht die geringste Vorstellung, was sie getan hatte, wie unsere Ehe in Wahrheit gewesen war.

Doch Lara zuliebe zwang ich mich, stark zu bleiben. Die letzten zwanzig Minuten hatte sie nur noch in sich zusammengesunken in der Ecke gesessen, Fido eng an die Brust gepresst, und starrte abwesend ins Leere, bis ich mich endlich von den Trauergästen loseisen konnte.

»Komm, Süße. Steig ein. Wir haben es geschafft.«

Vorsichtig helfe ich Lara in den Kindersitz. Sie lässt es widerstandslos geschehen, blickt nur stumm auf ihre Füße. In dem schwarzen Samtkleid, das sie trägt, sieht sie furchtbar jung und verletzlich aus, und wie so oft in den letzten Tagen werde ich von einer Woge aus Schuldgefühlen übermannt.

Resolut schlucke ich meine Tränen hinunter und klemme mich hinter den Fahrersitz.

Gott ist mein Zeuge – ich hab nie gewollt, dass es jemals so weit kommt.

Als ich Anette kennenlernte, war ich überzeugt davon gewesen, dass ich ihre Gefühle irgendwann erwidern könnte. Ich mochte ihre zurückhaltende und charismatische Art, war beeindruckt von ihrer Schönheit und Intelligenz. Doch das änderte sich jäh, als ich erfuhr, was mit Flora geschehen war – wozu Anette imstande war. Trotzdem war ich nicht bereit, meinen Traum von einem perfekten Leben für gescheitert zu erklären. Anettes missglückter Selbstmordversuch wenige Monate später hätte mir eigentlich eine Lehre sein sollen, aber dumm und verblendet, wie ich war, deutete ich die Zeichen völlig falsch. Auf einmal sah ich sie nur noch als die unsichere und kaputte Persönlichkeit, die sie tief in ihrem Inneren war, als die tickende Zeitbombe, die Depressionen und Manie aus ihr machten. Immer, wenn mir Zweifel kamen, rief ich mir die Warnung meines Schwiegervaters wieder ins Gedächtnis. Dass ich dafür sorgen musste, dass sich die Geschichte nicht wiederholt. Dass ich auf Anette und Lara achtgeben müsse. Und anstatt Anette die Liebe und Aufmerksamkeit zu schenken, nach der sie sich so sehr sehnte, wendete ich alle meine Mühe und Energie darauf auf, meine Frau zu kontrollieren. Im Nachhinein betrachtet war das genau das Falsche, das weiß ich jetzt. Denn

Anette – mochte sie auch dunkle Seiten haben – war immer noch ein Mensch aus Fleisch und Blut. Ein Mensch mit emotionalen Bedürfnissen und einem Gefühlsspektrum, viel weitreichender und differenzierter als mein eigenes.

Wie hatte ich nur so dumm sein können?

Im Grunde habe ich erreicht, wonach ich mich all die Jahre insgeheim gesehnt habe. Die Firmenanteile sind nun endgültig in meinem Besitz und nachdem die Polizei Anettes Unterlagen genauestens durchforstet hat, bin ich rehabilitiert, was die Vorwürfe der angeblichen Fälschung von Studienergebnissen angeht. Anettes Tod macht mich zum Witwer. Ich bin endlich frei. Frei, zu tun, was auch immer ich will.

War es nicht das, was du wolltest? Frei sein?

Traurig fahre ich mir mit den Fingern durchs Haar. Heute hat das alles einen schalen Beigeschmack. Es ist schon merkwürdig. Zehn Jahre meines Lebens habe ich diesem Unternehmen gewidmet, doch jetzt kann ich mir nichts Abwegigeres vorstellen, als dorthin zurückzukehren. Und als Martin sich vorhin wortreich dafür entschuldigt hat, wie er jemals an meiner Integrität zweifeln konnte, habe ich ihm gesagt, dass ich mir ein paar Monate Auszeit nehmen werde. Vielleicht trete ich auch endgültig aus der Geschäftsführung zurück, wer weiß? Mit Anettes Erbe bin ich auf mein Gehalt zu Glück nicht länger angewiesen.

Doch all das hat Zeit. Jetzt muss ich mich erst mal um Lara kümmern. Die Menschen, die man liebt, sind das Wichtigste im Leben, das haben mir die letzten Monate nur allzu deutlich vor Augen geführt. Ich habe bereits mit ein paar Immobilienmaklern gesprochen und die Villa zum Verkauf freigegeben. Keinen Tag länger als nötig will ich mit Lara dort wohnen bleiben – die Erinnerungen an Anette, sie sind einfach zu schmerzhaft. Für uns beide. Was wir brauchen, ist ein Neuanfang. Ein neues Heim, einen Ort, wo wir ganz für uns sein können, wo unsere Wunden heilen können.

Und ich würde mir wünschen, dass Rebecca ebenfalls eines Tages bei uns einzieht. Nach einer ausgiebigen Eingewöhnungsphase selbstverständlich, die zwei müssen sich erst mal in Ruhe kennenlernen. Schließlich soll Lara nicht denken, ich würde versuchen, ihre Mutter durch Rebecca zu ersetzen.

Nachdem die Polizei endlich abgezogen war, hat Rebecca mir alles erzählt. Von Anettes ganzem ausgeklügelten Plan. Und auch ich habe ihr reinen Wein eingeschenkt. Keine Lügen mehr, keine Beschönigungen, nichts als die Wahrheit. Schon seltsam, wie unvorstellbar es mir immer erschien, sie ins Vertrauen zu ziehen, doch letztendlich war es fast eine Erleichterung. Rebecca hörte mir aufmerksam zu, stellte zwar die eine oder andere kritische Zwischenfrage, aber sie verurteilte mich nicht. Und das rechne ich ihr hoch an. Natürlich haben wir einiges aufzuholen und Lara zuliebe müssen wir behutsam vorgehen, das ist mir klar. Trotzdem glaube ich fest daran, dass wir es schaffen können. Immerhin haben wir alle Zeit der Welt dafür.

Ich werfe einen Blick auf meine Tochter im Rückspiegel. Laras Kopf ist zur Seite geneigt und sie starrt wortlos aus dem Fenster, doch ich bezweifle, dass sie irgendwas von dort draußen wahrnimmt. Einmal mehr frage ich mich, wie viel sie von den Geschehnissen der letzten Tage tatsächlich verstanden hat. Obwohl ich ihr erklärt habe, dass ihre Mutter jetzt im Himmel ist, und Martha und ich ihr keine Sekunde von der Seite weichen, fragt sie jedes Mal vor dem Einschlafen, wo ihre Mama bleibt. Es zerreißt mir das Herz, die Trauer und die Verwirrung in ihren Augen zu sehen. Ob sie jemals darüber hinwegkommen wird?

Ich spüre einen Kloß im Hals und schlucke heftig. Was Lara durchmachen muss, ist meine Schuld, das weiß ich. Und mit diesem Wissen werde ich den Rest meiner Tage leben müssen.

Mit einem Seufzer konzentriere ich mich wieder auf die Straße.

Nach gut einer halben Stunde nehme ich eine Abzweigung nach rechts und finde mich auf einer schmalen, kaum befahrenen Gasse wieder. Sicherheitshalber werfe ich einen Blick auf mein Navi – doch ich habe mich nicht geirrt. Vor einem efeubewachsenen Vierkanter halte ich schließlich an und schalte den Motor aus.

Lara hebt den Kopf. Verdrossen beäugt sie die unbekannte Gegend. »Wo sind wir, Papa? Ich will endlich nach Hause.«

Lächelnd drehe ich mich zu ihr um. »Ich weiß. Aber vorher habe ich noch eine Überraschung für dich. Es wird dir gefallen. Versprochen.«

Eilig humpele ich um das Fahrzeug herum und helfe ihr aus dem Wagen. Hand in Hand steigen wir die Treppenstufen zum Eingang empor, wobei ich achtgeben muss, mit meinem eingegipsten Bein nicht umzufallen. Kaum haben wir den Klingelknopf betätigt, ist von drinnen bereits aufgeregtes Hundegebell zu hören, dicht gefolgt von Schritten, die sich hastig auf uns zu bewegen.

Die Frau, die im Türrahmen erscheint, ist ungeschminkt und trägt ausgewaschene Jeans, ihr Haar ist zu einem unordentlichen Knoten am Hinterkopf zusammengebunden. Halb gebückt hält sie mit der linken Hand einen hünenhaften flauschigen Hund am Halsband zurück.

»Alma, aus!« Dann wendet sie sich mit einem verlegenen Lächeln an uns. »Hallo. Kommt doch rein. Ich bin Sabrina.«

Lara gibt ein verzücktes Glucksen von sich. »Die ist ja süß. Darf ich sie streicheln?«

Die Frau namens Sabrina grinst. »Klar. Aber pass auf deine Ohren auf.«

Sie lässt das Halsband los und sofort schießt die Hundedame auf Lara zu. Die Kleine lacht, als Alma jeden Zentimeter ihrer nackten Haut mit feuchten Hundeküssen bedeckt. »Ihh.« Kichernd verzieht sie das Gesicht, während sie hingebungsvoll über Almas weiches Fell streicht.

Nachdem Alma endlich von Lara abgelassen hat und schwanzwedelnd zurück im Haus verschwunden ist, gehe ich vor meiner Tochter in die Knie.

»Alma ist ein Labradoodle«, erkläre ich ernst. »Die sehen ähnlich aus wie die Golden Retriever, die dir so gut gefallen, nur mit ein wenig längeren Haaren. Und weißt du, was das Tollste ist?«

Lara schüttelt den Kopf.

»Labradoodle sind auch für Allergiker wie mich geeignet.« Ich lasse eine bedeutungsschwere Pause entstehen, dann füge ich hinzu: »Alma hat vor einiger Zeit Welpen bekommen. Sie sind jetzt etwa zwölf Wochen alt. Und wenn du möchtest, darfst du dir einen von ihnen aussuchen.«

Lara reißt ungläubig die Augen auf. »Ich – ich kriege einen Hund?«, quiekt sie.

»Ja, genau. Das heißt – natürlich nur, wenn du willst.«

Mit einem Satz ist Lara bei mir und presst sich an meine Brust. Die Wucht ihrer Umarmung fegt mich beinahe von den Füßen und ein stechender Schmerz durchfährt meinen rechten Knöchel. Doch ich beachte ihn gar nicht, alles, was ich wahrnehme, ist der Ausdruck von Verzückung in ihrem zarten Gesicht.

»Danke, Papa!« Sie jauchzt vor Freude. »Danke, danke, danke. Das wollte ich schon immer!«

»Na, dann los.«

Sabrina macht eine einladende Geste in Richtung Wohnzimmer und Lara hüpft aufgeregt hinter ihr her. Als ihr Blick auf die acht Welpen fällt, die sich auf einer Decke in der Ecke tummeln, kreischt sie vor Begeisterung laut auf.

Lächelnd sehe ich dabei zu, wie Lara vor ihnen in die Hocke geht. Gleich mehrere der flauschigen Hundebabys stürmen auf sie zu und beginnen an dem Ärmel ihres Kleids zu zerren, doch sie scheint sie gar nicht zu beachten. Ihre Augen sind starr auf den kleinsten Welpen des Wurfs gerichtet, der sie aus anderthalb Metern Entfernung neugierig beäugt. Zaghaft streckt sie die Hand nach ihm aus.

»Das ist Bea«, erklärt Sabrina, die das Geschehen wachsam beobachtet hat. »Aber du kannst ihr natürlich auch einen anderen Namen geben, wenn dir das lieber ist.«

Ganz allmählich kommt das Hündchen auf sie zu gestakst und stupst Lara auffordernd in die Seite. Aus schwarzen Knopfaugen sieht es ehrfürchtig zu meiner kleinen Tochter auf.

Mit leuchtenden Augen schlingt Lara die Arme um den kleinen Körper.

»Ich werde sie Poppy nennen«, murmelt sie sehr bestimmt. »Was sagst du dazu? Gefällt dir dein neuer Name?«

Der Welpe leckt ihr zärtlich über den Handrücken. Beinahe sieht es so aus, als würde er lächeln.

»Das deute ich mal als Zustimmung«, sage ich und grinse. Wenn es diesem jungen Vierbeiner hier nicht gelingt, sie ein bisschen aufzumuntern, dann weiß ich auch nicht. Und wie es scheint, ist Lara derselben Meinung.

Liebevoll sehe ich auf meine Tochter hinab. Der Schmerz und die Trauer, ihre Mutter zu verlieren, werden niemals vergehen, das ist mir wohl bewusst. Ebenso wenig wie meine Schuld. Aber ich habe aus den Fehlern der Vergangenheit gelernt. Aus Christians und meinen eigenen. Ich werde Lara so viel Liebe und Aufmerksamkeit zuteilwerden lassen, wie ich nur irgendwie kann. Werde alles in meiner Macht Stehende tun, um auf sie aufzupassen. Die traurige Geschichte von Anette und Flora, sie darf, sie wird sich nicht wiederholen. Das schwöre ich bei meinem Leben.

Gleich weiterlesen?

Das Schweigen der Geliebten

Thriller

Ein neuer Partner. Eine neue Familie. Eine alte Schuld.

Karolin steht vor den Trümmern ihrer Ehe. Dass Rolf jetzt in einem idyllisch gelegenen Haus im Wald mit ihren Kindern und seiner neuen Freundin Mischa Urlaub macht, besiegelt ihre persönliche Katastrophe. Als sie selbst durch eine unheilvolle Fügung ebenfalls in dem Ferienhaus landet, ist die Stimmung der Frauen zum Zerreißen gespannt.

Mischa ist überglücklich mit Rolf. Sie will alles dafür tun, damit diese Beziehung funktioniert, sich selbst mit Karolin arrangieren – bloß eines will sie nicht: Rolf eine alte Schuld beichten, die sie zunehmend mit dunklen Vorahnungen erfüllt. Ihre Angst bewahrheitet sich, als sie erkennt, dass die Dämonen ihrer Vergangenheit lebendiger sind als je zuvor und nicht nur ihr eigenes Leben bedrohen ...

Unter Schwestern

Thriller

Ihr dunkles Geheimnis wird dein Albtraum …

»Nur ein paar Tage lang, bitte.« Franziska zögert nicht lange, als ihre Zwillingsschwester Amelie bei ihr auftaucht und sie anfleht, mit ihr die Rollen zu tauschen. Schließlich haben sie beide das ihr ganzes Leben lang getan – in der Schule, selbst in ihren Beziehungen mit Männern –, und niemand ist ihnen jemals auf die Schliche gekommen. Warum soll sie Amelie, die offenbar Probleme in ihrer Ehe hat und eine Auszeit braucht, also nicht diesen Gefallen tun?

Doch als eine gemeinsame Jugendfreundin der Schwestern ermordet aufgefunden wird, beschleicht Franziska der Verdacht, dass diesmal mehr hinter dem Identitätstausch steckt. Und dann verschwindet auch noch Amelie ...

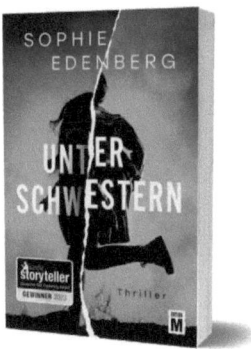

Der Schweigepakt

Thriller

**Vier Freundinnen. Eine gemeinsame Vergangenheit.
Ein tödliches Geheimnis.**

Bea, Miriam, Sarah und Clara waren unzertrennlich – bis
Clara eines Tages verschwand. Alles deutete darauf hin,
dass sie fortgelaufen ist, und damit endeten die Ermittlun-
gen der Polizei.

Doch vierzehn Jahre später werden Claras Überreste im
Wald gefunden, und eine unheilvolle Reise in die Vergan-
genheit beginnt. Gut gehütete Geheimnisse drängen ans
Tageslicht und schon bald wird den Mädchen klar – der
Tag der Abrechnung rückt näher ...

Im Schatten deiner Schuld

Thriller

Als Lexi hört, dass ihre Jugendliebe Charlie nach Altenhofen zurückgekehrt ist, ist sie entsetzt. Zehn Jahre sind vergangen, seit er sie verlassen hat, zehn Jahre seit dem tragischen Feuertod ihrer Schwester Alice. Lexi ist fest entschlossen, die Vergangenheit hinter sich zu lassen, und in ihrer Zukunft gibt es für Charlie keinen Platz mehr. Doch die Auseinandersetzungen mit ihrem Verlobten häufen sich, und als Lexi ein Foto von Alice eingeklemmt hinter ihrer Windschutzscheibe findet, gerät ihr Leben gehörig aus den Fugen. Immer mehr merkwürdige Dinge geschehen, und obwohl alles mit Charlies Rückkehr zusammenzuhängen scheint, ist er der Einzige, der ihr zur Seite steht.

Aber Charlie hat Geheimnisse. Kann sie ihm wirklich vertrauen? Wer hat es auf Lexi abgesehen? Und was hat es mit Lexis neuer Patientin auf sich, deren Lebensgeschichte ihr so unter die Haut geht?

Komm *nicht* zurück

Roman

Als Lea nach einem schweren Autounfall im Krankenhaus zu sich kommt, findet sie sich in einem wahrgewordenen Albtraum wieder. Ihre Erinnerungen an die letzten dreizehn Jahre sind verschwunden. Mit Entsetzen erkennt sie, was aus ihrem Leben geworden ist: Christopher, Leas Ehemann und Vater ihrer neunjährigen Tochter, will nichts mehr von ihr wissen, denn sie hat die beiden vor Jahren verlassen und ihrer Heimatstadt Wien den Rücken gekehrt. Voller Reue ist Lea fest entschlossen, um ihre Familie zu kämpfen.

Anna hingegen ist endlich mit dem Mann ihrer Träume zusammen. Alles, was zu ihrem vollkommenen Glück noch fehlt, ist ein eigenes Kind. Das Leben ihrer Träume scheint zum Greifen nah. Doch all das verändert sich schlagartig, als Lea, Christophers verschollene und bildschöne Ehefrau, unvermutet wieder auftaucht.

Das perfekte Leben meiner Schwester

Roman

Als Emma herausfindet, dass sie adoptiert wurde und die uneheliche Tochter des vermögenden Wieners Ferdinand Lauderthal ist, sieht sie endlich einen Ausweg aus ihrem unglücklichen Leben. Doch ihre Erwartungen werden enttäuscht. Während ihre gleichaltrige Halbschwester Céline das Leben ihrer Träume führt, will ihr Vater nichts von ihr wissen. Voller Eifersucht beschließt Emma, die beiden büßen zu lassen. Als vermeintliche Studienkollegin von Céline dringt sie in deren Leben ein und stellt dieses gehörig auf den Kopf.

Doch schon bald muss Emma feststellen, dass sie sich in ihrer Halbschwester getäuscht hat. Hin und hergerissen zwischen ihrer wachsenden Zuneigung zu Céline und ihren Rachefantasien wird sie in einen Strudel aus Familienintrigen verstrickt, die ihr Verständnis von Gerechtigkeit auf eine harte Probe stellen. Denn alles im Leben hat seinen Preis ...

Die Autorin

Sophie Edenberg hat sich mit ihren spannenden Roman mit Schauplatz Österreich einen Namen gemacht. Der erste Roman der gebürtigen Wienerin erschien im Jahr 2020. Seitdem begeistert sie ihre Leserinnen und Leser mit vielschichten Figuren und überraschenden Wendungen. Im Jahr 2023 wurde sie für »Unter Schwestern« mit dem Kindle Storyteller Award ausgezeichnet.

Weitere Informationen über die Autorin finden Sie hier: